以霜崖為筆名出版的《香江舊事》。

以葉林豐為筆名出版的《香港方物志》。

葉靈鳳簽名手跡

葉靈鳳

葉靈鳳、趙克臻與子女攝於羅便臣道家門外。

葉靈鳳（左）、陳君葆、高伯雨合影。

葉靈鳳（右）與羅孚合影。

葉靈鳳《讀書隨筆》三卷本，左起：第一、二、三冊，1988 年北京三聯書店。

1989 年，香港中華書局出版的《香港的失落》、《香島滄桑錄》及《香海浮沉錄》。

1963 年，香港南苑書屋出版的《文藝隨筆》。

葉靈鳳卷

香港當代作家作品選集

陳智德 編

目錄

卷二　呑旃隨筆

卷三　書淫豔異錄

卷四 北窗讀書錄

卷五　香江舊事（上）

卷六 香江舊事（下）

卷七 霜紅室隨筆

卷八　晚晴雜記

卷九　小說

附錄

導讀：葉靈鳳散文敍論

陳智德

一九二零年代中，葉靈鳳在上海美專學畫時，初次投稿到創造社出版的《創造週報》，獲成仿吾賞識，未幾加入創造社，成為現代文學史上這一著名文學團體後期的中堅之一。三零年代，葉靈鳳以帶唯美頹廢風格的新感覺派都市小說而名，著有《女媧氏之遺孽》、《菊子夫人》、《鳩綠媚》、《愛的滋味》、《未完的懺悔錄》、《永久的女性》等小說集，並曾加入中國左翼作家聯盟，又參與《洪水》、《幻洲》、《現代小說》、《文藝畫報》等文學期刊的編輯工作，活躍於上海文壇。

抗戰爆發後，葉靈鳳加入《救亡日報》工作，該報於一九三七年八月二十四日創刊，由郭沫若任社長，夏衍任總編輯，以「文化界抗日民族統一戰線」為辦報目標，同年十一月上海除租界地區外，落入日軍控制，《救亡日報》被迫停刊，一九三八年一月一日遷廣州復刊，葉靈鳳亦於同年三月從上海經香港抵廣州，參與《救亡日報》的復刊工作。

葉靈鳳抵廣州任職《救亡日報》期間，不時往返省港兩地，至一九三八年十月初廣州淪陷之後，葉靈鳳一直留在香港，曾在《星島日報》、《立報》和《時事晚報》擔任副刊編輯，一九三九年出席中華全國文藝界抗敵協會香港分會（文協香港分會）之成立大典，並當選為理事之一。一九三九至四一年間，汪精衛陣營在香港發動反對抗戰的「和平運動」宣傳，在《南華日報》發表多篇「和平文藝」理論及創作，引發在港之抗戰文藝陣營作家展開論戰，包括葉靈鳳〈再斥所謂「和平救國文藝運動」〉一文。香港淪陷之後，葉靈鳳被迫出任《大同雜誌》、《大眾週報》、《新東亞》等雜誌以及《華僑日報．文藝週刊》、《香島日報．日曜文藝》的編輯工作。由於葉靈鳳在香港淪陷期間曾擔任日人控制下的報刊編輯，戰後一度受到指摘，但及後不少資料和研究顯示，葉靈鳳實為潛入日方之地下情報人員。[1]

戰後，葉靈鳳再任《星島日報》的副刊編輯工作，並在《星島日報》、《新生晚報》、《大公報》、《文匯報》、《新晚報》、《快報》、《星島週報》、《文藝世紀》、《海洋文藝》等報刊發表大量散文，其中不少是以報紙專欄的形式刊出，包括《新生晚報》的「賢者而後樂此室雜記」、《快報》的「炎荒豔乘」、《新晚報》的「霜紅室隨筆」和「記憶的花束」等。

綜觀葉靈鳳的文藝創作，早年以小說知名，但自一九三六年出版《永久的女性》後，創作重心轉移往散文，一九四零年在香港出版的《忘憂草》，是繼一九二七年的《白葉雜記》、一九二八年的《天竹》

1 可參收錄於盧瑋鑾、鄭樹森主編、熊志琴編校之《淪陷時期香港文學作品選：葉靈鳳、戴望舒合集》的羅孚〈葉靈鳳的地下工作和坐牢〉、趙克臻〈趙克臻一九八八年六月二十四日致羅孚信件〉、朱魯大〈日軍憲兵部檔案中的葉靈鳳和楊秀瓊〉等文。

和一九三三年的《靈鳳小品集》之後出版的第四本散文集，其後從五十年代的《香港方物志》（香港：中華書局，一九五八）、六十年代的《文藝隨筆》（香港：南苑書屋，一九六三）、《北窗讀書錄》（香港：上海書局，一九六九），到七十年代初的《晚晴雜記》（香港：上海書局，一九七零）和《香江舊事》（香港：益羣出版社，一九七一）均屬廣義的散文集。

葉靈鳳居港三十多年，一直以散文為最主要的創作體裁，包括讀書隨筆、地方風物掌故和抒情小品，其蘊藉淡澹的文筆使其文章耐於咀嚼，堅實的內容增加了可讀性，但其意義不止於散文本身，葉靈鳳的寫作許多時不為文藝而文藝，例如香港淪陷期間，他藉〈吞旃隨筆〉、〈秋鐙夜讀抄〉等文章寄託家國之思和堅貞不屈的意志；又如，五十年代在香港《大公報》發表一系列有關香港地方風物的文章，後來結集為《香港方物志》出版，他在該書的〈前記〉提出：

> 這不是純粹小品文，也不是文藝散文。這是我的一種嘗試，我將當地的鳥獸蟲魚和若干掌故風俗，運用着自己的貧弱的自然科學知識和民俗學知識，將它們與祖國方面和這有關的種種配合起來。[2]

2 葉靈鳳《香港方物志》（香港：上海書局，一九五八）頁一。

再細讀書中的〈英雄樹和木棉〉、〈一月的野花〉、〈呢喃雙燕〉、〈香港的老虎〉等文，大概不難讀出，葉靈鳳很自覺地以知性散文的風格書寫地方風物，亦從文藝角度擴展了地方風物描述本身的知識意義。同樣，葉靈鳳的讀書隨筆亦充份發揮知性散文的特質，結合他的藏書體驗、對藝術的熱忱和對世情的洞察，造就葉靈鳳特有的蘊藉而淡澹的書話文風。他的抒情小品，特別在香港追懷故土風物、回憶文壇舊事之作，更反映他從容而真摯的情懷。

過去有許多不同的論者已指出葉靈鳳的文學成就，特別在散文方面，如姜德明提出葉靈鳳「一生在文學事業上的貢獻還是在於隨筆小品方面」[3]，陳子善則指葉靈鳳、唐弢、黃裳為「二十世紀中國散文史上的『書話三大家』」[4]，都是切中要理之論。知識界對葉靈鳳散文的欣賞和重視，也反映在多種葉靈鳳作品選本、彙編本的出版，從一九八七年的《能不憶江南》、一九八八年的三卷本《讀書隨筆》、一九八九年的《香島滄桑錄》、《香海浮沉錄》、《香港的失落》三書，一九九五年的香港三聯版《葉靈鳳卷》、一九九八年小思所編的《葉靈鳳書話》，一九九九年金宏達所編的四卷本《葉靈鳳文集》，到二零一二年的陳子善編的《霜紅室隨筆》和二零一三年張偉編的《書淫豔異錄》，歷年來各種選本、彙編本的數量已超過葉靈鳳作品的單行本，而各家編選都以葉靈鳳的散文為主。

3 姜德明〈葉靈鳳的散文〉，收錄於絲韋編《葉靈鳳卷》（香港：三聯書店，一九九五）頁三零九。
4 陳子善〈另一種散文——《葉靈鳳散文》序〉，《作家》第十八期，二零零二年十一月。

各家編選當中，影響最深最廣的無疑是羅孚（絲韋）先生的編選，一九八八年的三卷本《讀書隨筆》、一九八九年的《香島滄桑錄》、《香海浮沉錄》、《香港的失落》三書和一九九五年的三聯版《葉靈鳳卷》全都出自羅孚之手，羅孚曾任《大公報》、《新晚報》和《海光文藝》的編輯，不單熟悉葉靈鳳其人其文，更陸續寫了〈鳳兮鳳兮葉靈鳳〉、〈葉靈鳳的後半生〉、〈葉靈鳳的地下工作和坐牢〉等回憶、評論文章，引錄重要史料，結合羅孚本人的觀察，對葉靈鳳的生平和文學作出公正評價。

對一般讀者來說，羅孚（絲韋）所編的三聯版《葉靈鳳卷》是最理想的選本，更是研究葉靈鳳的入門必讀之書。該書是八十年代中期開始出版的「香港文叢」系列叢書之一，很可惜自一九九九年的《酒店》（曹聚仁著）出版後，該系列沒有再出版，羅孚所編《葉靈鳳卷》亦已絕版，在市面上的書店早已買不到該書，有興趣的讀者或有研習需要的學生只能到圖書館借閱。

本書的編選目標是為一般讀者和有研習需要的學生提供可靠的選本，期望引發進一步研讀葉靈鳳作品的興趣，唯礙於編者的見識，本書不可能取代羅孚（絲韋）所編《葉靈鳳卷》的地位（雖然書名相近），唯盼提供另一方式的編選角度。本書以葉靈鳳的散文作品為主，時間上，由一九三八年葉靈鳳南來廣州、香港的時期開始選錄，包括香港淪陷前、淪陷時期和五六十年代的文章，直至一九七四年三月發表在《新晚報》專欄「記憶的花束」的〈左聯的成立〉、〈蔣光慈的畫像〉、〈上海美專的校舍〉、〈江南的暮春三月〉四文為止；文獻上，從一九四零年出版的《忘憂草》開始選錄，直至一九七零年出版的《晚晴雜記》和七一年出版的《香江舊事》為止，其間除了單行本，也有部份是以葉靈鳳的報刊專欄為選錄所本，包括一九四三至四四年間發表在《大眾週報》的「書淫豔異錄」，六十年代在《新晚報》發表的「霜紅室隨筆」和一九七四年間發表的「記憶的花束」。

本書卷一「忘憂草」選錄的，是葉靈鳳一九三八年南來廣州、香港，至一九四一年底香港淪陷為止的這段時期所寫文章，卷目是以一九四零年在香港出版的散文集《忘憂草》命名，但不限於該書所收文章，例如〈哀穆時英〉一文未收在《忘憂草》一書，本卷是據一九四零年七月一日的香港《立報》「言林」版選出。卷二「吞旃隨筆」選錄一九四二至一九四五年間即香港淪陷時期所寫散文，這段時期的文章大部份未收進後來出版的散文集單行本中，讀者閱讀時，應理解這批文章寫於戰爭年代，身處於淪陷區的作家都不由自主，而葉靈鳳在受限並且危險的處境中，發表於《新東亞》、《大眾週報》和《華僑日報》等報刊的多篇散文，仍透過曲筆、典故和暗語寄託家國之思以及個人不屈的意志，值得讀者放回歷史脈絡中去細味，以思歷史、時代、文藝與倫理之間的複雜性；這批散文當中，以〈吞旃隨筆〉為代表，故引為這卷二之名。卷三「書淫豔異錄」主要選錄葉靈鳳一九四三至四四年間發表在《大眾週報》的「書淫豔異錄」專欄文章，以通俗趣味結合知性散文的筆法，寫成一系列談論古今中外有關情色軼聞、習俗和文化話題的散文。

卷四「北窗讀書錄」以一九六九年出版的《北窗讀書錄》為選錄依據，該書上承一九六三年出版的

《文藝隨筆》，收錄葉靈鳳六十年代所寫的書話文章，本卷從《北窗讀書錄》選出特別具有文學性和參考價值的若干篇章。葉靈鳳的書話文章除了表達他的閱讀趣味和藏書雅致，也透過文章表達懷鄉之思，如本書選錄的〈鄉邦文獻〉提到：「自己雖然備有好多種廣東的地方志，可是自己家鄉的反而沒有。這種可笑的情形，實在不足為外人道」[5]。如上文所論，葉靈鳳的寫作許多時不為文藝而文藝，有時單純為了一種趣味，有時也另有寄託。《文藝隨筆》和《北窗讀書錄》二書的絕大多數作品，曾收進上文提過由羅孚所編的三卷本《讀書隨筆》之第一集，未收錄的是幾篇涉及情色故事描述的文章，包括《文藝隨筆》內的〈意大利的「笑林廣記」〉、〈「循環舞」的風波〉、〈「查泰萊夫人之情人」的遭遇〉、〈「查泰萊夫人之情人」解禁經過〉，以及《北窗讀書錄》內的〈伊索和女主人的軼事〉、〈沒有教訓的「伊索寓言」〉這兩篇；[6]本書無意特別標舉這類文章，唯選錄當中的〈沒有教訓的「伊索寓言」〉一文，是想藉以提出，葉靈鳳的情色敘事，除了表達一種趣味，也另有挑戰世俗保守定見之意，該文一開始就提出《伊索寓言》的「教訓」往往是後世添加，並非作者本意；他選錄幾則當時在英國新出的《伊索寓言》英譯本，都帶有情色意味，沒有後世添加的「教訓」，最後葉靈鳳指出：「這就是所謂沒有教

5 葉靈鳳〈鄉邦文獻〉，收錄於《北窗讀書錄》（香港：上海書局，一九六九）頁七。
6 一九九八年上海文匯出版社出版由陳子善編的《文藝隨筆》和《北窗讀書錄》已重新收錄這些篇章。

訓的『伊索寓言』。不過，我們倒不能說這些寓言就一定沒有教訓。」[7]

卷五「香江舊事（上）」和卷六「香江舊事（下）」選錄葉靈鳳對香港歷史和文化軼事的研究和回憶，這類文章數量很多，葉靈鳳居港期間，着意蒐集香港史料，一九四七年間在《星島日報》主編「香港史地」，小思老師認為該刊「是香港史地，特別是史料方面，最專門和最有系統的研究專刊」[8]，一九五三年他以葉林豐之名，在《大公報》發表一系列介紹香港風物的文章，後來結集為《香港方物志》，其後，六十年代他在《新晚報》的「霜紅室隨筆」專欄及其他報刊再陸續發表不同的有關香港史地研究的文章，部份結集為一九七零年出版的《張保仔的傳說和真相》和一九七一年出版的《香江舊事》，另有大量生前未結集的文章，後來由羅孚編輯整理為《香島滄桑錄》、《香海浮沉錄》、《香港的失落》三書。這批文章，被認為是一種地方掌故，正如劉智鵬教授指出：

> 只要細閱文章的佈局，不難看出字裏行間所展現的史學風格。葉靈鳳的文章字數不多，卻參考了大量史料，並且經常在有限的空間裏反覆論證。這些文章已經超出了掌故的水平，進入了歷史筆記的

---

7 葉靈鳳〈沒有教訓的「伊索寓言」〉，收錄於《北窗讀書錄》（香港：上海書局，一九六九）頁一六八。

8 盧瑋鑾（小思）〈半世紀以來《星島日報》文藝副刊掠影〉，收錄於《香港故事：個人回憶與文學思考》（香港：牛津大學出版社，一九九六）頁八零。

範圍。[9]

這批文章的意義已歸入史學的範圍，基於這觀察，本書只選錄《新晚報》的「霜紅室隨筆」專欄和《香江舊事》一書中，較具文藝性且不易得見的文章，而《香港方物志》、《張保仔的傳說和真相》、《香島滄桑錄》、《香海浮沉錄》、《香港的失落》這五本書，二零一一年已有香港中華書局編訂為「葉靈鳳香港史系列」重新出版，讀者不難覓得，故不在本書選錄範圍。

卷七「霜紅室隨筆」選錄六十年代發表在《新晚報》的「霜紅室隨筆」專欄以及一九七四年間的《新晚報》「記憶的花束」專欄，這批文章數量也很多，特別是《新晚報》的「霜紅室隨筆」專欄，葉靈鳳連續撰寫了好幾年，許多論者談及葉靈鳳晚年文章時都有特別提到這專欄。這批文章很多都值得選錄，但基於篇幅考慮，也希望讓讀者了解葉靈鳳對當時香港文壇的看法，故此特別集中選錄談論香港文壇的文章，讀者可看到葉靈鳳既有對舊刊故人的懷念，如〈重讀《耕耘》〉一文，也有對青年作者創辦文學雜誌的勉勵，如〈讀《好望角》〉和〈讀《風雨藝林》〉兩篇文章，而從〈介紹《新雨集》〉、〈八年來的《文藝世紀》〉、〈讀《當代文藝》〉等文，則可見葉靈鳳對當時香港文壇的觀察和期許；以上這

9 劉智鵬〈導讀〉，收錄於葉靈鳳《香島滄桑錄》（香港：中華書局，二零一一）頁xv。

批文章，小思老師編選《葉靈鳳書話》時亦有選錄。此外，〈「雪夜閉門讀禁書」〉、〈「我們必勝，港英必敗」畫冊〉、〈蘇州糖果〉三文則屬葉靈鳳生前從未結集，身後也從未收進任何選集的文章，可能因為三文寫於一九六七至六八年間，內容與觀點頗有呼應當年中國大陸的文化大革命，而當一九七零年葉靈鳳出版最後一本散文集《晚晴雜記》時，則未有收錄以上三文，本書選錄這三篇，為讀者認識該段時期的葉靈鳳文章提供參考，也為有興趣的研究者提供線索。卷七最後收錄的〈左聯的成立〉、〈蔣光慈的畫像〉、〈上海美專的校舍〉、〈江南的暮春三月〉四篇，原刊一九七四年三月的《新晚報》專欄「記憶的花束」，屬葉靈鳳生前最後一批發表的文章，[10]其後葉靈鳳眼疾和身體狀況轉差，一九七五年十一月二十三日病逝。

卷八「晚晴雜記」選錄自一九七零年葉靈鳳自編的散文集《晚晴雜記》，是葉靈鳳晚年認為最滿意之作，「晚晴」相信取意李商隱《晚晴》一詩：「深居俯夾城，春去夏猶清；天意憐幽草，人間重晚晴。並添高閣迥，微注小窗明。越鳥巢乾後，歸飛體更輕」，既對人間晚景提出樂觀欣賞，也頗以「越鳥」自況。《晚晴雜記》多篇文章有懷念故鄉風物，也抒發故人之思，懷念成仿吾、鄭伯奇、郁達夫等文壇前輩，也談到舊同學李公樸和成慶生，又提及五四時期的見聞，以至參與創造社的經過，寫來頗有

10 葉靈鳳的另一輯「記憶的花束」專欄文章發表在《海洋文藝》第一卷第一期及第一卷第二期，分別於一九七四年四月和六月出版。

文壇回憶錄的筆法，這批文章文藝水平和參考價值都甚高，而且《晚晴雜記》一書自一九七零年初版和一九七一年再版之後，未有單獨再版，[11]早已絕跡書肆，連在圖書館亦不易得見，[12]故本書對這批文章選錄較多。

卷九「小說」選錄葉靈鳳的三篇短篇小說，〈第七號女性〉和〈流行性感冒〉寫於一九三零年代，可略見其新感覺派都市小說的唯美頹廢風格。〈南荒泣天錄〉原刊一九四五年七月出版的《香島月報》第一期及八月出版的第二期，是葉靈鳳參考明末史料寫成的歷史小說，風格大異於三十年代時期，唯小說未完成，後來亦未見續編。經過二、三十年代的新感覺派都市小說時期及戰時的歷史小說嘗試，至戰後，葉靈鳳的創作重心，已完全轉向散文，除了個人創作文體的取捨，也許更多是關乎文藝呼應時代的方式。

本書以時代為軸，以文獻為綱，主要選錄葉靈鳳一九三八年至一九七四年間的散文，選取的標準是文藝性及參考價值，藝術水平與時代意義並重，期望增進一般讀者對葉靈鳳以至香港文學的了解和興趣；至於有意進一步研讀葉靈鳳作品的研究者，除了閱讀葉靈鳳作品單行本和查找原始發表文獻，亦宜一併

11 除了陳子善編《北窗讀書錄》時，收入了《北窗讀書錄》和《晚晴雜記》二書全文，列為「葉靈鳳隨筆合集」之三，一九九八年由上海文匯出版社出版。

12 《晚晴雜記》一書在香港只有香港中文大學圖書館、香港城市大學圖書館及香港中央圖書館三家圖書館有收藏。

參閱羅孚（絲韋）所編《葉靈鳳卷》及盧瑋鑾、鄭樹森主編、熊志琴編校之《淪陷時期香港文學作品選：葉靈鳳、戴望舒合集》。最後，謹錄收錄在《晚晴雜記》內的〈春歸燕〉之一段，以呼應葉靈鳳作品在香港文學史上的傳承意義：

春光已老，結巢的燕子卻又要有新的任務，那就是領着小燕去試飛，指導下一代怎樣踏上生活的另一個階段。因此到了初夏的驕陽下，我們見到牠們也能在柳蔭中穿來掠去，輕捷飄忽的飛翔時，那些母燕一定也是在笑着的。[13]

二零一六年十月

13 葉靈鳳〈春歸燕〉，收錄於《晚晴雜記》（香港：上海書局，一九七零）頁七。

卷一　忘憂草

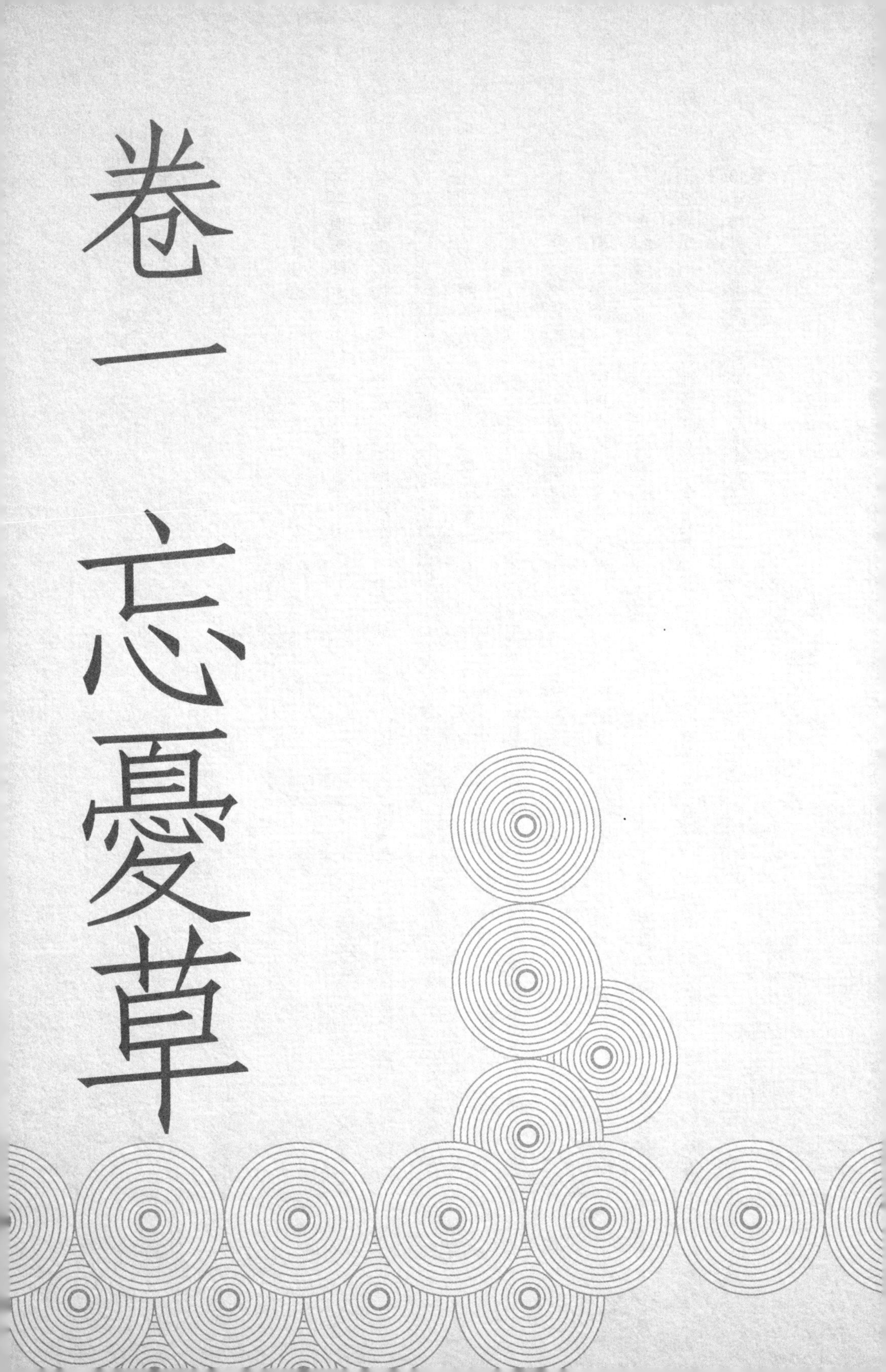

散尾葵

我很喜愛街角上的這一座小樓。

這是水磨青磚的兩層建築，門前圍繞着一帶短牆，樓上臨街有一排鑲着五色玻璃的排窗，窗上再描着金色的飾紋，因了環境的雅潔，這一切都沒有傖俗氣。我不知道這小樓的本來粉色是甚麼，也許是一角紅樓吧？但現在卻塗上了防空的青灰色，顯得樸素而沉着。

廣闊的騎樓，騎樓欄杆上擺着一排散尾葵，這南國特有的亞熱帶植物，搖着這鬆散的鳳尾，在青色的天空和白雲之下，織着輕盈的美麗的夢影。

清晨，有人出來在這騎樓上倚欄遠眺。黃昏，五色的玻璃窗裏漏出燈光。

每一次經過這一座小樓，我總要奢侈的幻想：如果目前這艱辛的巨業能夠幸而在我們這一代的手中完成，則在垂垂的暮年，我願意能有這樣一間小樓。靜中歲月，我將摩挲我的萬劫倖存的藏書；疲倦了，我將走到騎樓上，從散尾葵羽狀的疏鬆的葉子中，仰望那時將永遠是澄澈的祖國的天空。

但是，我這幻想畢竟是奢侈的。一連幾天不停的瘋狂的空襲，和着這城中的其他小心的人們一樣，這小樓的主人突然舉家遷徙了。這薄情的主人，在危難中他不僅拋棄了他的鄉邦，他的廬舍，他連騎樓欄杆上的幾盆散尾葵也捐棄不顧了。

這一天上午，自從發現當街的警察在小樓的鐵門上貼上了「無人空屋」的紙條以後，我就立時感到，有一個可怕的命運在等待着這幾盆散尾葵了。果然，在這燥熱的少雨的季節，僅僅兩三天沒有入照拂，油綠的羽狀的葉子已經有一點焦黃。迎着風，她像是坐立不安的期待着主人的歸來。熱情的太陽整天的想加以慰藉，可是她的心卻漸漸的焦灼了。

像是絕塞孤軍，又像是堅守最後一個保壘的戰士，憑着垂盡的血汗，垂盡的子彈，憑着一點不絕的信念，想支持到不能支持的一刻。終於，這最後的一刻到了，在蒼涼寂寞之中，四顧無人的噓下了最後的一聲嘆息。

黃了，枯乾了，這小樓上被遺棄的散尾葵，臨着風，不再搖曳生姿，而是沙沙地發出沒有生命的枯燥的響聲。

從此，我消失了我奢侈的幻想。經過這幽靜的街角，我不敢再抬起頭來。

相思鳥

宿舍騎樓上有一隻不知被誰拋棄在那裏的空鳥籠，茶黃色竹絲製的，市上所慣見的豢養相思鳥的鳥籠。

有一天下午，正是大轟炸開始後的第四天，我們利用一點難得有的閒暇，生活在生與死的邊緣上的難得有的閒暇，在討論文藝上某一個小小的問題，突然，窗外嗤的一聲，騎樓上飛來了一隻相思鳥，很熟悉的停在那一隻空鳥籠上。

談話停止了，大家都不約而同的注意着這大膽的幾乎是魯莽的小生物。

這鳶色的小生物，使人憧憬到梅特林克劇本中所描寫的青鳥。毫不生疏的停在空鳥籠上，斜着眼睛向鳥籠裏望了一陣，飛了去又飛了回來。

道時正是荔枝成熟的時節，桌上還有殘餘的荔枝，有誰站起身來剝了一顆荔枝肉，走去將空鳥籠放到騎樓的欄杆上，打開了籠門，將荔枝肉塞在滿着灰塵的食缸裏。

被嚇走了的相思鳥，飛在對面電杆木上，停了一會，嗤的一聲又飛了回來，斜着眼睛望望籠裏的荔枝肉，躊躇了一下，然後很自在的從開着的籠門鑽了進去。

我偷偷的走過去輕輕將籠門掀下的時候，牠似乎毫不感到驚慌，依舊很貪婪的啄着缸裏的荔枝。

大家都興奮的圍了過去。

「可憐，餓透了！」

不知是誰的這句話，立刻使我們恍然於眼前的這一幕。左近這幾天被轟炸得很慘重，整列的水泥鋼骨三層建築都被炸成了平地。也許那一位寄情花鳥的風雅主人，養了這隻相思鳥，在×人的殘忍手段之下。房屋炸成了平地，主人也許不幸殉了他的家園，但這小小的相思鳥，卻神蹟似地成了漏網之魚，從瓦礫和煙硝之中逃了出來，只是慣於被豢養的身心，已經失卻了自由生存的毅力，在這動亂的城中徘徊了幾天，終於忍不住飢渴，很貼服的又自動的走入了鳥籠。

不是這樣，牠決不會這樣熟悉的停到籠子上，又熟悉的走了進去。

本來兜轉在大家心中的獲取捕獲物的原始歡樂的心情，一想到和這想思鳥一樣，流放在祖國地面上無數失去了家鄉的人，圍着籠子，大家不覺一時都沉默了起來。

隨筆三則

一、《大地》種種

今天接到一份新出的畫報《大地》，是幾個熟識的朋友合辦的。翻了一翻，覺得內容很好，這使我想起了我們所想辦的《大地》。

今年夏天在廣州，幾個人在固定的工作之外還有點餘暇，大家便決定辦一種輕性一點的文藝刊物，藉以使大家的筆不致荒疏下來。照例，辦刊物先要決定名稱，幾個人想了好久，最後才選定了「大地」兩字。當時大家很高興，哪知第二天讀文化生活社的《烽火》，發現巴金先生和陳占元先生竟也要編一個刊物名《大地》，而且廣告都刊出來了，於是一場高興化為烏有。這樣，過了幾天，出人意外地忽然接到主持文化生活社出版事務的錢君匋先生的一封來信，還附了一塊鋅版，說他們的《大地》因故要改名出版了，知道我們也要想出《大地》，便將已經製好的一塊《大地》字型鋅版送給我們，使我們可以便利一點。

我們當然很高興，便開始籌備一切，哪知還沒有過幾天，×人在廣州突然開始了那瘋狂的轟炸，於是不再有暇顧到這件事。後來市內的秩序雖漸漸恢復，但我們原來的計劃已經無從實現了。

這樣，到了八月底或九月初，樓適夷先生從漢口南下，說是想在廣州辦一個小刊物，一問甚麼名稱，出人意外的又是《大地》，於是我們笑着連忙從抽斗裏尋出了那一塊鋅版送給他。《大地》的鋅版放在他的桌上，我們以為，這一次《大地》總可以出版了。哪知他的《大地》還沒有來得及出版，廣州已經陷在×人的鐵蹄下了。

但今天終於在香港見到了這另一個《大地》。

二、木刻

《大地》畫報上有一幀梁永泰先生的木刻，梁先生我是在廣州認識的，是一位很年青的木刻家。他的戰爭木刻有着德國十六世紀大師丟勒的影響，我還答應將丟勒的版畫全集帶給他看。對於所有從事這藝術的年輕人，我都願引為是自己的朋友，因為這是中國唯一的未被玷污過的新的藝術。在廣州臥室的牆上，我還掛着這同一典型的一張作品，東平先生所刻的《台兒莊勝利圖》。

目前的中國木刻還有許多技巧上的缺點，但這是不足慮的，只是時間問題。這幾年青年人的生活和環境都太壞了，誰還有生活的餘裕和喘息來磨煉自己的技巧呢？假以時日，再加上目前這血的鍛煉，前途一定不可限量的。

為了要紀念在這偉大的時代裏，年青的木刻家所跋涉的辛艱的旅程，我蒐集着抗戰以來的木刻作品，差不多快三百幀了，這是一個可貴的偉大的收穫。這些木刻都藏在廣州我臥室的幾隻抽斗裏。這一次，隨着我的衣物，一同淪陷在×人的手裏了。這是夢寐難忘的一件損失。

那些稚拙的但是充滿着生氣的作品，每一幀畫面都含着騰沸的青年人的血。但願這些木刻能被一群還未喪盡文化感覺的×人看到。從這些木刻上，他們將感到一陣戰慄，看到一個新生的不可屈服的中國面目。

三、諾貝爾獎金

今年的瑞典諾貝爾文學獎金，贈給了在中國住過多年以寫《大地》著名的女作賽珍珠。

我讀過《大地》以及她的其他作品。出身於「中國傳教士」家庭的她，她的作品始終被她的環境和教育所限制。她描寫中國的農村，描寫中國的土地，但是她始終未接觸到樸素的中國農民的靈魂，始終未曾感受到百年以來在××××××的真正中國「大地」的氣息。她的作品中的「中國」，正和林語堂先生目前在美國作品中所寫的一樣，是傳奇式的「東方的」，使外國人看了不討厭、不必擔心的「中國」。這樣的中國人，只會帶了紅結小帽，穿着竹布長衫給美國人端咖啡，或是穿了黑洋縐裙挾着讚美詩帶了十個雞蛋去見老牧師的。他們永不會過問「政治」，永不會建設和開發，更不會抵禦「外侮」。

具有這樣觀念的賽珍珠，所以一直到最近，還在《亞細亞》月刊上討論這次中日戰爭究竟將是中國還是日本戰勝，哪一國勝了將對於美國有利。

用着販賣炸藥餘潤作基金的諾貝爾獎金，在近年國際政治營壘逐漸對立起來的局勢下，他的「和平獎金」已經成了一種諷刺，他的文學獎金也漸漸失去了「藝術的正義」，漸漸有了政治的偏嗜，他們當然還不敢贈給一個法西或納粹作家，但是也決不肯贈給一位社會主義作家，他們想每年找一個「中立的」，「清白的」作家。

於是，儘管歐洲或美國還有不少未得過獎的第一流作家，儘管蘇聯社會主義文學產生了不少驚人的新作品，儘管這一年來在炮火下和鬥爭中又產生了不少新的文化戰士，但他們仍決意將這獎金贈給作品平庸可是「思想穩健」的賽珍珠。

摩登半閒堂

燈下讀我佛山人的遺著《痛史》，劈頭就提到賈似道的「半閒堂」，因此使我想到，今日不僅有摩登的賈似道，同時也有摩登的半閒堂。今日的半閒堂裏，卻不是在那裏「鬥蟋蟀」，「擅改聖諭」，而是在「鬥麻雀」，「揑造電報」。

遙想賈似道及其小使們，這幾天該「忙」得可以。八圈「麻雀」之餘，一榻相對，也許要唧唧噥噥到天亮，商量着哪裏該添一道鐵門，哪裏該換一塊招牌，搬家，買船票，打電報，收拾細軟，提心吊膽，不時還要揭起緊緊放下的窗簾一角向外偷望，連看見自己的影子也會嚇了一跳。這種情形，好比一向戴慣了「白面書生」面具的小丑，一旦要剝了面具露出真面目上台，總覺得有點辣辣的，躲在門窗後，一面顧念着牽線老闆的「包銀」，一面又擔心台下觀眾的「橘子皮」，藏頭露尾，進退兩難，這情形真使人想像起來可憐又可笑。《痛史》裏說，一個宦官詢問賈似道，如今「蒙古兵馬」如此利害，倘一旦到了臨安，那如何是好？似道哈哈大笑道：「豈不聞良禽擇木而棲，賢臣擇主而事麼？」這種失敗主義者的打算，摩登賈似道比他的「先師」幹得更聰明。自己分明已經是「人家人」了，卻還要假充正經的來個「建議」，一面欺人，一面欺自己，只可惜回答他的卻是全國上下更一致的團結，國際更有利的援助和行動，以及他的「主子」家裏內部的傾軋。俗話說「駝背跌跟斗，兩頭落空」，今日摩登賈似道的這一跌，豈止兩頭落空，簡直一跌跌入了秦檜洪承疇的堆裏，永無翻身之日了。

黃公度《人境廬詩草》裏有幾句詩說得好：

> 國恩養士重山河，贏得衣冠間諜多。
> 吳昊呼朋潛入夏，惟庸遣使遠通倭。

摩登賈似道，今日躲在半閒堂裏，讀到他的先輩的這幾句詩，不知臉上感到羞紅否？

忘憂草（一）

忘記了罷，像忘記一朵開過了的花
像忘記偶然亮過的火燄一樣，
永遠，永遠忘記了罷，
時間是好心的朋友，她會使我們衰老！
如果有人問起，就說已經忘記，
早已，早已忘記，
像一朵花，一個火燄，一個深沉的腳印
在已經消溶了多時的雪裏。

Sara Teasdale

女詩人蒂斯黛爾的這一首詩，雖然並不知道她的原意所指是甚麼，讀起來想使人微波的心境能感到一種平靜，用來追悼埋在廣州劫灰中的我的幾冊書，正是十分恰當的。

這是命運注定的遭遇：我的幾架質弱的藏書，這十年心血的積蓄，本來都存在另一個地方，帶在身邊寥寥可數的幾冊都是偶然收拾起來的，這其中有幾冊又被我偶然帶到了廣州。這幾冊書都不是小說詩集或散文，而是談論書物版本聚散變遷的「關於書的書」。這類作品，在戰時幾乎成了奢侈品，我悄悄的將他們帶到廣州，原不過想在疲勞的一天工作之餘，在飛機的轟炸下幸而健在，在燈下，或在臨睡的一刻，展開來隨意翻閱幾頁，調劑一下始終在緊張着的心情。不料放在那樸素的桌上和環境不相稱的這一疊書，還沒有經過幾次翻閱，卻因了一個偶然的離別，便永遠不能和我見面了。

前幾天遇見剛從廣州來的嶺南大學巴克教授，他說第二天就要回去，問我可有甚麼事委託他，我說我忘不掉房內桌上的幾冊書，他隨即將地址抄了去，笑着說：這一帶大約沒有燒掉，說不定他能給我找回來，或者用幾毛錢從賊攤上買回來。但我知道這是一種妄想，陷在魔手裏的這一塊肥沃的土地和牠地上的一切；如果不重行經過一次民族炮火的洗煉，是無法拭去玷污在那上面的積塵的。

可是，我不能忘去。於是在那無法統計的用血寫成的賬冊上，我在這裏記下我自己應記的一筆。如果清償的取得還需要更多的日子和更多的生命，我也毫不吝嗇那倖存着的另一部份貧弱的收藏。

《獵書家的假日》

《*A Bookhunter's Holiday*》，這是羅遜巴哈博士關於古書收藏的回憶錄。羅遜巴哈是美國著名的古書商人。同時也是版本專家。他一面販賣古本，一面自己也收藏。他所收藏的初版兒童文學作品，是舉世無兩的。三十年來，英美和歐洲的古舊市場，沒有一次盛大的拍賣沒有他的蹤跡，沒有一次他不是滿載而歸。雄厚的財力和犀利的目光使他戰勝了任何強頑的對手。美國著名的摩根圖書館的藏書，大都是經過他的手而來。一九二六年，他受了哈克萊斯夫人的委託，以十萬六千美金的高價，在拍賣市場上競購了一部戈丹堡版的古聖經贈給耶魯大學圖書館，是有名的壯舉。

這部回憶錄是前年出版的，述敍他頻年在世界各地訪書的遭遇和逸聞。他曾以九十五鎊的低價，買得了《福爾摩斯偵探案》作者柯南道爾爵士所搜羅的犯罪偵探參考書，以及「福爾摩斯」材料來源全部，他說，這些收藏，比任何法院警廳所搜集的豐富，有許多都是現在犯罪心理學的極珍貴的實驗資料。這書中關於法國女藏書家的一章，也寫得極淵博而有趣。

白蘇布裝訂，紅皮題簽，有插圖，我是託上海中美圖書公司直接向原出版家訂購的，是一冊內容和外表都使我滿意的好書。

《英國的禁書》

《*The Banned Books in England*》。忘記了作者的姓氏。另有一本類似這書名的著作，是一個女子所作。但這書的著者卻是男子，全書記載近代英國歷次的禁書案件，偏重文學書，受禁的大都是關於性解放的作品。但也有許多外國名著及古典作品，因了檢查老爺或法官的一時高興，運用古老的法律和條文加以禁止的。這裏面，當然充滿了愚昧的笑話和可恥的舉動。但最後佔勝利的終是輿論和漸漸抬頭起來的新思潮。在英國，頑固的封建社會和保守的宗教團體勢力是可驚的。一直到今天，倫敦博物院的圖書館還拒絕出借靄理斯《性心理研究》。

書後附有一張表，列舉屢次禁書案件，出庭為原告，或被告作證的英國著名人物，是一種極有趣味的統計。幽默的蕭伯納，每逢出版界有一本書被禁，他就照例參加抗議。

就是在這本書裏，作者曾說到《愛麗斯漫遊記》在中國湖南曾受禁止，為了書中的鳥獸都作人言。

忘憂草（二）

《書與鬥爭》

《*Books and Battles*》，愛里奧克和哀頓合著，這是一部現代美國新文學解放運動鬥爭史。從批評家門肯主編的《美國水星》時代講起，一直講到籠罩着不景氣的美國市場和因此所產生的革命文學。號稱民主的美利堅共和國。她的守舊的聯邦法制和黑暗勢力着實驚人。門肯在創辦《美國水星》的時候，為了他對於舊勢力大膽的批評和進攻。受着封閉威嚇的波士頓書店和雜誌攤，沒有一家敢寄售門肯的刊物，為了暴露這黑暗的封鎖，門肯自己揹了廣告在大路上兜售他的刊物。波士頓的警察當局無法禁止他的刊物，但是他們卻運用治安維持法將門肯加以逮捕。一位當代第一流批評家因發售自己主編的刊物被捕，這在漂亮的美國民眾眼中認為確是太過份了一點，於是群起提出抗議。不用說，在輿論裁制之下，門肯獲得了他的勝利。這書的第一面就有一張插圖，是門肯被捕後押在警署裏和警長爭辯的攝影。

文學中的性解放運動，《優力栖斯》的沒收和書店的被搗毀，辛克萊《屠場》所經過的爭鬥。雷馬克的

《西線平靜無事》，海敏威的《再會吧武器》等小說的反戰思想所引起的糾紛，革命作品的遭變封鎖。回顧一下，使我們知道今日在書店中自由發賣的現代美國文學名著，有許多是經過多年的禁壓或經過艱苦的奮鬥才獲得這「自由」的。照例，宗教勢力和頑固的偽善之徒，在維持風化和假藉的「愛國」名義之下，一面守護着自己的殘餘，一面撲壓任何新的勢力。差不多任何的書報檢查組織都被這種人所把持。這些人一面嚷着要禁止刺着他們痛處或暴露他們弱點的作品，一面卻在私室中欣賞着真正的應該禁止的著作。

紀德的自傳《一粒麥子如果不死》的譯本在美國出版時，紐約在財閥摩根氏主持之下的風化維持會立刻將這書向法庭檢舉，說是猥褻有傷風化。但是同時在摩根私人的藏書室中，卻正藏着著者親筆簽名的限定版原作。這正是這種愚昧的舉動中的一個代表的笑話。

這一部書和前記的《英國的禁書》，都是我久想着手寫的《世界禁書史話》的材料一部份。這樣的「失地」正不知何時才可以收復。

紐頓關於藏書著作兩種

一種是《藏書快語》（*The Amonities of Book-collecting*）一種是《藏書初步》（*A Book-collector's Primer*）。愛德華．紐頓的這兩本書，是被譽為藏書家必讀的ABC。前者去年已收入美國近代叢書，很容易買到，後者則絕版多時，只有在舊書店裏偶然可以遇到了。紐頓這兩本書的好處，是在他並不以搜羅故紙的版本家自居。而是親切的談論讀書買書的樂趣和一些藏書必需的知識。他以為，能一擲萬金的去搜羅古本固然是快事，但是花幾角錢從舊書堆中有時也可以有寶貴的收穫：從這樣辛勤累集起來的藏書的樂趣，他以為並不比擁有一部戈坦堡的聖經或莎士比亞的 *First Folio* 為低。因此他的這兩本著作極為一般的愛書家所愛好。

《藏書初步》的出版恰在歐戰停戰之後，以這樣偏僻的著作，在戰後凋疲的市場上，能立時銷去四版，就是因為他的話能為每一個愛書者所接受的原故。「近代叢書」將《藏書快語》重行問世，也是因為紐頓的著作已經成了一般愛書家必讀的經典，同時文章本身又是一部風趣盎然的散文。「近代叢書」流行很廣，書價也便宜，愛書的讀者不妨信任我的話去買來一讀，只可惜在文化低落的香港，所有的西書店備有「近代叢書」的很少，更沒有紐頓的這部名作。

忘憂草（三）

《書誌學講話》

羅遜巴哈博士以販賣古書所得的餘潤，在美國以研究版本著名的本雪法尼亞大學設立了一科書誌學講座，敦請著名的版本學家輪流擔任講師。第一任主講的是當代美國著名散文家克利斯托費·摩萊。這本薄薄的《書誌學講話》，就是他六次講演的底稿，原書的書名是一個版本學上的拉丁文名詞。

摩萊是一位淵博的散文家（他譯過許多中國詩，似乎懂中文），同時和紐頓一樣，也是一位以「樂趣」為主的愛書家。在他的講演中，他並沒有講到版本學上的那些枯燥問題，而是述敘自己愛書的經驗和當代作家的交遊，從反面使人知道，一本書之所以可貴，正因為它包含著作者人格的一部，和它與人生所發生的聯繫。他說這才是活的書誌學，藏書的樂趣就在這裏。校訂和考證是考古學，搜羅昂貴的古本是富翁的附庸風雅，他說這些都不是愛書，也不是藏書。

摩萊的文章很活潑，這本小書充滿了機警和風趣，他還舉了許多有趣的回憶和作家軼事。他說，當今在出版界中以精審嚴謹見稱的英國牛津大學出版部，當時在所印的第一本書上，揭開第一頁就有一個錯字，但從那時以後，牛津出版部的出版物中卻不容易再有錯字發現。他們懸有賞格，如有人能從牛津版的《聖經》中找出錯字，他們每一字奉酬一鎊。據說自從設立這賞格以來，從未有人獲獎過：這就是說，從未有人從牛津版的《聖經》中見到過錯字。校讎之精，於此可見。此外，牛津出版部的排字房也是舉世唯一的。世界上每一種文字的原稿，他們都可以排印。他們不僅備有各種文字的字模，而且有認識這種文字的排字工人，更有能校讀任何文字的校對員，無論你是西藏文，馬來文、愛斯基摩文。

摩萊是從這樣有趣的敍述中去說明書誌學的任務和重要。這本小書，我購自日本東京的丸善書店。當時從丸善的目錄記載上知道，這本書在書架上放了兩年沒有找到主顧。

《紙魚繁昌記》

這是日本研究西洋文學和版本的先輩內田魯庵的隨筆集，由《書物展望》的編者齋藤昌三編印的。齋藤昌三是日本的藏書票專家。一九三三年前後，我因為搜集藏書票和有關的文獻，與日本許多的藏書票收集者開始了通信和交換。大約因為內田魯庵的這部《紙魚繁昌記》有不少藏書票的插圖和有關的文字吧，齋藤昌三氏便將這本書和他自己著的《藏書票之話》各寄贈了一本給我。為了這事，我買了吾家葉德輝的《書林清話》和《書林餘話》回贈他，因了葉德輝說日本複刻的宋本書不可靠，他還在《書物展望》月刊上發表過一些意見。

在不景氣和戰時緊縮下的日本出版界，《書物展望》怕早已停刊了。能從書堆中搜尋人生樂趣的日本那些愛書家，現在不知道怎麼樣了，該不致忘記了「書齋王國」的樂趣，來贊助侵略吧？

這次在廣州淪陷中遺失的書籍，當然不止這七部，但這七部關於書的書，這戰時本不應該帶在手邊的「奢侈品」，因了我幻想享受幾分鐘忙裏偷閒的樂趣，終於享受了這意外的損失。這損失雖然使我心痛，但像失去了無數比這幾本書更可貴的東西的廣州市民一樣，這懲罰正是恰當的。

忘記了罷，像忘記一朵開過了的花，像忘記一個亮過的火燄一樣。詩人雖是這樣向我們慰藉，但是，誰能忘記呢？我忘記不掉這幾本書，正像忘記不掉使我安居了八個月的那一片可愛的肥沃的土地一樣。

留港文藝工作者的責任

——遙祝文協總會一週年紀念

中華全國文藝界協會總會去年在漢口成立的時候，我恰巧在那裏。在總商會的會場裏，旁的不說，僅是剛從香港秘密到漢口的鹿地亘，第一次以日本反戰作家的恣態出現在講台上的時候，那掌聲就使人永不能忘記。

抗戰是一座熔爐，他團結了一切的力量，他產生了新的力量。

明天，三月二十七日，是這盛會成立的一週年紀念。雖然當時會場所在地的漢口已淪陷在×人的掌下，但我們從這上面看不出一點可悲觀的理由。相反地，僅從文藝本身上說，中國文藝工作者這一年間從炮火下所得的體驗，已經足以使世界任何一國的作家所艷羨。中國開始了她的新生，而我們恰是幸福地參加了這一偉大時代的一群。

為了慶祝這一個紀念日，留港的幾個文藝工作者在今天為大家佈置了一個彼此可以見面的機會。本港文藝工作者的團結問題，已經談論了好久，也許有人已經等得不耐煩，但我想在這裏指出，除了少數的漢奸文人以外，香港的文藝工作者是早已整齊的站在統一陣線旗職之下，團結的工作，並不是從今天才開始。

但許多從紙上認識的朋友今天可以彼此見面，這總是一件高興的事。除這以外，我們便該一刻不要忘記我們的責任。遙對着祖國，留港的文藝工作者應該一面克服身邊的困難，説服爭取工作圈外的同伴，一面利用環境負起一個運輸站的責任，將淪陷區民眾的希望和世界的同情寄回祖國，再將祖國新生的氣息傳遞到黑暗的區域和全世界。

一本書的產生

一本書的產生，正如一個人的長成一樣。它的本身就決定了它的價值。有的偉大，有的渺小；有的光榮，有的灰黯，這等列都是本質的，與客觀環境無關。

有些書花費了一個人的一生精力，有些書花費了畢生的精力還不曾完成。但也有一些人綴拾他人的牙慧，雜湊成章：更有些人將旁人的勞作據為己有，寫上自己的名字，坐享其成。

於是書便有了朽與不朽，正如人一樣，生理的構造上是相同的，但有的偉大，有的卑小。我們不能在一眼之下就辨別誰是「浮士德」，誰是「神曲」，但經過歷史熔爐的鍛煉，外形消失之後，一切便顯露了他的本質。

每一天幾乎有一本新書產生，每一本書都是一樣的新鮮漂亮，但我們透過它的外形，揭露一下它的靈魂，便能發現很少具有真實的成份；它們的出現不是作為欺世的手段，便是用作鑽營的工具。而且連帶的我們也可以發現它們的血統和淵源，有的為了施行一點小惠，便將旁人的心血據為己有；有的為了企望一點小惠，竟甘心將自己的心血拱奉給旁人。

我們並不要求每一本書都偉大，但每一本書至少必須是真實的，可惜連這一點也不易做到，於是世上儘有偉人，但難得有的是「完人」；書的世界中也儘有偉著，但難得遇見的是「完書」。

再斥所謂「和平救國文藝運動」

現汪記傀儡班因了叫座無力，徬徨苦悶的當前，在侵略者的軍事進攻已達力竭聲嘶的現階段，他們再踏上「和平攻勢」的末路正是必然的，這只要看近日各方面的謠言突然加熾，就知道這類陰謀活動已在開始。配合着這，一兩個變節的無恥文人，也在妄想對「抗戰文藝」採取攻勢，進行所謂「和平救國文藝運動」。

我前次已經拾起這些傢伙的尾巴，自將他們的嘴臉指示給大家看，指出這類的「夢囈」固然是他們自身的愚昧私墮落，但同時也是在「主子」指使之下的「文化陰謀」的一部份。近來，也許是領到「開班大吉」的「紅包」了，像是注射了強心劑一樣，他們又恬不知恥的説是「和平救國文藝運動」已經有了「初步的成功」（這成功也許就是指領到了主子所頒賞的紅包！），現在該「步伐齊一，力量集中」，組織一個「中華全國和平救國文藝作家大同盟」了。

我不想在這裏仔細地駁斥他們歪曲抗戰現實，誣衊抗戰文藝成就的種種無恥言論，反正一個喪盡廉恥，認賊作父的傢伙是甚麼話都可以講得出，而一個文藝界的敗類也盡能生吞活剝的將許多文學術語似通非通的堆砌起來的。正如全國民眾在每一次「謠言」證澈之後，愈加熱烈的擁護抗戰，加強團結一樣，這類「文化陰謀」也絕對不能動搖始終站在文化戰線最前列的今日中國作家的抗戰意志，反而只有加緊我們打擊漢奸言論，撲滅漢奸文藝的決心。政治上的內奸早已自己感到無法容身，露了本相夾着尾巴先後一個一個的溜走了。在文藝營陣裏，落伍投降的也早已竄進了自掘的墳墓，構成今日文藝陣線的已是組織得最嚴密的一支堅強的筆部隊。

所謂「和平救國文藝運動」，他說今日中國文藝作品的「任務」該是暴露戰爭的殘酷，該是「反戰」的。這類「不聰明」的「理論」，我見了真為他們「寒心」；這不是指他們故意不提目前正在進行這侵略戰爭的罪人是誰，誰使得中國民眾（忍）受了三年的戰禍，這樣的損失該由誰來負責，而是說在他們的「太上主子」正在無法支撐這失敗了的侵略戰爭，國內「反戰」高潮已漸漸無法遏止的當前，這樣「暴露」、「反戰」的言論一旦被他們的主子發覺之後，沒有肉的骨頭不僅不會擲到他們的跟前，他們難免還要狠狠的挨上幾腳的。

除了這類可笑的「矛盾」之外，更可笑的是：模仿着「主子」們的伎倆，實行「魚目混珠」政策。除了居然要組織「中華全國和平救國文藝作家大同盟」之外，也提出了給漢奸作家以「生活的保障」的要求。他們的理由是：「就是因為在這抗戰空氣還是瀰漫社會的今日——尤其海外各地——假如他明白地參加到我們的陣營裏時，那麼他的一切社會關係，就會發生變化，跟着他的生活也就發生問題了……」。保障作家生活的口號竟被剽竊了這樣來運用，真使人覺得可氣又可笑。

還有，誰都知道是抨擊革命的敵人和奸細最有力的蘇聯詩人瑪耶訶夫斯基，他的詩句竟也一再地被這些「文藝奸細」所引用，而且還說和他們的理論不謀而合，神經麻痺到這樣真是少見。也罷，你們既然單戀着瑪耶訶夫斯基的詩句，我率性再摘譯幾句給你們去吟咏罷：

好的，
讓他們的編輯們
去瞎吹。
讓他們去
漫天的撒謊。
在他們的咽喉中，
是恐懼的驚慌的喊叫；
那慘白的閃光
正是恐懼的汗流；

那請求
乃是被驅逐者的哀泣。
不久，喂，
在歷史的耳中
這一切都將死滅
從消逝了的
遼遠的微弱的回聲中。

哀穆時英

短短六個月的小漢奸的生命，就斷送了一個二十九歲的青年生命；對於這件事，有的人感到痛快，有的人感到惋惜。但對於過去曾經和他有過相當「友誼」的我們，則穆時英今天的死，自從他公然叛逆國家的民族，成為漢奸以後，是早在大家意料之中的。這並非說大家早料到他必然要死於非命，而是說，在只有抗戰到底才是整個國家民族，甚至個人的唯一的活路當前，其他妥協投降的途徑都是死路。一個人走上這一條路無異是自殺，而一個人一旦真的踏上這一條路之後，他已非我族類，他的存在與否早已不值得加以考慮了。

可哀的是，根據從間接中聽來的傳聞，他的「漢奸生活」也過得不很得意，原先鼓勵他「下水」的人卻竄入另一個更危害國家民族的圈子中去了，而他卻執迷不悟還想從黑暗中去尋找「真理」，自命是一個「清白的漢奸」。他罵旁的漢奸「荒淫無恥」，他說自己過的是「刻苦的底下生活」，他成了漢奸群中的孤立者。這樣，在互相猜忌，殺機四伏的魔窟生活中，即使有影佐（據傳說是這樣）當他的靠山，他終不免成了睚眥必報的犧牲品了。可哀者在此。

我在前面已經說過，過去曾經和他有過相當友誼的幾個人，自從他公然成為叛國的奸逆以後，大家連惋惜的心情都被克服了。相反的，正因了過去的關係使大家感到對於國家該負起更大的討伐他的責任。他這次的死，對於大家在精神上毋寧說是感到一種輕鬆。

精神上感到沉重的將是那些正在踏入他自毀覆轍以及誘致他「下水」，事前事後為他佈置一切的「軍師們。」

卷二 吞旃隨筆

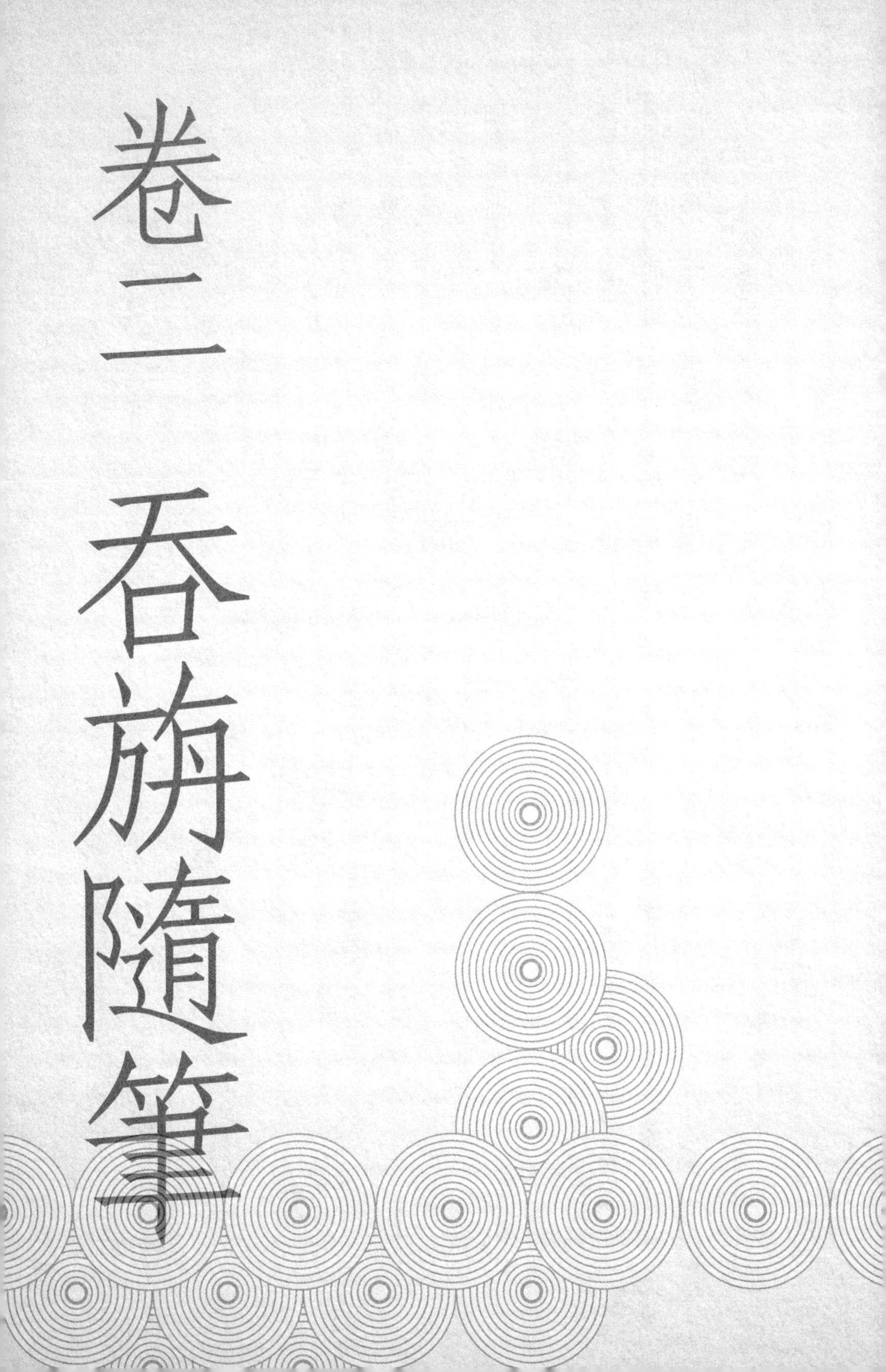

吞旃隨筆

鳥何萃兮蘋中，罾何為兮木上？
沅有芷兮澧有蘭，思公子兮未敢言。

——屈原：九歌

伽利略的精神

凡是涉獵過藝術史的人，大約都知道意大利著名的比薩斜塔，那傾斜着突出在地面上的白帽蛋糕形的建築物，至今還不曾倒；可是很少人會知道，就在這斜傾的塔上，從一百八十尺的高處，伽利略曾經將一些重量不同的球體，同時拋下來，同時落地，證實了他的落體定律學說，打破常時物體下落的速度和它的重量成正比例的謬見，使得一旁目睹的腐儒駭得呆了。這是中世紀科學史上的佳話。

具有這樣震駭世俗的大膽實驗精神的伽利略，晚年為了堅持他的地球運動主張而被捕下獄，正是意想中

的事。據說直到今天，羅馬城裏還保存着伽利略被禁的那間屋子，釘着一塊紀念牌，寫着

「一六三三年，伽利略主張地球繞日而行被禁處」

一六三三年，羅馬正是「宗教裁判」的世界，凡是不合教會口味的東西，都要被目為異端；伽利略在這樣黑暗的勢力下，公然擁護哥白尼天文學上的新學說，肯定太陽是宇宙的中心，地球和其他行星一面自己旋轉，一面繞日而行。這學說不僅推翻了當時教會所主張的地球為宇宙不動的中心論，同時更不啻取消了在這宇宙中心的地球上，代表着神而統治人類的教會地位，這當然使得教會無法容忍了，於是伽利略被教皇召赴羅馬，宗教裁判所開始審問伽利略的異端邪說。起先還僅是作學理上的辯難，後來就老實不客氣的用刑訊來威脅了，也許伽利略這時年紀已經太老了吧，據歷史學家的記載，跪在十個紅衣主教的面前，伽利略終於被迫推翻自己的學說，撤銷地球一面自轉一面繞日而行的理論，承認地球並非繞日而行，而且是不動的，可是當他自己打完自己的嘴巴，站起身來之後，卻自言自語悄悄的說：

「我雖然取消了我的主張，然而地球仍是動的。」

這末後的兩句話也許是好事家的附會，可是在當時被「宗教裁判」所認為異端邪說的「天體運行論」，到了一八三五年，教會終於不得不加以承認，而從梵諦岡的禁書目錄中將它撤銷了。於是伽利略一度被辱的地方，便永遠留着一個人類愚昧的記號。

勝利的到底是知識和真理。

火線下的《火線下》

對於日本軍隊進攻香港的戰略，我不知道當時英軍參謀部的判斷怎樣，至於作為一個市民的我，對於日軍的攻擊方式，可說完全估計錯誤了。根據我們的推測，日軍進攻香港的重心，大多數將在西面，如果不從鴨巴甸洲着手，至少將在堅尼地城海旁一演「敵前上陸」的拿手好戲，而對於摩星嶺要塞區的爆擊，必然是猛烈的，因此全港的最安全區，該是跑馬地一帶，因為即使戰事發展到市街戰的階段也罷，等到越過中環區而進展到灣仔區時，無論如何也該成為尾聲了。根據這樣的「預測」，住在西區的我，當香港戰事爆發後，正如大多數的西區居民一樣，立即倉皇從西區避難到東區。哪知戰事的演進恰和我們的預料相反，當時在跑馬地防空洞裏所領受的十幾日的交織炮火的滋味，那進退不得的狼狽的情形，現在想起來，誰都要啞然失笑吧。

遺棄在西區的家，當炮火停止以後，萬里長征似的從跑馬地步行着回來一看，叨天之幸，房屋並沒有中炮彈，物質上似乎並沒有甚麼損失，可是仔細一檢點，作為文人的我，所蒙受的意外損失可有點驚人了。

由於鄰人的好意，我的架上的書籍，《抗戰大事記》也罷，邱吉爾的言論集《汗血眼淚》也罷，凡是有點那個的，都不翼而飛了。而打開抽斗一看，從朋友往來的信件，以至個人的名片，未寫完的原稿，總之，凡是有字的東西，幾乎全都不見了。整理完竣的「讀書隨筆」原稿不見了，擱置了五年未能付印的創作集

「紫丁香」不見了，更使我吃驚的是，花了一年心血才譯了一半的巴比塞的《火線下》的原稿，每一個抽斗都找遍，也杳無影蹤了。

哪裏去了呢？鄰人笑嘻嘻的說，說是恐怕有人來查問時有點那個，有些給我燒了，有些來不及燒的都扔在後邊山溝裏了。

想到開始翻譯《火線下》時曾向書局預支過伍佰元法幣的稿費，後來法幣和港幣的匯率愈差愈遠，便提不起精神動筆，老闆屢次來信催稿，始終是懶懶的應着，現在率性連既成的這一半原稿也燒掉了，萬一將來有機會再見到那位書店老闆時，也許那時像「中日事變」之類這麼重大的問題早獲得圓滿和平的解決了，而我這問題卻反而不容易解決；一想到這情形，我不覺暫時忘去了眼前的一切，對着窗外覆着長長的野草的山溝，茫然起來了。

完璧的藏書票

鄰人的好意，雖然使我在這次戰爭中喪失了全部存稿和好些書籍，可是由於他這樣獨到的眼光，我的另一份「財產」卻幸運的被保存了。這便是我所收藏的現代日本愛書家的藏書票。

據他的解釋，最能動人情感的莫過於「他鄉遇故知」，因此，對於征塵滿面的士兵們，如果有一點東西能打動他們的鄉情，最容易被他們所珍視，因此也最容易獲得他們的好感，而由於這樣的好感所產生的方便，決非在門口貼上一張「特殊家屋，立入嚴禁」之類的玩意所可比擬的。根據這樣的理由，我的鄰人善意的將我的一些原稿和書籍肅清之後，便珍重的將我所收藏的這一份日本藏書票放在桌上，而且放在最矚目的地方，好像希望凡是走進這屋子裏來的人第一眼就見到似的。

說起這一份藏書票，歷史已相當悠久了。「一二八事變」後不久，我隻身寄住在上海北四川路的一家公寓裏，每日浸在書堆中，開始對於書籍的版本，裝幀，描畫，收藏各方面，任情的涉獵起來。偶然從中國藏書家的收藏鈐記研究到西洋藏書家所用的貼在書上「藏書票」，不覺立時着了迷。可是關於藏書票的研究資料，中國方面固然絕對的沒有，就是西洋方面也很稀少而不易獲得，因為這是「書的樂園」的最後的三昧境，不是一般將讀書當作消閒或視作畏途的人所能理解的。後來偶然在內山書店的書架上，讀到齋藤昌三氏所編纂的田魯庵隨筆集《紙魚繁昌記》，知道藏書票在日本已相當的流行，而且齋藤昌三先生恰是日本藏書票界的權威，著有僅有的研究藏書票的專著《藏書票之話》。

這一發現使得我很興奮，我立即託書店老闆內山完造氏寫信向日本去訂購，隔了不久，回信來說這書早絕版了，只有偶然遇着機會還可以在舊書店裏得到。這答覆當然使我很失望，可是還不是絕望，憑着愛書的熱忱，我當時就寫了一封信給這書的著者齋藤昌三先生，他那時正是《書物展望》的編輯人，詢問他可否為我這異國的書物愛好者設法，找一冊這部書，並再供給我一點關於日本方面的藏書票資料。我在信內還附寄了一張我自己所用的藏書票，證明我確實是一個有同嗜之雅的人。果然，齋藤先生接了信很高興，隨即將他自己所存的一部《藏書票之話》贈給了我，並且還寄來了一批日本藏書家所用的藏書票，以及日本藏書票的研究資料，這其中包括了大正十五年八月出版的《柳屋》第二十九號「藏書票之卷」，大正十四年第四卷第七號的朝日書報「日本藏書會作品」圖片，以及博多明治製菓賣店所舉行的第二回藏書票展覽會的出品目錄。這些資料都是十分珍貴而且稀覯的，大大的增加了我研究和收集藏書票的興趣，正如後來齋藤先生在《書物展望》某期上所說，「中華民國上海的葉靈鳳氏，正在藏書票熱中」。由於齋藤先生這樣的鼓勵，我隨即加入了日本藏書票協會，認識了該會主持人小塚省治氏，並開始和日本的愛書家和藏書票蒐集家交換藏品。我現在還記得，遠在台灣的蒐集家緒方吾一郎氏，大連的須知善一氏，當時都不遠千里寄了藏品來交換。

由於衣食的奔波和人事的變遷，十年以來生活上雖然不再有餘裕可以供我享受恬靜的「書齋趣味」，可是我愛書的熱忱始終未替，而且不時還藉着偶然的機會為我這一份藏品增加一點資料。同時，由於我個人幾次的介紹，中國讀書界也多少知道了一點「藏書票」是甚麼東西，而且居然還有一二位同好的愛書家製一張貼在自己的書上。

紙魚蝕紙裝的《紙魚繁昌記》已經在廣州戰火中失去，《藏書票之話》則和我的其他藏書堆集在上海已經六年，也不知道情形怎樣。在這次香港戰爭中，我以為帶在身邊的這一份中國僅有的藏書票收藏怕也難免失散了，然而竟能倖免，這使我在安慰感激之餘，不得不佩欽我的那位鄰人獨具眼光，火下留情了。

多年不曾和齋藤先生通過消息，不知他近況怎樣，《書物展望》這樣的刊物不知在戰時還能繼續出版否。目前的香港還未進入「讀書的季節」，也許等到秋高氣爽，燈火可親之時，有機會將這一份歷劫倖存的藏品，整理一下，舉行一次小小的展覽會，作為一個紀念罷。

秋鐙夜讀抄

「今年的七月，甚麼地方都沒有去旅行，就在這巷中，浸在深的秋的空氣裏。」

「這也是十月底的事。曾在一處和朋友們聚會，談了一天閒天。從這樓上的紙窗的開處，在凌亂的建築物的屋頂和近處的樹木的枝梢的那邊，看見一株屹立在沉靜的街市空中的銀杏。我坐着看那葉片早經落盡了的，大的掃帚似的暗黑的幹子和枝子的全體，都逐漸包進暮色裏去。一天深似一天的秋天，在身上深切地感到了。居家的時候，也偶或在窒人呼吸似的靜的空氣裏，度過了黃昏。當這些時，家的裏面，外邊，一點起燈火來，總令人彷彿覺有住在小巷子中間一樣的心地。」

讀着魯迅所譯的島崎藤村的這段散文，不知怎麼樣，覺得簡直就像自己心裏所要想寫的似的，就信筆抄了下來。是的，「今年的七月，甚麼地方都沒有去旅行，就在這巷中，浸在深的秋的空氣裏」，回想起初夏時曾經決意要利用這近年難得有閒暇，多讀幾部許久想讀而沒有時間和心情去讀的書，現在對着山背後湧上來的日漸明淨的白雲，聽着山溝裏愈加清脆的水聲，知道秋天已到，這計劃又成空了。

夏天讀書的計劃既不曾實現，對着這「沉靜得窒人呼吸」的秋天，我又燃起更大的雄心了。許多年不曾寫小說了，利用今年這秋天寫幾篇小說罷。我曾經在宋皇台下住過一些時候，就將那幾位南渡君臣悲壯淒涼的末日，試寫一篇歷史小說罷。

從友人處借來了宋史，厓山集，以及關於文天祥，陸秀天等人的資料，在燈下檢着有關的一切，從本紀以至列傳，任情的涉獵着。

這也許就是「英美思想應該從東亞驅逐出去」的原因之一罷，近幾年來，我對於西洋現代文學，古典作家，藝術史，翻閱得比甚麼都熟悉，架上僅有的幾冊線裝書，不僅沒有去動過，而且早給逐漸添置的西洋文化史，藝術史之類，擠到書架背後去了。現在翻閱着為了寫小說的搜集來的南宋末年史料，一種久已疏遠的似曾相識的情緒又甦醒了。我於是放任着自己眼和手，將一些線裝書都搬了出來，從正史讀到野史，從散文讀到韻文，每晚在燈下，將闊別了許久的舊時愛讀的許多作品，重行盡情地溫讀了一遍。

小說當然不曾寫成，可是卻乘便讀了不少書，「失之東隅，收之桑榆」，這種意外的收穫，我不能不歸功於眼前這時代所給與我的啟示。

十幾年前，讀詩詞，愛讀的是唐五代詞。李後主的「憶江南」和「浪淘沙」，韋莊的「當時年少春衫薄，騎馬依斜橋，滿樓紅袖招」，差不多開卷必讀。現在回想起來，當時的心情真有點使人臉紅。現在唸着「簾外雨潺潺，春意闌珊，羅衾不耐五更寒，夢裏不知身是客，一晌貪歡。」雖覺得這仍然是一首絕妙好詞，可是像舊時那種為詞裏的意境所顛倒的心情，卻怎麼也喚不起了。

在燈下展開稼軒詞。這位南宋詞人，正是我近年愛好的作家之一。在這半山區，斗室孤燈，玩味着他的蒼涼的詞意，真使人的心上感到份外沉重：

楚天千里清秋，水隨天去秋無際。遙岑遠目，獻愁供恨，玉簪螺髻。落日樓頭，斷鴻聲裏，江南遊子。把吳鈎看了，欄杆拍遍，無人會，登臨意。　休説鱸魚堪膾，儘西風、季鷹歸未？求田問舍，怕應羞見，劉郎才氣。可惜流年，憂愁風雨，樹猶如此！倩何人，喚取紅巾翠袖，揾英雄淚？

還有他的另一闋「水龍吟」：

舉頭西北浮雲，倚天萬里須長劍。人言此地，夜深長見，斗牛光焰。我覺山高，潭空水冷，月明星淡。待燃犀下看，憑欄卻怕，風雷怒，魚龍慘。　峽束蒼江對起，過危樓，欲飛還斂。元龍老矣！不妨高臥，冰壺涼簟。千古興亡，百年悲笑，一時登覽。問何人又卸，片帆沙岸，繫斜陽纜？

這後一首，去年春天，曾拗不過一位好事者的糾纏，拿了一張斗方宣紙要我寫字，便歪歪斜斜抄了給他了。

同樣的，在詩的方面，二十歲以前只曉得讀王次回的《凝雨集》。（這次日本畫家山口蓬春氏過港時，曾特地託人領路買了一部石印的《凝雨集》帶回去）後來慢慢的知道領略李義山，黃仲則，龔定盦了。近年則一直愛讀陸放翁，尤其是他的「臨安春雨初霽」：

世味年來薄似紗，誰令騎馬駐京華。小樓一夜聽春雨，深巷明朝賣杏花。短紙斜行閒作草，晴窗細乳試分茶。素衣莫起風塵僕，猶及清明可到家。

老杜和李太白，則始終不曾好好的讀過。對於他們的領略，也許要留待中年以後了。

* * *

《離騷》誠不愧為百世辭章之祖，正如大自然，在任何時間，用任何心情去看，都有一種前所未見的新的發現。劉勰評得好：「不有屈原，豈見離騷；驚才風逸，壯志細高；山川無極，情理實勞；金相玉式，豔溢錙毫。」不讀《離騷》，怎麼也談不上讀過中國文學作品。

我久有一個心願。作為作家，應該為屈原寫一部可讀的同情的文學體裁的傳記（不是飣餖考據式的。）作為出版家，應該將離騷根據最完善的底本，配上蕭尺木的插畫，印一種字大悅目，可讀可藏的現代版。又是心願，許下的心願真是太多了。夜將深，我於是攤開擱在手旁的《楚辭》！

思美人兮，攬涕而佇眙。媒絕路阻兮，言不可結而詒。蹇蹇之煩冤兮，陷滯而不發。申旦以舒中情兮，志沉菀而莫達。原寄言於浮雲兮，遇豐隆而不將。因歸鳥而致辭兮，羌迅高而難當。高辛之靈盛兮，遭玄鳥而致詒。欲變節以從俗兮，愧易初而屈志。獨歷年而離愍兮，羌憑心猶未化。寧隱閔而壽考兮，何變易之可為？知前轍之不遂兮，未改此度。車既覆而馬顛兮，蹇獨懷此異路……

一陣山風，帶着一隻青蚱蜢從窗口撲進來，我嚇了一跳，攤開的楚辭也被吹翻了幾頁：

朝吾將濟於白水兮，登閬風而緤馬。忽反顧以流涕兮，哀高丘之無女。

去年冬天，曾在一個學校裏授《離騷》，差不多就講到這附近，戰爭發生了。

* * *

重要的南宋史料，可以補正史之不足者，有《填海螺》，《二王本末》，《南渡錄》、《平宋錄》等。後兩種，我手邊有神州國光社編印的「中國內亂外禍歷史叢書」本，翻了一遍，所記的大都是臨安失陷前後三宮北狩的事，與我所要參考的二王末年事蹟無關。最適合的該是《二王本末》和《填海錄》，其中一定可以找到一些厓山小朝廷和秀夫沉海的資料，可惜怎樣也找不到這兩種書。

我佛山人的《痛史》，作於清末，也是以南宋末年的故事為題材，反映當時瀰漫着的種族革命思想而寫的章回小說。雖是經過渲染鋪張，再用來作為寫小說的參考未免不甚可靠。可是其中有許多地方，針對着當時清朝末年的時政，倒也寫得很痛快淋漓，如寫元朝的太監們對被虜的南宋皇室情形：

……那太監奉了旨，便到三宮住處來，大叫道：聖旨到。老蠻婆子小蠻子快點跪接。太皇太后看見全太后這般狼狽，正自淒涼，忽聽得聖旨到，又氣又惱又吃驚，正不知是何禍事，只得顫巍巍的向前跪下。全太后不知就裏，也只得帶着德祐帝跪下來。太監向全太后兜胸踢了一腳喝道：沒有你的事，滾！這一腳踢得全太后仰翻在地。那太監方才説道：皇上有旨，封老蠻婆子做壽春郡夫人，封小蠻子做瀛國公，快點謝恩。太皇太后福了一福，德祐皇帝叩了頭，太監喝道，天朝規矩，要碰響頭謝恩的。太皇太后沒奈何，低頭在地下碰了一碰。太監道：還有兩碰，太皇太后只得又碰了兩碰。太監道：說呀！太皇太后道：說甚麼？太監道：蠻子真不懂規矩，你說謝皇上天恩，快說！太皇太后沒奈何，只得說了……

忽然外面又闖進兩個太監來，大叫道：聖旨到。太皇太后德祐帝只得仍舊跪下，低着頭，不敢仰面觀看。只聽得那太監齊聲道：奉聖旨，老蠻婆子和那小蠻子仍舊住在這裏，交理藩院看管。那賤蠻婆子攆到北邊高牆裏去，只許她吃黑麵饃饃，不准給她吃肉，快點謝恩！太皇太后德祐帝只得碰了頭，說了謝皇上天恩。全太后卻只呆呆的站在一旁不動。一個太監大喝道：呔！這賤蠻婆子，還不謝恩麼？全太后道：這般的處置，還謝恩麼？太監又喝道：好利嘴的賤蠻婆子，你不知咱們天朝的規矩，哪怕綁到菜市口去砍腦袋，還要謝恩哩，這有你們蠻子做的詩為證，叫做「雷霆雨露盡天恩」呀。全太后沒得好說，只得也跪下碰了頭。

亡國君臣的受辱是活該的，寫得生動如畫的倒是狐假虎威，作威作福的奴隸的嘴臉。

* * *

南宋末年的人物，可以寫小說的，除陸秀夫外，還有賈似道和文天祥。前者的貪污糊塗，後者的神忠耿介，都是絕好的小說資料。僅是一首正氣歌，就值得我們為他嘗試了，你看：

天地有正氣，雜然賦流形。下則為河嶽，上則為日星。於人曰浩然，沛乎塞蒼冥。皇路當清夷，含和吐明庭。時窮節乃見，一一垂丹青。在齊太史簡，在晉董狐筆，在秦張良椎，在漢蘇武節。為嚴將軍頭，為嵇侍中血。為張睢陽齒，為顏常山舌。或為遼東帽，清操厲冰雪；或為出師表，鬼神泣壯烈。或為渡江楫，慷慨吞胡羯。或為擊賊笏，逆豎頭破裂。是氣所磅礴，凜烈萬古存。當其貫日月，生死安足論；地維賴以立，天柱賴以尊。三綱實繫命，道義為之根。嗟予遘陽九，隸也實不力。楚囚纓其冠，傳車送窮北。鼎鑊甘如飴，求之不可得。陰房闃鬼火，春院閟天黑。牛驥同一皂，雞棲鳳凰食。一朝蒙霧露，分作溝中瘠。如此再寒暑，百沴自辟易。哀哉沮洳場，為我安樂國。豈有他繆巧，陰陽不能賊。顧此耿耿在，仰視浮雲白。悠悠我心悲，蒼天曷有極。哲人日已遠，典刑在夙昔；風簷展書讀，古道照顏色。

試想，在湫塞潮濕，陰暗不見天日的牢獄中，傳出了這樣的金石之聲，這不僅是值得描寫的小說的戲劇的場面，而且也是再好不過的有聲有色的電影場面。

秋鐙照顏錄

哲人日以遠，典型在夙昔
風簷展書讀，古道照顏色

——文文山

攘夷志士吉田松陰

吉田松陰，日本明治維新前期的志士之一，為了主張「尊皇攘夷」，終於以身殉志。安政六年（公曆一八五九年十月二十七日，經過六年的羈囚，以三十歲的壯年，死在德川幕府的手下。在臨刑的前夜，松陰在獄中寫了他的遺書，那便是傳誦至今的《留魂錄》。在這遺書的開端，他題下了那著名的詩句：

此身雖在武藏的田野上腐爛，
大和魂卻將永遠長存。（大意）

松陰的道德文章，得力於我國孔孟，他自幼浸淫漢籍，著有《講孟箚記》，《讀綱鑒錄》，和過文天祥的正氣歌，所以大義凜然，不愧「讀聖賢書」。他曾自署為「二十一回猛士」。所謂「二十一回猛士」，據他自己《幽室文稿》裏的解釋是，他在獄中的座右銘，為「三餘讀書，七生報國」八個大字，三七二十一，又因他於甲寅年下獄，寅屬虎，虎德為猛，所以自署為「二十一回猛士」。凡這一切，在今天看起來，似乎頗有一點「迂」，然而迂和剛正，二者的區別間不容髮，在日本明治維新開國前夜，如果沒有像松陰這等志士們的「頭可斷，志不可屈」的奮鬥精神，哪裏能使得將軍幕府知難而退？

中國目前正徘徊在中興與割據的歧途上，為了攘夷安內，我們所需要的正是敢於挺直了脊樑的讀書人，可是環顧宇內，城狐社鼠，草間求活，誰是新中國的吉田松陰！

蟲聲

夜深了，燈火管制的時限已到，在燈下夜讀的我，放下書，將燈光深深的掩起，走到騎樓上。

外邊，天空繁星萬點，四周漆黑而且沉寂，從這騎樓上可以望見海面的一角，這時有一點燈火正在緩緩的移動着。是夜歸的漁舟，還是乘着黑暗的掩護悄悄駛進港來的一隻商船？對着這，我不覺出神了。

衝破周遭緊緊壓迫着的使人窒息的黑暗，誰是在這黑暗中引導我們前進的一粒燈火呢？我出神了。

因了寂靜，四周的蟲聲顯得愈加響亮。蟋蟀，紡織娘，金鈴子，還有不知名的這亞熱帶山間出產的秋蟲，和着山澗的水聲以及樹梢掠過的夜風，構成了一闋秋夜交響樂。我不知是因了這蟲聲，使我覺得周遭愈加的沉寂，還是因了這沉寂，使我覺得周遭的蟲聲愈加響亮。總之，在這黑暗的靜寂中，聽着聒耳的蟲聲，對着遠方海面上緩緩移動着的一粒燈火，我不僅感覺忽然敏銳，而且心境也突然澄澈起來了。

夜深了，秋也深了，風露冷，就是秋蟲，也該暫時沉默一下吧？可是仍是這般不知疲倦的叫着。是珍惜着這剩餘無多的季節，還是不甘命運的支配呢？這使我想起了日本失名的一句小詩，周作人先生曾經在某一篇文章裏引用過的：

> 蟲呵蟲呵，難道你叫着，
> 「業」便會盡了麼？

是的，即使不停的叫着，「業」也未必會盡。可是明知是這樣，仍然要不停的寂寞的叫着的，在這世間，怕不只秋蟲這東西吧？

對着這，我的心境忽然澄澈起來了。

歲寒知松柏

近來新聞記者形容香港，每愛用「未蒙天惠」四字。若是僅就糧食生產而言，這形容多少還有一點恰當。若是從一般情形説，則香港不僅不是「未蒙天惠」，而且該説是「得天獨厚」。

你看，山青水綠，四時常春，曾經有多少人説這裏孤島天堂，多少人説這裏是亂世樂園。

南方人富於熱情，北方秉性剛直。香港處於亞熱帶，沒有南蠻的荒炎，也沒有塞北的苦寒，氣候不僅能影響物產，而且也能影響人的氣質，於是短處便從這裏發生了，生長在這樣氣候中的人也就剛不柔，溫順如羊，經不起驚慌，捱不住痛苦。

松柏之類被古人喻為操守象徵的東西，在這裏從來不被人重視，其原因大約就在此，而且它的抵抗風霜，老而彌堅的特性，也許根本就被人忽略。因為在香港這樣亞熱帶地方，草木差不多終年常青。沒有冰雪，松柏經冬不凋的特性不受人注意，甚或不被人重視，正是當然。

但在北方就不同了。一到冬天，萬木凋零，冰霜遍地，在寒風怒吼中，一兩株老松矯健擎雲，青翠蒼碧。

使人見了不僅眼目一新，而且不覺要挺起腰骨，伸直了脊樑。

歲寒然後知松柏。不經過霜雪，也就不大知道經冬不凋的植物的可愛，不僅是環境使然，而且也是經驗使然。正是：

江南有佳樹，經冬猶綠林；
豈因地氣暖，自有歲寒心。

吞旃讀史室劄記

崇禎殉國紀念

今年陰曆歲次甲申，三百年前的甲申年，正是明朝末年，李自成進逼京師，三月十九日，攻破紫禁城，崇禎皇帝眼看大勢已去，便在煤山自縊，今年正是他殉國的三百年紀念。

中國近幾十年曾經有兩次大家都熱心研究明末情勢：一次是民國建國前夜，為了醞釀種族革命，志士們便藉了明末遺民慷慨起義的史實來激發民族精神；一次是七七事變前兩年，當時政府的一切措施好像總是恰同民眾的希望背道而馳，而文網又很嚴密，一切言論均不得自由，於是大家都借了談論明代情形發牢騷，從袁中郎的小品，以至明末閹人，黨禍，八股遺毒，社會不安的情形都被利用了來諷刺時局。先後不到五十年，竟使我們兩次不得不從同一歷史中去討取教訓，中國近年所遭遇的艱難的局勢，從這上面便不難想像了。

明朝亡國的原因，一方面由於吳三桂引了清兵入關，一方面又由於流寇李自成張獻忠的猖獗，但這還不過是表面上的原因。除這以外，當時文武朝臣的昏庸懦弱，只知道依附權要，排除異己，而士大夫又中了八股制藝的毒，壞的瞢騰不知國事，好的則除了滿腔忠義之外，又不知道時弊所在，同時苛稅饑饉，小民不安於室，便造成了不可救藥的內在原因，再加上外禍內亂，遂如摧枯拉朽，一發而不可收拾，當時即使沒有洪承疇吳三桂，即使多出幾個史可法，也未必能挽回明朝的末運。這悲劇的命運恰巧落在崇禎身上，可說是他個人的不幸，正如他所說：「朕非亡國之君，而諸臣皆亡國之臣」，他實在不過是被歷史注定了要扮演這一個悲劇腳色而已。

末代君王的沉哀

明朝王國是中國歷史上最典型的亡國情狀，而以身殉國的崇禎也是中國歷史上末代君王遭遇最悲慘的一人。關於他以身殉社稷的經過，明季諸家野史都有詳細的記載，如《甲申傳信錄》說，監軍太監曹化淳開門迎賊之後，「是日申刻，內監有諷上遠狩者，上同內監登萬壽山頂，四望逾時，知事不可為，遂回乾清宮。是日酉刻，上譴內監密勅新樂侯劉文炳，駙馬鞏永固，各帶家丁護送出城南遷。劉鞏並入內殿見上，曰：法令素嚴，臣等何敢私蓄家丁，即率家人數百，何足以當賊鋒？上頷之。又召首輔魏藻德言事，語密不聞，久之，上顧事急，將出宮，分遣太子二王出匿。進酒，酌數杯，語周皇后曰，大事去矣，爾宜死！袁妃遽起去，上拔劍追之曰，爾也宜死！刃及肩，未仆，再刃，仆焉。目尚未瞑。皇后急返坤寧宮，自縊。時已二鼓，上巡壽寧宮，長公主年甫十五，上怒目之，曰，胡為生我家？欲刃之，手不能舉，良久，忽揮劍斷公主右肩而撲，並刃坤儀公主於昭仁殿。遣宮人諷懿安皇太妃李氏，並宜自縊。上提劍至坤寧宮，見皇后已絕，呼曰，死的好！遂召九門提督京城內外太監王承恩至」……

接着，換了衣帽，要想同王承恩奪門出走，可是天色昏黑，守城軍不知道是皇上，不肯開城，反而疑是奸細，弓矢下射，於是「愴懼還宮，易袍履與承恩走萬壽山，至巾帽局，自縊。」

崇禎自縊後，李自成還不知道，他大索宮中，並懸賞萬金向民間搜索，直到二十二日遺骸才被人發現。據文秉的《烈皇小識》卷八所載，當時發現的情形是這樣：「庚戌，得先帝遺魄於後苑山亭中，與王承恩對面縊焉。先帝以髮覆面，白袷藍袍，白紬褲，一足跣，一足有綾襪，紅方舄，袖中書一行云：因失江山，無面目見祖宗於天上，不敢終於正寢」。這情狀多麼淒涼動人，雖難免是想像的，但已經夠逼真了。關於袖上的詔書，諸家記載在文字上頗有出入，如《甲申傳信錄》說，是用血書於前襟的，語為「自朕失守社稷，無顏冠服終於正寢」，另一家筆記則又是「諸臣誤朕，任賊分裂朕躬，毋傷百姓一人」。

這樣的死，很有英雄主義的意味，但他手刃自己的女兒時，卻忍不住要說：「胡為生我家」？又據野史上說，他令太子出避民間之後，還要他盡去本等冠帶，吩咐他說：「今後慎毋露帝皇家形跡」，這親子的深請，再加上當國事已不可為時，他曾私下再三用手指在書案上寫着「文臣皆可殺」的事，則這悲劇的末代君王，實在也是一個充滿了人性的人。

吳梅村逸詩

吳梅村為明季詩壇一代宗匠，明亡後為時勢所逼，更事新朝，後世論者對他的批評雖不同於錢牧齋龔芝麓，頗加曲諒，但他自己則始終以枉節自歉。據說當時侯朝宗曾再三以書勸他，叫他審慎出處，他未能遵從，侯朝宗死後，他的輓詩曾有「死生總負侯嬴諾，欲滴椒漿淚滿樽」的痛語。他在清初雖仕至國子監祭酒，可是臨終時仍囑「殮以僧服，葬於鄧尉靈蔚之間，墓前立一圓石，題曰詩人吳梅村之墓足矣」。

「新蒲綠」二首，相傳是吳梅村私祭崇禎皇帝的紀事詩，為了怕觸犯禁忌，不敢收入集中，僅見於手鈔本《梅村逸詩》，詩前有小引云：

三月十九日，公祭於婁東之鐘樓，偉業敬賦二律，以當迎神送神之曲。

張振鏞的《中國文學史分論》第一編錄有這詩：茲抄錄於下：

白髮禪僧到講堂，衲衣錫杖拜先皇；半杯松葉長陵飯，一炷沉煙寢廟香。有恨山川空歲改，無情鶯燕又春忙，欲知遺老傷心事，月下鐘樓照萬方。

甲申龍去可悲哉，幾度東風長綠苔，擾擾十年陵谷變，寥寥七日道場開。剖肚義士沉滄海，嘗膽王孫葬劫灰，誰助老僧清夜哭，只應猿鶴與同哀。

著名的吳梅村的「圓圓曲」，曾有「衝冠一怒為紅顏」之句，諷刺吳三桂向清兵乞師入關，不是為了報國仇，也不是為了報父仇，只是為了李自成擄了他的愛姬陳圓圓，相傳吳三桂曾再三齎重金請求吳梅村刪去這首詩，他始終不肯，詩人到底仍是詩人。

香港，日本與王韜

香港的外江佬，在歷史上有名的，王韜大約要算得上一個。他在香港住過多年，是《循環日報》的創辦人，後來回到上海，又任過《申報》總編輯。他於光緒五年曾赴日本遊歷，著有《扶桑遊記》三卷。相傳他曾依附太平天國，是天朝的開科狀元，有「長毛狀元」之稱。他在香港創辦《循環日報》，據説正與今日在香港的許多外江佬文化人一樣，是在太平天國失敗後，逃難來香港的。

王韜是江蘇吳縣長洲人，字紫詮，號子九，又號仲弢，有時也寫作弢園，別天南遯叟，生於道光八年。除了上述的《扶桑遊記》之外，他還著有《弢園文集》，《弢園尺牘》，《遯窟讕言》，《瀛壖雜鈔》等等。他除了到過日本之外，並且去過歐洲，當時正值普法戰爭（一八七零年，即同治九年），回來時曾寫了一篇〈普法戰記〉。

關於王韜的為人，據他的女婿錢徵在《甕牖餘談》的跋語説：「先生久居香海，常鬱鬱不自得，又患咯血症，往往風雨一爐，未秋先病。行年五十，尚艱嗣續。客常有以營篷室勸者，輒慨然曰，人豈必以兒孫傳哉，余蓋得以空文垂世，使五百年後，姓名猶掛人齒頰，則勝一盂麥飯多多矣。是故平居恒手不釋卷，見有時事之可傳者，必摘錄之以備參考。……」

《甕牖餘談》八卷，所摘錄的便都是這些時聞逸事之類，除了一小部份是關於所謂忠臣節婦，可歌可泣之事蹟外，其餘大都關於西洋風俗人情，以及新發明事物的敍述，雖然有不少荒謬臆測的地方，但在當時能留意到這一方面，實在也很難能可貴。關於日本的，這書裏一共有〈日本宏光〉，〈日本風災〉，〈日本略記〉，〈通商日本說〉，〈日本文字〉五則。

〈日本風災〉記明治四年五月十八日，二十四兩日，大阪一帶發生的颶風事。這風似乎是由我國浙江沿海吹過去的，因為當時在嘉興青蒲一帶也同樣發生了颶風。〈日本略記〉記西人理雅各遊歷日本的見聞，〈日本文字〉談日本字母與中國漢字的淵源，都沒有甚麼值得注意的地方。在今日讀起來，使人特別感到有興趣的，倒是作者在〈通商日本說〉裏所表示的中日關係的見解。此文的寫作年月雖不明白，但據內容看起來，當在明治維新前夜，這時副島種臣固然沒有來，就是李鴻章經手的中日修好條約也還沒有成立，可是兩國的商務交涉，已經漸漸的頻繁了，但是正式外交關係還沒有成立。關於這點，作者說：

> 邇來歐羅巴各國公使，皆奉其國王之書函，前來日本講好修睦，開埠建行。日本亦各遣公使往詣各邦，以敦鄰誼，即如荷蘭一國，於二百年前與中國同在長崎島通商者，近亦遣公使至日本，攜

其國書，籍於橫濱箱館，往來貿易，日本已許之矣。以此觀之，歐洲絕未通商之國，今皆通書使，立條約。船艦鱗萃，商賈羽集，而中國素來交往者，反絕跡焉。此竊所未解也，且兩國既已通商，設立領事，駐箚公使，一援歐洲各國之例，於中國通商亦甚便焉，何為計不出此耶？順叔所論如此，亦自有見。

這裏所說的順叔，是指名叫宏光順叔的日本人，他是王韜的朋友，曾到過香港廣州。王韜對他似乎很佩服，在《甕牖餘談》卷二〈日本宏光〉條下，作者說：

日本人宏光，字順叔，行三，素居日本京都江户，為將軍貴胄，世襲華職，年僅二十六歲，瑰奇英偉，超卓不群，固其國中之俊傑也。同治丙寅五月，來遊香港，曾往英京倫敦，覽其山川風物，詳觀各機器水火二力之妙用，而悉會通其旨，於英國之語言文字，皆能洞曉，英人無不羡其聰穎，敬禮有加焉。又嘗遊歷金山，所至輒詢以有用之學，於奇技淫巧，視之蔑如也。既至香港，往來羊城，文人才士，皆樂與之交，順叔亦皆一一延接，務極賓主歡，於是技贈詩章，盈於行篋，求書者户外屨常滿。順叔於書各體無不工，而尤擅鍾鼎篆隸，固此書名大噪於粵東。此將返，辭於諸故人，祖道東門，自梅觀察以及士大夫，悉贈詩以壯其行色。即下至閨媛，亦以詩歌贈答，順叔之震耀於時如此。吾觀日本近來人才迭出，務在留心經世實學，歐洲文士所譯天文曆算醫術格致各書，無不深研力索，其所著如三語便覽，歷代紀年，於西國情事洞若觀火，而國中亦有輪船炮局，力講富強，嗚呼，志豈在邇哉。今順叔亦如是耳。順叔來訪予於旅舍，與之敷衽論心，嘆相見晚。

王韜記載順叔和日本的事，似乎很有遠見，但他自己一旦到了日本卻怎樣呢？據他自己說，他是「日在花天酒地中作活，幾不知有人世事」，對於當時日本社會文化各方面銳意革新的情形，反而毫不關心。他是於光緒五年春天往日本的，七月秋間回到上海。《扶桑遊記》三卷，有明治十三年東京栗本氏的刊本，所記自光緒己卯閏三月初七日起，至七月十五日止，凡一百二十八日。這書我未見過，周作人先生曾在〈關於王韜〉一文裏引用過，其四月三十條下有一節云：

> 日東人士疑予於知命之年尚復好色，齒高而興不衰，豈中土名士從無不跌宕風流者乎？余笑謂之曰，信陵君醇酒美人，夫豈初心。鄙人之為人狂而不失於正，樂而不傷於淫，具國風好色之心，而有離騷美人之感，光明磊落，慷慨激昂，視貲財如土苴，以朋友為性命。生平無忤於人，無求於世，嗜酒好色，乃所以率性而行。流露天真也。如欲矯行飾以求悅於庸流，吾弗為也。

從這一段自述看來，王韜實在是一位典型風流自賞的名士。將他的自述與他女婿的跋文對比讀起來，實在是一種很好的對照。王韜晚年又吸上了鴉片，他的日本友人岡千仞，於明治十七年來中國遊歷，曾到上海訪問王氏。在所著《觀光遊記》卷四中曾提到王氏云：

> 訪紫詮，小酌。曰，余欲再遊貴邦，不復為前回狂態，得買書資則足矣。余笑曰，先生果能不復為故態乎。紫詮大笑。紫詮不屑繩墨局束，以古曠達士自處。李中堂曰，紫詮狂士也，名士也。六字真悉紫詮為人。又云：
>
> 張經甫葛子源范蠡泉姚子讓來訪，談及洋煙流毒中土。余曰，聞紫詮近亦嗜洋煙。子源曰，洋煙盛行，或由憤世之士借煙排一切無聊，非特誤庸愚小民，聰朋人士亦往往嬰其毒。

王韜與黃公度為同時人，《扶桑遊記》中曾提到黃公度所作的日本雜事詩。王氏歸國時，曾將詩稿攜回，由《循環日報》以活字版印行，於光緒六年春間出版，書前並由王韜寫了一篇序文。

關於王韜中過太平天國狀元的事，大約是一種謠傳。王韜與太平天國諸人有過往來則有之，「長毛狀元」或者是他的綽號，真的中了狀元則未必。關於這傳說，專門研究太平天國歷史的簡又文氏曾力斥其妄，洪琛也曾寫過一篇〈申報總編纂長毛狀元王韜考證〉，否定了這傳説。

光緒中葉雖距今不過五六十年，《循環日報》至香港戰前還在繼續出版，關於王韜的著作和他在香港的事蹟，我相信香港一定有不少人知道得很詳細，我所知道的實在太少了，我希望這篇短文能獲得拋磚引玉的效果。

鄉愁

曼余目以流觀兮，冀一反之何時？
鳥飛返故鄉兮，狐死必首丘。
信非吾罪而棄逐兮，何日夜而忘之！

——屈原：《九章》

一

很少人知道我的家鄉是南京。

我不大提起我的家鄉，並不是因為這家鄉不值得我的憶念，而是因為我對於家鄉的事情實在知道得太少。從小以來，我就承受了父親的命運，開始離開了南京，最初是為了知識，後來是為了衣食，在長江上游和下游的幾個城市消磨了我的童年和少年。嚴格的說，教育我的地方是上海，而我理想的家鄉是北平。南京對於我，實在只是一個名義上的家鄉而已。除這以外，南京對於我疏淡的原因，並不是因為南京在我的記憶中沒有甚麼可憶念的地方，而是因為我不想向旁人去分沾它的光榮。自從南京建都以來，冠蓋京華，聽說甚麼都改變了，幾次想回鄉去瞻仰一下，可是怕親戚們誤會我是衣錦歸來，又怕滿朝新貴誤會我是來謀差事，一再躊躇，二十年來，我便不曾踏過家鄉的一寸土地。

也許是真的老了吧，近來，走在擠滿了人可是又寂寞的街上，對着始終是陌生的不斷開着花的香港春天，浮上我心頭的不再是七年來使我戀戀不忘的上海，而是模糊黯淡的家鄉景象了。

二

正如高爾基在自傳中所描寫的那樣，家鄉所給予我的第一個印象，也就是人生的第一個印象，是一種使我終身苦痛的印象：

一個夏天的深夜，在一間古老而陰沉的大屋內，煤油燈光下，躺着一個中年婦人，旁邊睡着一個五六歲的孩子。有誰將這沉睡的孩子從裏床抱了出來，他醒了，睜開眼來，看見桌上有一堆的黃豆，有人正在用紅頭繩縛着這個婦人的腳。

這個小孩便是我，床上躺着的是我的母親。母親是染了當時流行的急症突然死去的，據姊姊後來告訴我，當晚晚飯後，母親還捂了我哄着我入睡，卻不料半夜得了急症，醫生還沒有請到就斷了氣了。桌上的黃豆是救急用的，腳上縛的紅頭繩是一種迷信，預防有甚麼意外。

這陰鬱的記憶支配了我的童年生活，也影響了我的性格，更使我對於家鄉的印象染上了一層灰黯。在我的記憶中，家鄉是沒有春天的。

三

十五歲以前，隨着寄食他鄉的父親，也曾回過南京幾次。使我至今還記着的，是從下關進城，坐在馬車中所見到的沿路的垂楊。這夾道的楊柳樹，似乎在魚雷學校和日本領事館一帶，長得特別茂盛。「白門楊柳好藏鴉」，這句詩頗能恰好形容了那盛況。有一次，似乎是南京剛經過了政變不久，坐着馬車從這條路上經過，透過密茂的楊柳樹，曾見到路旁的麥田裏，仆臥着不少屍體，黑色的背上寂寞的落了好多楊柳葉。

南京另一個使我難忘的地方，是那荒涼的玄武湖。從湖上望着籠罩垂楊的雉堞，那一種煙水迷濛的景色，確是一種近於詞意的風流瀟灑的美。從坍廢的舊城故址上遙望着湖面，更可以領略到江南水村的煙景。我就曾在這地方消磨了一個無言耽想的下午。現在回想起來，二十歲以前的我，就能理解這一種逸閒趣味，倒有一點頗值得驕傲的地方。後來聽說玄武湖改成了「五洲公園」，只要一想起這名字，我的想要再去看看的意念立刻就被打消了。

成為政治建設中心二十年了的我的家鄉，存在我的記憶中的就是這些陰鬱灰黯，可是卻又使我十分珍惜難忘的印象。我之不常向人提起我的家鄉，便是不想使旁人和道我的家鄉僅存在於我的幼年記憶中，而今日的南京，早已不是我記憶中的家鄉了。

據說，有些動物，在瀕死之前，本能的要將自己所經過的地方重走一遍。屈原所說的「狐死必首丘」，正是這同樣的意義。如果我近來時常想念家鄉，也是這同一預兆，則我希望就從這一篇短文上，滿足了我的動物本能罷。

憶江南（一）

山川

在香港住了這許多年，不知怎樣，對着每天開門就可以見到的山，總覺得有一點隔閡。雖說清風明月並不要花錢買，但對着眼前這綴滿了常綠植物的黃沙土的山，總覺得它是這裏的地主，而我不過是一個客人。我同香港的山做了這許多年的鄰居，它始終生疏的站在窗外，從不曾來到我的几案間。

香港的山，近在眼前的簡直是街道，從遠處望過來卻又成了島，決不是江南風景中的綠水青山的山。雖是滿山鬱鬱蒼蒼，卻是沒有冬天，也沒有春天，剛以為不是開花的時節，卻從意想不到的高聳喬木上，開出了幾乎使人不敢相信的大紅花來。

這樣的山川，這樣的草木，對於我，雖是在這裏已經住了許多年，卻怎樣也是陌生的。

浮動着紫氣的故鄉的紫金山，倒影蕩漾在水裏的西湖湖上諸峰，這樣的山，誠然使人一見之後怎樣也不會忘記，但特別親切的存在我的記憶裏的，卻是蜿蜒在江南沿岸的那些不知名的大山。許多年以前，在鎮江的一個中學校裏唸書，校舍建在西郊的一座小山頂上，從操場上望出去，東面可以見到橫在天末的一線長江和那號稱天下第一江山的北固山；西面一帶，一眼望過去，是一望無盡的連綿的群山。這些山，雖然事實上是遠在十幾里之外，但我們總覺得好像近在几席之間似的，不僅山上的煙霧變化，我們有把握可以領會，就是藏在山坳裏的幾間白堊瓦屋，也覺得好像曾經置身其間似的。秋來了，山色漸漸蒼老，由紫碧褐黃，漸漸的變成了灰黯，灰黯得像是沉沉入睡了。終於，經過一個特別清寒寂靜的夜，一覺睡來，從操場上越過校園的牆，牆外的松林，松林下的山谷，一直到對面的大山，一樣望過去，盡是白皚皚的雪。

下雪天照例特別冷，然而這寒冷卻不是無情的，從冷的裏面同時也帶來了春天的萌芽。幾次雪落雪融之後，山色又漸漸的從沉睡中甦醒了。

江南的山，大都是黏質的黃土的，春天一到，被鑽出地面的嫩芽所掀動，土地便發出一種帶着滋潤的香氣。星期六下午，獲得了離校的許可，踏着傾斜的山路走下山去的時候，嗅着了從四周發散出的這一種土地的香氣，我們覺得自己確是也在生長着了。

從香港到黃沙泥和草根之間所散發出的潮濕的氣息，雖是在這春天，使我嗅到了也覺得皮膚發癢，同時還想像到這將使我架上的書籍發霉。也許正因為這樣，雖然在這裏過了六七個春天，我始終覺得自己仍是一個陌生人。

草木

除了香港以外，我曾到過廣州以及廣州附近的幾個著名的城市。在我所走過的地方，我從不曾見到有像江南那樣隨處可以見到的竹林和垂楊。以幽勝著名的碧江蘇氏的花園，所見到的也只是數不清種類的仙人掌科植物及尋丈的白蘭花而已。

沒有垂楊，沒有竹，便不易領略風，雨，日光的情趣，更不易領略水的情趣。

當然，在這草木茂盛的南方，盡有許多可愛的花木，剛直的紅棉和細膩的茶花正可以代表了兩個不同的極端，然而除了兒女英雄之外，詩人要想寄託一種風流瀟灑，甚至輕淡的哀怨情懷，南方便沒有這樣的植物了。

西湖靈隱道上的萬桿修竹，南京城裏的夾道垂楊，置身其間的那一種輕逸的愉快，不是身受者是無法領會的。除這以外，在江南，任何一個三兩茅屋的小村落，任何一道僻靜的小河，總有一片竹林和幾樹垂楊。竹林裏滿佈落葉的地面總是輕鬆乾爽，柳蔭下的河邊，若沒有一條板橋，便是兩三塊亂石，這風景，是融合了鄉村生活的中國文學藝術中的基礎風景，不僅是鄉土的，而且是歷史的。

被表現在畫面上的江南水竹風景，在水墨畫的小品裏，我相信一定有很好的逸品，但我至今還沒有眼福見過。我不喜愛鄭板橋的畫竹，正如不喜愛一般中國畫的畫蘭一樣，可說是屬於個性方面的個人憎愛。到處可以見到的高懸在商人和暴發戶壁上的鄭板橋的畫竹，不論是真跡或是贋品，我覺得總不能傳遞江南竹林的空靈瀟灑的風趣。

中國畫人畫柳則是成功的。不論是點綴着兩三點暮鴉的晚秋疏柳，染着淡淡新綠的堤畔的春柳，或是濃陰如翳，籠罩着如聯蟬聲的盛夏的垂楊，中國畫都恰能捉到了那種飄逸多變化的好處，就是攙雜了日本南畫和西洋畫方法的晚近嶺南畫風，用淡綠和水墨染成的煙柳風景，也能使我見了愛好。

在香港，偶爾也曾見到一兩株楊樹，但是迎風搖曳，拂面而牽衣的垂柳，則從未見過。沒有楊柳，香港也似乎沒有了烏鴉，夕暮時我們所能見到的，便也只是躲在大榕樹裏噪雜着的八哥和麻雀而已。至於成片的竹林，香港根本沒有，香港山間雖也有一種蘆草一樣的矮矮的細竹，人家園林裏雖也有一種幾十桿緊緊的叢生在一起的青竹，但這棕櫚一樣的東西，實在算不得竹，而且根本不成林。在這暮春三月，對着從海上襲來的濕霧和季節雨，我只有益發想起了籠罩在煙水中的江南風景而已。

憶江南（二）

蟲魚

這幾天的天氣，正是香港一年氣候中最壞的幾天。雨季剛在開始，暖燠的南風，挾着潮濕的霧，使得呼吸沉重，同時也使得一切東西都沁出水來。書櫥上的玻璃，給充塞在室內的濕氣蒸發得起了一層薄翳，隔着玻璃望過去，望着櫥內金碧斑駁的書林，正如在江南的冬天，從街上隔着充滿了水蒸氣的玻璃窗，望着窗內生了紅紅的爐火，笑語如在天上的人家一樣。

清明剛過，江南也正是雨紛紛的時節，可是，沾衣欲濕杏花雨，吹而不寒楊柳風，這時候的江南雨，不是蒸鬱潮濕，而是滋潤有生意的，從路邊的小草以至藏在少女心頭的戀情，都在這種細潤如酥的小雨之下醒過來了。

一夜無聲的小雨，池塘的水都平漲了許多，在這時候，最活躍的是由蝌蚪逐漸蛻變成形的青蛙。愈是荒廢的水塘，便愈是青蛙繁殖的勝地。在江南水鄉的郊外，在這天氣，走到隨處皆是的小池塘的旁邊，從佈滿浮萍的隙間，你總可以見到初成形的拖着尾巴的小青蛙，靜靜的浮在水上不動，似乎在練習着新長成的肺，見了人來，還不知道撲的一聲鑽入水中去。

香港的山溝裏，在春天，從不曾見過像在江南所見到的那種黑壓壓的數不清的蝌蚪。草間偶爾也有幾聲蛙鳴，可是除了以前曾在街市上見過幾串待價而沽的田雞以外，我至今還不曾見過香港的蛙究竟是怎樣。十多年前，第一次避禍來香港時，寄住在九龍城宋王臺下。每當雨天，總可以聽到山腳下的草間有一種牛叫一樣的鳴聲，襯着積水，那鳴聲汪汪然似乎特別宏大，響徹遐邇。我最初詫異香港的蛙鳴竟這樣的宏大，後來朋友告訴我，這叫着的是另一種小動物，並不是青蛙，不過究竟是怎樣的東西，叫甚麼名字，他也說不出。這次重來，住了這許多年，可是在香港這邊從不曾再聽見過那種汪汪然的鳴聲，也許九龍城那邊還是那樣吧？可是叫着的究竟是甚麼東西呢，這個謎我至今還不曾獲得解答。

香港的蟲，似乎同香港的花一樣，不分季節的亂開着，也不分季節的亂叫着。就如現在，夜深人靜，我側耳諦聽，聽着山溝裏的水聲，窗外傳來的竟有蟋蟀聲和一連串的油葫蘆鳴聲。香港的春末，倒像是江南的深秋了。

黃梅時節家家雨，青翠池塘處處蛙，唸着這樣的詩句，我想起了初夏之交的江南，想起了街上白糖梅子的叫賣聲，想起了故鄉這時新上市的竹筍，萵苣和閃着銀光的鰣魚。

人物

有一年的春天，利用了學校的假期，我一個人悄悄的到揚州去住了幾天。消失了前代的繁華，靜寂的沉在回憶中的揚州，於殘廢之中含有一種動人憐惜的美麗，那種風趣正是我所喜愛的一種典型。

正是這樣的暮春天氣，桑樹的葉子已經碧油油的，楊柳早已成陰，在揚州城外著名的瘦西湖裏，我同那時正住在揚州的一位朋友，僱了一葉小舟，緩緩的任着舟子將我們向平山堂划去。

瘦西湖的湖面很狹，也許正因為瘦的緣故。那風光與西湖見過不相同，小舟貼近岸旁緩緩的前進，岸上的垂楊幾乎可以拂到我們的臉上，水聲與岸上行人的笑語相混，彼此只有幾尺的距離。

突然，在湖面的彎曲處，雜樹特別茂盛的地方，從樹叢中突然有人發出了嘹亮的吟詩聲：

> 兩個黃鸝鳴翠柳，一行白鷺上青天；
> 窗含西嶺千秋雪，門泊東吳萬里船。

接着，一根竹竿從樹叢中伸了出來，竿端垂着一個白布小口袋。舟子似乎和他很有默契，划到這地方，他索性停止不划了。

這個風流的乞丐是個怎樣的人，我始終不曾見過。從那嘹亮而圓潤如玉的吟詩聲推測起來，該是一個中年人了。那聲音至今還在我的耳邊，是純粹的揚州鄉音，而且我還清晰記得所唸的確是這一首詩。

詩丐之類的人物到處可見，但這一個單獨被我記憶着的原因，我想，該與當時的環境和他從這行為上所表現出的個性有關。第一，他選擇了一個使人不能拒絕一點佈施的極適宜的地點；第二，唸完了詩，他始終一言不發，而且並不露面，所唸的又並不是自己的詩，這態度實在謙遜而又耿介得可愛。若是所唸的是「結草銜環待他生」之類的詩句，而唸完之後又追着船尾不肯罷休，那恐怕就早已被我忘卻了。

揚州到底不愧是一個江南文物的勝地，雖然衰落了，但那裏的人物總還保持着一種舒徐的風度。這種無論甚麼時候悠然不慌張迫切的氣概，大約只有北平人可與相比。當然，揚州也有著名的「青皮」，但若像香港的「浪仔」那樣，蝗蟲一樣的將整座樓房拆得一塊板也不剩，甚至連人家門前的電燈線電燈泡也要偷，揚州的青皮是絕對鄙夷不幹的。

序山城雨景

《山城雨景》裏所描寫的山城，毫無問題的是本地風光。說到這裏的雨景，今年可真夠人欣賞了。我來到香港已經七年，從未經驗過像今年這樣的多雨，而且落得這樣的使人不痛快。屈指算來，今年的雨，連綿不絕的落着，該已經近三個月了。在往年，我雖然從不喜雨，至少是不至致苦於雨的。任是怎樣的下雨，走出家門，至多是鑽過一兩家騎樓底，便有車可乘；今年可不同了，電車停止以後，即使肯坐香港最使人不舒服的人力車，也不得不走相當長的一節路，而在這悠悠的長途上，「天有不測風雲」，你剛以為是紅日當空，孰知轉瞬之間就是一場傾盆大雨，有時率性是一面日頭一面雨，使你啼笑皆非。這樣，在今年最近的兩三個月中，以「落湯雞」的姿態走回家或走進辦事室，真是一件常事。還有，不特此也，雨具的問題也使我苦惱。「遮」的價錢貴得使你不敢相信而終於不得不相信。有了遮，你以為該「風雨無阻」了，可是以遮代杖，跋涉了三天，三天都「英雄無用武之地」，而在某一天的早上，臨出門的時候望望天色，「這樣的天該不致落雨吧」，這樣想着，便光着手走了出去，而結果——也許讀者之中不少有過這樣的經驗，我不說了。

總之，今年的雨，便這麼的作弄我，苦惱着我。至於因了這樣的雨，而使得水漲，米貴，坍塌，多病，那更是不僅我一個人所經驗到的，更不用我饒舌了。

那麼，今年的山城雨景，該沒有甚麼值得令人欣賞的了。其實不然，有許多東西點綴着這雨景，使人值得欣賞。這些新點綴品之一，便是這《山城雨景》中所描寫的鄔先生之流。

當然，這欣賞是要代價的。可是當你渾身淋濕，冒雨在山道上走着，正在怨天尤人的時候，偶然回頭一看，過去的「爵紳」之流，正如《山城雨景》裏所描寫的鄔先生那樣，不坐汽車了，也沒有姨太太攙扶着了，只是一人淒涼的在路上踽踽獨步，甚或手裏還吊着幾根青菜，和我一樣的被雨淋得透濕。這情景雖然「殘忍」，可是也是在夠痛快。

我相信，《山城雨景》的作者和我一樣，在雨中特別注意鄔先生之流，並不是幸災樂禍，而是欣喜這些渣滓正在被淘汰，真如點綴這雨景之一的是「塌屋」，可是只有舊的殘破的才要坍，一座基礎穩固的新屋是從不受風雨威脅的。

山城又在大雨中。我自信我的「屋」還不至於舊得要坍，於是我便以泰然的心情，一面讀着《山城雨景》，一面欣賞着淒涼的走在雨中的「鄔先生」之流。

七月二十二，大風雨之晨。

愛書隨筆

這次小川先生從日本歸來，帶來少雨莊主人惠贈的藏書票十八種以及一冊新版《紙魚繁昌記》，使我十分高興。我失去這書已經七年，好久就希望能夠再得到一本，這次竟如願以償，實在是一件快事。雖然新版的《紙魚繁昌記》，封面十分樸素，遠及不上舊日的蠹魚蝕紙裝，而且還略去了原有的幾幅插畫，但在戰時居然能有再得到這書的幸福，實在不敢再作其他非份的想望了。

事變第二年的春天，我離開上海到廣州，隨身曾帶了幾冊書，《紙魚繁昌記》便是其中之一。其餘的是：羅遜巴哈博士的回憶錄：《獵書家的假日》，愛利克．克萊格的《英國的禁書》，克利愛頓的《書與鬥爭》，愛德華．紐頓的《藏書快語》和《藏書之道》，以及克里斯托夫．穆萊的《書誌學講義》。廣州發生戰事的前幾天，我隻身來到香港，這幾冊書都被留在官祿路的宿舍裏，我和我的衣物一同失散了。因了這幾冊書都是所謂「關於書的書」，是談論書物版本掌故的，在戰時可說是奢侈品，本應該束之高閣，但我當時悄悄的將它們帶在身邊的目的，不過想在燈下或臨睡之前的一刻，隨意翻閱幾頁，用來調劑一下一天的疲勞而已。

因了這幾本書的性質和當時的工作環境實在太不相稱，朋友們曾屢次説我「積習難除」，我總付之一笑，私心反而因這可驕傲的習性而感到自慰，卻不料偶一疏忽，便永遠失去它們了。

來到香港後，忘不掉這幾冊書，我曾將它們寫在《忘憂草》裏。後來，找出了這幾本書的出版處，我試着輾轉設法去補購。幾年以來，失去的七本書之中，我曾先後買得了《藏書快語》，《英國的禁書》，《書與鬥爭》三種。其餘的四種，《藏書之道》早絕版了，《藏書家的假日》雖然出版不久，但寫信給美國的原出版家，始終沒有回信。程萊的《書誌學講義》，本是一家大學出版部印行的，我的一本，是無意從日本丸善寄來的洋書目錄上見到，寫信去買來的，當然無從再得到。內田魯庵的《紙魚繁昌記》呢？早幾年就説已經絕版了，當然更買不到。

這回，偶然從最近期《書物展望》月刊的廣告上，見到《紙魚繁昌記》改版出版的預告，不覺喜出望外。想到同中國一樣是經過了七八年戰爭的日本，出版界居然還有重刊這書的餘裕，實在使人羨慕。而更使我高興的是，書物展望社主人齋藤昌三先生，居然至今還不曾忘記十多年前曾經「熱中」蒐集日本藏書票的這個中國友人，特地將他許多年以來新製的藏書票惠贈了一份給我。

七年的炮火，曾經毀滅了許多生命和城市，當然更毀滅了不少可珍貴的典籍，但遠隔重洋，知道怎樣從每一冊書上去尋找人生樂趣的同好者，憑了這相同的愛好而建築在薄薄的一層紙上的友情，卻怎樣也不為炮火所動搖，是在是可資深省的事。

賣書的婦人

——都市的憂鬱之一

傍晚，夾着一包沉重的書，很吃力的從街角走上石級的時候，有一個聲音很膽怯的從後面喊着：

「先生，先生」！

我回過頭去，後面是一個婦人，一個很憔悴的我不相識的四十幾歲的婦人。我懊悔了，我想，路上能被稱作先生的決不止我一個，我為甚麼愚蠢得聽見有人用這稱呼便以為是喊自己呢？

可是這婦人卻走了近來，趦趄着：

「先生……」

我明白了，望着她那憔悴的顏容和那已經消失了色澤的灰黑色的上衣，我明白了。

「先生，很對不起」，她低聲的說，似乎很膽怯。「我每天看見你從這條街上走過，每天總看見你挾着一包書，他們說你是很喜歡買書的，我這裏有幾本書，很值錢很好的書，賣給你罷。」

聽了這話，我才注意到她的脇下果然挾着一個兩寸多厚的紙包，從面積推測起來其中該是三四冊三十二開本的書。她一面打開着紙包，一面向我說：

「這是很好很值錢的書，可是他們不識貨，你先生買了罷」。

紙包打開了，我接過來一看，厚厚的兩冊卻是我自己早年寫作的選集。這太出乎我的意外，我怔住了。

「是不是？這不是很好很值錢的書嗎？他們哪有你先生識貨」！

我問她是哪裏來的？她說：這是她女兒的遺物，女兒今年春初染病死了，平時最喜歡看的就是這兩本，所以她知道一定是很好很值錢的書。

我想對她說，這是世間最壞最不值錢的書，但是我沒有這勇氣，我不敢破壞她對於已死的女兒的記憶，這未免太殘酷了。我終於給了她一個使她意外歡喜的價錢，將這兩冊對我自己是一無所用的書換回，令她高興地走了。

一對可憐的夫婦

——都市的憂鬱之二

為了孩子，為了減輕新近失業的丈夫的憂慮，她終於接受了同居的一個老婦人的獻議，從一個不名譽的所在，用自己的肉體換回了一筆小小的錢。

這個可憐的婦人，她不明白用這樣的行為得來的錢，並不比世間用其他方法得來的錢更為卑鄙，更為污穢。許多人在用着比她更可恥更可羞的方式去掙錢，這樣的事她完全不知道。她只覺得自己墮落了，被人蹂躪了；但為了孩子，為了丈夫，她甘願自己去墮落，去受蹂躪。

她不敢將這樣得來的錢直接拿回家裏。她將這一筆小小的錢買了一斤米，三根柴，一撮鹽魚，又為孩子買了一塊糕，再將剩下來的五十錢給了一個默默的枯坐在路旁的小乞丐，這樣才悄悄的走回家來。

她覺得路上每一個人都在看着她。她覺得誰都知道她的秘密，誰都知道她這一筆錢的來歷。

看見出去不久的妻子就買了米和菜回來，丈夫多日沉鬱着的臉色忽然輕鬆了。看見母親買了糕回來，孩子高興得笑了。

她心裏本來早已準備好了一大串的謊話，預備丈夫詢問她這一筆錢的來歷時，用來向他搪塞的。可是丈夫看見有了柴和米，高興得只是忙着生火去煮飯，一句也不向妻子詢問。她心裏愈加不安了，她甚至懷疑丈夫也許已經知道她的秘密。她忍耐不住，終於大膽的向丈夫問：

「你知道我今天的錢是哪裏來的嗎」？

「我早知道了」。丈夫微笑着回答。

她心裏一跳，趕緊接着問：

「誰告訴你的」？

「頭房的阿嬸」，丈夫冷冷的說。

她覺得甚麼都完了，連說話的勇氣都沒有了。她一聲不響悄悄的走開，走去倒在床上。她想哭，但是一時茫然連哭都哭不出來。她的眼前現着一個男子的臉，一個可憎惡的微帶着酒臭的中年男子的臉。

丈夫也一聲不響的走開，繼續去生火煮飯。她不知甚麼時候睡熟了。等到丈夫將她喊醒的時候，飯已經擺在桌上，丈夫抱着孩子坐在床邊，輕輕搖着她的肩膀：

「喂，醒來，吃飯罷」！

她睜開眼來，又想起了一切，第一句話就問丈夫：「你恨我嗎」？

「我為甚麼要恨你呢？你瘋了」，丈夫睜大了眼睛回答：「在這時候，能夠向人家借錢，人家肯借，這是運氣。等到無處可借，沒有人肯借的時候，那才苦痛哩」！

聽了丈夫的話，不知怎樣，適才流不出的眼淚，現在突然流出了，她忍不住翻身過去，伏在枕上開始盡情的哭了起來。

春雨樓雜記

——關於禁書的笑話

中國古史上說，倉頡造字，群鬼夜哭，為的是人類一旦有了文字，便有了揭發造化隱秘，辨別黑暗和光明的工具，鬼類感到從此將無可遁形，無法作祟，所以悲哀得啾啾夜哭。西洋中世紀也有一個類似的傳說，說是譯述聖經的馬丁路德，在譯述聖經將完成時，魔鬼感到「聖教一旦昌明」，他們將無法存身，便群來用種種方法阻礙路德的翻譯工作，路德將桌上的墨水壺向魔鬼擲去，這才將他們嚇退了。從此，鬼類見了墨水和寫字之類的工具便害怕，因為知道這類東西是隨時可以打擊他們的。

不僅鬼類是這樣，世間若有一種方法能完全消滅人類的文字，使人回復到渾渾噩噩的愚昧狀態中去，恐怕不知道有多少專制暴君和統治者，甚至以保護世界道德文明為己任的宗教家，道德家以及政治家，都願意加以嘗試的。

可惜這樣的方法至今還未發明，世界在災難和屠殺之中仍是一天一天的向着光明走去，人類的文明仍是一年比一年更為進步。積極的消滅人類智慧的方法既然沒有，於是只好從消極方面入手了。僅就書籍一部門來説，我們只要翻閱一下中世紀羅馬教廷所公佈的《禁書索引》，其中所包含的書名和作者姓名，從今日看起來，簡直就是一部中世紀文化史，然而這些書在當時卻被認為是「異端邪説」，在「衛道」的名義之下被正式禁止了。

今天誰個不推崇魯迅的著作？可是就在不遠的幾年之前，一本《吶喊》能使一個無辜的青年入獄，甚至槍決。書的內容不根據它的「內容」來決定，而是根據它的「封面」來決定。一本紅色封面的書其內容因此也必然是紅的。經濟學家「馬寅初」因了他恰與「馬克斯」同姓，而且又是「講經濟的」，於是他的書就與馬克斯的譯本遭了同樣的命運。

這是笑話，也是事實。

基督教的《聖經》是世界銷路最大的書籍，可是在英國，《聖經》只可以視為是一部宗教信仰的「經典」，不能當作一部普通書籍隨意加以解釋或出版，其中有許多章節更絕對不許加以質疑，或用作引證。

愛爾蘭是被稱為「自由邦」的，但他所公佈的禁書目錄（一九三七年），卻有六百九十五種，期刊十一種，連韋爾斯的《人類的工作財富和幸福》那樣的通俗著作也包括在內。英國的舊書商店甚至在他們的書目上特地標明：「此書在愛爾蘭自由邦被禁」，以為號召。

亥特女士在她有趣的《被禁的書》中説，《愛麗思漫遊奇境記》中譯本，曾於一九三一年在湖南被禁，理由是「其中鳥獸昆蟲皆作人言，而且與人同群，雜處一室。」

她又說，美國海關曾將彌蓋朗琪羅的《最後審判》壁畫攝影，視作淫畫加以沒收。哈佛大學向巴黎定購了十三冊服爾德的「憨第德」，供給學生作參考書之用，竟在波士頓進口時被海關認為是淫書，加以扣留。等到交涉一直辦到華盛頓最高當局，認為「無礙」准於進口時，其時已經是八月，學校早已放了暑假了。

以上不過是隨手舉的一兩個例。關於禁書的笑話是寫不完的，因為這制度本身乃是一個笑話的泉源。

卷三 書淫豔異錄

小引

十年前，在上海曾用這題目為某報寫過一些短文，每天一篇，雜談男女飲食，乃至荒誕不經之事，有的錄自故紙堆中，有的卻摘自西洋專門著述，一時嗜痂的讀者頗多，許為別有風味之作；好事之徒，更互相鈔剪，打聽這賅博的作者是誰。其實我不過是愛書有癖，讀書成性，見有這類材料，隨手摘錄，雜湊成章而已，不僅不足道，而且是不足為訓的。不料十餘年來，時時還有人以這類文章有否存稿見詢，最近大眾週報的編者，更異想天開，要求我重整故業，為他們新辦的週報再寫一點「書淫豔異錄」之類的東西撐場面。我對於文章一道，雖然洗手頗久，可是朋友終是朋友，盛情難卻，而且年來側身「大東亞共榮圈之一環」的香港，「六兩四」之餘，有時閒得難受，有時餓得幾乎不能安貧，便只有拚命的買舊書，讀舊書，正如宋人某氏所謂：「飢以當食，寒以當衣，孤寂以當友朋，幽憂以當金石琴瑟」。如果一定要獻醜，則讀書之餘，隨手摘錄幾句，雖不能歌功頌德，騙騙讀者倒是綽然有餘的，這樣既可以敷衍朋友情面，又可以換幾円軍票買「黑市米」，何樂不為呢？思之再三，遂決意再作「書淫豔異錄」。

不過，十年漂泊，書劍無成，「南渡衣冠幾人在，西山薇蕨此生休」，到頭來還是寫文章騙稿費買米，想起來叫人好不淒涼煞也！正是：

五十無聞，河清難俟，書種文種，存此萌芽；當今天翻地覆之時，實有秦火胡灰之厄；語同夢囈，癡類書魔；賢者憫其癖好而糾其謬誤，不亦可乎。

媚藥和求愛的巫術

媚藥與催淫劑不同。媚藥是浪漫的乃至詩意的。催淫藥則可以說是現實的乃至功利主義的。「紅豆生南國，春來發幾枝」的紅豆，帶了可以惹相思，這是媚藥；甚至雪花膏，香水，凡是為「悅己者容」的東西，都是屬於媚的範圍。反之，肉蓯蓉，三鞭酒，以及類似的一切，都難免是助慾的催淫劑而已。

關於使男女相念相愛的媚藥，多少都帶點魔術和巫術的意味。這類藥相傳多出產在南方，這大約因為南方多產奇花異草，而南方人又富於熱情，同時更因了南方荒蠻之地，出外謀生的多，外來探險開闢的異鄉人也多，南蠻夷婆會「放蠱」，又會用藥物或符咒使異地男女互相愛慕的緣故。

中國古籍記載產生嶺南可供媚藥用的動植物頗多，如《投荒錄》云：偶在番禺逢端午，聞街中喧然賣相念藥聲，訝笑召之，乃蠻媪荷揭山中異草，鬻於富貴人，為媚男藥。又云：五月五日，探鵲巢中兩小石，號鵲枕，婦人佩之，可為媚藥。有抽金簪解耳璫以償其值者。

《閩小記》也說：龍虱，婦人食之，貌美，能媚男子。

《嶺表異錄》說：「鶴子草，蔓生也，其花麴塵，色淺紫，帶葉如柳而短，當夏開花，又呼為綠花綠葉，南人云是媚草，採之曝乾以代面靨，形如飛鶴，翅尾嘴足，無所不具，此草蔓至春月生雙蟲，只食其葉，越女收於妝奩中，養之如蠶，摘其草飼之，蟲老不食而蛻為蝶，赤黃色，婦女收而帶之，謂之媚蝶。

又有一種「無風獨搖草」，頭如彈子，尾若鳥尾，兩片開合，見人自動，帶之使夫妻相愛，《本草》說生在嶺南，又說生大秦國。《陶朱術》云：五月五日，採諸山野，往往亦有之。獨搖草又名「獨活苗」，圖經云：「出雍州山谷，或隴西南安，今蜀漢者佳。此草得風不動，無風自動，故名獨搖草。」

《淮南子萬畢術》載：「赤布在戶，婦人流連。」註云：取婦人月事布，七月七日燒灰置門楣上，即不復去，勿令婦人知之。這已經由藥物的運用進到巫術鎮壓的範圍。現今華北娼家還有將妓女月經布暗掛在大門上的陋俗。不過已經不是用了來挽留姐兒，而是迷信從這下面鑽過的嫖客，一定會流連忘返的。

屬於求愛的巫術方面者，西洋著名的是所謂「所羅門通信盤」，專為各在天一涯的情人通消息之用的。這盤的製法，據巫術書上所載，是將英文二十六個字母，排成圓圈，再用純鋼製成一枚指南針似的指針，將這鋼針在磁石上磨透，然後再一剖為兩，重量大小要完全相等，兩根針吸合在一處時仍如一根一般，然後根據製指南針的方法，將兩根針各在一面盤上，盤上各將二十六個字母排成一圈。據說，這樣製成的「所羅門盤」，因了那兩隻針磁力相等之故，無論兩盤距離如何遠，假如入一隻盤面的針撥動，另一隻也會跟着動。一隻停在某一個字母上，另一隻也會停在某一個字母上。這樣，如果一對情人分開了，他們可以這樣製兩隻盤，各人帶着一個，彼此約定一個時間，將要說的話，按照盤上的字母撥着，一隻針指在某一個字母上，另一面盤上的針也會指在某一個字母上，只要將所指的字母逐一記下，這樣，她便知道她的情人所要說的話。她如果要復信，也可同樣撥動自己盤上的針。

「所羅門通信盤」的靈驗與否，我不曾試驗過，因為這類求愛的巫術，是多不勝舉的。許多未開化的野蠻民族的求愛迷信不用說了，就是自命文明的美國，據說一個姑娘如果在五月節踏青的時候，將所見到的第一朵花，採下來嗅三遍，反覆唸着：

紅花白花
今晚我要見他

她的愛人一定就會來的。一個男子如果身邊帶着一顆雄鶺鴒的心（在中國該是鴛鴦），女人帶着一顆雌的，兩個便永遠不致吵嘴。而一顆烏龜的心用狼皮包着，帶在男人的身上，他便永遠不致為別的女子所誘惑了。

南斯拉夫族的女子，喜歡將她們的愛人的腳踐踏過的泥土掘起來種花，據說可以鞏固他們的戀愛。這迷信一直到現在還流傳着。

這不過是關於既成的愛情的保持，而另一方面，關於求愛的巫術，則方法更多，見於文藝作品的也不少。莎士比亞的劇中人物就曾屢次利用巫術來求愛。大約古老的英國當時也流行這類把戲。

匈牙利現代著名戲劇家摩爾納耳，同時也是小說家，他曾寫過一個短篇，題目彷彿「銀劍柄」，述一位伯爵供養着一個煉金的術士，希望他能煉出黃金，但是許久不見成功，有一天伯爵發了怒，在最後的限期滿了之後，恐嚇着要殺死這術士。術士沒有辦法，便說他雖不能點鐵成金，但有法術能為人求愛。於是他為伯爵的佩劍鑲了一個銀柄，據說手按着這個銀柄，面向女人求愛，對手一定屈服的。帶上這個銀柄的佩劍，伯爵便到垂涎已久的鄰堡夫人面前去試驗。夫人是玉潔冰清的伯爵以前已經失敗過無數次，但是這一次，夫人因了這謠傳已久的神秘銀劍柄，自己膽怯無法自持，同時伯爵卻仗了這劍柄，有恃無恐，大膽的進攻，這心理上的差異，立刻使夫人降服在伯爵的懷抱中。這樣，依仗着這劍柄，伯爵在戀愛場中竟無往不利，以致有許多人願意出了巨價，請術士傳授他的秘術，或為他們代煉一個劍柄。這樣，一直到臨終，術士才懺悔似的說明，他為伯爵所製的銀劍柄，根本就是個謊。伯爵所以能成功，不過是仗着自己的自信心和利用旁人的弱點而已。

這術士雖然拆穿了自己的謊，但也說出了一切求愛巫術的真諦。各種運用在求愛上的藥草香料或巫術，如果有效力的話，也不過是利用受術者的自信力而已。

愛情的路是狹的，求愛不遂，一變而為羞憤，嫉妒隨之，仇殺便發生了。古代的巫術，在這方面的發展，正和求愛是遙遙相對的。

著名的花花公子加薩諾伐《回憶錄》，其中便記着一位伯爵夫人因了嫉妒用巫術來謀殺他一事。

這種巫術，據說是先取得對方一點血液，和自己的血混合起來，由行術的巫婆照對方的相貌製一具蠟人，將兩人的血澆在上面，使起巫術，便能致對方於死命。但是對方如果事先知道了，出雙倍的代價給巫婆，便可反過來獲得她的愛。

每天用一根針戳在自己所懷恨的蠟人身上，據說也可以使這人漸漸的死去。相反的，如果將自己追求中的人製成蠟人，和自己的蠟像合在一處，卻可生出不可遏止的愛。

巫術最初的發展，除了運用在祀神之外，便都建築在男女求愛的運用上。一位巫術師的享名與否，便看他對於當時貴族男女在這方面的貢獻如何。不用說，現在男女是不會再相信這玩意的。不過今天的男女雖然不再用巫術求愛，可是他們仍一樣沒有更好的方法，因為時代雖然進步，絕對有把握的求愛成功秘訣卻仍舊不曾發明，這也許永遠不會發明了，正如古代某詩人所詠：

一個人如果能搥水成片，量出風的尺寸，
稱出火的重量，他便可以獲得愛情，
否則一切都是徒然。

男女關係的數字

太極生兩儀，兩儀生四象，包犧始畫八卦，定乾坤，乾象在上為天，為君為夫；坤象在下，為地為臣為妻，乾三橫，坤六斷——這可說是中國文化史上關於男女關係的最早的數字。

再進一步，男女關係進化到婚姻制度。中國在三代以上就盛行一夫多妻制。商周禮制，天子除了皇后以外，另有三夫人，九嬪，二十七世婦，八十一御妻；屈指一算，法定的小老婆已經有一百二十名。這不能不算多，雖然比起後來的「後宮佳麗三千人」還是太寒傖，至於結婚年齡，周朝規定男子三十而娶，女子二十而嫁，然而這不過是最大的限度。事實上，男子二十而冠，行了冠禮，就有資格為人父；女子十五許嫁，表示這時生理發育已經成熟，已有資格為人母。

也許是自然的要求勝過世俗的法制，法制雖然規定三十而娶，事實上古人都是早婚的居多。這種早婚的風俗到了南北朝時代更盛。史書上說，北朝後魏太子晃年十五生文成帝濬，獻文帝弘年十三生孝文帝宏。十三歲就能生兒子，在今天看起來頗有點可疑。不過十三歲左右就結婚，在那時卻是事實，因為後周武帝曾有禁止早婚的詔書，他的規定，就是男子必須到十五歲始可論娶：「自今以後。男年十五，女年十三以上，爰及鰥寡，所在軍民以時嫁娶」。這種早婚的風俗，經過隋唐五代，直到宋朝都盛行。朱夫子存心糾正世道人心，但他的「家禮」上仍規定「男年十六以上，女年十四以上」，也不過比一般延遲了一年而已。

皇帝既有三宮六院，恩澤雨露要怎樣才分配均勻，這不僅是生理學上的問題，而且也是教學上的問題。中國的「立法家」因此為皇帝的性生活訂立了巧妙的配給制度。《齊東野語》卷十九的「后夫人進御」條下，有關於這事的記載：

梁國子博士清河崔靈恩，撰《三禮義宗》，其說填竅。其中有后夫人進御之說甚詳，漫摭於此，以助多聞云：凡夫人進御之義，從后而下，十五日徧，其法自下而上，象月初生，漸進至盛，法陰道也。然亦不必以月生日為始，但法象其義所知其如此者。凡婦人陰道晦明是其所忌，故古之君人者，不以月晦及望御於內，晦者陰滅，望者章明，故人君尤慎之。春秋傳曰：晦淫惑疾，明淫心疾，以辟六氣，故不從月之始。但依月之生耳。其九嬪以下，皆九人而御，八十一人為九夕，世婦二十七人為三夕，九嬪九人為一夕，夫人三人為一夕凡十四夕，后當一夕，為十五夕。明十五日則后御，十六日則后復御，而下亦依月以下漸就於微也。諸侯之御，則五日一徧，亦從下始，漸至於盛，亦按月之義，其御則從姪娣而迭為之御，凡姪娣六人當三夕，二媵當一夕，凡四夕，夫人專一夕，為五夕，故五日而徧，至六日則還從夫人，如后之法。孤卿大夫有妾者，二妾共一夕，內子專一夕。士有妾者，但不得專夕而已，妻則專夕。凡九嬪以下，女御以上，未滿五十者悉皆進御，五十則止，后及夫人不入此例，五十猶御，故內則云：妾年未滿五十者必與五日之御，則知五十之妾，不得進御矣。卿大夫士妻妾進御之法，亦如此也。

當然，這只是一紙具文而已。我們只要看自宮闕以至小百姓的家庭，爭風吃醋之事「史不絕書」，就證明誰也不曾按照這分配表實行。而且這分配也全然是「紙上談兵」。試想，皇帝要「一夕九女」，這如何能長期應付呢？至於「妾年滿五十者不得近御」，我更要為五十歲的女性叫屈。這限制不僅不近人情，而且也不近科學。（關於男女性生活活動的限期，不是三言兩語所能盡，且待以後有機會另談罷）。

同樣荒誕的，是中國道學先生對於男女關係的季節和日期支干的禁忌。《修真秘訣》上說：

四時八節弦望晦朔本命之日，魁星值日，六甲日，六丁日，甲子日，庚申日，子卯日，為天地交會之辰，特忌會合，違者減年奪尊。又庚申論云：五月五日，六日、七日，十五日，十六日，十七日，二十五日，二十六日，二十七日，為九毒日，切宜齋戒，尤忌色慾，犯之減壽。一云是日宜別寢，犯之三年致卒。

勸人為善的《慾海回狂》，也有關於時令氣候等等的禁忌。他所列舉的倒似乎多少有一點「理性」：

佛降生日，成道日，天地交會日，國忌，三光之下，雷電風雨，六齋十齋日，三元五臘日，八王日，大寒大暑，父母誕忌，夫婦誕日。

所謂「天地交會日」，是指農曆五月十六日，似乎特別犯忌，《素女經》上更說得使人毛髮悚然：

五月十六日，天地牝牡日，不可行房，犯之不出三年必死。何以知之？但取新市一尺，此夕懸東牆上，明日視之，必有血色，切忌之。

《素女經》據說是黃帝與素女關於男女陰陽採補養生談話的記錄。日前坊間通行的是長沙葉德輝《雙梅景闇叢書》刻本。是真是偽只好「信不信由你」。關於時日的禁忌，這書上說得更詳細：

房中禁忌，日月晦朔，上下弦望，六丁六丙日，破日，廿八日，月蝕，大風，甚雨，地動，雷電霹靂，大寒大暑，春秋冬夏節變之日，送迎五日之日，不行陰陽。禁之重者，夏至後丙子丁丑，冬至後庚申辛酉，及新沐頭，新遠行，疲倦大喜怒，皆不可合陰陽……

一天廿四小時，也有「九殃必避」：

九殃者，日中之子，生則忤逆，一也。夜半之子，天地閉塞，不瘖則聾盲，二也。日蝕之子，體戚毀傷，三也。雷電之子，天怒興威，必易服狂，四也。月蝕之子，與母俱凶，五也。虹霓之子，若作不詳，六也。冬夏日至之子，生害父母，七也。弦望之子，必為亂兵風盲，八也。醉飽之子，必為病癲疽痔有瘡，九也。

關於年齡方面的統制，《素女經》上所提出的數字是：

男子十五，盛者可一日再施，瘦者可一日一施；年二十者，盛者日再施，羸者一日一施；年卅者，盛者可一日一施，劣者二日一施；四十盛者三日一施，虛者四日一施；五十盛者可五日一施，虛者可十日一施；六十盛者十日一施，虛者二十一施；七十盛者可卅日一施，虛者不瀉。

一年三百六十日，一日廿四小時，人生幾何，聰明的讀者「姑妄聽之」可也。

宋朝的名士葉夢得，對於這問題曾說得頗瀟灑：「某五十後不生子，六十後不蓋屋，七十後不做官」，可是謝在杭在《五雜俎》上引用了葉氏的話，加以批評道：

夫子女多寡，聽之可也，五十之年，豈遽能閉關乎？屋蔽風雨而止，不必限之以年也。七十而後休官，不亦晚乎？人生得到七十，復能有幾，以余論之，五十後不當置妾，六十後不當作官，七十後即一切名根繫念，盡與剃斷，以保天年可也。

從年齡的限制再談到子女的數量，中國野史上也有很荒謬的記載。據說，漢中山王勝有子百二十人，六朝鄱陽王恢有男女百人，明朝慶成王亦有子女百人。王侯之家，妻妾僕婢多，暗中還有旁人幫忙，子女百人也許是事中意。最奇怪的是晉朝的姚弋仲。他有子四十二人。他所採用的「增產方法」是：「諸姬妾窗閣，皆直馬廄，每馬交合，縱使觀聽之，有御幸，無不成孕。」

美國的一胎五女，是外國奇蹟之一，但據說《庚己編》所載，武進人張麻妻，一產五男，嘉靖六年河間民李公窩婦陳氏，一產七女，似乎並不古不如今。至於懷孕最久的，世傳老子八十一年而產，可是這數字甚至中國的筆記作家也沒有勇氣敢相信，可是他們仍相信中國上古人都是懷胎十四月分娩，到堯舜聖人時代才十月而產，因為莊子曾說，「舜治天下，民始十月生子」也。

性的感應力

在原始人的心目中，大部份的植物不僅具有神性，而且和一般的動物一樣具有兩性情慾的，因此人類的男女關係不僅能繁殖自己的種族，而且藉了牠微妙的感應力，同樣地能影響着植物的枯榮和土地出產的豐歉。土地穀物和性生活的感應關係便由此發生。以土地農產為生活主要泉源的原始人，他們對於兩性方面的禁忌，除了關於家族血統者外，其餘大部份都是關於土地和農作物方面的。

適時的正當的夫妻性行為，在春季能使種子繁殖，在秋季能使收成豐饒。反之，不合法的私情的或亂倫的性關係，不僅能使播下的種子不發芽，且使土地貧瘠。

性生活對於田地的感應作用

中美洲的印第安人，在播種之前的四天，必須同妻子分居，直到播種的前夜，才同妻子同宿，以便他們的熱情可以發揮到頂點。（這就是說，使播下的種子將來可以長成到頂點。）據説村中的某一對夫妻，甚至被指定必須在第一粒種子落地的那一瞬間同時舉行房事。夫妻的性生活，經過牧師的祝福，這時已經成了一種宗教儀式。如果有誰不曾依照這習慣履行，這一季的播種工作便不能算為已經合法的開始。

在民俗學者的眼中，這種奇異習俗的由來，認為單純的全是由於他們誤信人類繁殖的能力同植物的繁殖能力都是出於某一種同一泉源的原故，換句話説，以為兩者統一都是出於神的賜與。因此前者的活動可以影響後者。

在爪哇的某些地方，當稻類開始結實時，農人夫婦在夜間要暗中到自己的田裏去性交一次，以便稻穗可以充實。

新幾內亞之西，澳洲北部，有好些小群島，島上的土人認為太陽是生殖能力的象徵，土地的出產與人類的繁殖，都是由於太陽神的賜與。他們將太陽神叫做「烏普里拉」（太陽先生），用椰子葉製成一盞燈代表太陽神，每家門口都掛一盞，村中的神樹（無花果樹）下也要掛一盞。神樹下有一塊平滑的石台，這便是向太陽神獻祭的祭台。

平時，祭台上放着的是敵人的首級，但一年一次，當雨季開始時，太陽神便要往神樹降臨到地面，祝福土地和人類。這時，土人為太陽準備一座七級的木梯，靠在神樹上，以便太陽神下凡，梯上裝飾着每天黎明迎着陽光歌唱的鳥類。在祭典開始後，除了要殺豬殺狗作犧牲外，村中男女於狂歡亂舞之下，便在神樹下公開的舉行性交，用來象徵太陽下地後於土地的結合。

據土人的解釋，這種祭典的目的，是希望從太陽神獲得充份的雨水，豐饒的食糧，以及盛旺的牲畜和人口。他們的禱詞包括着要求每一頭母羊要產兩三頭小羊，每個成熟的婦人要養一個孩子，吃了的豬要為活豬所填補，空的米筐再行盛滿等等。

在巴巴爾島舉行這典禮時，還要扯一面表示太陽神創造權力的旗幟。這旗是用白棉布製的，有九尺多高，旗上顯示的是一個男性在生殖機能最盛旺時的情狀。

對於這類的典禮，若認為純然是未開化人的情慾的放縱，這未免太主觀了。在這些儀式中，土人顯然十分嚴肅的注入了對於保衛自己種族的崇高的希望。

人類用自己的生殖行為來促進土地的出產，其運用不僅在日常的主要農作物方面，有時也應用在一般植物上。在安姆波拉的某些地方，由於這同一動機，當丁香樹的結實有不好的徵兆時，男子們便在夜間赤裸着到樹下，將丁香樹當作婦人一樣的開始他們的性動作，口中同時還不停的喊着：「多一點丁香！多一點丁香！」

據説這樣能使樹的結實更多。

非洲中部的巴甘達地方，他們對於性生活與土地出產的關聯，看得比其他地方更重要。凡是不能生育的婦人，都要從家中驅逐，因為她能影響丈夫園中果樹的收成。由於這同一原因，他們對於一對能養出雙生子的夫婦，便看得異常尊重，認為他們有同樣的能力可以增加香蕉樹的結實。香蕉是巴甘達人的日常主要食物，凡是某一家有了雙生子時，他們便要舉行一種慶祝。慶祝的儀式是這樣：

雙生子的父母同到香蕉園中，女人躺到一株香蕉樹下，將一朵香蕉花插在自己的胯間，然後雙生子的父親便走來用生殖器將女人胯間的花拂去。這樣之後，這一對夫婦便同往他們朋友的果園中，舉行跳舞。這樣，他們相信可以將自己特出的生殖能力影響朋友的以及自己的果樹。

這類同樣的風俗，以男女性的力量去促進田地生產，至今仍散佈在歐洲的好些地方，不過他們的方式已經晦澀了一點而已。舉例說，如在烏克蘭一帶，每年四月二十三日，當穀類正在發青的時候，村中的牧師們便要穿起法衣，領着小沙彌，同到田中向土地祝福。宗教儀式完畢之後，村中新婚的男女，便成對的躺到田中去打滾，相信這樣可以使穀類豐收。在俄羅斯的某些地方，甚至牧師本人也要躺到田中，由女人推着去打滾，不管地上泥土怎樣污穢，更不管石塊會撕破道袍。若是牧師稍為躊躇，村中的女人們便要埋怨的說：

「神父，你口中雖説愛護我們，可是你並沒有誠意祝福我們好收成。」

在德國某些地方，收割之後，男女都要睡到地上去打滾。無疑的，也是同一風俗的遺留。

性生活對於農作物的禁忌

未開化人既信仰土地的生產受着性關係的支配，因此便發生了相對的作用：運用適當能促進田地生產，運用不適當或不合時便要使土地歉收。這種風俗所產生的不同的作用，對於民俗學家，實在是最有趣的研究資料。

這樣，尼加拉瓜的印第安人，自玉蜀黍播種之後直到收割期間，男子都要過着一種獨身生活，同自己的妻子分居。他們不吃鹽，不喝椰子汁以及玉蜀黍酒，整個時期都過着一種禁慾生活。中美洲的印第安人，為了希望穀類收穫豐富，整個收成期間都實行禁慾。有些印第安種族，在玉蜀黍播種時，要同妻子分居，並且五天不能吃肉。有些地方這種禁慾期更要延長至十三日。

根據同樣的動機，德國某一些鄉村的農民，在播種期間，必須避免同妻子發生關係。匈牙利有些鄉村也是這樣。他們認為如果不遵守這規則，田地的收成便要減色。澳洲中部克族土人的長老，在舉行祝福田地的巫術時，必須同妻子分宿。他深信如果犯了這訓誡，種子的發育便不能充份。在米蘭尼西安群島，當葡萄收成時，園丁必須睡在園中，不許接近他們的妻子。如果犯了這禁忌，葡萄便要變酸。

性生活給與植物的影響，未開化人大都十分重視。不過有些種族認為人類的性生活在植物長成期間能促進植物的生長，有些恰恰相反，認為在播種或收割期間，如果不禁慾，便要影響收成。這種相反的觀念，初初看來似乎十分矛盾。但據弗萊采博士解釋，其動機卻是一致而且並不矛盾的。因為這一切觀念都是出於同一泉源，即原始人誤信人類的繁殖與土地的繁殖都受着同一種神秘力量的支配。人類如果在田地的生殖期間，將自己的生殖能力儲蓄起來，過着禁慾生活，則間接可以使田地多獲得一份生殖力量。因此有些未開化人便在播種期及收割期實行禁慾。相反的，有些人相信將自己的生殖力加進到田地的生殖力中，便可使田地的生產繁榮，於是他們便在播種及收穫期間加強自己的性生活，相信這樣可以使田地獲得感應的效果。

由於這兩種不同的觀念，上述的那些人類性生活對於田地的感應和禁忌的種種不同的風俗，便由此產生。

高唐雲雨夢

宋玉著名的「高唐賦」上說：

昔者先王嘗遊高唐，怠而晝寢，夢見一婦人曰：妾巫山之女也。為高唐之客。聞君遊高唐，願薦枕席。王因而幸之。

這幾句話，是中國舊小說所常用的「巫山一會」、「雲雨之事」的出典，也就是中國文藝作品最早的關於色情夢境的描寫。此外，最膾炙人口的該是《紅樓夢》的「賈寶玉初試雲雨情」那一段故事：寶玉在秦可卿的床上做了一場荒唐夢，覺得身上有點異狀，襲人給他換衣裳發覺了，他紅着臉將襲人捏了一把的窘狀。除這以外，中國筆記上所描寫的雲雨夢境，無論男女哪一方面，不是五通神殭屍作祟，便是狐狸精來採補，虛無飄渺得使精神分析學家也無從根據作分析材料。

「日有所思，夜有所夢」，這兩句中國俗語，不僅合乎科學，而且十分合乎弗洛伊德學派關於夢境解釋的理論。弗洛伊德學派的精神分析學者，認為夢是潛意識經過抑壓之後的活動，尤其是與性慾有關的色情的夢，差不多全然是潛意識在作怪，舉凡一切心中希望而不能達到的慾望，以及一切敢想而不敢實行的慾望，都藉了夢的化妝出現。據弗洛伊德的解釋，色情的夢境時常是極荒唐的，有時甚至是亂倫的，其原因便在此。

維也納學派的醫生便運用了這理論，利用夢境來診察病人，尤其是性慾錯亂症患者。靄理斯在《性心理研究》第二卷上說：人類的夢境大都受着清醒時肉體活動的支配。健康的男性或女性，他們或她們在色情的夢中所夢見的對手必是異性，但患有性的錯亂症者，男子在夢中則夢見同男子戀愛，女子在夢中則夢見與女子戀愛，很少合乎正常關係。夢在診斷學上的價值便在此。

據赫希菲爾特氏的統計，他考察了一百名有同性戀傾向的情慾變態者，除了少數不常做夢之外，其中八十七名所做的色情夢都是關於同性戀的。靄理斯的考察結果則是：四人肯定從未做過色情的夢，三十一人承認所做的夢大都以同性戀為對手。這三十一人之中，有十六人承認所夢見的都是同性，其餘則偶然也夢見異性。但這其餘的人，據更詳細的調查，則他們除了同性戀的關係之外，其中有人有時也偶與妓女發生關係，有的在早年也曾戀愛過異性。因此他們的夢境便因了這些經驗而有了錯綜的痕跡。

當然，所有的夢未必一律合乎這規律。有些性慾正常的人，有時也會做性慾變態的夢。不過，性慾變態者從自己的變態的夢中會感到快感。一個健康的性慾正常的人，不論男女，一旦做了一次反常的變態性慾的夢，則醒來之後，所感到的只是憎惡而已。

未開化人相信夢與巫術有關，尤其是色情的夢。瑪林洛斯基在他的名著《野蠻人的性生活》中，將這關係解釋得很透徹。據他說，野蠻人將一切色情或變態的夢都委之夢中人的巫術作用。一個青年或一個少女夢見了一個異性，這表示夢中人向自己施用求愛的巫術。如果一個青年夢見某少女來到他的家中，向他談笑，接近他，躺到他的蓆上，可是平時她從來不睬他，這表示她平時的態度是虛偽的，她正在向他施用一種巫術，於是她便在夢中婉轉入懷，完成好事。青年一覺醒來，還以為是錯覺，可是一摸蓆上是濕的，他便相信她確是藉了巫術來過了。

瑪林洛斯基說，藉了巫術去求夢本不稀奇，這裏值得特別注意的是：野蠻人不是希望被人來入夢，而是藉了巫術希望自己進入別人的夢中。

野蠻人最忌諱的是一切亂倫的夢，尤其是兄妹關係。如果有誰做了這樣的夢，他便要終日鬱鬱不樂。因為他們相信，這樣的夢，若不是仇敵的巫術作用，一定是自己施行某種巫術方法錯誤，或是遭了別人的破壞。

秘戲圖說

秘戲圖，一般都叫春畫，雖然是世俗的玩物，使道學先生見了要搖頭，但在民俗學者的眼中，卻也是有用的資料。將裸體男女，性器官，以至男女交接諸形態作為繪畫或雕塑材料，其歷史已與人類其他文化活動史蹟同樣悠久。選用這種材料的動機，決不是娛樂或誨淫，而是由於宗教的巫術作用。在原始生殖器崇拜時代，這種詭異的藝術品正替代着今日的「神像」地位，受着人類的敬仰。至今還有人相信春畫可以辟邪，辟盜，甚至辟火的，正是這種遠古迷信心理的殘留。

至於將這種東西作為貴族士大夫燕賞以至閨房助興工具，則顯然是人類婚姻制度已經確立，道德習俗開始將人類的行為和慾望加以約束以後的事了。

中國最早見諸記載的秘戲圖，是漢代宮闈的壁畫。漢會景十三王傳上說：「廣川王海陽十五年坐畫室，為男女裸交接，置酒請諸父姊妹飲，令仰視畫」。廣川王後來因為這種淫佚的行為伏誅，但在中國藝術史乃至風俗史上，卻已經成為秘戲圖的始創者。沈德符的《敝帚齋餘談》，有一則談春畫的，就說中國的秘戲圖實始於廣川王，他說：

春畫之起，當始於漢廣川王畫男女交接狀於屋，召諸父姊妹飲，令仰視畫。及齊後廢帝於潘妃諸閤壁。圖男女私褻之狀，至隋煬帝烏銅屏，白晝與宮人戲，影俱入其中。唐高宗鏡殿成，劉仁軌驚下殿，謂一時乃有數天子，至武后時遂用以宣淫。楊鐵崖詩云：鏡殿青春秘戲多，玉肌相照影相摩，六郎酣戰明空笑，隊隊鴛鴦浴錦波，而秘戲之能事盡矣。後之畫者，大抵不出漢廣川齊東昏之模範，惟古墓磚石畫此等狀，間有及男色者，差可異耳。

墓道祭堂的牆壁和磚石上有秘戲圖，決不是供奉死者享樂，而是辟邪鎮壓作用，這正是前面所說的原始宗教巫術作用的遺留。至於「間有及男色者」，則不外漢代和西域交通發達，這種近東特有的變態嗜好由國外傳入，遂在民間宗教藝術品上留下了痕跡而已。發掘古冢每有秘戲圖發現，其原因就在此。明李詡所著《戒庵老人漫筆》，有一則記載這類事頗詼奇，茲抄錄如下：

青州城北四十餘里，豐山下麥地古冢，得厚蛤殼四五千枚，以錦綺重重間鋪，錦皆毀化，殼背隨尖闊就臍作嘴，二目雙角，短長異狀，皆為鳥形，以漆畫之。每殼中各色畫樹木人物竹籃紛錯，如婦人採桑之狀，有在樹上者，有倚樹下者，坐臥行立，種種皆痛。餘率倮行，男女交感，橫斜俯仰，上下異態，不可具言。男間有作回回貌並椎髻者，婦人或散髮在後，長乳尖足，毛竅陰陽之物顯然，抱持牽挽，一殼多者至十數樹，正類今之春畫，然不知作何用耳。

今日提及秘戲圖，便想到唐伯虎和仇十洲，「漢宮春色圖」，十二金釵之類，每一家古玩店大都備有一兩幅，可是中國的鑒賞家都說這些作品偽託者居多，真者百不得一。相傳仇十洲有一幅名作，畫面惟見一床一貓，不見一人，帳已下，帳鈎作擺動狀，貓怒目注視着帳鈎，像捉老鼠似的準備撲上去。然而這也只是得諸傳聞，筆者自嘆眼福淺，至今還未見過這類真跡。

在中國獵奇收藏家的眼中，日本秘戲圖的價值頗高。沈德符說：「扶桑春畫更精，又與唐仇不同，畫扇尤佳。余曾得一扇面，上寫兩人野合，有奮白刃馳往，又挽一臂阻之者，情狀如生，旋失去矣。」

李詡也說：「世俗春畫鄙褻之甚，有賈人攜東瀛春畫求售，其圖男女惟遠相注眺，近卻以扇掩面，略偷眼覷，有浴者亦在幃中僅露一肘，殊有雅致，其絹極細，點染亦精工，因價高遠之」。

後者所見，顯然是江戶時代版畫師的浮世繪，作者誤以為是春畫了。

十三與禮拜五

數目也有性別。一般的說來，單數是男性，雙數是女性。世界各種不同民族的歌謠風俗和迷信，對於這分類差不多是一致的。中國的八卦，也以單數代表「乾」，雙數代表「坤」。

過去的社會大都以男性為中心，因此在數目上，象徵男性的單數便被認為是吉祥的，幸運的；代表女性的雙數則認為比較的不吉利。直到今天，醫生給病人吃藥，大都註明「每天三次」。這數字的運用，並非因為我們恰巧一天吃三頓飯，而是信仰單數是吉利的這迷信心理的殘留。

在這迷信上，同樣是單數的「十三」卻被西洋人認為特別不吉利，並不是例外，卻自有其來源和根據。

據一般的研究，初民的智慧，發展到知道計數的階段時，是以一到五為開始的。這就是說，用右手去數左手的手指，發明了一到五的計算法。因為必須用一隻手去算另一隻手的手指，人雖然具有十個手指，但六到十的計算，卻是隔了相當時候才再發明的，這已是智能進一步的表示了。再進一步，計算十一與十二，雖然可以移動左右腳來確定這數目，但必須運用「心算」。這已經到了智能的頂點，再進一步，計算十二以上的數目，智慧有限的初民便不能不感到惶惑了。這就是「十三」這數目最初成為問題，被認為是一道難關的開始。

最初，「十三」被認為是十二以上的一切未知數的代表，未知的東西大都是神秘的，而且包含着危險性，因此這數目就成了不吉的數字。

不吉的僅是「十三」這數目本身，並不是「十三」所代表的任何物件。舉例說，第十三號的房屋，事實上分明是第十三座，但因為門牌的號數被編為「十二乙」或「十四甲」，住客便毫不在乎了。

著名的歷史家韋爾斯說，「十三」被忌諱的原因是數學的，因為人類可以將十二這數目平均的分成若干份，如二六十二，三四十二之類，但十三卻無法分解，因此對這數目便開始沒有好感。可是許多人認為這解釋過於「近代的」，頭腦簡單的初民沒有這精細的憎愛。

許多人都認為「十三」的忌諱與《聖經》上的「最後晚餐」有關。不錯，耶穌被釘上十字架之前的最後一次聚餐，十二個門徒和一位先生，數目上雖恰是十三個人，但要知道耶穌和十二個門徒在一起聚餐，這一次並不是唯一的一次。在這最後的晚餐之前，他們十三個人必然早已在一起吃過許多次了，還有，在耶穌所生活的時代以前，人們對於「十三」這數目已經加以忌諱。

和十三相同的，在日期上被認為最不吉利的數字是「禮拜五」。迷信最多的愛爾蘭人甚至不肯在這一天隨便的開門，因為萬一開門第一個見到的是陌生人，便等於見到了「鬼」，因為魔鬼據說曾在禮拜五這一天變人形的。匈牙利人計算自己的生辰，如果這一年的生辰恰巧在禮拜五，他們便要撕一塊自己的衣裳，蘸一滴自己的指血，一同加以焚化，便可以毀滅了這一年的噩運。

如果要想知道人們怎樣忌諱禮拜五，請看下面這有趣的現象：據從法院罪犯供詞上所得的統計，在禮拜五這天犯偷竊者絕無僅有，因為竊賊迷信禮拜五行竊最容易被破獲的原故。

《聖經》上的一切不吉事件，如耶穌被釘十字架，希律王的嬰兒屠殺，該隱殺死親兄弟亞伯，都發生在禮拜五。更有，有人考證夏娃引誘亞當吃禁果的日期也恰是禮拜五。——如果確是這樣，人類祖宗第一次犯罪也是在禮拜五，則「禮拜五」的被詛咒真是活該了。

十三再逢到禮拜五，不用說，這數字是不吉利中的最不吉利。但奇怪的是，對於戀愛，許多不同的民族都不約而同的迷信這兩個數字是最吉利的。

世態笑話

周作人曾輯有《苦茶庵笑話選》，搜集了不少明朝的笑話。這裏所錄，則是出自另一來源。表面上看來，雖然只是博人一笑的小東西，事實上卻包含着對於社會上許多事情的諷刺。笑話笑話，實不僅是笑話而已也。

一

三山士人鄭唐，有逸才，好譏謔。有老人畫像，求他題句，他寫道：

精神焗焗
老貌堂堂
烏巾白髮
龜鶴呈祥

老人初不甚覺，經人指點，橫讀第一行竟是「精老烏龜」四字。

二

饒州有女尼，嫁士人張生，鄉士戴宗吉，為詩贈之云：

「短髮蓬鬆綠未勻，袈裟脱卻着紅裙；於今嫁與張郎去，首得僧敲月下門。」

女尼誦詩，為之一赧。

三

一個人肚子裏餓不過，便跑到人家去討飯吃。他走到門前，向婦人家說，我能補破針鼻子，但要些飯吃。於是婦人一面給他飯吃，一面尋出許多破鼻子針。那人吃完了飯，婦人說，可以補了。他翻檢一過說，把那邊破掉的針鼻拿來。

這落掉的半邊真鼻子從何處去尋呢？婦人才知道是受了騙。

四

一個秀才欲向路旁人家投宿。其家只有一個婦人，倚門答道：「我家無人」。秀才說：「有你。」婦人見他誤會，再說：「無男人」。秀才指着自己說：「我是男人。」

五

一人向晚向寺中借宿，許願說：「借我一宿，我有個世世用不盡的東西送給你們廟裏。」
和尚們大喜，盛備素齋款待了這位施主。
第二天臨行時，和尚向他要寶物，他指着簷下一卷破簾子說：「以此折作剔燈桿，世世用不盡也」。

六

和尚叫齋公屏息萬緣，閉目靜坐。
一夜，齋公坐到五更，突然想起某日某人借了一斗大麥未還。第二天，齋公向齋婆說：「禪師叫我靜坐果然有益，幾乎被人騙了一斗大麥去」。

七

蘇郡太守楊貢，因為民間喜歡隱田，乃實行丈量之法。有好事者，見他這樣辦理，對於小民甚是不利，便寫了一首歪詩投給他。詩曰：量盡山田與水田，只留蒼海與青天，如今那有閒洲渚，寄語沙鷗莫浪眠。太守為之動容，便把丈量法廢了。

八

沈文卿為吳中老儒。某夜，讀書至宵分，燈熒熒欲滅，忽見賊在室中掏物無所得，乃從容喊道：「穿窬君子，虛勞下顧，某輒有小詩奉贈」，乃長吟道：「風寒月黑夜迢迢，孤負勞心此一遭；只有古書三四束，也堪將去教兒曹」。

九

有塾師教人讀「郁郁乎文哉」，訛為「都都平丈我」。諸童皆習而不悟，門庭常滿。某日，有宿儒來糾正，生徒一哄而散。時人作打油詩嘲之云：

「都都平丈我，學生滿堂坐；郁郁乎文哉，學生都不來。」

卷四 北窗讀書錄

筆記和雜學

我國的筆記，實在是一種特殊的文體。它不同於我們現在所說的散文小品集，也不是論文集。我在西洋的文藝作品中，就找不出有類似這體裁的著作。回憶錄、札記，或是逸話集，都不似我們的筆記那麼包羅萬有。從詮釋經史、考證碑版，以至詩詞歌賦、野史逸聞、談狐說鬼都可以包括在內。有的學術價值極高，有的簡直不值一笑。我國從漢魏以來，以至明、清人所寫的筆記，內容的廣博，簡直像是一個大海，裏面蘊藏着無數的財富，使你取用不盡。

然而筆記在過去卻一向不被人當作正經書，往往「筆記小說」並稱，好像只是供茶餘酒後的消遣，不足供正經治學之用。其實，我覺得無論研究我國哪一部門的學問，若是不涉獵筆記，一定所見不廣，錯過了許多有用的資料。如研究歷史的，無論是專治哪一代史，若是不看看那些專載有關野史和宮闈掌故的筆記，以便互相印證，那研究一定是有缺漏的。

我一向就喜歡看筆記一類的雜書，有一位朋友稱讚我很有「雜學」。若是真是如此，那也不過由於我平時所看的以筆記一類的雜書為多而已。

當然，前人的筆記著作，好的有用的固然很多，而無聊的輾轉鈔襲的也不少。這只要看得多了，就漸漸的能辨別哪些是第一手的資料，哪些是改頭換面，鈔襲別人的東西。這類情形，在清朝中葉以後一些人所寫的筆記裏最多，因此也最為不可取。大抵宋朝人的筆記，以記載掌故舊聞見長，明朝人的多偏重史料制度，清朝人的以記載異聞奇事的最多。同時由於外國勢力開始侵入了，有許多清人野史筆記也保留了不少近代史的重要資料。

要利用前人的筆記來補助治學，除了多看之外，還要自己隨手作札記。若是不能將自己認為有用或是有趣的資料鈔下來，至少也該記下書名作者卷數和有關何事的一個簡單摘要，以便要用到這些材料時可以查閱。若不是如此，日子一久，雖然彷彿記得某事曾在某書中見過，要查閱起來，往往就要大費精神了。

從漢魏以來直到清末為止，屬於「筆記」這一類的著作，共有多少種，從來沒有人編過書目或是統計過，但那數量一定是非常龐大的。不過，我想一個人若是很耐心的將這類著作擇要看過一千種左右，大約對於我國古往今來的一切，上自經史政治、天文地理、文章藝術，下至蟲魚狐鬼，都可以有點門徑了。

筆記的重印工作

「筆記」對於我們治學考證和增加見聞談助，雖然極有用處，可惜種類太多，內容又精蕪不一，最好先要有人來進行編目整理的工作。這項工作，近年在國內本來已經有人在着手了，不過只是偏重一方面的，那就是上海中華書局在過去幾年着手整理排印的那幾套筆記叢刊。如《元明史料筆記叢刊》，《清代史料筆記叢刊》，《近代史料筆記叢刊》等等。

這幾種筆記叢刊，已經出版的還不多，但是從所附的準備出版的書目看來，有許多卻是刻本極少，或是還未經刊刻過的稿本和鈔本。雖是偏重於社會經濟史料方面的，但是由於前人所寫的筆記，即使內容有一個重心，也往往會連帶的涉及其他方面，因此，對於不是研究社會經濟史的人，仍是用處很大。可惜至今不過出版了兩三種，實在令人望眼欲穿了。

如《清代史料筆記叢刊》裏所預告的那部《三岡識略》，就已經預告了很久，還不見出版。這書是清初人董含所著的。我從前讀蕭一山的《清代通史》，見他在敘述清初歷史時，一再引用這書，知道其中有許多關於清初文字獄的資料，還有關於滿洲人祭天竿子和歡喜佛的資料。要想找來看看，可是幾十年來，除了從別人著作中所引用的，知道一點這書的內容外，一直未有機會讀過原書。可見我國的筆記著作，由於種類太多，無法齊備，就是有志要讀，也是不容易的。因此，整理編目和用排印本來普及流通的工作，實在是值得去做的。

大規模的將過去的筆記彙集在一起來出版，在過去本來也有人做過的，如從前上海文明書局所出版的那一套《筆記小說大觀》，號稱收錄了歷代筆記五百種。種類雖多，可惜內容多是不齊全的，任意刪節。卷數雖仍舊，可是內容已十去五六，而且又是石印小字，錯字又多，因此，僅可供偶然翻閱來消遣，若是要想憑此來參考引用，那就不可靠了。

較好的是從前商務印書館所出版的那些宋人筆記。紙張、字體、印刷和版本都好，所用的底本又都請人校過，可說是很理想的版本。

我以為重印古籍，最好是不要刪節，其次是不用簡筆字。上述的近年所編印的那幾套筆記叢刊，顯然已經能注意這幾點了。

鄉邦文獻

前些時候，託人到上海去買一部《金陵叢書》，信已經去了很久，至今還沒有回覆。也許這樣整部的地方掌故叢書，只有零本還不難買，要想得一部完整的，怕已經不容易了。

近年時時想讀一些有關鄉邦文獻的著作，可是自己手邊所有的實在太少，借又無處可借，買又不易買，徒呼奈何。自己雖然備有好多種廣東的地方志，可是自己家鄉的反而沒有。這種可笑的情形，實在不足為外人道。

我曾經將手邊所有關於家鄉的典籍檢點一下，重要的簡直一部也沒有。比較重要的只有一部《白下瑣言》，而且是很壞的版本。此外就是《金陵古今圖考》、《莫愁湖志》、《靈谷志》、《秣陵集》，寥寥可數的幾種而已。沒有一部主要的關於家鄉的志書。

近人的著作總算有了幾種，大都是朱偰的，如《金陵名勝古蹟圖志》、《金陵六朝陵墓考》等等。朱氏對於我們家鄉的名勝古蹟沿革變遷，可說做了很不少的功夫，但也只有他一人而已，第二個人就舉不出了。

《白下瑣言》的著者是甘熙。我記得我們家裏同甘家還有一點親戚關係，可惜我已經記不起是怎樣的關係了。除了甘家以外，還有濮家，都是親戚，他們都是書香世家。但這些都是祖父手裏的事了，只是在孩子時代聽見講起過，已經無法能知道詳細。

甘氏是有名的津逮樓主人，家中富於藏書。這部《白下瑣言》，對於家鄉的山水名勝、掌故逸聞，搜羅得很多。尤其難得的是津逮樓就以收藏金陵地方掌故志書著名。後來的《金陵叢書》，就是據甘氏所藏彙刻而成。

《白下瑣言》所記載的有關家鄉沿革掌故的書籍，共有五十多種。不用說，這對我來說，除了兩三種以外，幾乎全是未曾讀過的。如唐人的《建康實錄》，宋人的《景定建康志》，元人的《至大金陵新志》，我固然不曾讀過，就是有名的明人顏起元的《客座贅語》，周暉的《金陵瑣事》，我也至今未曾寓目。我這麼不怕人笑我腹儉的寫了出來，實在含有一點鞭策自己之意。因為過去對於鄉邦文獻實在太不注意，捨己之田而耘人之田，這才有這樣的現象。現在想急起直追，可是，要想買一部《金陵叢書》也無處可買，我能有甚麼有效的方法來彌補自己的無知呢？真只有徒呼奈何了。

座右書

一

買了幾隻新的小書架，將其中的一隻放在書桌的右首，以便將一些新出版的定期刊物，新買的書籍，以及要用的參考書，一起放在上面，翻閱起來較為方便。

這是不折不扣的座右書了。

最初放到架上的書，全是那些堆集在桌上地上已久，「無枝可棲」的書。我想，沒有書架可放的書，就等於沒有家可住的人一樣。既然將書買了回來，竟無法給它安排一個安身之處，未免太對不起了。因此有了書架之後，就不管它們是甚麼書，不論古今中外，一起先堆到書架上再說，使它們先享受一下有一個可以喘息的地方。因此即使《香港的蝴蝶》傍着《意大利的藝術社會史》、《鴉片戰爭》傍着《拍案驚奇》，我也暫且不去管它。

這樣過了幾天，形勢粗定，對於放在座右的那一架的書，我開始着手想加以整理了。想將無用的、已經看過的，或是暫時不想看的書，清理出去，換上一些還沒有看過的，自己想看的，以及自己喜歡的書。

將一些不想放在手邊的書，從書架上清理出去，這工作做起來倒並不怎樣困難。如那一套六大本的《迦撒諾伐回憶錄》，是根本沒有理由要作為「座右書」，放在我的手邊的，因此首先被搬了出來。還有一些介紹畫家的小冊子、美國文學史、良友版的《蘇聯版畫集》。這些本是起初隨手從地上搬到架上的，當然沒有讓它們繼續留在我手邊的必要，因此一本一本的都給我拿開了。

滿滿一架的書，這樣一加甄別，一本又一本的被拿開，幾乎剩下一個空書架了。

對於這一隻空起來的書架，我決定依照自己預定的計劃：將一些新買回來準備要讀的、以及久已想讀一直還未曾讀的、還有自己特別喜歡，希望不時可以隨手翻翻的書，都拿來填補這些空缺，使它們真正成為我的座右書。

這個計劃，本來很簡單，而且也很合理，哪裏知道執行起來，竟一點也不簡單。那困難簡直有一點像出門旅行之際，要挑選幾本書帶在手邊供旅途消遣那樣。這種滋味我是經驗過多次的：這一本不適當，那一本又不適當，有的太輕鬆，有的太嚴肅，往往對着滿屋的書，竟覺得沒有一本是適合作旅途閱讀之用的。有一次在出門之際，竟為了這一個問題徬徨終夜，還無法決定，最後只好塞了一本又厚又重的畢加索畫集在衣箱裏。結果到了目的地就趕緊送給了朋友，自己又再到當地的書店裏買了幾本新書來補充。

二

將一些常用的參考書和工具書，挑選一些放在手邊，這工作做起來還不困難，可是要想將一些想看而未看的書，拿幾本來放在手邊，以便儘先的利用機會去看，這可不容易了。因為每一本書都是想看的，而其中有不少一「想」就想了十多年，至今仍是想而未看。要想將這樣的書挑選幾本放在手邊，如果不想太麻煩，本來只要隨手拿幾本就是了，可是一想到應該誰先誰後的問題，那就困難了。

一本十年前買而未讀的書，和一本昨天剛買回來的新書，我究竟應該先讀哪一本呢？這對我來說，有時竟是一個極不容易決定的問題。

結果，首先入選成為我的「座右書」的，卻不是這些想讀未讀的書，也不是剛買回來的新書，而是一些買了多年，甚至讀過已久的一批書。這是屬於一個專題的：比亞斯萊。

我明白自己這選擇的動機，不只是喜歡比亞斯萊的作品，而是有一個願望：一直想給這位世紀末的薄命畫家寫一篇評傳，再挑選幾十幅他的傑作，印成很像樣的一本畫冊。我覺得這工作不僅值得做，而且可以做這件工作的人也不太多。因此，我就一向將這件工作看作是自己的心願，也是自己的責任。可是因循又因循，許多不必做的事情都做了，惟獨這一件蓄之已久的願望，一直還不曾有機會去兑現。

我將三本比亞斯萊的傳記，兩本他的代表作品集，放在書架上最當眼的處所。這動機我自己也是明白的：它們所代表的不只是我的座右書，同時也是我的「座右銘」：用來鞭策我自己，對於有一些擱置已久的工作，也該認真地去進行了。

我又隨手將都德的《磨坊文札》，果庚的《諾亞諾亞》，也放到了架上。因為它們都是我的伴侶。

我檢視了一下已經放到架上的書，漸漸的明白了一個事實：我想放在手邊的書，全不是那些我不知道、不曾讀過的書，而是一些我已經知道、已經讀過的書。不是嗎？誰都希望能經常同自己在一起的、能在自己身邊的，乃是那些最知己的朋友。

於是，儘管我的桌上和地上仍堆滿了書，可是，可以作為我的「座右書」的書，仍是很有限，因此，這一隻小小的書架竟仍有不少空位，而我也仍任它空着，並不想勉強的去加以填滿。

郁達夫先生的《黃面誌》和比亞斯萊

一、郁達夫先生和《黃面誌》

英國十九世紀末的有名文藝刊物《黃面誌》，它的美術編輯就是當時英國有名的世紀末畫家比亞斯萊。早年的我國新文藝愛好者能夠有機會知道這個刊物和王爾德、比亞斯萊等人，乃是由於郁達夫先生的一篇介紹。這篇介紹文是刊在《創造週報》上的。自從他的這篇介紹文發表後，當時的新文藝愛好者才知道外國有這樣的一個文藝刊物和這樣的一些詩人、小說家和畫家。

這一批作家、詩人和畫家是以王爾德和比亞斯萊等人為首的。他們的作品所表現的就是這種多方面的逃避、掙扎和嘲弄，並非單純是「醇酒婦人」式的頹廢。若是如此，王爾德就不會入獄了。他雖然以「男色」案獲罪，但這正是當時英國上流社會的流行嗜好。只是別人做了不說，他卻又做又說，十分招搖，而且還敢向這些人嘲弄，這一來自然就惹禍了。現在已經有許多有關的新史料發現，顯示當時有些人怎樣一定要使王爾德「身敗名裂」才肯罷手。

然而就由於首先使我們知道了《黃面誌》，郁達夫先生就至今仍被人說成是浪漫頹廢派作家。其實這至多只能說是他的生活和作品的一面是如此，有一個時期是如此，不能說是全面如此的。他一直是對不合理的社會制度表示了不滿和憤慨。他的早期作品，所表現的就已經是如此。

他的介紹被接受了，而且發生了影響。可是，卻使他自己從此被後人稱為是頹廢派作家。這真是當時滿懷憤世嫉俗的年輕的達夫先生所意料不到的。

（順便說明一下：當郁達夫先生介紹《黃面誌》時，事實上這個刊物在英國停刊已久，有關諸人都已經去世，「世紀末」早已成為過去，新世紀也開始了四分之一。他不過是當作英國近代文藝活動的一個面貌來介紹的。我在他的藏書中就從不曾見過有《黃面誌》。倒是後來在詩人邵洵美的書架上見過，是近於十八開的方形開本，都是硬面的，據說是他用重價當作珍本書從英國買回來的。）

二、比亞斯萊的再流行

這一兩年，比亞斯萊的畫，忽然又在英國流行了起來。一九六六年英國曾舉行過一次他的遺作展覽會，規模很大，後來又移到美國紐約去繼續展覽。最近在一本畫報上見到有一篇專文報道這事，用了相當多的篇幅。原來今年最新的衣料圖案，以及髮飾，都流行採用比亞斯萊的風格了。

我年輕時候很喜歡比亞斯萊的畫，覺得他的裝飾趣味很濃，黑白對照強烈，異怪而又華麗，像是李賀的詩，曾刻意加以模倣，受過不少的稱讚，也挨過不少的罵。後來時移世易，更多的別的愛好吸引了我的注意，比亞斯萊就漸漸的被束之高閣了。

想不到英國十九世紀末的這個鬼才的畫家，現在竟又流行起來，而且被時裝設計家看上了。

十九世紀末的英國，是一個充滿了苦悶和頹廢的社會，比亞斯萊就是在這種傾向上反映得最敏銳的一個畫家。他十九歲就成了轟動倫敦的一個插畫家，但是死得更快，活了二十多歲就死了，而且是死於肺病。他的生活，他的病，他的早死，可說同他的作品，同他的時代，都是十分調和的。

令人注意的是：像比亞斯萊這樣的畫，在抽象畫盛極而衰之際的英美藝壇，忽然又開始流行起來，將意味着甚麼呢？我以為這是一個新的頹廢時代的開始，一個已經到了爛熟期的文化行將崩潰的預兆。從抽象藝術的牛角尖退出來以後，茫然若失，惟有暫時向異國趣味和東方趣味方面去求發洩。這正是比亞斯萊的作品忽然又流行起來的原因。

比亞斯萊的作品，雖是病態的，但他的線條和構圖，卻帶有希臘藝術和東方藝術的濃厚影響，對當時倫敦畫壇來說，是一種反抗和新的刺激。若是由於他的作品重行流行，能使得英美畫壇從烏煙瘴氣的瘋狂世界中逐漸清醒，從異怪而趨向正常，再回復到現實的懷抱中來，倒未始不是一件好事。

三、王爾德與《黃面誌》

英國倫敦廣播電台週刊《聽眾》，在讀者來函一欄中，有人投書向該刊指出，說最近一期《聽眾》上所發表的一篇評論英國近代畫展的廣播辭（指一九六六年一月二十六日出版的一期），其中用了一句：「王爾德的黃面誌」，極不恰當，是完全錯了。

投函者指出，王爾德與《黃面誌》的同人，雖然都是同時代的，而且有不少彼此都是好朋友，但是亨利·哈爾蘭受書店的委託，計劃出版《黃面誌》時，並未邀王爾德參加。這個刊物上始終未發表過王爾德的作品，也未提起過王爾德的名字。

但是一般文藝愛好者的印象，總以為王爾德與《黃面誌》是一起的，其實並非如此。

我年輕的時候，是愛好過王爾德的作品的，也愛好過英國「世紀末」那一批作家的作品的。這可說全是受了郁達夫先生的影響。那時大部份的文藝青年都難擺脱這一重羅網。我就一直認為王爾德與《黃面誌》同人當然是一起的。直到後來多讀了幾本書，讀了幾種不同的王爾德傳記、比亞斯萊的傳記，以及較詳細的敍述英國所謂「世紀末」那個時期的文學史，這才知道事情並不是如此。

現在讀了《聽眾》上那個讀者的來函，知道連倫敦廣播電台的文藝評論員，連英國人自己直到現在還有弄不清這個問題的，以致說出了「王爾德的黃面誌」這樣的話，我們從前「想當然」的錯覺，應該毫不足怪了。

其實，不只《黃面誌》同人同王爾德在文藝上的關係很疏淡，就是比亞斯萊同王爾德，彼此在個人的關係上也不很好。

我們知道，比亞斯萊曾給王爾德的劇本《莎樂美》畫插畫，畫得非常精彩，現在已經成為比亞斯萊最有名的一組作品。我們總以為當時一定是王爾德邀請比亞斯萊為他的劇本作插畫的，他對於比亞斯萊的這一組插畫一定非常稱讚，不曾料到事情的真相又完全不是如此。

王爾德的《莎樂美》，原來並不是用英文寫的，為了賣弄才藝，是用法文寫的。後來由別人譯成了英文，這時王爾德在法國，因此，《莎樂美》的英文單行本在倫敦出版時，王爾德本人並不在英國，找比亞斯萊作插畫，也是出版家的主意。比亞斯萊的《莎樂美》插畫，雖然是他的得意之作，可是後來王爾德見到了，表示不滿，認為比亞斯萊歪曲了他的劇本的本意，兩人從此就有了芥蒂了。

四、再談比亞斯萊

剛談到英國倫敦廣播電台因王爾德鬧了笑話，說《黃面誌》是他的，受到聽眾投函去指責。不料英國有名的蘇格蘭場又因比亞斯萊的畫鬧出了新聞，而且是「官非」。原因是有一批蘇格蘭場的警探，帶了「花令紙」，闖入倫敦一家美術商店，將店中陳列在櫥窗裏的比亞斯萊作品的複製品，全部沒收了，理由是說這些作品「猥褻」。

事情的經過是這樣的：

由於這個僅僅活了二十多歲就死去的短命畫家，他的作品近年在英國突然又流行起來，倫敦的維多利亞與亞爾培紀念博物館，在五月間，開始舉辦了一個比亞斯萊作品展，規模宏大，搜羅了他發表過的和未經發表過的作品，一起陳列。由於這是皇家博物館主辦的，轟動一時，他的作品自然更加流行了。這時就有美術品出版商將比亞斯萊的一些黑白畫，製成了複製品出售。這回被蘇格蘭場探警沒收的，就是這樣的複製品。

據英國的《畫室》月刊報道，當這家美術品商店將比亞斯萊這些作品的複製品陳列在櫥窗裏時，引起了許多途人駐足。其中有人認為這些作品有傷風化，就向警署去投訴。蘇格蘭場派了一名便衣警探，到這家商店選購了四幅，每幅的訂價是兩先令六便士。買回去看了之後，認為確是猥褻，就援用「一九五九年取締猥褻出版物法令」，簽發了入屋搜查令，來到這家商店內，將這些複製品全部加以沒收，總共有二百六十幅。

這件事情的有趣，不在於比亞斯萊的這些作品是否「猥褻」，而是在於他的這些作品的原作，正在國立博物院裏堂而皇之的舉行公開展覽，這些作品的複製品擺在商店的櫥窗裏，卻被蘇格蘭場認為「猥褻」，要加以沒收。有趣的就是這種可笑的矛盾。至於是否有特別條文規定，這些「藝術品」只宜陳列於廟堂，供紳士淑女欣賞；一擺到街頭的商店裏，就要犯法，或是蘇格蘭場有意要同皇家博物院抬槓，那就不得而知了。

比亞斯萊的黑白畫，有些是畫得很暴露的。就是那些有名的《莎樂美》插畫，也曾經遭過「禁止」。他在臨死的前一年，曾畫過一組古希臘喜劇《萊西斯特拉妲》的插畫。這是阿里斯多芬里斯的作品，內容是說雅典婦人為了反對丈夫與斯巴達人多年戰禍不熄，大家一致拒絕與丈夫同房，並且說服斯巴達的婦人也採取同樣行動，結果雙方不得不停止戰爭。這種荒唐而有趣的題材，當然很適合比亞斯萊的畫筆。他的這一組插畫，大約畫得非常暴露，送到出版家手裏後，在臨死時曾特地寫信給出版商，要求將這些插畫燒燬，以免後人指摘。可是出版商不曾照做，在他死後反而暗中印出來流傳。這一批未公開發表過的畫稿在這次展覽會上都公開展出。被蘇格蘭場沒收的也就是這一組插畫的複製品。

卡夫卡的《中國長城》

佛朗茲·卡夫卡，是近代捷克作家。他在現代歐洲文學上佔了一個古怪的重要地位，重要得幾乎令人難以理解。這就是說，卡夫卡的作品並不多，在他生前出版的更少。他的聲望是由於他的遺著發表後，逐漸增加的。到了今天，卡夫卡已經成了歐洲現代文學的一尊偶像。悲觀、懷疑，反對極權統治，反對大量機械化生產，反對抹煞人性，反對漠視個人存在；現代歐洲文藝作品所流行的那種絕望、空虛、空無內容，以及不可思議的情節的傾向，都追溯到卡夫卡的身上，說是由他的作品所表現的思想感染而來。

在現代歐洲文學上，他成了一個先知，也成了祖師之一。

卡夫卡生於一八八三年，已經在一九二四年去世，僅僅活了四十多歲。他雖是捷克人，卻是用德文來寫作的。他本是學法律的，卻喜歡寫作。可是染上了肺病，在戀愛和婚姻上又受到挫折，他所生活的又恰是第一次世界大戰前後的那個階段。在大屠殺的戰場上，在戰後不景氣的社會中，個人和個人的生命都像是一隻螻蟻，這就構成了在卡夫卡作品裏的那種苦悶、絕望、冷酷和嘲弄的氣氛。一九二四年因肺病不治在柏林去世。臨終時曾要求他的好友麥克斯．布洛德將他的遺稿和日記書簡等等全部毀去。可是布洛德不忍如此，不曾執行他的遺囑。幸虧布洛德不曾遵照卡夫卡的這個願望去做，否則現代歐洲文學史上可能會沒有卡夫卡其人了。

《中國的長城》是卡夫卡的遺稿之一，雖然在一九一八年就寫成，卻到一九三一年才初次發表。這是用第一人稱，一個參加築長城的勞工的口吻來寫的。雖是小說，卻並沒有甚麼情節。雖然提到了「暴君」，說築長城是為了抵抗來自北方的敵人，但是沒有提到孟姜女，更沒有採用有關長城本身的任何資料。卡夫卡當然不是用長城來寫歷史小說，但是我懷疑他對中國長城的知識根本就不很多。他採用了「中國長城」作他的一篇小說題名，不過是出於自己的一種愛好，用異國題材來發揮自己的苦悶而已。

倒是他的另一個短篇《變形》，雖然情節更荒唐，但是卻具有強烈的諷刺意味。一個男子一覺醒來，發覺自己忽然變成了一隻大昆蟲。卡夫卡很細膩的描寫這個由人變了蟲的心理的種種反應，以及這人的家屬對這件可怕事故的種種反應。起先自然是同情、傷心，接着是害怕、規避，終至視為是既成事實，加以厭惡、遺忘……，卡夫卡用這個荒唐不可思議的故事來抨擊現代社會制度的冷酷和可笑，發揮了他的苦悶和絕望的人生觀。

畫家的書翰和日記

翻閱報紙或是雜誌上的新書廣告，偶然發現一本好書或是自己要看的書（這是與「好書」有分別的。「好書」是自己喜歡的書，有時買了回來不一定就看，甚至始終不看。「要看的書」則是自己想看的，不過有時未必一定是自己喜歡的好書。這兩者是很難一致的），連忙用筆摘下書名，或是用紅筆做一個記號。這對我來說，是讀報讀刊物的最大樂趣之一，而且已經享受多年了。

我手邊有許多書，都是經過這樣選擇買來的。

最近讀倫敦《泰晤士報》的文學副刊，見有人編了一部西洋古今畫家的書翰集。上下兩冊，並附有許多插畫，覺得這一定是一部很難得的可讀又可藏的好書，連忙用紅筆在那幅廣告上做了大大的兩個記號，表示一定要去買了來。

這類選集，我讀過一部《畫家論畫》，是選輯西洋古今畫家的畫論、畫評、以及他們日記書簡中有關繪畫的資料編輯而成。有的是論古人的作品；有的是論時人的作品；有的是論他們自己的作品的。這確是了解一位畫家和他作品的最好參考資料。

有些畫家同時是很好的藝術批評家；有些畫家則只是好發議論；有些畫家則從來不大喜歡説話（如畢加索，就是其中之一）。關於後者，若是有機會讀到他們的書信或是日記，往往可以令我們感到極大的興趣，對於理解他們的作品會獲得意外的啓發。

較近代的畫家，有大批書信留下來的，是梵谷訶和果庚。看了他們的畫，往往要令人認為他們一定不喜歡寫信，至少不會是寫信的能手。其實大謬不然，果庚和梵谷訶不僅留下了大批書信，而且這些信都寫得極好：情意真切，內容豐富，是極好的所謂「書翰文學」。甚至有人説撇開兩人的作品不談，僅是這些書信，已經足夠使他們在近代歐洲文藝圈子裏佔一個地位。

那一部新出版的古今畫家書信集的廣告上，就特別提到了他們兩人的名字。

除了書信以外，有些畫家還有日記留下來。果庚就有日記，魯本斯也有日記。浪漫主義大師德拉克羅瓦的日記，更是日記文學的名作。其中有他自己作品的紀錄，有他的畫論和畫評，更有日常的記事。份量很多，共有數十年之久。今年是他逝世一百週年紀念，看來可能還會有一部特印的他的日記選本出版。如果有，那一定又是一部非買不可的好書了。

讀延平王户官楊英的《從征實錄》

一、影印本的《從征實錄》

以前讀日本人所寫的鄭成功傳記，見他們引用楊英的《從征實錄》，材料都是其他各書所未有的，很想找到這本書來看看。知道它有北京中央研究院歷史語言研究所的影印本，便託在北京的友人去買。回信説已經沒有存書了。後來向友人和圖書館去借，也不曾借到，因此當時始終未曾讀到這本書。

這已經是十多年前的事情了。我讀書就是這麼隨興之所至，鑽研一個問題，盡可能的將有關資料集中在一起看個痛快；興致一過，便又束之高閣，再去涉獵別的課題。這幾年很少再去注意鄭氏的傳記資料，因此，《從征實錄》也早已被我置之腦後了。不料昨天逛書店，竟在中華書局的古籍部架上看到了這書，而且還不止一部，並且都是簇新的，大約是新近從甚麼倉庫裏發現的。

買書就是這樣有趣的事：可遇而不可求。十多年前那麼上天下地刻意要找也找不到的一本書，十多年後，事過境遷，卻不費工夫的遇到。好在價錢並不很貴，我隨即毫不躊躇的買了一本回來。

雖然對於鄭成功的研究久已被拋置一邊了，但是為了一償十多年的宿願，回來後我仍在燈下一口氣將這本書翻閱了一遍。果然內容十分豐富，確是要研究鄭成功的人不能不讀的一本書。

這部《延平王戶官楊英從征實錄》，是民國二十年國立中央研究院歷史語言研究所印行的史料叢書之一，是根據原稿的影印本。這部手稿是當時從福建故家發現的，以前從未刊行，也未有人提起過，因此較早出版的關於鄭氏傳記的作者，都未見過這書。據朱希祖在本書影印本的序文上說：

此書出於福建故家所藏，前後霉爛，書題四字脱去，末亦有缺文。裝成四冊，郵寄北平時，稱為《延平實錄》。因「錄」字原文尚隱約可辨，遂錫以此名。余觀此書體例，不以延平一生事蹟為始末，而以楊英從征目睹為標準……故余改其題為從征實錄，而冠以楊英二字。

楊英是鄭成功麾下所設置的六官之一，稱為戶官，職掌糧秣簿籍之事，追隨鄭氏十餘年。書中對於行軍籌餉，人事建設各項，記載特詳，而且材料都是錄自各科案卷和書牘，是研究鄭氏事蹟不可少的原始史料。其中記載鄭氏與清廷使者議和的往返文書（關於與清人議和事，鄭氏自謂係「清朝亦欲詒我乎，將計就計，權措糧餉，以裕兵食也」），和攻克台灣初期的困苦艱難情形，都是楊英親身經歷的見聞，為他書所未見者，是本書最有價值的地方。

二、實錄有關台灣的記載

鄭成功在進兵台灣之前，還經過一個封鎖台灣，不許沿海和外國船隻與佔據台灣的紅夷通商往來的階段。這是楊英的《從征實錄》所留下來的珍貴史料之一。見明永曆十一年六月項下所記：

> 藩駕駐思明州，台灣紅夷酋長揆一，遣通事何廷斌，至思明啓藩，年願納貢和港通商，並陳外國寶物，許之。因先年武洋船到彼，紅夷每多留難，本藩遂刻示傳令，各港灣並東西夷各國州府，不准到台灣通商，由是禁絕兩年，船隻不通，貨物湧貴，夷多病疫。至是令廷斌求通，年輸餉五千兩，箭桿十萬枝，硫磺千擔，遂許通商。

這裏所說的「藩」，就是指鄭成功，這是楊英對鄭氏的尊稱。因為鄭氏封延平郡王，詔許設立六部，自委職官，所以稱為藩主，儼然是一個自立門戶的小朝廷。何廷斌後來獻了一幅台灣地圖給鄭成功，這才使他明白台灣的土地如何遼闊沃肥，決定一有時機，就要將它收復。他在決定要征討佔據台灣的荷蘭人時，就先同部下這麼集議道：

前年何廷斌所進台灣一圖，田園萬頃，沃野千里，餉稅數十萬，造船製器，吾民鱗集，所優為者。近為紅夷所佔據，城中夷夥，不上千人，攻之可垂手得者。我欲平克台灣，以為根本之地，安頓將領家眷，然後東征西討，無內顧之憂，並可生聚教訓。

進兵台灣時機的成熟，則是由於有了內應。據魏源的《聖武紀》所載：

時荷蘭二城，已置揆一王守之，與南洋呂宋占城諸國互市，漸成都會。適其主計之臣，負帑二十萬，恐發覺無以償，乃走投成功，請為兵嚮導。成功覽其地圖，嘆曰，此亦海外之扶餘也。

這裏所說的「荷蘭二城」，乃是指荷蘭人在台灣所佔據的二城，即赤嵌與安平鎮。只是不知那個「主計之臣」，是否就是獻地圖的何廷斌。不過在鄭成功實行進兵台灣時，何廷斌則已經隨軍出發。這次出征不曾多帶軍糧，就是聽了何廷斌的話。楊英記載這事道：

時官兵不多帶行糧，因何廷斌稱數日到台灣，糧米不竭，至是阻風乏糧。

後來鄭成功在鹿耳門登陸，攻下了赤嵌城，揆一派使者來議和，鄭氏後來向他招降。這幾次任通譯的都是何廷斌，可知他早已為鄭氏所用了。

三、實錄記鄭氏開闢台灣的艱苦

《從征實錄》記鄭氏開闢台灣初期的艱苦，尤其是糧食匱乏，部眾趦趄不前情形，都是其他書上所未載的。楊英身為戶官，負責軍需，所以對於這方面的一切知之特詳，這正是楊氏《從征實錄》的可貴處。

鄭氏進取台灣之初，據本書所載，在永曆十五年正月，曾召集諸將密議云：

> 前年何廷斌所進台灣一圖，田園萬頃，沃野千里，餉稅數十萬，造船製器，吾民鱗集，所優為者。近為紅夷佔據，城中夷夥，不上千人，攻之可垂手得者。我欲平克台灣，以為根本之地，安頓將領家眷，然後東征西討，無內顧之憂，並可生聚教訓。時眾俱不敢違，然頗有難色……。

可知在集議時已經有人暗中反對，因此在正式出發時，更有人逃亡，原書第一四九頁云：

三月初十日，藩駕駐料羅，候風順開駕。時官兵多以過洋為難，思逃者多，隨委英兵鎮陳瑞搜獲捉解。

接着，在出征途中和抵達台灣之後，都發生了缺糧的恐慌。這是預計在台灣登陸以後就可以就地徵收糧餉，不料當時台灣竟是少產米穀的，同時留守思明州金門的部將，為了反對鄭氏進攻台灣，竟至扣留糧船不發，使得在台灣的鄭氏軍隊幾乎有絕糧之虞。楊氏記當時情形云：

七月，藩駕駐承天府，户官運糧船不至，官兵乏糧，每鄉斗價至四、五錢不等，令民間輸納雜子番薯發給兵糧。

八月，藩駕駐承天府，户官運糧船不至，官兵至食木子充飢，且憂脱巾之變，遣楊府尹同户都事楊英經鹿耳門，守候糧船，並官私船有東來者盡行買糴給兵。時糧米不給，官兵日只二餐，多有病沒，兵心嗷嗷。

據另一書《海上見聞錄》（阮旻錫著，也是鄭氏部下）所載：永曆十六年正月，鄭氏下令將家眷搬到台灣，留守思明金門之「鄭泰洪旭黃廷等皆不欲行，於是不發一船至台灣，而差船來調監紀洪初闢等十人分管番社，皆留住不往，島上信息隔絕。」這種後方違令不肯合作的事件，不僅使得當時佔領台灣的鄭氏大軍發生缺糧現象，而且也使得鄭氏本人心裏非常憤慨。幸虧趕緊下令指導土人開墾耕種，頒發耕牛犁耙等物，直到第一季收割有成，這才渡過了難關。

許地山校錄的《達衷集》

三十多年前，許地山先生校錄出版的《達衷集》，在今天看來，仍是一本可供參考的有用的書。這書有一個副題：「鴉片戰爭前中英交涉史料」，是他在牛津大學留學期間，從校中的波德利安圖書館所藏有關英國和滿清交涉史料中輯錄出來的。來源是當年東印度公司在廣州分公司存檔的舊信和一些往來的公文副本，他們都捐贈給牛津大學圖書館。許地山先生所鈔的不過是其中極少的一部份，都是東印度公司廣州分公司同滿清官衙往來交涉的公函呈文和告諭，也有一些私人函件。後者比前者更有趣，因為其中有些竟是這些英國煙商與沿岸私梟奸民往來通消息的函件。

這些資料，原來都鈔成兩冊，除了各件原來標題外，自然不會有總名。《達衷集》這書名的來源，是許地山先生發現其中有一項文件稱為「尺牘類函呈文書達衷集中目錄」，他就採用了《達衷集》作為出版的書名。

《達衷集》分為兩卷，主要的內容是那個強行要在滿清沿海進行貿易的英國船主胡夏米，沿途與滿清官商往來的文書，反映他經過廈門、福州、寧波、上海等地所招惹的事端。另一部份內容則是英國商民在廣州歷年與當地官商往來交涉的文書，如英國水手打死中國人，英國商船不依定例停泊，以及傳達法令等等交涉經過。時間則歷經滿清乾隆、嘉慶、道光三朝，如英船水手殺死黃亞勝、蔣亞有的兩宗兇殺案，都是發生在嘉慶朝的，胡夏米的事件，則是道光朝的事了。

在胡夏米有關部份的資料中，有好幾封是內地私販奸民寫給他的信，有的向他通報消息，有的接洽鴉片貨物走私的方法。在現在讀起來，不僅令人驚心怵目，更令人有今昔之感，因為有幾封信彷彿就是眼前的走狗敗類向牠們的主子來告密通消息的信。

如一個漢奸寫信通知胡夏米說：

> 特字通知汝船中船主駕，記（應作既）入五虎，不可入閩安鎮口。現鑼身塔（應作羅星塔）地方有官兵千餘人，四面伏兵，滅你大駕大船。汝船不能保全，我前日在撫台衙門內聞知兩院上本與皇上知道。不可入閩安，恐九死無生，悔之晚矣。我祖宗洋船犯風，打汝貴國，勞汝貴國補助，送回。我恩情未報汝大恩，特送上好武彝巖茶一匣，有銀無處買。

這個漢奸，為了他的祖宗在海上遇難曾受過英國船救助，現在竟賣軍事消息，還要附送「上好武彝巖茶」

一匣。可說荒唐之至。

另有一個漢奸，寫信給胡夏米，替他想方法，保證船隻可以進口買賣，而且代他擬了一個給官府的稟帖。這封標題為「漢奸致英船主書」，鈔在《達衷集》卷上的「福建事情」部份內。原信云：

近聞寶船至我界口，各處關口防守甚嚴。我有一言相告，未知聽否？若聽我言，包許進口賣貨。我代你做了一紙叩稟之字相送，與須着人用小舟進省，到福省大將軍麾下投遞，萬無不准。福省官員，唯將軍最喜英國之船進關，賣貨稅例，乃是將軍收管。你船到了福省，代你作個通事，未知用否？

這以下就是這個漢奸代胡夏米擬的稟帖。他這封信和代擬的稟帖，在所鈔的諸件之中，算是文字比較通順的，可知他曾經讀過幾年書，而且根據信上最末那句：「你船到了福省，代你作個通事，未知用否？」看來，他可能還是讀過洋書的。那麼他「學鮮卑語」，原來是用作這樣的「敲門磚」，也太沒有出息了！

最有趣的，是有一個自稱「三山舉人」的傢伙，曾經一再寫信給胡夏米。最初是向胡夏米通消息，要送「內河水圖」給他，後來就圖窮匕見，在信上向他借盤費上京應考，不堪之至。當時論述時事的筆記野史上也曾經一再提過這個敗類。他的信，有好幾封就收在《達衷集》內。有一封寫給「大英貴國大船主」的，一開頭便說：

特字通知。有內河水圖送你知道。我前一日上省探聽，現在撫台總（應作准）鑼心塔（應作羅星塔）地方，存火炮打汝全船……

這個「三山舉人」，文筆欠通，而且還在信上夾雜了許多福建話的土音字，讀起來費解。許地山先生曾費了不少精神給他註釋，這裏不再鈔了。他寫了幾封向胡夏米討好的信之後，就開口向他「求助」了。他在一封信上說：

大英國胡夏米老爺，船主大駕，寶舟回國，特來送行。前一日，多蒙老爺雅愛，訂許今日特來求贈書財。我是貧窮舉子，並無一物相送，乃孝子奉母言，令我送行。不是下類之人，可憐無恩可報。但願老爺順風相信，一路平安。船主老爺乃是大富大貴之人，量大如海……望老爺開此大恩德……蒙天庇佑，相逢貴老爺相送書財，我有日求得一官，做犬馬報你大恩。若不能得官，後世轉世，做犬馬去你貴國船主家中報恩……

還有一封，也是如此，總是自稱是「舉人」，又是「孝子」，而且表示願意來生做犬馬到「船主大老爺」家中去報恩。可知他不僅甘願做「黃皮狗」，而且希望投胎做「白皮狗」，一廂情願，令人彷彿如見這個敗類的嘴臉。

《達衷集》後半部所鈔錄的文書，全是同廣東方面有關的，包括英國商船水手因為殺人犯案，同官廳往來的文書，粵海關給他們的公文，以及洋行買辦伍浩官等人同他們在貿易上往來的函件。

英國水手在廣州所犯的殺人案，有關文書見諸《達衷集》的，有被英國水手戮死的黃亞勝一案。起因是為了銀錢爭執。中國方面的見證，肯定黃亞勝是被「紅毛國」水手殺死的，可是英國船主起先說黃亞勝由於訛騙英國水手銀兩，發生爭執，致被殺死。可是當滿清官方勒令交出兇手時，又狡獪地推說查不出犯案的水手是誰，甚至說無從肯定是不是他們船上的水手。

集中所鈔存的英國船主「啞吐咱上鎮粵將軍稟」，以及給巡撫和兩廣總督的呈文，都採取了這樣推搪的口吻：

稟為民人黃亞勝被人戮傷一事，因夷等已查明該事，且不見實據。黃亞勝以本處人被戮傷，並若死者真被夷人戮傷，人證方亞科周亞德不實知犯罪者或係咪利堅國人，或係英吉利國夷人，而現發給紅牌，與咪利堅國船但給之，與本國船未有……

由於英國船主採用了這樣狡辯拖延的手段，這一宗命案終於被他們賴掉了，後來不了了之。

還有較後的「核治骨船」開槍打傷泥船工伴蔣亞有一案，也有好幾封往來文書鈔錄在《達衷集》內。這一宗行兇案，結果也是不了了之。這些文書，都反映出英國鴉片商人，在廣州逐漸猖獗，犯了命案，已經不肯把犯案的兇手交給滿清官廳審問，故意採用種種拖延塞責的手段，將兇手用船送回國，然後表示一時查不出，或是派人回國細查了事。

滿清官廳就這麼逐步喪失了對英國煙商水手的審判權。

校錄者許地山先生說得好，「達衷集第二卷比較重要，因為我們從中可以尋出租界、領事裁判權，以及外國金融在中國發展的歷程。當時中國官吏的糊塗，每於公文中顯露出來。」

至於那些私販奸民，勾結英國鴉片煙商私下進行非法貿易，或是出賣情報消息。這些人的發展，由於後來鴉片買賣合法化了，這些依賴洋人生活的人，也搖身一變，成為我們今日所熟知的康伯度買辦之流的洋奴分子了。

《天方夜譚》裏的中國

有名的《天方夜譚》，是古代阿拉伯故事的大寶庫。自十三世紀開始，來源不一的故事，就經過許多不同的口述和手寫，逐漸的集中在一起，成為今日世人所熟知的《一千零一夜故事集》。

這些故事的來源，遠及非亞歐三洲。十三世紀，正是我國的宋元之交，因此在《天方夜譚》裏所提到的中國，大都是在唐朝曾僑居在廣州的阿拉伯人帶回去的知識。稍後一點的，所說的便是元朝的情形了。因此，這時中國就被說成是一個在極遠的地方，可又是極大的國家，她的特點之一是皇帝最喜歡殺人。

有名的褒頓爵士的《天方夜譚》譯本，在註釋上對於有些故事裏提到中國人情風俗的地方，都作了極有價值的註解。最近不是時常有人提起陳列在開羅博物院裏的中國古瓷，這都是在阿聯境內發掘出來的。這不是可以用來證明中阿文化交流歷史的久遠嗎？《天方夜譚》裏的「汗里姆·賓·亞玉布」故事中所包含的第二個太監所講的故事，其中就講到這個太監的女主人和女兒等，因為知道主人塌屋壓死，叫太監將家中陳列的器物瓷器，全部打爛，用來發洩心中的悲憤。這個太監說：

於是我就跟了她去，協助她打毀屋內所有的一切格架，以及其上所有的一切，這樣之後，我又遍巡屋頂天台以及每一個地點，打碎我所能打碎的一切，使得屋內沒有一件瓷器不是破的……。

褒頓爵士在這裏就加以註釋道：

據説這正是埃及和敍利亞的一種風俗，他們要在室內六七尺的高處，用格架沿了牆壁四周，陳列許多精緻的中國瓷罐，構成一種極富麗的牆飾。我在大馬士革時曾購買了許多，直到當地人士懂得了它們的可貴，開始向我索取驚人的高價。

褒頓爵士在這註釋裏所説的，毫無疑問的就是現在陳列在開羅博物院裏的那些中國瓷罐。以中國瓷罐來作室內裝飾的風氣，不僅在非洲有，就是南洋一帶也曾十分流行。就由於珍視我國的瓷器，不僅視為藝術裝飾品，而且視為傳家之寶，非洲和南洋許多地方很早就同我們有了文化貿易上的關係。

又在「阿布·穆罕默德和拉賽波妮絲」的故事裏，穆罕默德在海中遇救，救他的船隻是屬於在中國境內的「哈拉特」城的。中國當然沒有這樣的一座城池。褒頓爵士説，凡是説到渺不可及的極難以想像的地方，由於中國國境之大，他們總是説這地方在中國境內。

又在「阿里沙與女奴茱茱露」的故事裏，女奴不肯賣身給一個將鬍鬚染色的買主，吟詩向他嘲笑，其中有兩句是：

你去的時候鬍鬚是一樣，
回來的時候又是一樣，
像夜晚做中國影子戲的丑腳那般。

褒頓爵士在這裏加上註釋，說明中國影子戲的表演方法，有點像外國的傀儡戲那樣，不過是用一幅透明的布幔，燃燈在裏面，用手將傀儡的黑影投在布幔上來表演。

褒頓爵士當時是英國派駐中東的領事，他提起這時阿拉伯人和土耳其人所表演的影子戲，那個丑角時常是很猥褻的，拖着一具比自己身體還要長的陽具來登場。使得在座的領事團人員大感狼狽。

這裏所說的中國影子戲，就是我們現在所說的「皮影」，多數是用驢皮作原料，經過特殊的硝製方法，使其薄而透明如毛玻璃，經過雕製，再加上染色，將這種如傀儡一樣可以活動的戲中人物的影子，透過燈光投影在白布幔上，佐以音樂和唱詞，就成了最原始的彩色活動有聲影戲。

相傳我國的這種影子戲，在漢朝就已經有了。漢武帝思念亡去的衛夫人，由方士給他作法，將夫人的亡魂召來，出現在布幔上面。據說所使用的，就是這種影子戲的方法。美國哈佛大學魏姆沙特氏在他的那本《中國的影子戲》裏，承認中國影子戲存在的歷史，可能比漢朝更早，會有三千年的歷史。毫無疑問是今日電影的祖宗。

中東一帶所流行的影子戲，也像爪哇的皮影戲一樣，都是從中國傳過去的。如《天方夜譚》這個故事裏所引用的舉動可笑的丑角，顯然是加進了地方色彩。

還有，在那個從第七百五十九夜開始講起來的「沙夫．亞爾穆洛卡王子與巴地亞．亞爾查瑪爾公主的故事」，王子為了要打聽他的美人的下落，願意到天涯海角去尋，朝中便有人向埃及的這位法老王建議，若是想知道公主所存身的那些神秘地方究在何處，最好乘船到中國去打聽。說中國有一座大城市，其地不僅物產豐富，而且天下各地的人都聚集在那裏，任何古怪的地點和消息，都可以從那座城市裏打聽得到。

褒頓爵士在這裏註解道：

> 所指可能是廣州，因為這是阿拉伯人所熟悉的一座城市。

當時沙夫．亞爾穆洛卡王子已經就了王位，聽到朝臣說到中國去就可能打聽出公主的下落，就向他的已禪位的父王說：

「哦，我的父王，請你為我準備一艘船，以便我可以到中國地方去，同時請你為我暫留王位。」

可是老王回答他道：「孩子，你仍繼續安坐你的王位寶座，統治你的百姓，由我給你航海到中國去，為你打聽巴貝爾城和伊拉姆花園的所在。」

但是亞爾穆洛卡王子不肯，一定要親自去。老王只好給他準備了四十艘戰船，兩萬戰士，此外還有奴僕及一切作戰物資和旅途用品，供他率領出發。

故事裏說，他們抵達中國的一座城市後（這座城池顯然是瀕海的，因此褒頓爵士認為所指的是廣州），城中的中國人聽說來了四十艘戰船，戰士武裝齊備，認為一定是敵人來圍攻他們了，連忙關起城門，準備守城工具。

後來沙夫．亞爾穆洛卡王子派使者到城外來聲明，他是來自埃及的王子，是以客人的身份前來觀光的，並不是來侵略的。因此如果願意接待他，他們就登岸，如果不願接待，他們就原船回去，決不騷擾城中的百姓。

中國人當然是好客的，因此這個故事就繼續說，那些中國人就開了城門，領了他們去謁見中國國王。在這裏，故事裏稱中國皇帝為「法福爾」。褒頓爵士在這個字的下面加以淵博的註釋道：

法福爾這字，是回教徒對中國皇帝的尊稱。「法」事實上是「巴」的訛音，這字在中東的某些方言中有「神」和「寶塔」之義，因此他引用了一位法國學者的解釋，認為「巴福爾」這字是中國話「天子」的意譯。

不用說，中國天子對這位遠方來的王子竭誠招待，又為他召集一切的船主水手和往來客商，為他調查巴貝爾城和伊拉姆花園的所在，直到他獲得滿意的消息後才離開中國。

《天方夜譚》裏提起中國的地方還甚多。因為自唐朝以來從陸路和水路到過長安和廣州的回教徒，回到中東以後，就帶去了不少有關中國的知識和傳説，因此後來反映在《天方夜譚》這些故事裏的，真實和想像參半，但仍可以看出中國在這些中東的客人口中所留下的美好的印象。

在遼遠時代播下的種子，看來現在正在這些新生的國土上開花結實了。

《紅樓夢》與南京的關係

一夢紅樓二百秋，大觀園址費尋求；燕都建業渾閒話，旱海枯泉妄覓舟！

據說這是有人在北京和南京都尋不出《紅樓夢》裏所說的大觀園遺址後，寫出了這首寄慨的小詩，見吳柳先生所寫的〈京華何處大觀園〉一文。

本來，大觀園原有在南京或在北京兩說，現在是後說佔了上風。由於有新材料的發現，大觀園是在北京之說，簡直已經被肯定了。但是，大觀園雖在北京，這並非說《紅樓夢》與南京就根本沒有關係了。《紅樓夢》與南京的關係仍是很密切，而且很大的。

首先，《紅樓夢》的作者曹雪芹的祖上，是在南京任「織造」官的，這固然不用說了。而且曹雪芹的本人，就是在南京出世的。從前的傳記資料說他三四歲時離開南京，現在的新考證，則斷定他離開南京到北京時，至少已有十三四歲（見吳恩裕的《曹雪芹生平為人新探》）。這一來，他與南京的關係更加深了許多。

十三四歲，自然懂得許多東西了，《秦淮舊夢憶繁華》（敦敏贈曹雪芹詩），自有許多事情可憶。

曹雪芹的同時代人明義，《讀紅樓夢詩》的詩序，有句云：

曹子雪芹出所撰紅樓夢一部，備記風月繁華之盛，蓋其先人為江寧織府，其所請大觀園者，即今隨園故址。

大觀園以袁子才的隨園為藍本之說，久已被推翻了，但當時南京為明朝故都，城中故家池館很多，「大觀園」的具體輪廓即使在北京，曹氏在起草《紅樓夢》時，憶起舊日秦淮繁華，將一些他在南京住過玩過的園林池館景物寫入書中，實在是大有可能的。小說到底是小說，「大觀園」的景物既非一成不變的實地寫景，則摻入少年時代在南京所見的園林結構，也實在是大有可能的。這一點，還有待於新的「紅學家」今後作更細微的考證。

《紅樓夢》與南京的關係，最令我特別感到興趣的，乃是這書最初命名的經過。原來《紅樓夢》最初並不叫《紅樓夢》。今日通行本的「楔子」說：

曹雪芹於悼紅軒中，披閱十載，增刪五次，纂成目錄，分出章回，則題曰「金陵十二釵」……。

「金陵十二釵」之名，雖然與「風月寶鑑」，「情憎錄」一樣，後來不曾正式被採用作書名。但是在「十二釵」之上冠以「金陵」二字，可知書中的故事與南京關係之深了。

曹雪芹雖是在南京出世的，他的祖上卻是旗人，我們不便說他是南京人。但是《紅樓夢》裏有一個主要的人物，卻是南京人，而且後來還死在南京的，那就是王熙鳳。據脂硯齋所見的曹氏《紅樓夢》初稿，不可一世的潑辣的王熙鳳，後來竟被原先懼內的賈璉將她貶為妾婦，接着更進一步將她休回娘家，於是她就哭哭啼啼的回到了「金陵娘家」，後來就死在南京。

至於袁子才的「隨園」就是大觀園之說，這話最初本出自袁子才自己之口。隨園在南京倉山，袁子才在他的《隨園詩話》裏說：「大觀園者，即余之隨園也。」這是大觀園在南而不在北，是「隨園」前身之說所由來。一向擁護此說的頗不乏人。據張次溪先生的《記齊白石談曹雪芹和紅樓夢》說：

> 首先，大觀園的地址問題。齊白石認為：大觀園應該在南京，袁子才說隨園就是大觀園的遺址，是可以相信的。因為曹家在南京，做了幾十年的織造，有一所規模相當宏麗的園子，當然不成甚麼問題。雍正五年（公元一七二七年）曹雪芹的父親曹頫革了職，第二年被抄了家，所有家產，卻由皇帝賞給了繼任織造隋赫德。曹頫在南京的園子，隋赫德改名為隋園。袁子才買到手後，改稱隨園，這是很清楚的沿革。曹家被抄沒後遷回北京，在那個官官相護的時代，未必就貧無立錐，說不定在

北京另有一個園子。但可斷言，北京的園子，決不能比南京的園子宏麗。抄家時，曹雪芹年紀雖還很小，但總能聽到老人們回憶在南京時的生活狀況，所以在寫《紅樓夢》時，就把南京的園子作為大觀園的藍本了。（引自《散論紅樓夢》一書。）

大觀園在南京之説，據説現在已由於新發現的有力證據，完全被推翻了（見吳柳先生的〈京華何處大觀園〉）。但在感情上，我仍是希望至少該有一部份與他的南京老家有關。曹雪芹寫《紅樓夢》裏的大觀園時，他的腦中會想起了從前在南京的老家舊園景物，實在是極有可能的。

《紅樓夢》裏所用的方言諺語，有許多也是南京話。如丫鬟們在大觀園裏放風箏，用的是「剪子股」的方法，這就是南京土話。因為這方法是將一柄剪刀縛在竹竿上，將風箏的線從剪刀柄中穿過，豎直了竹竿，利用竹竿本身的高度，曳動風箏線，以便容易放上去。這是我們家鄉的女孩兒們在家裏戲放風箏慣用的方法。

明譯本的《伊索寓言》

《伊索寓言》傳入我國很早，在明朝就有了中文譯本。除了「佛經」以外，這怕是最早的被譯成中文的外國古典文學作品了。據日本新村出氏的研究，明朝所刊行的《伊索寓言》譯本，從事譯述的是當時來中土傳教的耶穌會教士。這是由華名金尼閣的一位比利時教士口述，再由一位姓張的教友筆錄的。書名並不是《伊索寓言》，而是《況義》。況者比也譬也，漢書有「以往況今」之語。這書名雖然夠得上典雅，可是若不經說明，我們今日實在很難知道它就是最早的《伊索寓言》中文譯本。

據新村出氏的考證，《況義》係於明朝天啓五年、即公元一六二五年在西安府出版，現在僅知法國巴黎圖書館藏有兩冊鈔本，所以不僅見過這書的人極少，就是知道有這回事的人也不多。從前周作人先生曾在「自己的園地」裏提過明譯的《況義》，也是根據新村出氏的文章寫成的。

《況義》僅譯了三十幾篇寓言，不用說，全是用極簡練的古文譯成的。我只見過一篇，是關於那隻銜了骨頭過橋的狗，從水中見到自己的影子，以為另一隻狗也有骨頭，起了貪心去搶，結果連自己原有的骨頭也失去的故事。

次一種較早的伊索寓言中譯本，該要算到廣州教會所出的那一種了。這是英漢對照的譯本，出版於滿清道光十七年，書名是《意拾蒙引》，譯者署名是「蒙昧先生」。「意拾」即伊索的異譯。這書出版至今雖不過百餘年，但是已經很少見。據一八四零年廣州外商出版的英文季刊《中國文庫》的介紹，這部英漢對照的伊索寓言集，一共譯了寓言八十一篇，全書共一百零四頁。每頁除了英漢對照的寓言本文以外，還有漢字的羅馬字註音。中文居中，譯音居右，英文居左，這是專供當時有志學習中國文字的外國人用的。出版後很獲好評，一八三七年第一次出版後，在一八四零年又再印了一次。可惜這譯本至今也不易見到了。

據《中國文庫》介紹，本書的譯者是一位湯姆先生，他是當時廣州渣甸洋行的職員。由他口述，再由一位「蒙昧先生」用中文記下來的。這位「蒙昧先生」就是他的中文教師。

不知為了甚麼緣故，一八三七年初版的《意拾蒙引》，出版後曾被滿清官廳所禁。但是據後來在一八四零年又再版看來，禁令顯然後來又取消了。

沒有教訓的《伊索寓言》

千餘年來，《伊索寓言》好像已經成了一種道德的經典，與教訓是分不開的。這也正是舉世一致的採用他的寓言為教科書教材的原因。這種傾向由來已久，在希臘時代已經如此了。

然而，《伊索寓言》的真面目並不是如此的。今日我們所讀的《伊索寓言》，已經大部份不是伊索的作品。就是那屬於他的作品的一部份，也全是別人的筆錄，並不是伊索的原作。伊索是一個奴隸出身的人，他有機智，善於說故事，但是並沒有甚麼著作（他那時代當然更沒有印刷品出版物），也沒有手稿留下來。今日的所謂《伊索寓言》全是從古代來源不一的各種稿本內輯錄而成的。

在伊索生前，他只是善於說故事獲得主人的歡喜和尊重，甘願解除了他的奴籍。他後來漫遊各城市，也全仗了自己的三寸不爛之舌，到處受人歡迎。原因是這些故事寓言都說得很有趣，而且很機智。但結果也因了這些故事罹禍，得罪了人，遭遇了橫死。

當年伊索說故事和寓言，並非為了要教訓人，因此他的這些故事和寓言，雖然具有教訓的作用，卻並非每一篇寓言都是教訓甚麼的。我們今日所讀的《伊索寓言》，尤其是那些選入教科書中的，其中所附的那些教訓，全是後人附加上去的（或者可以說，全是前人附加上去的）。這些教訓多數不免是畫蛇添足：減削、甚至歪曲了《伊索寓言》的原意。

有不少研究希臘古稿本的學者，認為今日所流傳的各種《伊索寓言》譯本，往往與原來的《伊索寓言》面目相差甚遠。尤其是每一篇末後必附幾句教訓話，都是好事者妄自加上去的，成了《伊索寓言》的一種累贅。最近，英國有一本新的《伊索寓言》譯本出版，譯者是美國精通希臘古文的勞埃·達萊教授。他的譯本便以削除了這些蛇足來標榜，稱為「沒有教訓的伊索寓言」。這新譯本所收集的伊索寓言，有不少都是以前未經人譯過的，還有幾則略帶一點色情意味。這更使得讀慣了教科書中的伊索寓言的人，大感意外。

這以下就是我隨手選出的幾則：

有一個貓與司愛女神阿弗洛狄德的故事：

一隻雌貓，愛上了一個漂亮的年輕人，向阿弗洛狄德女神祈禱，請將牠變成一個婦人。女神憐憫牠，答應了牠的請求，使牠變成了一個美麗年輕的婦人。年輕人見了她，不禁愛上了，將她帶回自己的家中。兩人在臥室裏歡好時，女神想試試看她從貓變成人以後，是否連性格也變了。便故意將自己變成了一隻老鼠，出現在臥室內。貓立時忘記了自身的現狀，從床上一跳而下，就去追老鼠，準備飽餐一頓。女神失望而且生氣，立時將她打回原形。

還有一個年輕人與婦人的故事，簡直像是後來意大利所流行的諧話了：

一個炎熱的夏天，有一個年輕人在路上遇見一個比他年紀大的婦人。見到這婦人由於天氣太熱，已經走得十分疲倦，幾乎要昏倒了。他起了憐憫之心，見她實在無法再走下去了，便抱起她，將她負在自己的肩上。這樣走了一程，年輕人忽然動心起來，慾念大熾，翹然而舉，無法自持。他便將婦人放在地上，荒唐的同她苟合起來。婦人並不拒絕，只是冷冷的問他：「你在向我做些甚麼呀？」年輕人答道：「由於你的身軀太重，我想給你鑿去一些肉。」事畢之後，他又將她負在肩上，繼續走路。這樣又走了一程。這回卻是那婦人向他提議了。她說：「你如果覺得我仍是太重，使你走起來吃力，何不將我放下來，給我再鑿去一些肉？」

另有一個寡婦與農夫的故事：

有一個新喪夫的婦人，葬了丈夫之後，坐在墓旁哭得很傷心。一個正在田中耕田的農夫，見到了她，忽然心生一計。他拋下了牛和犁頭，走近婦人身邊，也裝做哭了起來。婦人覺得古怪，便停止了哭，向他問道，「你為甚麼哭呢？」農夫說：「我新近埋葬了一個美麗聰明的妻子，惟有用眼淚來減輕我心中的憂傷。」婦人說，「我也新近埋葬了一個好丈夫，因此我哭的時候，也同你一樣可以減輕我心中的憂傷。」於是農夫說：

「既然我們兩人的命運和遭遇的都是一樣，我們為何不彼此相處呢？我將愛你像愛她一樣，你也可以愛我像愛你丈夫一樣。」農夫用這話說服了婦人，於是兩人就歡好起來。可是當農人事畢回到田中的時候，發現他的牛已被人偷走了。不見了牛，農夫不禁傷心痛哭。婦人詫異的問他為何又哭起來，農人回答道：「女人，這一次我真的是傷心了。」

另一則題為「大神宙斯與廉恥」的：

大神宙斯造好了「人」之後，立時將各種品質都放到人的裏面去，可是一時竟遺漏了「廉恥」。他想來想去，想不出有補救方法可以使它進入人的內部。最後只好同廉恥女神情商，請她從人身上的後門鑽進去。起初，廉恥女神認為有損尊嚴，拒絕不肯。大神宙斯再三堅持要這樣，她只好勉強答應了，但是提出了一個條件。她說：

「如果我這麼進去了，還有跟着進來的，我就立刻離去！」

就由於這樣的條件，凡是一個人身上的後門有甚麼進去過的人，這人都是失去了廉恥的。

再有一則題為「兩個情人」的：

有一男子每晚秘密的去會晤一個婦人。同她一起享受歡樂。這人同她商議好一種暗號，以便她可以知道是他。他同她約定，每逢他來到門外時，他就作小狗吠聲，她聞聲就可以開門放他進來。他就用這暗號每晚同她相會。但是另有一個男子，見到他每晚如此，心有所疑，不知他幹甚麼，便遠遠的跟在後面偷看。那個人不知有人跟蹤，走到門外照例發出慣用的暗號。那個跟蹤的人見到了，知道是怎樣一回事，高興的回到家中。第二晚，他也來到那個婦人的門口，比那人來得略早。他學小狗吠了幾聲，屋內的婦人以為情人來了，便吹熄了燈，以防被人見到，開門放他進去。這人進來之後，就同婦人上了床。哪知不久之後，原來那個情人來了，他照例在門外連連作小狗吠聲。床上的情人聽到屋外有了小狗吠聲，明白是怎樣一回事，便起床站在門後，從屋內發出了幾聲兇惡的大狗吠聲。

屋外的情人一聽，以為裏面的人一定是不好惹的，連忙悄悄的走開了。

還有一則，簡直是笑話：一個中年人有兩個情婦，一老一少。老年情婦恥於這人比自己年輕，每逢他來的時候就拔去他頭上的黑髮。年輕的情婦又恥於同一個比自己年老的男子做情人，每逢他來的時候，就拔去他頭上的白髮。這樣，兩個輪流的拔，這中年人不久就成了光頭。

這就是所謂「沒有教訓的伊索寓言」。不過，我們倒不能說這些寓言就一定沒有教訓。

《北窗讀書錄》校後記

我的讀書趣味一向是多方面的，因此所讀的書很雜。這種傾向，從這個集子裏也可以略見一斑。這幾十篇讀書隨筆，有的是近一兩年寫的，有的已經是十年以前的了，所涉及的範圍很廣。這些書包括了有名的古典著作，以及今人的新作，有中文書，也有外文書，還有藝術圖籍和版畫，因為這些都是我所喜愛的書，也是我喜愛讀的書。

一個喜歡書、喜歡讀書的人，能夠將自己嚮往已久的一本著作，攤在面前精心細讀，或是隨手翻閱，都是最難忘的一種享受。這種享受，時常令我在忙碌之中獲得片刻喘息的調劑，給與我面對人生的新的勇氣。

有些蓄意尋訪已久的書，多年都未能有機會讀到，後來終於能見到了，內容並不如自己想像的那麼好，或是想像中的那麼有用，反而會感到一種失望。如我在《鄉邦文獻》中所提到的那部《三岡識略》，後來終於有機會從一位朋友處借來讀過了，我想查閱的資料，和我平日已經知道的也差不多，因此除了兌現了一個多年的心願以外，別的可說並無所獲。

有關家鄉的志乘文獻，近年確是愈來愈不容易買得到，因此自己雖然很想多讀幾種，也不大有機會。有一次在一個出版商的展覽會上，總算買到了一冊《金陵沿革表》和《六朝事蹟類編》的合訂本。後來到了北京，在琉璃廠的古籍書店裏，更買到了《金陵瑣志九種》。這簡直令我喜出望外，可說是近年購求家鄉志乘的最大收穫。可惜想買《金陵叢刻》，連他們那樣汗牛充棟的書庫架上也缺貨了。

那一次，我還在古籍書店的架上找到了零本木刻的《無雙譜》。我以前不惜重價想買《喜詠軒叢書》，就因為其中有石印本的《無雙譜》。想不到無意中能夠買到零本的，而且還是木刻的，自然不必再要石印本的《喜詠軒叢書》了。

關於本集裏有幾篇隨筆提到的英國鬼才畫家比亞斯萊，近年英國又一連出版了好幾種不同版本的他的畫集，以及新寫的傳記。由於英國出版法令修改了，有些過去不便發表的作品都可以公開印出。因此這些新出版的比亞斯萊畫集內容與過去出版的頗有不同之處。這些我差不多一一都買到了。我久有要選印一本比亞斯萊畫冊，為他寫一篇評傳的計劃。這是蓄之已久的一個心願，藉這校閱《北窗讀書錄》的機會，在這裏披露出來，作為對自己的一種鞭策。

一九六九年九月，香港

卷五 香江舊事（上）

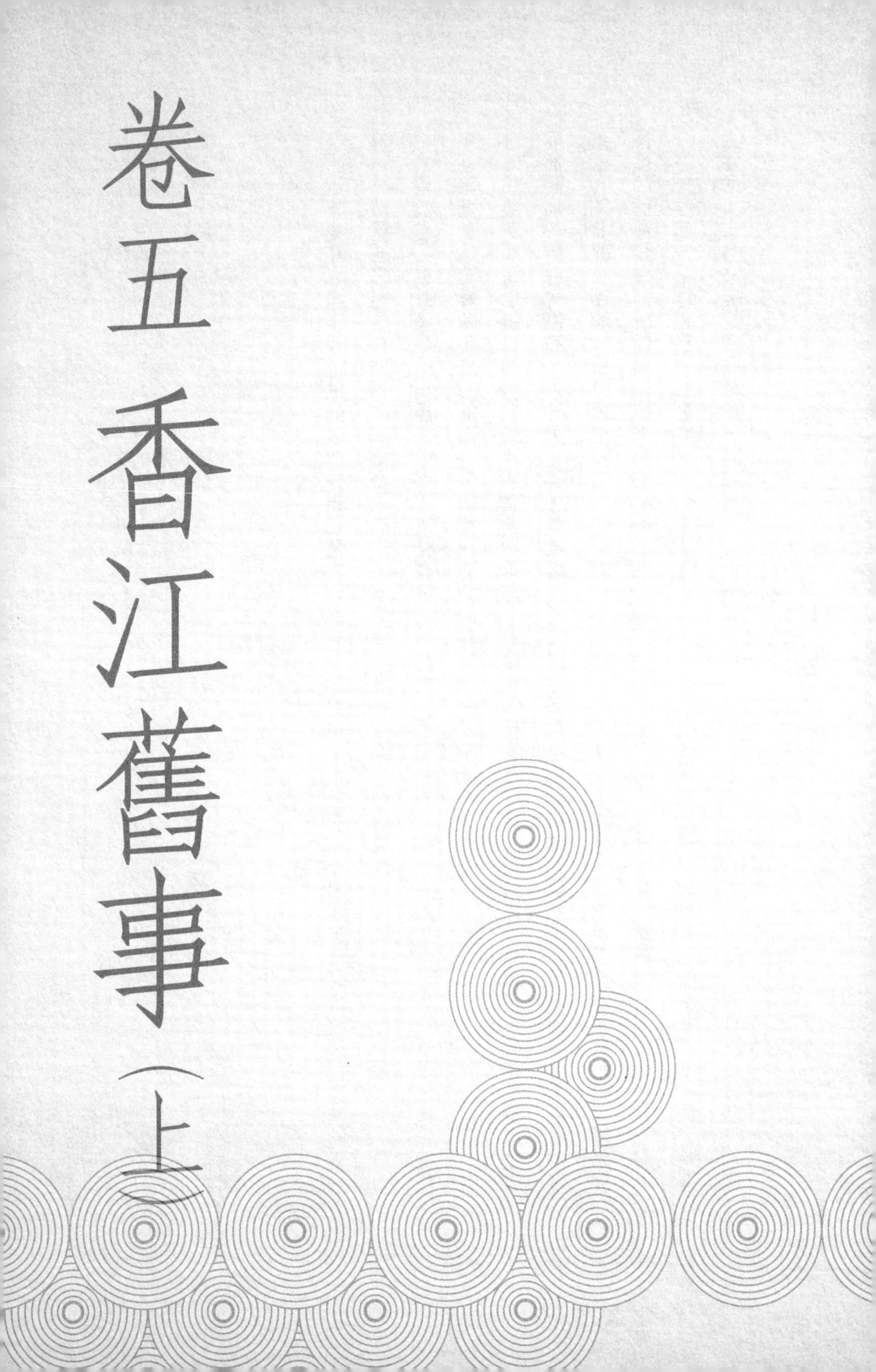

日益消失的古老香港

近十幾年以來，香港的面貌改變得很厲害，從海上望過來，平地和山上出現了許多大廈，一座緊貼着一座，一眼望去全是方格的窗口，簡直是新式的鴿子籠，九龍方面也是這樣。

隨着這些新建築物的出現，許多古老優雅的房屋都被拆卸了，有些很美麗的角落，也被填平改造，闢作了建築基地，不顧前後左右的形勢，造起狹而高的高樓。

這幾天，花園道口的瑪利兵房正在開始拆卸，有兩棵大榕樹已經被毫不留情地鋸倒了。我真替陸軍監獄前面的那幾棵紅棉擔憂，這幾天開得正是燦爛，看來不用多久，它們就要變成灶下薪了。這一帶不僅有許多紅棉，而且是市中樹木最茂盛的地方。因為自從香港成為英國殖民地以來，這裏就被劃為軍營地帶，樹木受摧殘的機會較少，所以顯得特別茂盛。可是在最近一兩年內，它們的命運就要不堪過問了。

在再上一點的地帶，麥當奴道和梅道一帶，本是半山區最幽靜的地帶。最初有一兩座大廈出現時，搬進去住的人十分高興，因為他們居高臨下，背山面海，佔盡了形勢之勝。可是曾幾何時，前後左右伸起了一座又一座的大廈，前面新起的更高，擋住了海；後面繼起的更高更大，擋住了山。現在住在那裏的人家，甚至住在十樓以上，往往仍是窗口對着人家的廚房，甚麼風景也看不到了。

就以我們住的地方來說，前面本來是可以望見海的，幾年前街對面起了一座大廈，我坐在案前看書，抬起眼來就可以望見對面七樓或是八樓人家的主婦在房裏鋪床疊被。看又不好，不看又不好，只好率性將書桌搬開了。在我們臥房的後窗，本來仰望可以望見扯旗山頂。有時夜深睡得遲，下半夜的月亮會從山後面爬上來，照得山上的草木閃閃有光，令人看來有一種特別幽靜的美感。可是現在呢，山腰懸崖之下早已出現了一排規模極大的高屋，遮斷了山，遮斷了月光。現在抬起頭來，所能見到的是一排排的窗口和骨骼似的露天樓梯，吟不成「床前明月光，疑是地上霜」了。

我懷疑香港的經營計劃，這幾年在基本上有了一個極大的變化，已經將美化市容擱在一邊，盡量地將一切可以開闢、填塞、騰挪出來的公地，迫不及待地拿出來拍賣，並且鼓勵將房屋建得愈高愈快愈好。悽悽惶惶，好像不可終日，一點也無閒暇再來講求詩情畫意了。

喪失中的香港傳統

朋友送了一帙日本航空公司的月曆給我，上面所印的圖片全是日本有名的文物，印得非常精美。航空公司的經理在介紹詞中說，日本的一切近年已遽急地趨向現代化，但是對於傳統的美麗仍在盡量的保護，並存不廢。這大約就是現代化的航空公司所印的日曆特地採用了古文物圖片的原因。

這件事情，使我不覺很有一點感慨。

目前的香港，在城市設計和管理方面，好像就缺乏了這樣的理念。似乎忽視了過去，同時也不知道顧到將來，目光只是一味地注重眼前。僅就建築設計來說，似乎只是着重簡潔和單純，完全忽略了美觀和尊嚴。以中區的那一座皇后碼頭為例，舊日的皇后碼頭多麼堂皇尊嚴，新的皇后碼頭卻卑矮空洞，四無遮攔，作為徙置區的碼頭倒還相稱。要舉行甚麼官式的登陸儀式，就不免顯得寒傖了。

還有，那麼具有歷史趣味的瑪利練兵場，竟拍賣給商人建築酒店。這還不打緊，在那麼一個重要的城市心臟地點，對於這座建築物的圖樣應該怎樣要從各方面鄭重地予以考慮。結果，今日的美國大酒店已經建築得將近完成了。建築物的本身設計雖然不錯，可是從城市美觀的觀點來說，從山上望下來，市中心和海港風景被它遮住了一大片；從海上望上去，港督府，大教堂，以及山腰的一大片美麗山景也全被它遮擋了。它本身佔盡了海光山色之美，可是在它陰影下的建築物都成了犧牲者了。

在這方面，我非常欽佩具有百年歷史的木球會，他們能保存那一大片草地，不為利誘，給古老的香港保存了一點體面。

香港的歷史並不長，只有一百多年。可是這個地方的上一代的開闢者，在市政設計方面，不僅很具有眼光，而且對這座城市本身顯然很有感情，因此一草一木都可以看出經營者的苦心。可是他們的後輩、好像都存了「五日京兆」之心，拆的拆，賣的賣，那光景簡直像二世祖將先人的花園祖屋賣給市儈改建市房一樣。表面上看來好像是將市容現代化了，事實上只是毀滅了傳統。失去了舊的，並不曾創造新的，更談不上像日本人那樣的新舊並存。

前幾年，也有人曾懷疑新中國會這樣，説是準備拆了萬里長城去造水庫和工廠。後來有人遊了八達城，發現正在那裏燒磚修補長城，這才知道謠言雖然有翅膀，卻飛越不過事實的界限。近幾年的大力保護各地古蹟文物，更證明了新中國也是在一面趨向現代化，一面注重保護舊有的優秀傳統。

香港之初期發展畫冊

香港的亞細亞火油公司，這幾年對於香港歷史和自然史的研究工作，倒從旁做了一點工作。他們曾編印了一部香港蝴蝶圖譜，近幾年所贈送的日曆，所採用的圖片又都是與香港歷史有關的。最近更將這些圖片編印成一部畫冊，題名為《香港之初期發展》，所包括的年代自一八四二年至一九一二年。

這部畫冊包括了十二幅彩色畫，都是根據舊香港的面貌加以剪裁，重行繪製的，有一點近於圖解性質。每一幅另附有一頁單色說明文字。儘管景物的繪製並不完全正確，但是對於香港的過去茫無所知的人，這裏總算多少提供了一點資料，而且能給人一些具體的印象。這工作倒是值得稱讚的。

無論怎樣，同樣的以略具宣傳性質的印刷品贈給客戶，這樣的日曆總比那些採用脫衣女郎圖片的高雅得多，而且也有用得多了。

封面上所用的那幅地圖，乃是英國人所繪的本港第一幅單獨地圖，繪製的時間是一八四二年。目前仍在本港大會堂展覽的舊香港圖片，也是以這一幅地圖為起點的。可惜編者不曾對這幅地圖有所說明，因此一般的讀者不會知道。

不過，這幅香港島最早的單獨地圖，價值是在它所具的歷史性，而不是地圖本身。因為這還是在鴉片戰爭初期，遠在《南京條約》以前，英國人在這座小島上登陸後，就進行測繪的。

由於繪製草率，這幅地圖在地形上很不正確，許多地名都填錯了。最明顯的是黃泥涌村，這本是今日的跑馬地，可是這幅地圖上卻將「黃泥涌村」寫在銅鑼灣以東的一座山頭上。

每一幅彩圖前面所附的那一頁單色圖解說明，看來比那幅彩色圖本身更令人感到了興趣，因為這裏提供了若干歷史知識，尤其是那十幾幅歷任總督的肖像，使我們可以見到這些曾對香港發展有重大作用的歷史人物真面目。

說明文字是中英文對照的。英文所根據的資料，比較正確。可惜中文譯文不曾認真地邀請適當的人去校勘過。除了字句不妥之外，更有錯誤。如第五圖堅尼地爵士任內的那一幅，中文說明將「Mountain Lodge」一字譯成了「洛治山」，這是錯誤的。香港並沒有「洛治山」。這是一座建築物的名稱，文雅一點可以譯成「山頂別業」，是當年總督的避暑別墅，並不是甚麼「洛治山」。

黃遵憲的香港感懷詩

黃遵憲的《人境廬詩草》，所見詩題與香港有關者，有第一卷的《香港感懷十首》，第五卷的《到香港》，第六卷的《自香港登舟感懷》。

這都是路過香港所寫下的作品。事實上，詩人並不只到過香港三次。據新刊《〈人境廬詩草〉箋註》所附常熟錢仲聯的《黃公度先生年譜》所載：滿清同治九年（公元一八七零年），先生二十三歲，至香港，有感懷詩十首。光緒十一年（公元一八八五年），先生三十八歲，由美乞假回國，道經日本，九月抵廣州，這時曾寫了那首《到香港》的七絕。年譜雖未註明，可知是經香港再到廣州的。光緒十六年（公元一八九零年），先生四十三歲，「正月十一日，出使英法意比四國大臣薛叔耘（福成），自上海乘法公司伊拉瓦第船放洋，先生則訂明在香港守候。十四日，船抵香港。十六日，先生攜次子仲雍、一僕，由嘉應州來，登舟。午正一刻開行，未初二刻出口，先生有自香港登舟感懷詩。」

這三次都是有詩見於詩集中的，但是還有一次，已是詩人晚年的事。據年譜所載，光緒二十六年（公元一九零零年）先生五十三歲，「秋，歸過香港，訪番禺潘蘭史徵君於華字日報館，談三日」。事實上這一次也有詩，是為潘蘭史題《獨立圖》，但是《人境廬詩草》未載。

黃遵憲詩集中所載有關香港的詩，自以《香港感懷十首》最為人傳誦。這是他第一次到香港，也是年輕時代（二十三歲）的作品。這時是公元一八七零年（滿清同治九年），距離滿清同英國簽訂《南京條約》已經有二十多年，就是距離《北京條約》（一八六零年訂立，其中又規定將九龍半島尖端部份劃歸香港界內），也有了十年，二十三歲的青年愛國詩人，第一次踏足到這座島上，「山頭風獵獵，猶自誤龍旗」，自然不勝感慨，因此寫下了這十首感懷詩。

這十首詩，詩人曾有幾處作了自註。古直的《黃公度先生詩箋》和新刊的錢氏《〈人境廬詩草〉箋註》，也都有了一些疏註。但是詩中所寫當時香港現狀，以及風俗市情，還有不少地方可供進一步的詮釋，現在略記一些如下。

「香港感懷」詩的第一首：「彈指樓台現，飛來何處峰」，當是說香港當時改變後的面貌。這時香港島在英國人經營下還不到三十年，中環一帶出現了一個熱鬧的市廛，自中環到灣仔的皇后大道也早已築好，山上已經出現了許多洋樓。香港島舊稱「紅香爐峰」，英國人稱島上的主峰為「維多利亞峰」，所以詩人說：「飛來何處峰」。

第一首的次兩句：「為誰刈藜藿，遍地出芙蓉」，上一句似乎是慨嘆當時有不少人為了謀生活，到香港來從事開山鑿石工作，不知為誰辛苦為誰忙；下一句他有自註云：「以鴉片肇禍，開港後進口益多」。這是當時事實。《通商條約》簽訂後，鴉片貿易成為合法的貿易，不必再走私，而香港更設有大規模的鴉片煙倉，不必再用躉船在零丁洋躉煙了。煙倉地點在今日中環安瀾街後面。

末四句「方丈三神地，諸侯百里封。居然成重鎮，高壘矗狼烽」，是說當時香港警衛森嚴，在西環設有炮台，在東區燈籠洲也設有炮台，在中環瑪利操場上面也築有炮台（今日雪廠街口的炮台徑就是遺蹟），控制對岸九龍形勢，所以說這方丈小島，也「居然成重鎮」了。

第三首的「金輪銘武后，寶塔禮耶穌」，詩人有自註說：「香港城名域多利，即女主名也」，這是指今日中環一帶。「域多利」即維多利亞女王，因此香港人俗稱「域多利城」為「君士坦」。君士坦者，「女王城」（Queen's Town）的譯音也。「寶塔禮耶穌」，當是指聖約翰大教堂，因為這是本港建築最早的一座教堂，其地點和建築外形至今都不曾改變過。

第四首第一句「盜喜逋逃藪」，是說當時在內地犯了法不能存身的，都紛紛逃到香港來躲避。這些人在香港喘息稍定後便又為非作歹，因此早年香港的治安非常不好，竊案和攔路搶劫尤多，入夜後外國人攜槍也不敢單身出外。後來本港採取了一種嚴厲的對付方法，捉到形跡可疑的人物就剪去辮髮，送回對岸九龍。

第三句「官尊大呼藥」，詩人自註說：「官之尊者，亦稱總督」。總督，香港人俗稱「大兵頭」。第五句「王面鐫金寶」，是說所通用的英國銀幣，上面鐫有維多利亞女王像。最末一句「關吏莫誰何」，自註云：

「港不設關」，這是指當時香港以「自由港」標榜，對一般貨物入境，都不抽稅。

香港感懷詩，第五首第六首都是詠當時香港的燈紅酒綠繁華情形。這時香港公開設有妓館，日本妓館在今日灣仔大佛一帶，西人妓館在擺花街荷理活這一帶，中國妓館則在水坑口一帶（稍後才遷往石塘咀）。詩中所詠「沸地笙歌海，排山酒肉林」，「鬟雲迷寶髻，脂夜蕩花妖」都是指這些淫靡現象。這兩首詩最好參看潘蘭史詩集中那些嘆香港妓館酒樓的作品，他們都是同時代人。

香港感懷詩的第七首：

博物張華志，千間廣廈開。
摩挲銅狄在，帳望寶山回。
大鳥如人立，長鯨跋浪來。
官山還府海，人力信雄哉。

古直箋註這首詩說：「案指香港博物院也」。又箋註「大鳥如人立」兩句說：「案院中有非洲駝鳥鯨魚骨鱷魚骨等。」

這裏所說的博物院，附設在大會堂內，原址在今日德輔道滙豐銀行與中國銀行所在地。大會堂的建築很大，前門在德輔道，後門在皇后道，皇后道的門口還有一座噴水池。遠望窗口很多。這大約就是詩中所詠的「千間廣廈開」。

這間附有博物院的大會堂，本與滙豐銀行比鄰而立。後來大會堂拆卸，將地皮拍賣，由滙豐銀行買得一半，就將銀行的舊建築拆卸，擴大範圍改建新廈，這就是我們今日所見的滙豐銀行大廈。餘下的大會堂另一半地皮，由港府建築了一座單層的臨時建築物，作公共圖書館之用。第二次大戰後，這臨時建築物被拆卸，改作停車場，後來再拍賣，由中國銀行購得，就建築了我們今日所見的這座大廈。詩人在一八七零年第一次來香港時，大會堂除了博物院藏書樓之外，還有劇場和跳舞廳，是當時本港文化活動中心之一，所以詩人來港之後，首先就去遊覽了。

第八首有一句「御氣球千尺」，是指當時本港在東區渣甸山腳下設有輕氣球遊戲，供人乘坐。這玩意在當時是新奇的，因此頗具吸引力。吳友如在上海所出版的點石齋叢畫，曾用香港輕氣球為題材，畫過一幅時事風俗畫。

另一句「乘風百馬驍」，錢氏箋註引王韜的《香港略論》云：「跑馬場周約二十餘里，每歲賽馬，其間多在孟春和煦之時」。這座跑馬場，可說是本港最早的建設之一。因為跑馬場所在地的快活谷，原稱黃泥涌山谷，是一片小河縱橫的水稻田。谷中蚊蚋滋生，瘴氣蒸郁，環境非常不衛生，對於外國人的健康尤不適合，因此早年住到黃泥涌山上的外國人，住一個死一個，沒有一個能活着出來的。後來當局禁止種稻，將黃泥涌山谷的稻田和小河都填平，另闢水渠，改變黃泥涌的山水，那一片平地遂成了跑馬場。

另一句「街彈巡赤棒」，是指當時香港街上日夜有差人和更練巡邏。那時的差人，通稱「綠衣」。

香港感懷詩第九首，有句云：「飛輪齊鼓浪，祝炮日鳴雷」，自註：「他國軍艦初至，必燃炮二十一響，以敬地主，西人名曰祝炮」。這兩句詩的第一句，當是由於當時的輪船，有許多都是明輪的，在船舷兩側設兩隻巨輪，行駛時輪齒轉動如飛，撥水前進，有的還在輪上畫一隻巨眼。從前我國招商局行駛長江的輪船，如「江永」號、「江寬」號都是明輪的。

第二句「祝炮日鳴雷」，就是今日所說的「禮炮」，在當時也是新奇的。據說最初葡萄牙人到屯門時，軍艦進口，鳴炮致敬，滿清守軍不明此禮，以為是葡萄牙人向岸上開炮，也發炮還擊，釀成了誤會。

第十首「遣使初求地，高皇全盛時」，是說滿清乾隆五十八年，英國使臣瑪戛尼爵士來作親善訪問，可是自大的滿清官員照例認為這是外國使臣來「進貢」，所帶來的「國書」，稱為「貢表」，因此在接待禮節上使得瑪戛尼爵士大表不滿，結果不歡而散。瑪戛尼曾要求在廣東沿海租一塊地方，作為英國商人曬貨收船，暫時歇腳之用。這是英國向滿清最早提出的租借土地要求。

第十首的最後四句：「鑿空蠶叢業，墟雲蜃氣奇。山頭風獵獵，猶自誤龍旗。」大約是詩人這時見到香港建設之盛，開山闢路，在半山架設了棧橋，空山上出現了重重疊疊的樓房，可是登高北望九龍，滿清的黃龍旗仍在招展，不覺發生了這樣的感慨。

關於「蜃氣」，就是俗話說的「海市蜃樓」。從前「新安八景」，有一景是「龍穴樓台」，就是說在九龍對岸有龍穴洲，其上不時可以見到域郭樓台車蓋往來的海市蜃樓奇景。

黃遵憲寫了「香港感懷」詩之後，時隔十五年，在光緒十一年（公元一八八五年），他這時已任駐美國舊金山總領事，年三十八歲，在這年秋天乞假回國省親，又經過香港一次。這一次寫了一首題為：《到香港》的七絕：

水是堯時日夏時，衣冠又是漢官儀。
登樓四望真吾土，不見黃龍上大旗。

滿清光緒十六年（公元一八九零年），詩人又有機會來到香港。這時他已經四十三歲，被任命為出使英法意比四國使臣薛福成的參贊，來港等候薛福成自上海乘船來會合出發。據薛氏的《出使日記》說：

光緒十六年庚寅，正月十四日，抵香港。十六日，參贊黃遵憲公度攜一子一僕自嘉應州來登舟，午正一刻開行。

黃氏這一次有一首《自香港登舟感懷》的七律，詩云：

又指天河問析津，東西南北轉蓬身。
行行遂越三萬里，碌碌仍隨十九人。
久客暫歸增別苦，同舟雖敵亦情親。
龍旗獵獵張旃去，徙倚闌干獨愴神。

這一首詩，是抒寫他個人浮沉宦海的身世之感，對於香港沒有甚麼涉及。有之，仍是關於「龍旗」的問題。他三次經過香港，所寫的詩裏面總要提到「龍旗」。而且遣辭用字幾乎是相同的。第一次來香港，在十首感懷詩的最末一首裏面說，「山頭風獵獵，猶自誤龍旗」；第二次所寫的《到香港》七絕，末兩句是：「登樓四望真吾土，不見黃龍上大旗」；第三次的《自香港登舟感懷》七律，最後一聯又用了一句：「龍旗獵獵張旃去」。詩人每次來到香港，登高展望，總不免要想到了「龍旗」，全是藉此來寄託他的家國之感。

詩人最末一次來香港，是光緒二十六年（公元一九零零年），年已五十三歲，這是我們從潘蘭史的記載中知道的。這時潘蘭史正在香港主持《華字日報》，據潘氏的《在山泉詩話》說，黃氏「過香港，枉駕寓樓，論文竟日」。又說：「庚子秋，先生三顧余寓樓。自後簡札往來，題圖書扇，謹藏行篋……」。

詩話裏錄了一首他為潘蘭史《獨立圖》的題詩，不載《人境廬詩草》。詩云：

四萬萬人黃種貴，二千餘歲黑甜濃。
君看獨立山人側，多少他人臥榻容。

獨立山人是潘蘭史的別號，他曾請當時廣東名畫家居古泉為他寫像，即《獨立圖》。據梁啟超的《飲冰室詩話》說：「案蘭史獨立圖，一時名士題詠殆遍……」。

除了這幅《獨立圖》外，居古泉還給潘蘭史畫過一幅《獨立千秋圖》，是祝他「五秩開一」壽辰的。黃遵憲所題的，當是前一幅。據羅原覺先生見告，《獨立千秋圖》現由他珍藏，可惜畫上的諸家題詠，在重裝時全失去了。至於那幅《獨立圖》據說現藏簡又文先生處，不知黃遵憲的題詩仍保存在軸上否。

魯迅先生在香港

一

一九二七年，魯迅先生離開廈門大學，到廣州中山大學去教書的那一段期間，曾先後到過香港三次，並且曾在這裏作過兩次講演。他經過香港的三次時間，第一次該是一九二七年一月間，因為他在那篇〈略談香港〉的雜文一開頭便說（見《而已集》）：

本年一月間，我曾去過一回香港，因為跌傷的腳還未全好，不能到街上去閒走，演說一下，匆匆便歸。

第二次，就是寫這篇〈略談香港〉的一次，雖不知道確實的日期，但是根據這篇雜文末尾所署：「六月十一日於廣州東堤」，當是這年六月間的事。至於第三次的日期，則見《而已集》裏的另一篇雜文：〈再談香港〉。這篇雜文開頭第一句說：「我經過我所視為『畏途』的香港，算起來九月二十日是第三回。」這篇文章後面註明是九月二十九夜在海上寫成的，可知那日期是九月二十八日。

魯迅先生在本港所作的兩次演講，一次的題目是〈老調子已經唱完〉，另一次的題目是〈無聲的中國〉。據先生自己在《三閒集》的序言裏說：「我去演講，一共兩回，第一天是〈老調子已經唱完〉，現在尋不到底稿了，第二天便是這〈無聲的中國〉。」

不過，魯迅先生雖然自己說〈老調子已經唱完〉這篇底稿已經尋不到了，其實在今日《魯迅全集》的《集外集拾遺》裏，赫然仍有〈老調子已經唱完〉這一篇在，並且有副題註明是「一九二七年二月十九日在香港青年會講演」。可知這篇底稿一定是在編印《三閒集》時找不到，後來又找到了。這其中的經過，我們可以從許廣平先生在《集外集拾遺》的〈編後說明〉裏略知一二。她說：

> 集外集預備出版送檢時，其中編者引言，來信，啟事，〈老調子已經唱完〉，〈上海所感〉……等共十篇，那時被抽去了，先生特另紙抄載書目，雖則原稿已落於檢官之手，幸而如〈今春的兩種感想〉等篇，承友好之助，得以重行補全，俾符先生特意收入拾遺中的原意……。

可知當時是因底稿被扣，所以《三閒集》和《集外集》裏都不曾收進。並且，魯迅先生大約也因為底稿不在手邊，對於兩次講演日期和題目先後也有點記錯了。因為他自己說，第一天是〈老調子已經唱完〉，第二天是〈無聲的中國〉。但是《三閒集》裏所載的〈無聲的中國〉，註明是「二月十六日在香港青年會演講」，而集外集拾遺裏的〈老調子已經唱完〉，則註明是「一九二七年二月十九日在香港青年會演講」。可知並非如先生自己所記：第一天講〈老調子已經唱完〉，第二天講〈無聲的中國〉，事實上是第二次才講〈老調子已經唱完〉的，因為一是二月十六日，一是二月十九日。

魯迅在這裏所作的兩次公開演講，顯然曾經使得這裏有些人士很感到一點頭痛，因為他自己在《三閒集》的序言裏，提起寫作另一篇〈述香港恭祝聖誕〉的經過時，曾這麼說：「我另有了一個想頭，以為只要看這篇演講和通信中所引的文章，便足可明白那時香港的面目。」

至於那時香港的面目如何，我想最好還是引用先生自己的話。〈略談香港〉的第二段，就說得非常明白：

> 我去演講的時候，主持其事的人大約很受了許多困難，但我都不大清楚。單知道先是頗受干涉，中途又有反對者派人索取入場券，收藏起來，使別人不能去聽。後來又不許將講稿登報，經交涉的結果，是削去和改竄了許多。

二

魯迅先生在一九二七年來香港演講，以及後來在廣州教書時，似乎對於當時的香港《華字日報》和《循環日報》，很感到興趣。這兩家都是香港資格最老的日報，現在早已先後停刊了，但在當時可說是這個特殊社會和特殊「文化」的最好鏡子，因此在好幾篇文章和通信裏一再引用了這兩家報紙的新聞記載和廣告。當然，他也提過當時本港出版的其他報紙，總是沒有比得上對《循環日報》那麼發生興趣。

在《三閒集》裏，有一篇〈匪筆三篇〉，又有一篇〈某筆兩篇〉，差不多都是用當時《循環日報》上的小廣告和新聞來做題材的。還有最有趣的一篇書信體的雜文：〈述香港恭祝聖誕〉，所引用的也是這家日報廣告。先生在這裏所說的「聖誕」，並不是指基督徒的「耶誕節」，而是本港人口中至今仍在慣說的「孔聖誕」。本港現在的許多商行，每年紀念孔子誕，仍是相當隆重，簡直比學校更隆重，許多行業都要全業休息一天。只是現在大家對於推算孔誕的方法，至少已有三種不同的主張，因此本港共有三個「孔聖誕」，大家各行其是，各擇一天舉行，這樣一來，就遠不及三十年前魯迅先生所記載的那麼熱鬧了。從先生那篇〈述香港恭祝聖誕〉裏所引用的《循環日報》刊載恭祝聖誕廣告，我們就可以看出「今非昔比」。先生所引用的是丁卯年八月二十四日香港孔聖會為慶祝聖誕在太平戲院所演的大堯天戲班廣告，其文云：

> 祝大成之聖節，樂奏鈞天；彰正教於人群，歡勝大地。我國數千年來，崇奉孔教，誠以聖道足以維持風化，挽救人心也。本會定期本月二十七日演大堯天班，是日《加官》、《大送子》、《遊龍戲鳳》，夜通宵先演《六國大封相》及《風流皇后》新劇。查《風流皇后》一劇，情節新奇，結

構巧妙。惟此戲非演通宵，不能結局，故是晚經港政府給發數特別執照，演至通宵……。

紀念孔聖而演《風流皇后》，這真太有趣，因此先生也忍不住掉起「古文」調子來幽默了幾句道：

> 風流皇后之名，雖欠雅馴，然子見南子，《論語》不諱，惟此「海隅之地古風未泯」者，能知此意耳。

接着，他又介紹了這天皇后戲院所演的《假面新娘》、《似是電影》的廣告，因為這廣告上也說：「請君今日來看《假面新娘》，以證孔子之言……」。

這裏所說的丁卯年，就是一九二七年。這時本港總督是金文泰，魯迅先生第一次在本港報紙上讀到他的演說詞，見到稱他為「金制軍」，還以為他是中國人。這位「金制軍」，在任時最喜歡研究中國「國粹」，提倡讀經尊孔，因此當時慶祝聖誕不僅那麼熱鬧，而且開演《風流皇后》時，居然可以拿到演至通宵達旦的「特別人情」了。

望舒和《災難的歲月》

今天是亡魂的祭日，
我想起了我的死去了六年的友人。
或許他已老一點了，悵惜他愛嬌的妻，
他哭泣着的女兒，他剪斷了的青春。

他一定是瘦了，過着飄泊的生涯，在幽冥中，
但他的忠誠的目光是永遠保留着的。
而我還聽到他往昔的熟稔有勁的聲音：
快樂嗎，老戴？

這是望舒著作《祭日》中的兩節。在夏夜的燈下讀到這樣的詩句，我真忍不住抬起眼來，茫然向空中問道：「快樂嗎，老戴？」

我知道望舒的生，是不快樂的：婚姻和家庭生活的挫折，詩才未能好好的發展，在香港淪陷期間那幾年苦難的日子；他雖然始終興致很好，強顏歡笑，但我知道他的內心是淒苦的。這是由於他的個性很強，輕易不肯將感情上的弱點暴露在別人的面前。但他的死，我想他一定是可以死得瞑目的，雖然有點依依不捨。因為他終於能夠埋骨在新生的祖國土地上；若是客死在這孤寂的島上，我想作為詩人的他，一定死得不能瞑目了。

望舒是在一九四九年冬天離開香港北上的。在他未決定北上以前那一段期間，他是住在我家裏的。這時他的哮喘病已經很深，同時家庭間又在一再發生糾紛，私生活苦痛已極，這時他的大女兒又從上海來了。為了病，為了這些不如意的事，他的肉體和精神上的擔負實在很大。素來樂觀強倔的他，這時也一再在人前搖頭說：「死了，這一次一定死了！」因為這時他是住在我的客廳裏的，同我的臥房僅隔了一層屏門，夜靜聽到他發病時的那種氣喘如牛的聲音，我也實在替他的病體擔心。

然而就在這樣的時候，誠如他的詩所歌詠的那樣，古舊的凝冰都嘩嘩的解凍了，春天已經重臨到祖國的土地上，詩人的心也覺得「生命的春天重到了」！他向我表示要離港北上，說是北國乾燥的空氣至少對於他的病體會有幫助。我當然極力鼓勵他去，因為這不僅能使他在文學上獲得新的生命，而且也可以將當時那種痛苦的生活環境擺脱乾淨。就這樣，忙着幫他找關係，等候回信，打聽船期，一直忙碌了一個多月，才能夠成行。這時他的病況雖然沒有減輕，但見精神卻愉快多了。我當時怎樣也不曾料到，在他北上以後，僅僅收到過他的一封來信，接着獲得的便是那令人心痛的噩耗了。

望舒是一九五零年二月在北京因哮喘症突發逝世的，到今天已經整整七個年頭有多了。最近人民文學出版社出版了他的《詩選》，這是從他的兩本詩集：《望舒詩稿》和《災難的歲月》裏選輯成的。在這以前，他本來在水沫書店出版過一本《我的記憶》，這是他的第一本詩集；後來又增加了一些新作，在現代書局出版了一本《望舒草》。這本詩集出版時，他已經到法國去了。一九三七年出版的《望舒詩稿》，不過是將上列兩本詩集刪除了若干首「少作」合併成的，作者謙遜地稱為「詩稿」，可見仍認為不能算是定本。至於《災難的歲月》，則是他一九三四年以後的作品。誠如這本詩集的題名所示，從那時期以後，不僅整個中國，就是詩人的私生活，也開始了「災難的歲月」，因此這本小小集子裏的作品，在風格上同詩人以前的作品有了很大的不同。

從《望舒詩稿》和《災難的歲月》裏選出來的《戴望舒詩選》，共收了他的詩四十三首，這是從望舒自己刪存的八十八首詩裏再選出來的。比起同時代別的詩人的作品數量，望舒的詩可說寫得真是太少了，然而他至少已經有了二十年寫詩的過程，所以我說他的詩才未能獲得好好的發展。尤其是到了香港以後，他忙於編輯工作，忙於譯述工作，為衣食辛勞；有一時期又對中國舊文學發生了興趣，研究中國舊小說史料和元曲裏的俗語詞彙；再加上香港淪陷期間那幾年辛酸蒙垢的生活，家庭風波和病魔的侵擾，我們的詩人至少有十年的生命是這樣被消耗掉了。這真是他的「災難的歲月」！

在一九四四年三月所寫的那首《過舊居》裏，有這樣的幾句：

這條路！我曾經走了多少回！
多少回？……過去都壓縮成一堆，
叫人不能分辨，日子是那麼相類，
同樣幸福的日子，這些孿生姊妹！

……　……

而我的腳步為甚麼又這樣累？
是否我肩上壓着苦難的年歲，
壓着沉哀，滲透到骨髓，
使我眼睛矇朧，心頭消失了光輝？

詩人為甚麼經過自己的舊居，會挑動這樣沉重淒涼的感情呢？這並非因為：

有人開了窗，
有人開了門，
走到露台上——
一個陌生人。

詩人的心裏，實在是另有不願示人的創痛的，這並非因為他離開了舊居搬到別處去住，偶然見到他的舊居已經有別人住了的原故。這只要讀一下他的另一首詩就可以明白了，這是在同年六月寫的那首《示長女》：

記得那些幸福的日子！
女兒，記在你幼小的心靈：
你童年點綴着海鳥的彩翎，
貝殼的珠色，潮汐的清音，
山嵐的蒼翠，繁花的繡錦，

和愛你的父母的温存

……　……

可是，女兒，這幸福是短暫的，
一霎時都被雲鎖煙埋；
你記得我們的小園臨大海，
從那裏你們一去就不再回來，
從此我對着那迢遙的天涯，
松樹下常常徘徊到暮靄。

詩人這裏所懷念的舊居，就是他在香港所住的薄扶林道上被稱為「木屋」的那座房屋的二樓：背山面海，四周被樹木環繞，從路邊到他的家裏，要經過一座橫跨小溪的石橋，再走很多的石級才可以到。所以地方十分幽靜，真是理想的詩人之家。望舒住在這裏的幾年生活，可說是他一生中最愉快最滿足的：有固定的工作和收入，有安定的生活，經常有朋友來找他談天喝茶。再加上：

我沒有忘記：這是家，
妻如玉，女兒如花，
清晨的呼喚和燈下的閒話，
想一想，會叫人發傻；
單聽她們親昵地叫，
就夠人整天地驕傲，
出門時挺起胸，伸直腰，
工作時也抬頭微笑。

然而曾幾何時，他的家庭生活起了意外的激變，使他再走過「木屋」的那間舊居時，詩人不得不寫出了這樣沉痛的短句：

靜掩的窗子隔住塵封的幸福，
寂寞的温暖飽和着遼遠的炊煙——
陌生的聲音還是解凍的呼喚？……

　　挹淚的過客在往者生活了一瞬間。

　　我同望舒相識逾二十年，在上海曾有兩次同住在一起，到香港後又在一起工作，有許多時候差不多整天的在一起，但我從不曾見他有過為了要解決家庭問題，匆匆又離開香港到上海去的那幾天那麼沉靜。這大約是一九四零年夏天的事情。他匆匆任我替他料理遺下來的那份職務，也不向我解釋他為甚麼要走得那麼匆忙的原因，就趕回上海去了。我當然也不向他詢問甚麼，因為他也知道我一定早已明白他為甚麼要趕回上海去一次，所以一切說明都是多餘的。不久他又回來了，然而整個人也就從此變了。我想正是在這時候，他寫下了《白蝴蝶》那首短詩：

　　給甚麼智慧給我，
　　小小的白蝴蝶，
　　翻開了空白之頁，
　　合上了空白之頁。

　　翻開的書頁：

寂寞；
合上的書頁：
寂寞。

「木屋」前的那個山坳，在香港是以產蝴蝶著名的，階前的小灌木叢上整年都有蝴蝶飛翔，我想詩人那時即景生情，就寫下了這樣的絕句。

望舒除了法文之外，又通西班牙文。他生平有一個大願望，就是要從西班牙原文將塞凡提斯的《吉訶德傳》譯出。這個願望，本來是可以順利完成的，因為在抗戰以前，他已經從庚款文化委員會訂好了翻譯這書的合約，而且已經動手翻譯了。但是不久抗戰發生了，他自己也離開上海到了香港，這工作就無形中停頓。在香港的這十多年，我知道他並不曾完全放棄這個計劃，有空就繼續譯一點，或是將舊稿整理一下。但是能夠放在這件工作上的時間並不多，所以進展得一定很慢。直到他去世時為止，他仍在繼續這個工作。但我不知道他究竟已經將這書翻譯成怎樣了，可能已經完成了第一部初稿。但他不曾將這部大著譯完，這是我國文壇的一大損失，同時也是望舒一生的憾事。他曾經從西班牙文譯了阿索林的《西班牙一小時》，《西班牙抗戰謠曲選》，《革命詩人洛爾伽詩鈔》，這不過是這個偉大計劃的副產品而已。

寂寞灘頭十五年

——記蕭紅骨灰遷送離港始末

一九四二年十一月的某一天，由於一位日本朋友的協助，我同戴望舒先生進入當時還是禁區的淺水灣，在荒涼寂寞的灘頭，第一次拜謁了蕭紅墓。

據駱賓基的《蕭紅小傳》所載，蕭紅是在一九四二年一月二十二日去世，二十四日火葬，二十五日黃昏葬在淺水灣海邊的。我們去時距離她的安葬時期已經有半年以上，但是由於當時的淺水灣是荒涼少人跡的，墓上的情形似乎並沒有甚麼改變。在一道洋灰築成的大圓圈內，有由亂石堆成的另一個小圈，這就是蕭紅的葬處，中央豎着一塊三尺高的木牌，寫着「蕭紅之墓」四個大字，墨色還新，看來像是端木蕻良的手筆。當時我們放下了帶去的花圈，又照了兩張相。這兩張相片，在當時本是由於偶然的機緣才得以留下來的鴻爪，不料十五年後竟成了藉以確定她的葬處的唯一可以依賴的材料了。

今年春天，為了蕭紅墓已經被糟踏得到了令人難以忍受的地步，朋友們奔相走告，商議要籌劃一個能夠阻止這令人心痛的狀況再發展下去的對策時，大家認為我是現時留在香港曾在十五年前見過蕭紅墓原狀的唯一的一個人，便慫恿我對這問題作一個公開的報告，這就是今年三月我在本港中英學會為這問題所作的那一次公開演講的由來。當時為了時間匆促，蕭紅的作品除了一本《生死場》以外，其他甚麼也找不到，駱賓基的那本《蕭紅小傳》更不用說了。我只好從《魯迅書簡》中勾稽了一點有關《生死場》的資料，而作為這次演講骨幹的，就全靠十五年前第一次謁蕭紅墓時無意攝得的那兩張照片。我將這兩張舊照片請朋友複印放大了，又將今日已經變成出租游水衣小棚的蕭紅墓地也攝了一張，將這三張照片放在一起，在會場上給大家傳觀。這幾張照片的對照真是太強烈了，構成了一種無言的控訴。因此我的演講雖然極拙劣而且空洞，但是這幾張照片卻激動了在場許多人的情感，大家一致要求對於蕭紅墓一定要想一個辦法，不能再放任不問。於是這次演講就獲得了預期的效果，當場由中英學會的代表們答應接納大家的要求，在理事會上正式提出議案，負起保存蕭紅墓的責任。這次蕭紅骨灰的發掘和遷運回廣州工作，能夠獲得港府市政局的協助，可說都是中英學會這一諾的力量。

由於蕭紅的骨灰的埋葬地根本不是指定的墓葬區域，又太接近沙灘，要保存下去，問題很多。今年七月初，這地段的所有人忽然要在墓地上開始一些建築工程，而且已經僱工將墓地上面被添築上去的那一大塊混凝土掘開了；幸虧給關心蕭紅墓地的人士發現得早，奔走駭告，幾經交涉，這才答應暫時停工，等候我們商定一個妥善的善後辦法。這時大家覺得既然無法將原墓地保全了；不如先將骨灰掘出來再想遷葬的辦法。恰巧這時中國作家協會廣州分會已經有信來了，他們已經接納端木蕻良的委託，擬將蕭紅的骨灰遷葬廣州，要求予以協助。於是我們決定自己正式進行發掘工作，並由本港文藝界人士和蕭紅生前友好，臨時組織了一個「香港文藝界遷送蕭紅骨灰返穗委員會」負責辦理此事。但是在這裏，開掘墓地遷移骨灰，是要事先領取執照的，而向例只有死者的親屬才有資格申請領取，但是切急之間哪裏找到蕭紅的親屬呢，可是情勢又迫切得刻不容緩了，於是大家就推定我以「友好」的名義去申請。這樣奔走多日，終於獲得諒解，居然在七月二十日拿到了這張執照。

蕭紅骨灰的正式發掘工作，是在七月二十二日上午十時開始的。當時在場的人，除了我和陳君葆先生以外，還有港府市政局派來督工的華布登先生。五個泥工從上午開始掘土工作，到了下午就發現了骨灰罐。這時正是下午三時，我們都親眼見到了她的骨灰罐初露出土面的那一瞬間情形。骨灰罐的蓋子雖然給一個泥工的鐵鋤不慎打破了一點，但是由於收手得快，損破的情況並不很嚴重。我們鄭重地用手拂去了四周的泥土和砂石後，就將骨灰罐搬了上來。

在淺水灣灘頭寂寞地長眠了十五年的蕭紅骨灰，就這樣又再見天日；而我們奔走經月，提心吊膽的發掘工作，也就十分順利而且圓滿地完成了。

由於大家決定在遷送蕭紅骨灰返穗以前，要舉行一次簡單的送別儀式，於是骨灰罐就暫時寄存到九龍紅磡的政府厝房裏，承市政局的好意，還贈送了一具很精緻的小木箱來安置骨灰罐。舉行送別會的日期擇定了八月三日的早上，地點就在厝房的永別亭內，接着就乘搭當天十一時半開行的列車送往廣州。為了不想驚動太多的人，舉行送別會的時間定得很早，而且並沒有發通知，但是在這天早上，留港文藝界人士差不多都不約而同地聞訊提早起身，趕來參加了。蕭紅死得寂寞，這次的走，總算走得熱鬧了。

十二時半，火車抵達香港邊境，護送骨灰的代表們，在車站的長廊入口，鄭重地將用綢布包裹着的盛有骨灰罐的木箱，交到中國作家協會派來的代表手裏，於是香港代表們所負的這項不尋常的任務，就宣告完成了。在那一瞬間，我想起了送別會上的一副聯語，不禁暗暗地向她禱祝着：

魂歸樂土，看山河壯麗，待與君同！

一九五七年八月八日寫於香港

雜憶亞子先生

愛國詩人柳亞子逝世已經有好幾個月了，最近這裏的朋友們擬擇期為先生舉行一個紀念會，因趁便拉雜地寫下這幾句。

我在小學唸書的時候，住在崑山叔父的家裏，那時正是「五四」運動前夕，除了《新青年》之外，我在叔父的案上就翻閱過南社出版的社刊，知道了亞子先生的名字。南社社刊給我的印象很深，因為叔父是老同盟會的會員，是留學日本的，南社社友有許多都是同志，他再三向我談起過這些老朋友的事蹟。我至今還記得放在他案上的那一疊藍色封面的南社出版物。

後來，自己也在上海辦雜誌了，第一批訂戶之中，就有一份是要寄到蘇州鄉下藜里一個姓柳的人家的。這地名很陌生，我們打聽一下，才知道是亞子先生訂給他的無忌、無垢兩位男女公子看的。

可是等我自己能有機會見到亞子先生，那已經是「八．一三」以後的事了。這時先生避居在上海，積極參加了當時文化界的統一戰線和救亡運動。在閘北炮火連天的晚上，一連幾次在集會上都見到了先生，有一次這集會更是在先生家中舉行的。在先生所住的法租界那一座小洋房裏，大家為了時局有了開展，國運有了轉機，談得非常起勁，大有相見恨晚之慨了。

後來，我們又在香港見面了。有一天，先生託人送了一首詩來，是贈給我的，已經寫成了小條幅。我裱了起來掛在牆上，掛了多年，有點殘舊了，便收起放在一邊準備重裱。可是最近想要再找出來，竟一時記不起放在哪裏。所寫的是一首七律，其中有幾個字一時記不起了，現在姑且錄在這裏：

十五年前讀《幻洲》，齋名潘葉每嚶求。
如何滄海橫流日，翻作遐陬覿面謀。
容易蹉跎成退筆，□□□□見新猷。
神州擾攘需材亟，辛苦珊瑚鐵網收。

《幻洲》是我們從前所辦的一個小刊物，一出版後，先生就訂了一份。在上海第一次見面時，曾提起這事，說是大家「神交多年」。這首詩一開頭又這麼寫，可見先生對後輩的獎掖和關注。

先生住在香港的期間，搜集南明史料甚勤，知道我有一些嶺南明末志士的詩文集和野史，曾着人來借《獨漉堂集》，《嶺南三家詩鈔》和近人所編的《粵東勝朝遺民錄》等書。後來他在《羿樓日札》裏曾為張家玉被誣事有所辨正，想來就是為了這事要參考這些材料了。

去年我去北京，知道先生近年在家養病，很少出門，想去拜訪，一時事忙不曾實現，不料竟不能再有這機會了，這真是一件想起來就覺得抱憾的事。

卷六　香江舊事（下）

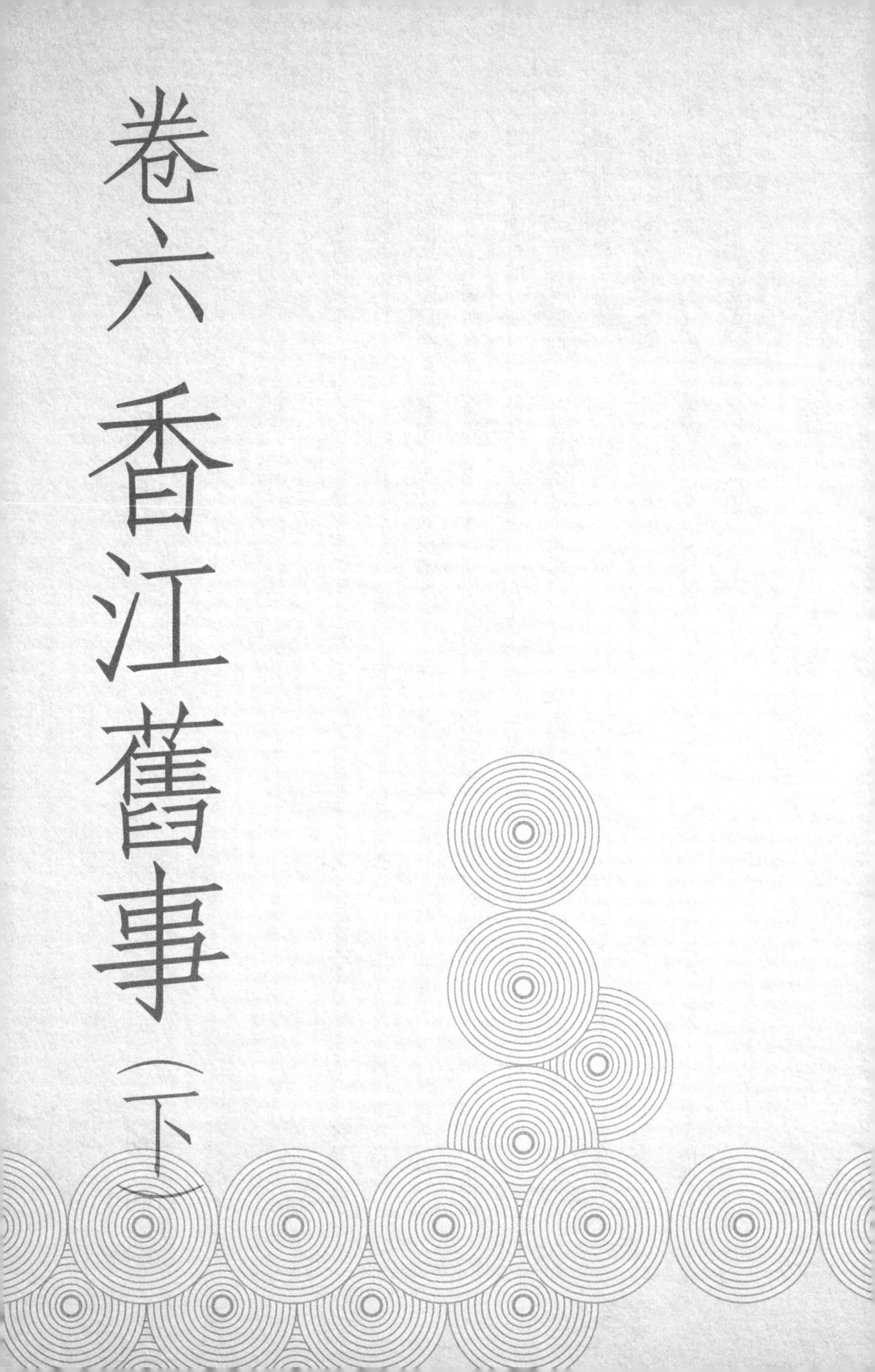

序《香江舊事》

自本年五月以來，香港愛國同胞展開了一場轟轟烈烈的抗暴運動，清算百多年來英帝國主義在香港積欠下來的舊恨新仇。自一八四一年二月二十六日（滿清道光二十一年正月初四日），當時英國派到中國來主持鴉片貿易的所謂：商務監督義律，根據與滿清欽差大臣琦善私下擅自非法訂立的「穿鼻草約」，派兵佔領了香港島以後，英國殖民主義者對島上的中國同胞就開始了他們的侵略。這種侵略是藉了種種政治經濟文化壓迫手段來進行的。並且得步進步，逐漸侵佔了九龍和所謂「新界」的廣大地域以及海中的許多島嶼。一百多年來，英帝國主義在香港九龍和所謂「新界」各地的侵略壓迫行為，從未停止過。而且為了要達到剝削壓榨和鞏固統治的目的，在過去早已不惜一再採用血腥的鎮壓手段。因此百多年來英帝國主義者在這裏所欠下的舊債，事實上是一筆血債。

這一次，自五月抗暴運動開始以來，英國悍然採用法西斯兇殘手段對付我愛國同胞，欠下了大批新的血債，新仇舊恨，更是到了一定要徹底清算的時刻了。

為了教育自己，為了使大家更清楚的理解英帝國主義百多年來侵略香港的前因後果，在這幾個月來，我曾經翻閱了不少有關史料，同時更將自己閱讀所得介紹給大家。本來，這許多年以來，我一直在留意鴉片戰爭歷史和香港百年來淪為殖民地的過程，過去的一些有關這些課題的出版物，差不多都涉獵過了。但是這一次，我更將注意力集中在揭發英國殖民主義者的醜惡面目和在這裏歷年所犯下的罪行，因此能發掘出許多新的資料。這裏所寫下的，就是其中的一部份。

通過這個集子，我希望能使大家明白當年的英國殖民主義者如何處心積慮的侵佔香港九龍和所謂「新界」的經過，以及百多年來他們在這裏壓迫剝削我們同胞的罪行。眼前的抗暴運動正是他們自己種下的惡果。現在不僅是中國同胞要徹底清算這些罪行，也是他們自食這些惡果的時候了。

一九六七年十一月

港英如芒在背的問題

自從新中國成立後，英帝國主義就看出他在中國歷年所投的侵略賭注已經完蛋，同時香港前途也早已被注定，因為新中國隨時都有理由，而且也有力量宣佈收回。當時英國忽然率先表示「承認」新中國，就是這隻國際上有名的老狐狸所要的手段，希望藉此來苟延殘喘。

歷年以來，它一再強調香港怎樣「繁榮」，怎樣「安定」，甚至對新中國的「好處」怎樣大怎樣多，無非是自己早已自知「朝不保暮」的流露而已。要不然，近年又何必要這麼想盡方法來賣地、增稅、設立種種苛例來刮龍，多刮一筆是一筆呢？

然而，由於眼前這一連串的對香港工人和愛國同胞的血腥暴行，天怒人怨，港英已經明白自己的末日已至，要想保持過去的那種「朝不保暮」的日子也機會很少了。

它們十分明白，新中國毋須動用武力，只要用一紙通知，或是一個電話，説要提前收回九龍新界租借地，香港就立時要變成「皮之不存，毛將焉附」了。到那時候，甚麼南約北約理民府，甚麼鄉議局鄉議會，甚麼白皮番狗黃皮番狗，就一起要平地一聲雷，立時一起成為喪家之犬了。

而新中國確實是有充足的理由，充足的實力，隨時都可以這麼做的。這種情形，港英的肚裏比我們知道得更清楚。

更有，那一座九龍城的問題，也使港英一想起了就如芒在背，寢食難安。因為根據當年同滿清所訂的租借九龍新界的所謂「中英展拓香港界址專條」，其中也明白規定九龍城的治權是由滿清所保留。而且還附帶保留自城內通至出海碼頭的一條通路。這許多年來，九龍城內不再有中國官員在那裏設治，也不曾使用那條通路，這是中國方面不曾使用這種被保留的權利，並非這種權利已經不存在了。這種情形，港英是比任何人都知道得更清楚，也無法狡辯抵賴的。它們就一直在耽心，假如有一天，中國方面會通知它，說將派官員回到九龍城來設治，而且將使用目前已經成為啓德飛機場的舊通路。那時它們就簡直不知如何應付了。

這雖是筆者個人所想到的問題，已經足夠使得港英如芒在背，寢食難安。

因此，「我自巍然不動」，不論是文鬥、武鬥、長鬥、齊鬥，都是港英必敗，我們必勝的。

錦田吉慶圍抗英史蹟

錦田原本是新安縣境內古老的村莊之一，從江西遷居來的鄧姓族人，在宋朝就已經在這裏斬荊披棘，建立村莊，從事耕種。最初，由於這村落是在群山腳下的，取名為「岑田」村，因為「岑」字含有山下的田地之義。後來，經過多年的開闢耕種，阡陌縱橫，看來簡直一片錦繡，已經不再是山下新開闢出來的瘠田了，大家一致倡議改名，改稱「錦田」，這就是今日錦田村的由來。

留下了光榮的武裝抗英史蹟的吉慶圍，就在這古老的錦田村內。錦田村原本分為南北兩圍，吉慶圍和另一座泰康圍都是屬於南圍。吉慶圍初建於十五世紀的明成紀年間，最初是沒有圍牆的。今日所見的那一圈圍繞圍內房屋的高大圍牆，是滿清康熙初年所建。當年這一帶經常受到從海上和陸上來的盜匪劫掠，吉慶圍的鄧姓族人就集資建築了這一堵高大的圍牆來自保。

圍牆的主要出入門口，都裝上了高大的鐵門，鐵門設計得堅固而且美觀，是用鐵環互相勾結構成的，不僅足以防禦盜賊，而且後來還發揮了保鄉保土的特殊功效，抵抗英國殖民者武裝侵略的進攻，留下了至今還存在的錦田鄉人光榮抗暴的史蹟。

這是一八九九年春天的事情，當時港英根據上一年（一八九八年）同滿清所訂立的所謂「展拓香港界址專條」。宣佈自深圳河以南至今日九龍界限街的廣大土地為「新界」，並且實行派兵來佔領時，世代在這裏安居樂業的錦田鄉民，眼看自己的廬舍產業就要被英國人所侵佔，而且伴隨英兵來接收的那些殖民地爪牙，又那麼窮兇極惡，他們就承繼了當年廣州三元里義民的光榮傳統，實行武裝自衛，抵抗港英的掠奪接收工作。這時，吉慶圍的高大圍牆和那道堅固的鐵門，就發揮了抵抗外來侵略的功效。使得英軍無法攻入，一時束手無策。後來，港英要求兩廣總督派兵來協助接收，向錦田鄉民勸解，做好做歹，這才使得吉慶圍的鄉民停止對抗，開了鐵門。

港英控制了當地的局勢後，對於吉慶圍的鄉人和這一對鐵門恨得要死。他們誘捕了許多鄉民之後，就將吉慶圍的這一對鐵門拆毀，並且當作「戰利品」劫運回英。

當時吉慶圍的這一對鐵門，是由一個愛爾蘭的軍官劫走的。他將這一對鐵門當作「戰利品」運回英國，當然應該是「公物」。可是據後來發現的證明，這件贓物是在愛爾蘭鄉下一間別墅裏找到的，可見掠奪者若不是化公為私，就是假公濟私了。

吉慶圍的居民失去了這一對祖傳的精美鐵門後，一直梗梗於心，屢次向英國統治者索回原物，始終不得要領。這樣，直到一九二四年，吉慶圍居民又向港英舊事重提，要求送回當年被劫走的鐵門。這時在香港任總督的是史塔士，他忽然靈機一動，認為吉慶圍的鄉人堅持要索回這一對鐵門，正可以利用來作為粉飾太平的一個好機會，因此暗中向倫敦請示之後，一面調查這一對鐵門的下落，一面唆使錦田幾個姓鄧的「鄉紳」，正式出面遞了一個「呈文」，要求「發還」這一對鐵門。

經過這一番佈置，史塔士就藉題發揮，大做文章。當這一對鐵門失去二十五年之後，終於在英國愛爾蘭鄉下尋獲，運回香港時，經過史塔士的塗脂抹粉工作，吉慶圍鐵門的被劫走和終於不得不交回就變成是一種「德政」了。

以下是英國人愛倫·索爾倍克關於這事的記載，我們可以看出他們怎樣故意在許多地方將這件事情歪曲了：

> 錦田是新界最古的鄉村，建立於一千多年以前。直到現在為止，他們的許多小屋都用堅固的高牆圍繞保護着，居民僅憑了兩道小門和外界溝通。許多年以來，這鐵門成了興趣的中心。居民都是鄧族的，是所謂「本地」人的後裔。他們在英國人不曾來到這裏之前，都是當地的地主。因了鐵門的年代悠久和製作精巧，他們的族人認為是自己的驕傲。
>
> 在一八九九年四月，這地段由滿清政府租借給英國，用來擴張他們的香港九龍殖民地。當英國人進到這地帶時，他們遭遇到當地居民的武力抵抗。當軍隊包圍錦田這古老的村莊時，他們發現這

用高牆圍繞着的部份。鐵門已經關閉起來，實行阻擋他們。當他們攻入這村莊以後，便將這兩扇美麗的鐵門拿走，作為一種懲誡。

新界恢復和平已經二十五年，錦田的居民已經變成馴良効忠的市民，著名的鄧族的現存領袖隨時都準備協助官吏執行有時很複雜的職務。於是在一九二四年，由錦田的鄉長們遞了一個呈文給香港總督，請求發還他們的鐵門，作為獎勵承認他們這種可資榜樣的行為的表示。英國政府立刻就以最誠懇的態度來進行這件事。不過，有一點小困難發生了：這鐵門早已不知去向，誰也不知道在那些糾紛的歲月中，它們的下落怎樣。當時的總督已經去世，而這殖民地的早期前輩們也差不多都死了。

廣泛的搜尋鐵門的工作開始了，其經過記敘在一大堆文件中，讀起來幾乎像一部偵探小說。終於，這一對鐵門在愛爾蘭發現了，是由當年的一個香港官員搬回去的。

結果，它們被運回香港，在一九二五年五月二十六日的下午四點半鐘，這一對錦田的古鐵門，由香港總督莊嚴的又交回給歡樂感激的鄧族人士。

當時主持這項「珠還」典禮的，是史塔士。他還怕這樣歪曲事實，給他的前輩侵略行為塗脂抹粉的工作做得不夠，又指使以鄧伯裘為首的若干鄧姓族人，立了一塊碑石來紀念此事。碑文的措辭是煞費苦心的，將當年吉慶圍鄉人勇抗英軍的侵略行為，說得「委婉曲折」，是一種不得已的行動，最後更對港英終於發還鐵門，認為是一種「深仁大德」。可說是一篇典型的奴才文學。這一篇可恥的碑記全文是這樣的：

溯我鄧族符協祖，自宋崇寧間，由江右宦遊到粵，卜居是鄉之南北兩圍，後因子孫繁衍，於明成紀時，分居吉慶圍泰康圍兩圍，四周均深溝高壘，復加連環鐵門。想前人之意，實欲鞏固茲圍，以防禦萑苻耳。迨前清光緒二十五年己亥，即西曆一千八百九十九年，清政府將深圳河之南隅，租與大英國。斯時清政府未將明令頒佈，故當英軍到時，各鄉無知者受人煽動，起而抵抗。我圍人民，恐受騷擾，堅閉鐵閘以避之，而英軍疑有莠民藏匿其間，遂將鐵閘攻破。入圍時，方知皆良民婦女，故無薄待情事，故將鐵門繳去。現二十六傳孫伯裘，代表本圍人眾，稟呈港政府，蒙轉達英京，將鐵門發還，照舊安設以固治安，所有費用，由港府支給，又蒙史督憲親臨敝村行奠基禮，足見英政府深仁大德，亦為表揚吾民對於英政府之誠心悅服矣，特銘之於碑，以誌不忘云爾。大英一千九百二十五年六月二十六日，中華民國十四年乙丑歲閏四月初五吉日立。

這塊數典忘祖，將當年拆毀廬舍田地，侮辱親宗的侵略者，當作是自己的恩人，對之歌功頌德的碑石，後來就嵌在吉慶圍鐵門一旁的牆上。儘管碑文措辭歪曲，但是遊人多數知道這一對鐵門失而復得的歷史，不會受它的蒙蔽。

後來，香港淪陷在日本人手裏，碑石被毀，現在吉慶圍的牆上只留下了一塊用水泥填補起來的空白，但是當年吉慶圍鄉人武裝抗英的史蹟，卻一直鐫刻在「新界」鄉人的心中，到現在發揮了更令敵人沮喪的作用。

魯迅先生筆下的香港差人

魯迅先生在他的那篇〈再談香港〉裏，曾將他當時路過香港，所接觸到的白皮番狗和黃皮番狗，留下了牠們嘴臉的畫像。他指出，香港這座小島，它的「小照」該是：「中央幾位洋主子，手下是若干頌德的『高等華人』和一夥作倀的奴氣同胞。」

魯迅先生所擬的這樣一幅「小照」，可說至今仍不失其「新聞」價值。因為不久以前，在新界粉嶺「茶敍」的那一張，簡直就同魯迅先生筆下所說的情形一模一樣。

至於當時的差人，他們狐假虎威，向過路的客商騷擾勒索，敲詐恐嚇的嘴臉，在他的筆下更是無所遁形。這是他在一九二七年九月二十八日第三次路過這個他認為是「畏塗」的香港所得的經驗。事前，他已經從別人的通信中，「見過英國僱用的中國同胞上船『查關』的威武，非罵則打，或者要幾塊錢。」他這次帶了許多箱書，被這些人翻箱倒篋起來當然很麻煩，但他為了要「看看掛英旗的同胞的手腕，自然也可以說是一種經歷」，因此決定酌量情形，先不給錢，看他們怎麼辦。

於是：船第一天泊岸，當日無事，第二天午後，就有船上的茶房來通知他：

「查關！開箱子去！」

魯迅先生是有十箱書放在統艙裏的，他聽到了茶房的通知：

「我拿了鑰匙，走進統艙，果然看見兩位穿深綠色制服的英屬同胞，手執鐵籤，在箱堆站着。我告訴他這裏面是舊書，他似乎不懂，嘴裏只有三個字：『打開來！』」

魯迅先生當然將這隻書箱打開了。「他只是將箱子的內容倒出，翻攪一通，倘是一個紙包，便將包紙撕破，於是一箱書籍，經他攪鬆之後，便高出箱面有六七寸了。」

經過第一次搗亂之後，「查關」的差人又要看第二箱了，這時魯迅先生就改變了戰略：低聲向這人問：

「可以不看麼？」

「給我十塊錢。」這人也低聲回答。他適才好像表示聽不懂魯迅先生的話，一提到錢，他卻聽得懂了。

於是魯迅先生還價「兩塊」，他不肯，繼續開箱，可是雙方同時也在討價還價，魯迅先生從「兩塊」增加到五元，對方則減到七元，不肯再減，情形又膠着起來了。

港英「查關」的差人，向魯迅先生索賄賂，雖然已經由十元減到七元，但是由於：

「箱子已經開了一半了，索性由他看去罷，我想着，便停止了商議……」

結果，兩個查關的差人，由失望到厭倦，開了十箱之中的八箱，就不再感到興趣的走開了。

哪知魯迅先生正在蹲下去收拾書箱之際，船上的茶房又在艙口大聲叫他了：

「你的房裏查關，開箱子去！」

魯迅先生回到房艙裏，果然早已有兩個差人等在房裏，鋪蓋已經被掀得稀亂：他一進房，他們便搜他身上的皮夾，然後就是開提包，看提籃，要用鐵籤作勢毀壞衣箱上面的鉸鏈，然後是「圖窮匕見」，又開口索賄了：

「『你給我們十塊錢，我們不搜查你了，』一個同胞一面搜衣箱，一面說。」

魯迅先生惡作劇，「抓起手巾包裹的散角子來，要交給他，但他不接受，回過頭去再查關。」

這一來，他們更有意同魯迅先生過不去了：「那時還不過搗亂，這回卻變了毀壞。他先將魚肝油的紙匣撕碎，擲在地板上，還用鐵籤在蔣徑三君送我的裝着含有荔枝香味的茶葉的瓶上鑽了一個洞。一面鑽，一面四顧，在桌上見了一把小刀……」

「這是兇器，你犯罪的」，這人竟這麼來恐嚇。魯迅先生不受恐嚇，他又繼續搗亂，在鹽煮花生的紙包上也用指頭挖一個洞，又說蚊香有點古怪，接着又要打開一隻收藏文稿資料的箱子。這一回，魯迅先生覺得：

「倘一毀壞或攪亂，那損失可太大了，而同胞這時忽又去看了一回手巾包，我於是大悟……」

於是魯迅先生就將一包整封的十元毫銀拿起來向他示意。這人先回頭向門外望了一望，然後伸手接了過去，在箱上畫了個查訖的記號，但是卻不將錢拿走，只是塞在枕頭底下，自己先走出去了。

但他後來自然仍是再來拿去了。魯迅先生對於這樣古怪的行動，曾經代為解釋道：

「我坐在煙塵陡亂、亂七八糟的小房裏，悟出我的兩位同胞開手的搗亂，倒並不是惡意。即使議價，也須在小小亂七八糟之後，這是所以『掩人耳目』的，猶言如此凌亂，可見已經檢查過。王獨清先生不云乎？同胞之外，是還有一位高鼻子、白皮膚的主人翁的……然而也許倒要怪我自己不肯拿出鈔票去，只給銀角子。銀角子放在制服的口袋裏，沉甸甸地，確是易為主人翁所發現的，所以只得暫且放在枕頭下。我想，他大概須待公事辦畢，這才再來收賬罷。」

恐嚇、狡獪、無賴、貪污，港英當年這些差人的嘴臉，在魯迅先生的筆下，簡直無所遁形了。

「香港？你去埋我個份！」

「香港？你去埋我個份！」

這是早年流行在英國的一首「時代曲」。當時英國人不願到香港來，害怕到香港來。無論是殖民地吏、兵士，或是商行的職員船員水手等等，一聽到要奉派到香港來，就皺起眉頭，用種種藉口作推託，不肯到這個地方來。因此就出現了這首流行的歌曲：

「香港？你去埋我個份！」

為甚麼原因呢？原來當義律最初用威迫利誘手段，向滿清欽差大臣琦善攫得了香港島後，呈報到倫敦，維多利亞女王起初認為義律擅自簽訂條約，非常不滿，將義律調職回國查問。後來因為他終於給自己在廣州的海岸邊上弄到了一個獨立的鴉片貿易站，不受澳門和廣州的控制，不禁又高興起來，甚至想將這地方的稅收撥給自己的女兒，封她為「香港公主」。

可是，在遠東的英國商人，一起反對這個新殖民地，認為義律將偌大的舟山群島退還給滿清，換得了廣東岸邊的這個小島，實在得不償失。同時，在香港開闢初年，來到這個島上的英國人，不論是商民還是兵士，非常不服水土。駐紮在今日西營盤山坡上的兵士，以及進入黃泥涌山谷四周山上築屋而居的商人，十有八九很快就染上了一種古怪的熱症，直着走進去，結果總是橫着被人擔出來。兵士不得不暫時放棄了山坡上的營幕，暫時回到船上去住。

這種使得英國人抵抗不住的熱症，後來證實是瘧蚊為患。在熱症最猖獗，二百名英國兵士之中，一個月來死去了九十多人，這使得許多人聽了要派到香港去，無不視為畏途，於是就出現了那首流行歌曲：

「香港？你去埋我個份！」

現在，經過了一百多年，這個地方在近年雖然被遊客視為「購物的天堂」，稱為「東方之珠」，可是最近由於港英仇視我們愛國同胞，膽敢向七億新中國人民挑釁的結果，經不起抗暴鐵拳的反擊，政治經濟貿易逐步陷於癱瘓崩潰，已經無法掩飾彌縫，許多人藉了「遊埠」、「度假」為名，紛紛「走頭」，有的甚至提前要求「退休」，以便早日脱身。，因此，那些奉派來作「替死鬼」的，無不推三推四，連連搖手。看來百年前的那首舊曲：

「香港？你去埋我個份！」

將要再在他們的「祖家」流行起來了。

卷七 霜紅室隨筆

香港老鼠的特色

最近市政局主席答覆議員們的詢間，香港共有多少老鼠，謂這個數字無法統計，但相信隨着市政的發展，老鼠的數目必會增加云云。這可說是一種很有趣的市政問答。因為香港的老鼠不僅多得要勞市政局議員提出詢問，而且牠們的種類也很複雜，使得一般人感到驚訝。因為牠們有一種大得幾乎像貓，入夜以後就在街邊亂竄，另有一種小得像是蟑螂，可以從任何隙縫來去自如。

由於香港是一個有名的大商港，這裏另有一種「國際老鼠」，這種老鼠又被人稱為「船鼠」，是由大輪船從世界各個不同碼頭帶來的。牠們生活在船上，終年遊埠，為了適應環境，攀緣的技術特別強，更精於游水。據喜歡觀察生物動態的專家說，在本港九龍一帶經常有遠洋輪船停泊的碼頭上，觀察這種國際老鼠和本地老鼠打交道的情形，十分有趣。輪船上的船鼠，往往沿了錨鏈攀緣下船，到碼頭和附近的倉庫裏覓食遊玩。牠們是很少進入市區的，在天明之前又從原路回到船上。必要時則游水來回。牠們偶爾也會被留在岸上，因為輪船在半夜起碇，來不及趕回船，便要流落在香港了。但牠們並不要擔心，因為隨時又有第二艘大洋船泊岸，牠們又可以繼續去遊埠了。

同時，生活在碼頭和倉庫裏的本地老鼠，牠們也往往會上船去「做世界」，牠們多數是游水上船的。有些「船鼠」歡迎這種陸上老鼠，不同牠們計較，有一些則拒絕牠們上船，這就往往要引起雙方「開片」了。香港本地老鼠是很少會隨船去遊埠的，因為發現船體移動時，能夠跳水逃回來。

「船鼠」是黑色的，香港本地老鼠則顏色較淡，這是牠們最大的分別。這種生活在本港屋外的大老鼠，從華南一直到印度都有。牠們顯然時常進入人家，但是做窠卻在水渠和石縫樹洞裏的。道種老鼠尖嘴利齒，尾巴又粗又長，可以長至四寸，身體則有時可以長至六英寸，因此看起來幾乎像一頭貓。一般人稱這種老鼠為地鼠，牠們身上有一種異味，因此貓也不喜歡捉牠們。

牠們最大的敵人是蛇。有時住在山邊的人家在夜晚發現有蛇進入屋內，牠們其實是追老鼠追進來的。

經常生活在屋內的老鼠，與野外的地鼠為另一種，牠們腹下灰白色，尾巴沒有地鼠那麼長。由於身體臃腫，行動不敏捷，所以不夠資格到屋外去生活。

至於那種細小的老鼠，我國古時候稱為隱鼠，牠們不大怕人，因此時常有機會給孩子們見到，我國傳說中的老鼠嫁女等等故事，就是從牠們身上產生的。

介紹《新雨集》

《新雨集》是上海書局新近出版的一部詩文合集，這在形式上至少是一個很新穎的嘗試，因為這是由六個人的文章合在一起編成的：計有阮朗的小說四篇，李林風的小說三篇，夏炎冰的小說四篇，夏果的新詩十三首，洪膺的隨筆二十一篇，葉靈鳳的隨筆二十篇，外加一篇序文，合成了這本新穎的文藝書。

對於「下午茶座」的讀者來說，《新雨集》的幾個作者和一部份的內容都不是陌生的。這也正是我敢在這裏坦然介紹這本新書的原因，因為《新晚報》雖然從不曾有過文藝版之設，但是一向對於文學藝術的活動很關心，這方面的新聞報道總是最詳盡，讀者之中也有許多都是文藝愛好者，因此也應該對這樣的一本書發生興趣的。

《新雨集》的這個書名我很喜歡，不知道這是哪一位想出來的這個好書名。因為六個人雖然都是熟識的朋友，但是共同向讀者們送出這一件小小的禮物，卻還是第一次，尤其希望對於海外的文藝愛好者，能夠藉此結識一些新朋友，那就不負題這個書名的人一番深意了。

香港這地方，文藝工作者和文藝愛好者都不能說少，可是一般的文藝活動和文藝出版物的銷路，都是經常地處在低潮狀態中。其中的原因雖然很複雜，可是並不費解，至少我認為與大家的工作態度不夠認真和嚴肅有關。這種情形，頗與美術界的現象相似，「大師」、「天才」和「傑作」實在太多了，恭維者不負責任地隨口亂捧，當之者也一點不覺得不相稱，反而沾沾自喜。因此遂有了連普希金是法國人還是俄國人也不知道的外國文學介紹者，也有在報紙副刊上發表了一首「新詩」，就以為足夠使得香港「詩壇」進入「世界詩壇」領域的「天才詩人」。不用說，這些人是從來不肯好好的用功，也從來不肯多讀一本書的。這怎樣能夠令香港的文壇有生氣，令文藝書在香港有好的銷場呢？

《新雨集》的六個作者，別有成就不去說它，至少大家對文藝工作的態度是認真的，從不敢欺騙別人，也不敢欺騙自己。這本來是從事任何工作的一個基本條件，可是就香港所謂文藝界那些令人吃驚的怪現象來說，這反而近於是一種美德了。這就是我敢於向讀者們推薦這本《新雨集》的原因。

至於內容，由於都是由六個作者自己挑選的，無論是隨筆、詩或小說，大約都能夠保持了一定的水準。因為既是自己選的，好與不好，如魚飲水，冷暖自知，過於不能見人的，自然不敢拿出來「災禍棗梨」了。

《新雨集》的封面設計和裝幀工作，是由六個作者之一的夏果負責的，大方漂亮，一定也能令讀者眼前一新。

讀周為的《往日集》

在燈下讀了周為的《往日集》。

《往日集》是一部新詩集。在香港這地方，是很少有機會能讀到一部新詩集的。因此平日雖然很少讀詩，這次也高興地翻閱了一遍。好在篇幅不多，四五十首詩，有的從頭至尾逐句讀完，有的只讀了其中的幾句，有的更只是讀了一個題目，便這麼草草地讀完了。

這四五十首詩，最前的幾首寫於一九三六年，最末的一首寫於一九五六年，整整跨過了二十年的歲月。詩人在這二十年之中寫下的詩句，當然不只這些，但是他自己願意選入這《往日集》與讀者相見的，卻又只有這些，可見詩人到底是詩人了。

在新文藝各部門之中，許多年以來，新詩的產量不算少，但是在成就上說，比起其他各部門，不能不說是最弱的一環，而新詩本身有許多問題，如形式問題，音韻問題，詞藻語彙問題，可說至今仍不曾摸索出一條路來。有時簡直是西洋詩體的翻譯，有時又像是詞，有時又像是分行寫的散文；近年的情形更苦悶，舊詩又有流行起來的趨向，同時民謠民歌真正口語白話的歌曲形式又獲得大力提倡，「新詩」夾在這中間更顯得彷徨無主了。

《往日集》的作者在這時候忽然選輯他的舊作，印成這部集子來出版，我想他一定也是有感而發的。若不是決意將自己過去的努力成就作一個結束，便是想重新再出發。我倒希望他的動機是後者，因為現在正應該是我們的新詩人檢討過去四十年來新詩壇的損失，重新再出發的時候了。

在《往日集》裏，讀了令我最喜歡的，乃是那首〈在一個農民的葬禮中〉。這可說與集後所附錄的〈論詩小札〉裏那位剛先生（想必是楊剛吧？）的意見不謀而合。我特別喜歡第一節和最末一節。因為我們這一輩的人，也都是「嘗夠了貫串上下三代的煩憂」，而這一隻還未僵硬的手，也正在養活着上下三代，像他所歌頌的那個農民那樣。緊接着後面的那一輯〈秋〉，也使我讀了很喜歡。只是集中那幾首字句整齊的四行詩，這種形式卻是我一向反對的。當年望舒在世時，為了這個問題同他不知爭辯過多少次了。

對於新詩，我一直認為它在形式和意境上與我們原有的詞相近，應該向這方向發展，因此我一直反對那種字數整齊的西洋律詩體裁。這是我的偏見，也正是我不配談詩的原因。然而在中國新詩人之中，我卻有不少好朋友。現在讀了《往日集》，我覺得我又多了一個詩人朋友了。

《陋巷》贊

最近大會堂曾上演過一個很好的話劇，只演了兩場，我相信愛好話劇的人一定有不少錯過了欣賞的機會。

這是姚克先生編導的《陋巷》，是香港戒毒會為了籌募戒毒院建築經費所作的義演。由於這個戲是與反毒有關的，也許一般人對它的興趣不大，我在未看以前也是如此。哪知看了以後，才知道情形大大的不然。我那天因為有事，沒有看完場就走了，剩下兩幕未看，現在愈想愈覺得有點捨不得。因為那兩幕正是戲中有戲，一定也是十分精彩的。

誠如柳存仁先生所說，《陋巷》的好處是它本身確是一齣「戲」，不是高頭講章，不是化裝演講。你在未看以前以為一齣特地為了反毒籌款而義演的話劇，一定不會特別好看。你只有在看了之後或者說，坐下來看十分鐘之後，才無法不刮目相看了。這個劇不僅劇本寫得好，導演處理得當，就是個別演員的演技也十分精湛，而且非常認真，佈景和燈光的效果也好，可說是一次戲劇藝術水準很高的演出，而且演得很成功。

姚克先生的劇本是用國語寫的，但是演出卻是用粵語演的。我想，在這方面，陳有后，雷浩然兩位先生一定幫了不少的忙。那些一再引人哄堂大笑的粵語台詞，運用得恰到好處，我認為也是這次演出成功的因素之一。（如曾瓔公説同小偷住在一起不怕物件被偷，姚的國語台詞是「他們這一行的規矩，向來不吃窩邊草」，在台上演出時，巧妙地譯成了「佢哋有一種規矩，在這裏吃，就不在這裏屙」，可說天衣無縫。）

《陋巷》的劇本，戲劇性非常強，同時所有的戲又不是集中在一兩個人身上，分配得很均勻。分開來像是幾個片段，又像是一輯素描，可是首尾卻又能連貫在一起，不像那種以幾個獨立故事拍成一部電影那樣各不相關，可以看出作者編寫這個劇本時是真正用了一點功夫的。若非胸有成竹，他也不敢全戲只用一個佈景了。由於燈光和明暗控制得有效果，不變的佈景令人看來毫不單調，這也是值得稱讚的一點。

當然，再好的劇本，若是沒有好的演員，也是徒然。這一次在《陋巷》中演出的演員，每一個都是老手，而且各人演得都很認真，這更是使得這次《陋巷》的演出獲得好評的基本原因。

以下三點，是我認為應該再加改善的細節：道友們的體格和膚色還是太健康了，應該加強化裝。亞仙、亞蘭的打扮還嫌太漂亮。時間雖是只有一個下午和早晨，所曬的衣服也應該予以變換。

重讀《耕耘》

一位朋友送了我兩冊《耕耘》。這是二十二年前（一九四零年）幾個朋友共同經營的一個綜合性的文藝月刊。送來的雖只是兩冊，卻已經是當時這個刊物已出各期的全部，因為它根本只出過兩期。第一期在一九四零年四月出版，第二期卻脫期了四個月，到了八月才出。第三期便根本沒有辦法出得下去了。

《耕耘》當時的銷路並不錯，不能支持下去的原因，是印刷費周轉不過來。大家為了生活已經透不過氣來，為了要辦這個刊物，奮勇湊了一筆印刷費，以為在第二期付印之前一定可以收回一部份的，不料戰時交通不便，預算全部落空，印刷所又不肯賒欠，停頓了三個月再出第二期，可是第三期再也無法出得下去了。

《耕耘》的內容和編排，不僅在當時很獲得好評，就是在二十二年後的今天看起來，也還不錯。編委一共十個人：丁聰，郁風，徐遲，夏衍，黃苗子，張光宇，張正宇，葉淺予，戴望舒和我，執行編輯是郁風，發行人是黃苗子。

耕耘社有一個社徽，是光宇設計的，是一架古老的老牛耕田所用的犁。設計這樣的小圖案，本是光宇最拿手的，這一架梨耙畫得極好，《耕耘》月刊的第一期封面就用了它。後來我們又用耕耘社的名義出版了果耶的版畫集《戰爭的災難》和訶勒惠支的選集。

《耕耘》的內容，是圖文並重的。由於執行編輯是畫家，對於圖版的選擇和編排都花費了不少功夫，有木刻，有漫畫，有速寫，還有特別配合文字的插畫，如第一期就有舒群的詩〈心的告白〉，附有特偉的插畫三幅。第二期有劉火子的詩〈先知者〉，附有光宇的插畫六幅。

對於木刻，《耕耘》是當作重點來特別介紹的。第一期有景宋寫的〈魯迅與中國木刻運動〉，附有新波、李樺等人的木刻，此外還介紹了延安藝展出品的兩幅木刻。第二期有西諦的〈關於太平山水詩畫〉，介紹了清初刊印的一部木刻詩畫集，此外還有木刻家張望和劉建庵作品的介紹。

我自己在這兩期《耕耘》上所寫的，也全是介紹西洋木刻的，第一期是〈木刻論輯〉，第二期是〈現代木刻五家〉。

除了編委以及上面提起過的諸人之外，在這兩期《耕耘》上發表作品的，還有思慕、倪貽德、林煥平、司馬文森、袁水拍、艾青、楊剛、黃茅、林林、巴人、常任俠、韓北屏、樓適夷、吳曉邦等等，可說洋洋大觀，應有盡有。因此即使在二十二年之後，打開來一看，仍覺得很有點意思，可惜的是只出了兩期就停刊了。

讀《好望角》

《好望角》是本港新近出版的一個純文藝小刊物，是同人性質的半月刊，已經出版了兩期了。

編者在代創刊詞上說，這個刊物的出版，是一個夢，而且是「一個偌大代價的夢」。因此我雖然對他們的傾向不大喜歡，但是仍很高興而且細心地讀了一遍。自己是過來人，對於凡是肯將文學藝術當作是「畢生憧憬的專業」的人，我總是關切的。

說香港是文化沙漠一類的話，這早已成為過去了。香港人的文化生活，這幾年正在一天一天的豐富起來。僅就新文藝的愛好來說，我們可以看到有許多書院的學生，都在那裏寫新詩，寫散文。雖然所寫的有一點空虛，都是些近於無病呻吟的哀愁之類，但這總比不寫的好。因為路是人走出來的，即使走了岔路，只要及時有了認識，或是經過幾次碰壁和摸索，自然就可以走上正路的。

就是文藝出版物，這幾年在本港的銷路也漸漸的好起來了。若不是如此，像《好望角》這樣的小刊物，即使經營者願意怎樣付出「偌大的代價」，這個「夢」大約也不容易實現的。

我想說的是：年輕一代的文藝愛好者，無論目前所喜歡的是怎樣的流派，總應該腳踏實地地去做。這首先要認識自己。其次不應該將個人的成就看得過於重要。在藝術創造上，自卑當然是不必的，刻苦和認真卻是必須的，誇耀和標榜都足以阻止自己的上進。

再有，在祖國的大地上，也有「一個偌大代價的夢」正在那裏逐步實現，也早已有了許多「證物」，《好望角》同人的視野，正應該伸張到那方面去看看。

這兩期《好望角》的內容，若是他們認為最足以自負的是那些新詩，但是我的意見卻是：最令我失望的正是這些詩。我覺得只有戴天的〈花雕〉略有幾句較好的單句，其餘的就連「文字的遊戲」也說不上。

讀着這些新詩，使我想起了亡友望舒。然而他的作品，整首讀起來像是七寶樓台，即使拆下來也仍是片片珠玉，在修辭造句和文法上沒有一點瑕疵的。

創刊號上的陳映真的〈哦，蘇姍娜〉，是一篇很好的短篇創作，氣氛和情調都處理得很好，而且寫得很有把握，一點也不過份。相對之下，第二期的梓人的〈長廊的短調〉便有點像是報紙上常見的「都市風光」了。

這個小刊物給我的印象是清新的。不過，對着版頭上那一堆歪歪倒倒的鉛字，我想，幾時能將它們規規矩矩地排列起來，正是我們文藝愛好者大家應該努力的事。

《文藝隨筆》後記

這些隨筆，事實上可說都是我的讀書錄。

我發覺自己在讀書和寫作方面都有一點癖性，就是自己不喜歡的書不讀，自己不喜歡的東西不談，因此就沒有資格做批評家，也很少寫批評文字。

這些隨筆裏所談到的書，都是我自己曾經讀過的，也是我讀了之後覺得喜歡的。當然，我平時所讀的書，並非僅限於這一個方面。這不過由於要編輯這本小書時，為了不想內容過於廣泛和蕪雜，這才選了一些全是談外國作家和作品的，集在一起，成了這本小書。

這三十幾篇隨筆，並不是一口氣寫成的，更不是在同一個地方發表的。就時間上來說，寫得最早的一篇和寫得最近的一篇，時間的間隔至少在十年以上。因此內容不可能是一致的，有些地方可能會有重複或是歧異。好在每一篇都是獨立的，這些缺點的影響還不至太大。

自己看自己所寫的文章，雖然很不容易擺脱主觀，但是我卻很清楚哪一篇寫得壞，哪一篇寫得好。但我要趕緊聲明，這個「好」字的標準，卻是絕對主觀的。因為我一向認為要寫這一類的隨筆，將自己讀過了覺得喜歡的書介紹出來，是應該將這本書的作者、他的生平和一點有趣的小故事，融合着這本書本身來一起談談的。有時，一本書在這世間的遭遇，會與這本書的內容同樣的有趣。這都是我特別感到興趣的。能將這一切融會貫通到一處，寫成一篇文章，我才覺得符合我個人的理想，這也就是我自己認為好與不好的標準了。

不過，要這麼做，當然不是一件易事。有時為了一本書，要另去翻閱其他的十本書；有時即使有了足夠的材料，可是沒有充裕的時間容我仔細地寫。結果我雖然知道應該怎樣做，往往未必就這麼去做。這裏面的過程，知道最清楚的當然是我自己。因此即使是自己的文章，我自己也並非每一篇都是喜歡的。

在這些隨筆裏面，很少論斷，我自己的意見更少，因為我着重的只是在介紹，因此疏忽錯誤在所難免，但是空洞言之無物的弊病，卻有機會可以避免了。

八年來的《文藝世紀》

創刊於一九五七年的《文藝世紀》，到今年已經開始踏入第八年。算起期數，已經出版了八十一期。這樣的一個數字，尤其是文藝刊物，在本港的定期刊物出版歷史上來說，可說難能可貴之至了。

這許多年來，本港自然也出版過一些其他的文藝刊物，有些是特別注重小品隨筆的，有些並非純粹新文藝的，有些雖以文藝來標榜，事實上卻是一個綜合性的刊物。可惜大都由於人事和銷數關係，無法長久支持，此生彼滅，也不知已經出版過多少種了。

目前本港的文藝刊物，仍有幾種小型的，可說是同人刊物性質，大約銷數也極有限，對外界發生的作用不大。

《文藝世紀》的銷數也並不理想，聽說支持得也很吃力，但是刊物的主持人終於能支持下去。而且現在居然已經達到第八個年頭，這就很不容易了。《文藝世紀》是月刊，自創刊以來，好像每月都能夠按期出版，從未脫期，從這一點特色，看出主持人辦事的毅力和韌性。刊物能夠支持到今天，大約也與這一點特性有關的。

八年以來的《文藝世紀》，逐期分開來看，每一期的篇幅好像太少，因此內容有時不免顯得有點單薄。但是合在一起一看，尤其是翻翻它的合訂本，就覺得握在手中很有一點份量，彷彿說明一年十二期，合在一起來看，內容就很有一點份量了。

我近年是很少看創作小說，因此每一期的《文藝世紀》，必讀的總是那些小品隨筆和西洋文學的介紹，還有那些談論美術的文章。我覺得《文藝世紀》在這幾年以來，在這方面很作了一些貢獻。

有一時期，《文藝世紀》的內容很偏重戲劇和民間文學。可惜我對這兩個部門的興趣都不大。但是相信對此道的愛好者一定能接觸到一些好作品。尤其是關於東南亞一帶的民間故事和傳說，這是在一般刊物上很難有機會讀到的。

新版的「文藝走廊」，這幾期的執筆人數，好像沒有起初那麼多了。寫生活氣息的天南地北小品文，該是讀者特別歡迎的，希望編者能加緊羅致才是。

聽說《文藝世紀》在南洋一帶的銷路，遠比本港為佳。若是如此，我們這裏的文藝愛好者未免有一點慚愧，對不起這個文藝刊物了。

讀《風雨藝林》

這幾年，香港的在學青年，開始有一個很好的傾向，就是有許多人都愛好文藝，喜歡寫作起來了。不管他們寫出來的作品水準是怎樣的，不管有時他們的後面還會發現一些別的野心家的陰影，但是年輕的人能夠向文藝伸出了手，而且在開始向前走，這傾向總是好的。

對於一向愛好文藝的我，能夠回頭見到有這樣多的年輕同路人趕了上來，這真是再高興也沒有的事了。

最近又讀到了一份《風雨藝林》，正是由這樣年輕的文藝愛好者所組織的團體出版物之一。讀了那一篇〈風雨的一年〉，才知道兩件事情：一是這個文藝團體的成立，已經有一年的歷史了；二是「風雨文社」的前身是「盟星社」，後來改為「風月文社」，再改成「風雨文社」。

當然，「風雨」比「風月」有意義得多了。不過，如「獻詩」中所說的，將「風雨」當作是一種敵性的令人不安的現象，這是大可不必的。海燕迎着風雨飛翔，決不是將風雨當作敵人，而是將風雨當作友人。風雨的破壞作用並不一定是消極的。年輕人正應該具有像風雨那樣摧枯拉朽的精神，將「風雨」的聲音當作了戰歌，不是在風雨中掙扎，而是手拉着手，在風雨中前進。這樣就可以征服自然，使風雨成為有利於人的力量，不致在風雨之中彷徨掙扎嘆息了。

是的，表現在當前香港青年寫作者作品中的，好像「憂鬱」、「太息」和一種縹渺的哀愁太多了一點。我們老一輩的人，對於時代，對於國家，甚至對於人生，都看不出有一點要令人嘆息的地方，年青的一輩更不應該如此。我希望流露在那些作品中的，乃是真正的「無病呻吟」。因為既是「無病」，只要一停止「呻吟」，就可以健康起來了。

「風雨文社」的同人，顯然已經看出了這一點，他們高呼要挽救將在風雨中敗北的香港青年，要反「二類八種」的香港青年，這包括了「阿飛」，「崇洋媚外者」，「沒有國家觀念者」等等。對一群年輕的文藝愛好者來說，從一開始就能有這樣的自覺，這是極可喜的。

這一份《風雨藝林》，是今年三月份新出版的創刊號。他們在「我們的話」裏特別說明：

> 出版這份《風雨藝林》，可說是我們一年來節衣縮食的成果。因為這份刊物的經費，全部都是我們在平時所得的稿酬和將零用錢節約下來支付的。

對於具有這樣熱忱的文藝愛好者，我是願意在這裏搖動着經歷了半個世紀文壇風雨的翅膀，來向他們表示歡迎的。

讀《當代文藝》

讀了新出版的《當代文藝》創刊號。

在報上見了這個刊物的廣告，心裏就是一喜。近年來這裏產生了不少的文社，有這麼多的年輕的文藝愛好者在這個社會裏對抗一下少年犯罪者，對抗一下「披頭四」，實在是一件值得鼓勵的好事。在我的預料中，早就應該有一個比較集中一點的刊物了。這總比那些自己排印的或是油印的會刊更有意義。雖然我明知《當代文藝》並不是這些文社的機關雜誌，但是我倒希望這個刊物的出版，能夠起一點帶頭作用，像他們在這一期上所披露的「我們對各文社的呼籲」那樣，能夠將這些文社組織起來，使得大家互相呼應，結伴一起向前走。

就這一期的《當代文藝》本身來說，我不大喜歡這一期的封面設計。甚至不喜歡那整個「形式」，覺得有一點像《西點》、《茶話》一類的綜合刊物，配不上它的內容。若是容許我將「形式」與「內容」分開來看，我覺得《當代文藝》的內容比它的外衣像樣得多了。

那一批「聞其名今得見其人」的作者群像，雖然有人覺得有一點「那個」，但我認為問題倒不在該不該刊登照片，而是在編刊的手法。這一期的「作者群像」編得有一點像是「同學錄」，我想我的老朋友徐訏先生、李輝英先生、易君左先生這幾位見了，一定有啼笑皆非之感。

還有，對於徐訏先生，我當然不僅久聞其名，也久見其人了，但是對於這一期《當代文藝》上所刊的那一幅畫像，卻令我有「三日不見，刮目相看」之感。我們的《風蕭蕭》的作者，怎樣完全變成像是另一個人了。

發刊詞不知是哪一位執筆的？作者想必是一位虔敬的教徒吧？不然，為甚麼要將《當代文藝》與「聖誕」拉上關係，而且要「願聖潔的燭光引導我們的路」呢？

由文藝女神維納斯，由人類文化上的先知先覺，由智慧的火炬引導着我們前進，豈不是更為適合嗎？

在這一期的小說之中，我先讀了吳麗婉的那篇〈這一個晚上〉，編者說她是曾經數易其稿寫成的，她的努力果然不曾白費，這倒是一篇很能抓住了人性和無可奈何的感情的小說，我自己年輕時候就很喜歡寫這樣的東西。

倒是編者特別推薦的那篇翻譯短篇〈席〉，我讀了倒並不覺得怎樣感動。那最後才打開的幾張席子，大的是父親用來紀念夭折的孩子們的，這一點「小感情」並不會一定激動每一個讀者要為這個情節流淚。

《當代文藝》的主編是徐速先生，據許多朋友見告，在這裏屬於台灣系統的作者之中，他的文字是屬於比較可看的一個。可惜我還不曾看過《星星，月亮，太陽》，因此連忙翻開〈殺妻記〉看了。這是一個中篇的上半。就已經刊出的這一部份看來，故事性很強，文字簡潔。他的風格有一點近於沈從文，但是沈從文的文字非常富於魅力，語彙和造句都有他的獨特風格，簡直像是海明威，因此若是想向這一個方向走，那一枝筆還應該更下苦功才行。

〈殺妻記〉的末尾有幾句編者的按語，是這樣的：

因篇幅關係，本文只好發表一半，謹向讀者致歉。查本文下期進入高潮，故事奇峰突起，變化莫測，切幸讀者及時注意！

這簡直是電影預告的口吻，太不像是「文藝」了。我不知這位作此按語的「編者」是誰，我若是「主編」，我就一定行使權力將這樣不倫不類的按語抹去。

以此類推，目錄上的那兩句標語：「當代名作，文藝長城」，也大可以刪去。文藝刊物總應該像一個文藝刊物，刊物的名字稱為《當代文藝》則可，若是自稱自己的作品全是「當代名作」，那就有一點失態了。至於自稱「文藝長城」，這就更要使得讀者們忍不住要問：「這些當代名作要防禦的是甚麼呢？」

還有，那幾則「香港文訊」一類的文字，以後還是省去的好。尤其是那幾句對聯式的標題，簡直近於惡趣了。

徐訏先生的那首小詩，編者說他「徐先生馳騁文壇數十年，到頭來還是『鑄成了今夜的淒涼』」，倒使我頗有同感。我們若是斷章取義，可以明白鑄成他「今夜的淒涼」的原因，乃是由於「為多年前一念之錯」。看來這個問題，有點要牽涉到他不久以前在一篇短文裏所說的文學為誰服務的問題了。

近幾年來，這裏的文藝氣氛很活躍，這是可喜的現象，但是品流複雜，又很容易被市儈所操縱，使得許多年輕人容易流入自大，好像今天發表了一篇作品，明天已經是「名家」，後天便「踏入了世界文壇」，這實在是對於自己，對於自己的寫作都沒有甚麼益處的舉動，還是用功地讀書，用功地寫作，腳踏實地地往正路走好一些。

末了，我願意提醒編者一句，這裏的《文匯報》每星期三有一個文藝週刊，因此發刊詞裏所說：「幾十家報紙幾乎沒有一個純文藝副刊」這句話，至少應該修正一下。

禁書史話

晦庵在《書話》裏談到當年上海在國民黨統治下的文網和禁書，說魯迅先生有一次曾勸他何不編寫一本《中國文網史》。這應是一個好題目，只可惜如作者自己所說的那樣，工程過於浩大，不容易着手罷了。

自一九二五到一九三七這十多年間，上海是全國文化出版的中心，所有的新文藝書和刊物，十本有九本都是在上海出版的，而且都是在當時的「商務」、「中華」、「世界」以外的那些小規模的新書店出版的。這些書的銷路都不錯，但是有一個古怪的命運，那就是或先或後的總不免要被禁止。當時的新文藝書，不曾被禁止過的，可說是極少極少。

這些出版物的被禁理由不一，有的為了內容，有的為了書名，有的為了作者，有的為了一幅封面畫，有的甚至只是為了封面的顏色。因此如果要寫文網史，材料確是十分豐富。只可惜太豐富了，令人有無從下手之感。

我一向對禁書很感到興趣，無論是藉口風化問題的黃色禁書，或是藉口政治問題的紅色禁書，都使我感到興趣。我想同輩之中，搜集禁書資料，像我這樣勤懇的人，大約是沒有幾個的。在我初來香港不久，我就曾經給這裏的一家報紙寫過一個連載：「禁書史話」。可惜這張報紙很快就停刊了。當時香港還有審報檢查制度，我的「禁書史話」也成了「禁書」，凡是有關思想禁錮和嘲笑「審查老爺」愚昧的地方，都被刪去了，因此印在報上遂有了許多「□□」。我的手頭還留有當年剪存下來的這一份報紙，無形中已經成了關於「禁書」的一種新資料。

後來我又着手寫《清代文字獄史話》，對於資料的收集很花了一點工夫。但是只寫了屈大均，澹歸和尚編的《行堂集》、《大義覺迷錄》等等幾篇後，又擱下筆來了。

最近除了因了勞倫斯的《查泰萊夫人之情人》的原本在英國開禁，寫過幾篇小文以外，很少再觸到這一個課題了。

但是我對於禁書的興趣依然是濃厚的。這並非由於如一般人所說的那樣，「雪夜閉門讀禁書」是一件樂事。實在是由於出版自由與思想自由是分不開的。同時這也不是用禁毀和高壓手段所能夠撲滅的。若是這樣的手法有效，中國也不會有今天了。然而從古至今，有多少人想用種種罪名，用嚴刑和烈火來摧殘書籍的生命；這樣的例子真是太多了，因此，我一直對有關禁書的史料感到興趣。

往事——失去的一冊支魏格

二十多年前，我隻身來到香港時，所有的書都留在上海不曾帶來。在這裏住了一兩年以後，雖然生活極為困難，但是積習難除，見了自己要買的書，仍是忍不住去買，因此當時我的生活未見得比別的朋友好，可是我的一隻小書架上的書，卻漸漸的比大家都多起來了。

有一次，這已經是太平洋戰爭前夜的那幾個月的事了，戈寶權兄來看我，將架上的那些書一冊一冊的仔細翻着，見到有一冊支魏格小說的英譯本，題為《愛書家的故事》。翻了又翻，簡直愛不忍釋，表示要借回去看看。我心裏實在有點捨不得，可是知己同好難得，他又再三聲明看完了立即歸還，決不延誤，那還有甚麼話說，我只好慷慨的借給他了。

其實，這是一本很小很小的書，是比三十二開本小一半的六十四開本，是美國一家大學出版部出版的。他們選了支魏格的〈看不見的收藏〉和〈布哈孟台爾〉這兩個短篇。一個以版畫收藏家，一個以舊書商為題材的小說，外加上一篇散文：〈書是通向世界的門戶〉，印成了這本小書。但是印得極為精緻。封面、字體和紙張都很考究，一切都與這書的內容相稱，所以是一本很可愛的小書。我還是偶然從一冊美國雜誌的小廣告上發現的輾轉設法買了來。花錢雖然不多，但是得來極為不易，自己又歡喜，因此才有點捨不得借出去。

前面已經說過，這是太平洋戰爭前夜的事。戈寶權兄借書不久之後，香港便爆發了戰爭。因此他即使踐約要將這本小書還給我，也已經不可能。從此天各一方，我就不曾再見過這本小書。我不知他離開香港時，曾否將這本小書帶在身邊。但願他是如此。可是這二十年來，我一直不曾有機會再見過他。他又在國外的時間居多，因此我也懶得寫信去問。只是在十年前，曾寫過一篇五六百字的小文〈失去的書〉，其中曾將這事提了一筆而已。

昨日整理歷年所譯的支魏格的小說，這才想起了這件往事以及失去的這本小書。現在手邊雖然已經有好幾冊支魏格的作品集，但是像失去的那冊印得那麼精緻的《愛書家的故事》，卻已經無法再買得到了。

再有，戈寶權兄借去這 冊小書時，支魏格還健在。可是當我現在再想起這件往事時，支魏格去世已二十年，墓木已拱。人生朝露，雖然令人有點感慨，可是，同時也使我們明白只有作品才是一個作家的真正生命。

致一個同路人

在回家的途中，偶然發現車上坐在我一旁的一個乘客，正在看着英國出版的一種介紹新書和作家的月刊：《書與讀書人》，心裏覺得非常高興——因為我覺得自己在擠滿一車的乘客中，彷彿不再是孤單的一個人，已經有了一個同路人。

當然，我不曾那麼荒唐，認為在一個三百多萬人口的城中，只有我一個人是這個月刊的讀者。但是能有機會恰巧在我的身邊發現一個，請你們給我算一算，這機緣該是多麼難得。這個刊物出版已經有十年了，從創刊號起，我就是它的讀者；這十年來我就不曾見過也有人手上拿着這同樣的刊物，何況恰巧坐在我的身邊。

這是我的一種習慣，我希望不要有人説這是不該有的習慣，我在公共街車上見到有人在看書，總想知道這人看的是甚麼書。當然，女學生在讀課本，小店員在看馬經，我是一眼就能夠辨別，不勞我去設法細看的。但是如果有人彷彿在拿着文藝書，或者一本畫冊，便要引起我的興趣，總要設法去研究他所看的是甚麼。這研究的結果，除了極少數的機會外，往往總是要使我失望。因為我從不曾見過有人在車上讀屠格涅夫，讀巴爾扎克或是都德，更不會見過有人在車上看畢加索的畫冊。

因此這一次能見到有一個乘客也在看《書與讀書人》，會使我高興，實在是有理由的。

有一個時期，這已經是我年輕時候的事了，我很喜歡在車上看書；或者也可以說，我在出門的時候總喜歡帶一本書在手上。為了要選擇帶一本甚麼書，往往要花費我很多的時間。雖然明知道不會有機會看得很多，甚或根本不會看，但我在挑選的時候仍要十分認真。這誠然有點可笑，但是這習慣的可愛和迷人之處，不是正在這上面嗎？

有一時期，我總是帶着一本海明威，紀德，比亞斯萊在手上，有時又喜歡帶着一本沉重的《資本論》，照例讀到車上的桌子在跳舞的時候，就感到滿足，不再往下讀了。

我現在已經不再在車上讀書。這並非我已經不喜歡這習慣了，而是我有時覺得需要一點休息，便覺得坐在車上該是一點最好的休息時間。但是仍然積習難除，自己不看書了，仍要留心別人所看的是甚麼。因此一旦見到也有人與我有相同的愛好時，自然忍不住要高興起來了。

我幾次想向這個讀着《書與讀書人》的乘客招呼，終於不曾，因此只好在這裏寫上這樣的幾句。至於這個同路人是一個怎樣的人，若是在以前，我會寫出來的，可是現在我不寫了。

「雪夜閉門讀禁書」

毛澤東思想紅遍了全世界。現在，毛主席著作，已經不只是中國人的寶書，已經一天比一天更多的成為全世界革命者愛讀的寶書了。

可是，帝國主義，現代修正主義和一切反動派，他們卻害怕毛主席的著作，因為毛主席著作是革命真理的寶庫，是推翻他們最有力的武器，因此他們就要千方百計想方法來封鎖毛主席著作的流通、阻止毛澤東思想的傳播。新華社最近報道毛主席著作和毛主席語錄的各種外文譯本在全世界暢銷，同時也指出帝國主義修正主義和其他的反動派妄圖遏止這一股革命洪流。其實，這是徒勞無功，絲毫沒有用處的。因為千千萬萬的革命人民，在白色恐怖和政治壓迫之下，依然敢於冒着風險，到處奔波，設法去獲得毛主席的著作。

在南美洲的委內瑞拉，有一位革命青年，因為參加反美反獨裁鬥爭而被捕入獄。他置個人安危於度外，念念不忘學習毛澤東思想。他特意託他的親人將兩卷《毛澤東選集》私下送進監獄，勤奮地攻讀。

這位在獄中的南美青年，他不僅自己讀毛主席的著作，還在獄中把難友組織起來，輪流閱讀，並且進行討論。

我們知道，監獄裏總是不許閱讀書報，或是不許隨便閱讀書報的；在美帝國主義政治勢力控制下的監獄，自然更不會允許閱讀毛主席的著作，然而這個委內瑞拉的革命青年，在獄中不僅自己爭取閱讀毛主席的著作，還敢於組織同獄的難友去輪流閱讀，他的學習毛澤東思想的熱情，他的堅持奮鬥的革命精神，實在是可以令人欽佩。我們可以想像得到，這也正是毛澤東思想武裝了他的頭腦，使他有這樣藐視敵人的鬥志。

報道還說，學習過毛主席著作的外國革命志士，在獄中遭受敵人嚴刑拷打時，堅貞不屈。因為他們已經從毛主席的書中學到了硬骨頭的精神，學到了威武不屈的革命情操。

回想我們在年輕時候，偶然讀到當時在暗中流傳的《夜未央》等等的無政府主義者著作，在封面上印着「雪夜閉門讀禁書」的詩句，讀來會覺得心裏暖烘烘的，別有一番滋味。後來在國民黨治下，《中國青年》和《嚮導》，以及一些新文藝書，都是當作禁書來讀的。曾幾何時，那些妄圖消滅這些書的人都完蛋了。現在是在外國監獄裏，也有革命志士在讀毛主席的著作了，這就正合上了毛主席的論斷：

亞洲、非洲、拉丁美洲的革命風暴，一定將給整個的舊世界以決定性的摧毀性的打擊。越南人民抗美救國戰爭的偉大勝利，就是一個有力的證明。歐洲、北美和大洋洲的無產階級和勞動人民，正處在新的覺醒之中，美帝國主義和其他一切害人蟲已經準備好了自己的掘墓人，他們被埋葬的日子不會太長了。

《我們必勝，港英必敗》畫冊

《我們必勝，港英必敗！》是香港《大公報》最近編印出版的一部畫冊。將這部畫冊從頭到尾看一遍，實在能夠增加每一個人的信念：「我們必勝！港英必敗！」

因為這部畫冊裏所搜集的圖片資料，不僅說明了英帝國主義過去和現在的侵略猙獰面目和法西斯暴行，同時也證明了這裏是我們的土地，是被英帝國主義霸佔了一百多年的土地。我們在這裏不僅愛國無罪，而且抗暴有理！

正義和真理都在我們這一邊，世界的輿論支持和同情也在我們這一邊，得道者多助，因此「我們必勝，港英必敗」！

這部畫冊採用了這兩句響亮的口號作題名，是非常恰當的，因為它將一切事實擺在讀者的面前，說明自去年五月以來，至今仍在繼續進行的抗暴運動，不僅抗得有理，而且最後勝利一定是屬於香港中國同胞的。這是我們的信念，這也是就要實現的事實。這部畫冊就可以為我們作了最好的說明。

過去的事實，眼前的形勢，未來的發展，在在都可以為我們增加這個口號的信念：「我們必勝，港英必敗！」我們翻閱這部畫冊，有的只是悲憤和激怒，有的只是從堅強到更堅強，增加了我們的樂觀和自信。可是敵人呢？他們如果有勇氣有面目打開這部畫冊看一看，所看到的將是自己醜惡的面目，只是出盡了「八寶」也奈何不得的瘋狂行為，不免內心要感到一片沮喪和惶惑。

這就是一個明顯的事實，這就是「我們必勝，港英必敗！」

抗暴並沒有停止，鬥爭正在更深入的進行，以便徹底挖掉殖民主義者在這裏植下的毒根。不要以為敵人在這裏已經盤踞了一百多年，已經「根深蒂固」。其實，他們的這座「民主櫥窗」，正如他們自己的《聖經》上所說的那樣，這座建築物是建築在沙上的，經不起我們抗暴風暴的衝擊，早已分崩坍毀了。現在，再經過我們採用更深入的鬥爭方式，挖掉他們殘餘的根子，日子一到，摧枯拉朽，早已從內心轟空的這座空架子，就會倒毀在我們的面前，變成了一地垃圾。

廣泛傳播毛澤東思想，以毛澤東思想作武器去鬥爭，我們就可以見到法西斯的港英，正如世上的其他帝國主義和一切反動派一樣，經過搗亂失敗，再搗亂再失敗，結果就完全滅亡。

《我們必勝，港英必敗！》這部畫冊，給我們更增加了這個信念。

蘇州糖果

從報上曾見過一張蘇州玄妙觀的照片，火光熊熊，許多紅衛兵正在將這座道觀裏的神龕等等廢物，堆在觀前的空地上焚燒。一位友人曾經對我說，看看這情形，今年農曆過年，大約不會有蘇州糖果可吃了。

有沒有蘇州糖果可吃，事本尋常。不過我當時心裏在想，紅衛兵破「四舊」，糖果是蘇州的土產，未必在被破之列，至多是不會再有送灶的「灶果」，接財神的「金元寶」供應而已。

但是有一件事情是可以斷定的，那就是決不會為了進行文化大革命，就停止生產、妨礙國家社會經濟建設。若是如此，那就不是革命，而是破壞革命了。這正是近來毛主席所指示的一面抓革命，一面促生產的道理。

所以蘇州玄妙觀的無用神龕雖然要燒，蘇州的糖果卻依然會繼續生產下去。

果然，朋友所推測的「今年過年將沒有蘇州糖果可吃」的話錯了！蘇州采芝齋的著名糖果，這幾天已經大量湧到應市，不僅應有盡有，而且品質只有比過去的更好。

以松子為原料的幾種糖食為例，今年的產品就新鮮甘脆，特別可口。

我是很喜歡吃松子的，從小就愛吃「松子糕」，這正是家鄉的名產，可是當時似乎很名貴，平時不容易吃得到，只有當親戚們送禮來時，才可以從大人手中吃到幾片。大約就由於這樣的限制，後來有機會就大吃特吃，這習慣竟一直保持到現在。

這次從國貨公司買來了幾種采芝齋的松子食品，包括軟糖松子，松子脆糖，以及松子粽子糖。逐一試了一下，彷彿如對故人，而且大有三日不見，「刮目相看」之感，因為今年運來的貨品，特別新鮮，這大約是製造和包裝方法又有了改進，可知「破四舊」不僅未將糖果破掉，反而產生了改善生產的效果。

我特地送了幾包松子糖，給那個以為今年沒有蘇州糖果可吃的朋友。他接了過去，起先是有點訝異，可是嚐了一塊之後，面容就由訝異變成甜笑了。

「左聯」的成立

有一年，跟隨港澳參觀團在北京參觀中國革命歷史博物館時，有一個同伴忽然驚叫了起來，叫我趕快去看。

原來在一隻陳列櫃裏，介紹一九三零年代的中國革命文學運動狀況，陳列了許多當時有關的文獻，有一份左翼作家聯盟發起人的名單，其中有這位同伴所認識的名字，因此他驚叫了起來。

朋友是工商界人士，自然不會知道過去的這些事情？他的驚異自不足怪。就是我吧，由於這已是將近半個世紀以前的事情，若不是近年還有人提起這個組織，我恐怕也早已忘卻了。

最近託朋友去查閱當時的史料，才知道「左聯」成立的日期是一九三零年三月二十日。

可惜我已經無法記得起成立的地點是在甚麼地方了，好像是在北四川路鄰近寶樂安路的一間藝術學校內。開會的那個房間很寬大，大概平時是用作禮堂的，有一張很長很寬的大餐枱，大家都圍了餐枱坐下。

第一次開成立會的那天，魯迅先生也出了席，好像並沒有發言。

第一次的成立大會開得很順利，開會之前還唱了《國際歌》。可是當時即使在「租界」範圍內，環境也已經很惡劣。第二次開會的地點雖然改了，結果仍是出了事情。

「左聯」公開活動的時間很短，很快的大家都收到來信，說是「近來天氣炎熱，時疫流行，希望大家飲食起居要小心……」從這時起，「左聯」的活動就轉入地下了。

蔣光慈的畫像

我藏有一幅蔣光慈的畫像，是他的愛人吳似鴻女士所作，是一幅鉛筆畫，畫在十六開大小的鉛畫紙上。畫得很似，凡是見過蔣光慈的人，一看就可以認得出。

吳似鴻女士曾在美專學過畫，是我的先後同學。太平洋戰爭前夕，她恰巧也在這裏。有一時期，曾住在我的大姊家裏，後來離開了香港，就留下了這幅畫像。

這幅畫像是曾經在現代書局出版的《拓荒者》月刊上發表過的。《拓荒者》月刊是蔣光慈所編，當時他將月刊的稿件和當作插畫用的這幅畫像交給我，後來製了版就將原件交回給他。大約當時他就交還給吳似鴻，這才會由吳珍藏了多年，一直從上海帶到了香港。

除了這幅畫像之外，蔣光慈大概是沒有別的畫像或照片遺留下來的。早幾年人民文學出版社出版的《蔣光慈選集》，書前所附的那幅畫像，就是這幅畫像，一看就知道還是從《拓荒者》月刊上翻製下來的。

這也難怪。在三十年代的中國，新文藝作家，尤其是像蔣光慈那樣的作家，是不肯隨便拍照，尤其不致將自己的照片隨便發表的。因為文網密佈，殺機四伏，這些資料一旦落到別人手裏，是隨時會招惹飛來橫禍的。

就拿蔣光慈的名字來說，他就曾經受累不少。他是留俄的，初從俄國回來時，名叫光赤。當時檢查書報的人，對這個「赤」字非常敏感，凡是蔣光慈的作品，不論內容是講甚麼的，一出版就查禁，後來只好改成「光慈」，起初還可以不受注意。但是很快的同樣到處受到查禁了。

蔣光赤是以一部《少年漂泊者》成名的。這是新文藝早期的名作之一，出版者是亞東圖書公司，就是最初出版標點本《水滸傳》和胡適的《嘗試集》，也是出版《新青年》的地方。

《少年漂泊者》的字數不很多，薄薄的三十二開本，深紅書面紙封面，書名是大號方體字加框印在上角的，沒有別的裝飾，十分樸素。然而就是這本紅封面的書，吸引了許多愛好新文藝的青年，使蔣光赤的名字為大家所熟知，而且使亞東的老闆汪原放賺了一筆錢。

我第一次見到蔣光赤，是在創造社出版部正在審備期間，我住在上海南市阜民路的全平家裏，那時正是冬天，一個風雪交加的晚上。外面有人敲門。開了門，外面的來人圍着圍巾，是個不相識的人，經過他自我介紹，才知道就是蔣光赤，是有名的《少年漂泊者》的作者。後來他就經常到出版部來，成了大家的熟朋友。

蔣光慈這幅僅存的畫像，藏在我這裏好多年了，我一直想送給「文聯」，或是「作協」，以便可以好好的保存，不過還不曾遇到適當的機會。

上海美專的校舍

凡是早年曾在上海美專唸過書的人，應該都記得這間學校的校舍有許多令人不會容易忘記的地方。

首先要說的是那座校門。

美專的校址是在當年法租界底的斜橋，校門是一座用紅磚建築的羅馬式的大拱門，十分雄偉，矗立在馬路邊上，看起來非常漂亮。

誰也沒有料到，這座校門只是一座門，進了門並不見校舍，只見一片菜園，要穿過這片菜園的小路，轉一個彎，走上另一條路，才到學校的門口，這才是真正的校門。

後來更知道，凡是老學生，他們是從來不走電車路旁那座大拱門的。從西門斜橋路附近，另有一條小路，可以直到學校門口。只有新學生，初初看了那座大拱門的照片，自然以一見為快，及至每次要穿過菜園，終不免興致漸減，改走近路了。

至於校舍，本來是錫金公所。大約由於當時法租界斜橋一帶，已成市區，錫金公所是「丙舍」性質，所以要遷移到更偏僻的地方去，於是遂由美專租用作校舍。

自然，主要部份已經過了改建。如西洋畫系和國畫系的畫室，都是設在兩層樓的一長列的課室內，僅一面有窗，以便容易處理畫面上的光暗。人體寫生畫室內，冬天設有火爐，國畫系作畫的長桌，都是硃紅漆的。

這可說是上海美專校舍和設備的精華所在。到了音樂系，就差得多了，課室都在樓下，供學生練琴的地方，設在一列平房內，每一間房內有一架鋼琴。光線雖然很充足，不知怎樣總令人有一種陰暗之感。

這一列平房很長，除了作音樂系的課室之外，最末的兩間是校中的「美術用品社」和圖書館。用品社的售價比外間貴，光顧的人很少，我更不用說了。至於圖書館，我則成了熟客，而且由於來看書的人很少，往往只有我一個人坐在那裏面對着那個管理員，雖然明知道這裏過去是甚麼地方，是作甚麼用途的，但我依然能很安靜的消磨一個下午。

有一時期，學校擴充校舍，將街對面的公所房屋也租了下來，那一排一排落地長窗的平房，幾乎甚麼也不曾改動就用作了課室和宿舍。白天有學生上課，很熱鬧，當然不覺得甚麼，但是一到夜晚，一定靜得令人透不過氣來。倪貽德就曾經在那裏住過，我問他有何感想，他苦笑了一下不作回答。

江南的暮春三月

現在已經是農曆的三月了。就季節來說，現在已該進入暮春。這幾天又不時下着小雨，點點滴滴的不停。一下了雨，氣溫就降低，簡直是寒雨。本來應該是落地無聲，滋潤萬物的春雨，可是一點也不像。不僅春雨不像春雨，這裏的春天短暫得簡直可以說沒有春天。剛以為有了陽光，春初的「回南」潮濕天氣可以乾爽一下，可是接連有了三天的好太陽，往往就要穿單衣，變成了初夏的天氣。

因此江南三月，鶯飛草長，雜樹生花，那一種暮春煙景，在這裏總是看不到的。這裏的花木雖然四時不斷的開花，正如屈大均在《廣東新語》裏所說的那樣：嶺南四時花序，與他處完全不同。在這暮春三月，江南正是桃花季節，然而在這裏的年宵花市上，桃花與水仙同為賀歲的年花。往往元宵節未到，開殘的花枝已經棄置路旁了。

從前上海郊區龍華，以出產水蜜桃著名。每年暮春三月，桃花盛開，到龍華去看桃花，是當年上海人的一件大事。若是在這裏，再過幾天，早熟的鷹嘴甜桃就可以上市了。

不僅桃花是如此，在路旁的鮮花檔上，在這暮春三月的天氣，你還可以隨時看到有菊花出售，黃色或白色的蟹爪菊，花朵很大，開得很茂盛。

對一個生長在江南的人來説，即使在這裏住了很多年，見到這種情形，想到總是見到菊花在秋天開花，到了秋深就凋謝，現在在春天還見到有菊花，不免有一點異樣的感覺，不禁想到自己到底終是一個陌生人，一個異鄉人。

於是多年不曾有過的鄉愁——不，鄉思，在我心裏開始蠢動起來了。

也許就是窗外那種不停的細微雨聲吧，它雖然帶來了寒冷，但到底是春雨，使我想起遺忘了許久的事情，使我想起離別許久的江南。

江南，暮春三月的江南，正是這樣的天氣，我正在一家學校裏唸書，學校放了假，同學們都回家去了，我卻不想回家。校舍在一座小山的頂上，很幽靜，園牆的一角有一株桃花，冒雨開着，開得很寂寞。我就坐在窗口對着它寫生，消磨了一個悄靜的下午。

當年唸書的這座城市，是江南有名的一座消費城市，如今早已變成了工業生產城市，在這暮春三月，自然另有一番忙碌熱鬧景象了。

卷八 晚晴雜記

我的藏書的長成

我在上海抗戰淪陷期中所失散的那一批藏書，其中雖然並沒有甚麼特別珍貴的書，可是數量卻不少，在萬冊以上。而且都是我在二十歲到三十歲之間，自己由編輯費和版稅所得，傾囊購積起來的，所以一旦喪失，實在不容易置之度外。在抗戰期中，也曾時時想念到自己留在上海的這一批藏書，準備戰事結束後就要趕回上海去整理。不料後來得到消息，說在淪陷期間就已經失散了，因此意冷心灰，連回去看看的興致都沒有了。

我的那一批藏書，大部份是西書，購置發展的過程，其中的甘苦，真是只有我自己才知道。最初的胚芽，是達夫先生給了我幾冊，都是英國小說和散文。他看過了就隨手塞給我：「這寫得很好，你拿去看看。」還有就是張聞天先生也給過我幾冊，大都是王爾德的作品。當時我住在民厚南里，還是美術學校的學生。他也住在同一弄堂裏，任職中華書局編輯所。因為我從達夫先生處認識了他的弟弟健爾，時常一起到他那裏去玩，他知道我在學美術、又喜歡文藝，那時他好像正在譯著王爾德的《獄中記》，便送了幾冊小品集和童話集給我。我最初讀王爾德的〈幸福王子〉，就是從這些選集上讀到的。

我那時窮得很厲害，從當年的哈同花園附近到西門斜橋去上課，往來都是步行，有時連中午的一碗陽春麵的錢也要欠一欠。但是這時卻已經有了跑舊書店的習慣。當時每天往來要經過那一條長長的福煦路，在一條路口附近有一家舊貨店，時時有整捆的西書堆在店門口出售。我記得曾經用一毛錢兩毛錢的代價，從那裏買到了美國詩人惠特曼的《草葉集》、英國畫家詩人羅賽諦的詩集，使我歡喜得簡直是「廢寢忘食」。

我的那一批藏書，就是從這樣的胚芽來開始，逐漸發展長成起來的。一直到參加《洪水》編輯部的時期，我幾乎每月仍沒有甚麼固定的收入，因此，仍沒有能力可以買較多或是較貴的書。所幸的是那時的舊書實在價廉物美，只要你懂得挑選，往往意外的可以買到好書，因此，無意中倒也買到了好一些很難得的書，即使富有如詩人邵洵美，見了也忍不住要羨慕。

後來到了自己編輯《幻洲》，又出版了單行本，有編輯費和稿費版稅可拿，這才可以放開手來買，於是我的書架上的書，很快的就成為朋友們談論和羨慕的對象了。

春歸燕

在一家晚報上讀到一條很動人的新聞，說是有一對春歸燕在尖沙咀車站的鐘樓頂上結了巢，而且已經孵出了小燕，哺雛啣泥，往來十分忙碌云云。

在香港島上，由於人煙太密，房屋的建築式樣，既然沒有「堂」，也幾乎沒有「屋簷」，因此，香港這一帶雖然是候鳥往來的一個很好的中轉站，可是在島上能有見到燕子的機會實在不多。只有在十多年前，我曾在皇后道中華百貨公司的騎樓下，見過有燕子在那裏結巢。這幾年不曾去留意，不知還有這樣的事否。

在新界的鄉下，燕子到人家的屋簷下來結巢，自然是比較多一點的。上面所說的那一對在鐘樓塔頂結巢的燕子，自然是少見的。若不是牠們已經有過可怕的經驗，不喜再近人，便是這一對燕子，不是我們平時所說的「家燕」，可能是另一種的燕子，如巖燕之類，牠是喜歡在危崖高處去結巢的。

燕子有多種，在本港常見的就有三種或四種，除我們中國常見的那種家燕之外，還有日本燕和西伯利亞燕。不過牠們都是路過此地，停留的時間不會很長，因此，很少在這裏結巢孵卵的。

燕子來了，是意味春光已老，夏天就要來到了。但是這種季節變換的情趣，在這裏是很難領略得到的。因為以這幾天的天氣來說，一面好像仍是冬天，可是太陽一出，立刻就跳到了夏天。江南的那種春夏之交，輕寒乍暖，令人有點惋惜、有點惆悵的那種氣候，在這裏是領略不到的。

我很喜歡楊柳，因此也喜歡燕子。這裏幾乎見不到垂楊，因此在這暮春天氣，根本感受不到「柳煙」、「飛絮」那一類的應時點綴。燕子不肯多在這裏停留，可能也是與沒有楊柳有關。因為燕子與楊柳幾乎是分不開的。

我的壁上就有一幅王一亭畫的《柳燕》。在柳絲之下，一群燕子正在飛翔，另有幾隻「排排坐」似的停在枝上，空中還有幾片桃花。我本來不大喜歡王一亭的畫，但是覺得這一幅的意境很好，在春天拿出來掛一掛，令人有身在江南之感。

春光已老，結巢的燕子卻又要有新的任務，那就是領着小燕去試飛，指導下一代怎樣踏上生活的另一個階段。因此到了初夏的驕陽下，我們見到牠們也能在柳蔭中穿來掠去，輕捷飄忽的飛翔時，那些母燕一定也是在笑着的。

春夜二題

夜歸

夜歸，循着石級走回家時，覺得四周滴滴答答的有聲音，似乎是大雨點打在泥土上的響聲，可是又不曾下雨。站下來抬頭仔細一看，藉着淡綠色的街燈的光，才知道這是山坡上的那幾棵大榕樹的落葉。

因為在這裏已經住過了多年，而且摸清楚了季節變化和自然界新陳代謝的一般規則，才知道這裏的樹木，多數不是在秋天落葉，尤其是榕樹，它們一年四季根本是常綠的，只有在這春天要到未到的時候，經過幾次忽冷忽暖的氣候變化，白天裏大太陽一曬，夜晚又颳起東北風，大榕樹枝上的新葉子鑽出來了，已經長了一年的舊葉，就在這時紛紛的落下來。這種變化的過程很快，往往只需一天一夜的時間，地上落葉滿階，樹上就換上了滿身新綠了。

今天白天的天氣特別和暖，有點回南，晚上又颳起風來，這一切條件都適合老榕樹的換季，因此，走在石級上，不覺遇到了「三日不來秋滿地，蟲聲如雨落空山」的景象，只是不是秋天而是春天，不是蟲聲而是落葉聲而已。

這些落下來的樹葉，並不是枯葉，也不是黃葉，都是好好的碧綠的葉子。由於它們在自然生存上的任務已經完畢了，新生的一代已經成熟了，因此，它們就愉快的讓接班的接替了自己的位置。

燈下

歸來在燈下讀了一位作家所寫的冬日隨筆，又讀了另一位詩人所寫的〈文不在長〉。兩人都引用了蘇東坡的那篇短短的小品文：〈記承天寺夜遊〉。似乎並不是偶然的巧合，而是表示大家都在關心近年青年人的寫作問題，希望他們能注重情真句美，避免用些空泛字句將文章無謂的拉長。雖然長文章自有好的，但是好文章未必一定要長。

這使我想起寫文章的另一個問題，這就是文與情的問題。國內的一些喜歡寫文章的年輕人，大都生活充實，可以寫的東西很多，可是文字的技術不夠，寫起來情勝於文。老一輩的文字修養夠，可是生活空虛，寫起來又不免文勝於情。如果能將自己的短處加以補救，寫得文情並茂，好文章就可以產生了。

至於這裏，從發表在「學生園地」一類副刊上的文章看來，年輕人所寫的多數都犯了文勝於情的毛病，而且那個「文」，也是新的風花雪月，既不真也不美，總是空空蕩蕩的像是畫得不成話的抽象畫一樣，我以為挽救這毛病，也應該從充實生活、多讀好文章入手。

家鄉的剪紙

日前買了一本小書：《南京剪紙》。雖然只是選印了二十幾幅剪紙，但是我卻以無限的喜悅將它捧在手裏。我想，在這裏很少人會像我用這樣珍愛的心情來翻閱着這本小書的，因為這是來自迢迢千里外的我的家鄉的東西，而我又是一個藝術愛好者。

對着這本書，使我想起了兒時在自己家裏和外婆家裏的門上窗上所見過的那些剪紙。可能沒有一幅真的是我從前見過的，但我卻覺得每一幅對我都是熟悉，而且親切的東西。我的老家在九兒巷，那座至少有四五進深的大屋，據說在太平天國時代曾經做過王府的。五開間的大廳屏門上，還殘留着斑駁的漆繪彩畫，若是現在還不曾拆掉，該是很好的太平天國歷史文物。在後進的正房和兩旁廂房的玻璃窗、紙窗和明瓦窗上，便常年貼着這些窗花。五月節和八月節往往要換上一兩幅新的應時的，過年時則全部更換一次。房門上若不是貼着「麒麟送子」或「一團和氣」的年畫，便要貼着大幅的「喜上眉梢」和「滿門富貴」一類的剪紙了。前者是用喜鵲和梅花構成的圖案，後者是一群孩子圍着一隻大撲滿。

用剪紙作裝飾的方法可以有幾種變化。一種是單純用紅紙剪成的；另一種則是在紅紙剪成的花紋下面再襯上一張實地的綠紙，四周比紅紙略大一二分，留出一條邊，再一種則是用白連紙剪成再用紅紙襯托。貼在窗上的總是單獨用紅紙剪成的，有綠紙或紅紙襯托的則貼在門上或一般器物上。有時，親戚家有人過生日，送去一盤壽麵和壽桃，也要在上面壓上一幅剪紙。至於有其他喜慶事件時，那更不用說了。

不知是不是由於我愛鄉的偏見，我覺得家鄉的剪紙，構圖和花紋的排列方法匀稱自然，不流於過份的纖細和無謂的複雜，而意匠則別出心裁，一幅有一幅的特色，比起閩浙兩廣的剪紙更自然清新可喜，只有最優秀的一些北方民間剪紙才可以同它相比。南京剪紙採用人物作題材的很少，所以沒有王老賞的那些戲曲人物，也不曾發展到在白紙上染色，但它用花鳥蟲魚所構成的吉慶圖案，在寫實和裝飾趣味的調和上，可說是已經獲得了極高的成就。

有一幅剪紙，是一對鴛鴦，是家裏有喜慶事時用的。在一對經過了裝飾化，但是仍使你一望就辨得出是鴛鴦的剪紙上，每一隻鴛鴦身內又裝飾着一對小鴛鴦，彼此都是成雙成對。這種對稱的圖案很容易流於單調刻板，可是鑑賞家不必擔心，我們老練的民間藝術家早已顧慮到了，她（我們家鄉剪花樣和上門兜售花樣的總是婦女）在一隻鴛鴦腳下用了一枝藕，卻在另一隻鴛鴦腳下用了一張荷葉，這樣一來，對稱的單調立刻被打破了，而蓮塘荷葉又是與鴛鴦分不開的東西，這意匠多麼巧妙而又不違背自然。只有在藝術趣味感受上全然是白癡的人才會說：「鴛鴦是卵生的，怎麼牠們肚裏會有兩隻小鴛鴦？這不合動物學！」

玄武湖的櫻桃

櫻桃又上市了。雖然國內出產櫻桃的地方很多，但是一提到櫻桃，我總是首先要想到我自己的家鄉，以出產櫻桃著名的玄武湖。

學生時代去遊玄武湖，出了玄武門，站在長堤邊上，遙望湖中的沙洲，但見一片芳草萋萋，煙籠綠樹，總是使人立時想到詩人所詠的「無情最是台城柳，依舊煙籠十里堤」那一類的感傷詩句。

那時在春末夏初去遊湖。如果要想嚐嚐櫻桃的滋味，一定要乘船才可以到洲上，向那些門前種有櫻桃樹的洲上人家買一小筐，價錢往往很不便宜。

現在的玄武湖，早已闢為公園，成了正式的風景遊覽區。湖上的各座沙洲之間，早已築了土堤銜接起來。前幾年曾去遊覽過一次，不要說找不出舊時的洲渚，就是湖上的東南西北也分不出了。因為一眼望過去，沿湖都是用城磚鋪成的供遊人散步的小路，到處的土坡上都是綠草如茵，種滿了花樹，收拾得十分整齊，完全不像是舊時所見的郊野村景了。由於去的時候已是秋天，所以不曾有機會嚐到櫻桃。

最近在這裏上市的櫻桃，不知是從甚麼地方運來的。我聽到街頭小販喊的是「上海櫻桃」，這是不大可信的，因為在小販的眼中，凡是外地出產的東西，總說是來自上海。上海雖然有桃，但是並不以出產櫻桃著名。

以出產櫻桃著名的，乃是我們家鄉的玄武湖。這正是我一提到了櫻桃，就要想到玄武湖的原因。我笑小販將不知產地的果物都稱之為「上海的」，其實我也不過是以五十步笑百步，因為我儼然已經將所有的櫻桃，認為都是來自玄武湖的了。

這次運來的櫻桃，非常新鮮。櫻桃熟透了，滋味就特別甜，可是熟透了就不能外運久藏，這是難以兩全的。因此這次運來的櫻桃，達到了新鮮的標準，甜味卻差了一點。

外國也有櫻桃，就是廣東人所說的「車厘子」。用來釀酒，或是作甜食品的點綴。不似我們主要的只是當作鮮果來吃。

櫻桃是一種很美麗的容易令人發生好感的小果品。畫家喜歡畫它，詩人也喜歡詠它。用白瓷盤盛了朱紅的櫻桃，從前人說是用鐵如意敲碎了珊瑚枝，可說是非常富於想像力的形容。

家鄉名稱沿革的小考證

我的家鄉南京，在歷史上是六朝舊都，堆集着一大堆歷代封建王朝的歷史舊渣滓。不說別的，單是這個地方的不同名稱，就多得使你弄不清，要整理考訂一下也不是易事。《金陵建置沿革表》的編著者傅春官，在他這本書的自序裏說：

金陵之邑，帝王之州，古稱重鎮，八姓所都。東晉以還，復多僑置，欲考名實，最易混淆。

最近有機會又重讀了幾種關於家鄉的志書，在名稱的沿革方面，讀到了不少很有趣的新資料。

首先，我們的家鄉今日通稱南京。這個名字實在是很新的，在明朝才開始用，明以前是不通用的。明以前的南京，通稱金陵。

朱元璋滅了元朝以後，在金陵建立了「大明王朝」，並且定金陵為國都，稱為南京，用來與元朝的舊都

「北京」相對，這是南京的由來。後來鎮守北京的燕王起兵「靖難」，南下奪取姪兒的王位，成功後遷都北京，定南京為陪都，南京的名字不廢，從此成為近世通用的名字了。

南京最古的名字是金陵，這是春秋戰國時代就已經有了。當然若要再往上推，還可以稱為「揚州」，因為〈禹貢〉所稱的當時「十二州」，其一「揚州」的範圍就包括今日的南京在內。但這是泛指一個專區而言，並非專指南京一地，所以不能算數。

金陵這個名字，始於楚國，楚佔領了吳越以後，就稱今日的南京為金陵。這個名字可說一直到今天仍在沿用。「金陵」二字的解釋，有兩種說法。《景定建康志》說：楚王盡取吳越之地以後，以此地有王氣，「因埋金以鎮之，號曰金陵」。另一說見《建康實錄》，說楚威王因這地方「地接華陽金壇之陵，故號金陵」。這是說楚威王「因山立號」，根據山川形勢來定地名。由於南京的山脈與華陽金壇來的山脈相接。所以取名「金陵」。不管這兩種解釋哪一種是正確，我們可以知道，自吳越以後，今日的南京就被稱為金陵了。

金陵這名字也曾經被廢除過的，那就是在秦始皇的手上。《建康實錄》說：「始皇三十六年東巡，自江乘渡，望氣者云：五百年後，金陵有天子氣，因鑿鍾阜，斷金陵長隴以通流，至今呼為秦淮，乃改金陵邑為秣陵縣。」

於是我們的家鄉又多了一個名字：「秣陵」。

自從秦始皇改金陵為秣陵以後，我的家鄉的名字就不斷的被人一改再改。繼秣陵之後，曾改稱建業、建康，後來又改稱江寧。

秣陵改稱建康，是三國時代的事。陳壽《三國志》、《孫權傳》說，建康十六年，孫徙治秣陵，築石頭城，改秣陵為建康，又稱建業。建業的業字，有一時期還規定要寫成「鄴」字。

三國以後，到了晉初，又改稱江寧。《宋書．地理志》說，晉太康元年，分秣陵置臨江，二年更名江寧。「臨江」之名，大約是由於臨大江。由臨江再改成「江寧」的原因，據《太平寰宇記》引《晉書》說：「晉永嘉中，帝初通江南，以江外無事寧靜，於此因置江寧縣。」

不過，江寧不是南京的全部，只是其中的一部份。直到清末為止，南京或金陵，是由兩個縣組成的，除了江寧之外，還有一個「上元」。

這樣，到了唐朝，我的家鄉又多了一個新名字，改稱「白下」，又稱「白門」。後來的詩人有句：「白下有山皆繞郭」，又云：「白門楊柳好藏鴉」，都是指此。我覺得「白下」和「白門」兩字很漂亮，一向很喜歡。可是，據史書的記載，曾經有一個皇帝因「白」色是不祥之色，不喜歡這個名字。這個迷信的小故事很有趣。

宋人張敦頤的《六朝事蹟編類》曾記載了這個笑話，又考證白下得名之由。他說：

> 兩漢《地理志》未有白下縣。按南史，宋明帝時，聞人謂宣陽為白門，以為不祥，甚諱之。右

丞江謚誤犯，帝變色曰：白汝家門！

按《唐會要》及《地理志》，武德二年，更江寧曰歸化，八年又更歸化曰金陵，九年更金陵曰白下，正觀九年又更白下曰江寧，則白下縣始於此，然未知其得名之因。

據他的考證，白下的得名有幾種説法，而且不始於唐。他説：「春秋時，楚使子木之子勝，處吳邑為白公。金陵，吳邑也，恐白之得名自此始。一説謂本江乘縣之白石壘，以其地帶江山之勝，故為城於此，曰白下城，東門謂之白下門，正其往路也。」

白下門的驛亭，當時就稱為白下亭。李白有〈金陵白下亭留別〉詩，有句云：「驛亭三楊樹，正當白下亭。」但我覺得關於「白門」這名字，最有趣的是：那個迷信忌諱白色的宋明帝，因臣下偶不小心提到了白門，竟狠狠的罵道：「白汝家門！」簡直是潑婦罵街的口吻。

在南京不曾被稱為「南京」以前，即在唐朝以後，明朝以前，我的家鄉就金陵、秣陵、建康、建業、江寧這些名稱上打轉，改來改去，同時還將轄境分成新縣，時而隸屬甲地，時而又隸屬乙地，但是主要的名稱不外上述那幾個。直到明初，出現了「南京」，這才穩定下來了。同時除了本身以外，所轄的縣分，也固定下來了，這就是江寧和上元兩縣。

到了清朝，南京在行政區劃上的正式名稱是江寧府，南京是府治的所在地，轄下有兩縣，即江寧縣和上元縣。因此一個南京人，他若是世居城內的，他就是真正的南京人，若是住在城外的，在籍貫的填寫上就應該稱為江寧人或上元人。從前應考時就要這麼嚴格的區分。

在地方志乘的編纂上，有金陵志，建康志，江寧府志，江寧上元兩縣志，卻始終沒有南京志。上江兩縣的轄境，滿清同治年修的《上江兩縣志》上說：

上元縣，江寧府附郭首邑，境轄城東一面，北寬南狹，……江寧為省城附郭，與上元同城，境轄城之西南一面，統計積地三千四百十四方里。

不過，南京雖有上元江寧的區分，過去除了在官式的履歷籍貫上要這麼填寫以外，一般都是同稱南京。除了上述的這些名稱以外，由於歷代在行政統轄上不時有合併創新的措施，南京過去的面積範圍和隸屬問題，也非常複雜。上面已經說過，在隋唐以前，南京這一帶的地方，始終是屬於「揚州」的範圍。直到唐朝以後，「揚州」才成為江北的江都縣專用名字，這就是今日的揚州，不再管轄到江南了。

還有，江乘、胡孰、丹楊、瀨渚、平陵、歸化以及其他上十個少見的名字，在過去都曾經是南京，或南京一部份區域使用過的。瀨渚、平陵是吳越時代這一帶的舊城名稱。江乘是秦朝的。《史記》說秦始皇三十六年東巡，「自江乘渡」，就是說他自江乘縣渡江。

還有「丹楊」，這個古縣也是設在今日南京境內的，「楊」字從木，不同於後來的「丹陽」。直到清朝，在江寧縣境內還有古「丹楊」縣城，俗稱小丹陽，以別於今日鎮江附近的另一個丹陽。「丹楊」的得名，據《晉書．地理志》說，是由於附近的山上多赤柳，所以稱為「丹楊」，與鎮江的「丹陽」，全然是另一回事。

我看，很少別的地方，在名稱的沿革上，會像我們的家鄉這麼多變革和不易弄得清楚的。

茶淘飯

在這夏天的傍晚，肚餓的時候，能夠有機會在家裏赤了雙腳，僅穿汗衫，喫一碗茶淘飯充飢，實在是人生的一種享受。

夏天喫茶淘飯，本來是很尋常的，可是在小時候，大人見了總要加以勸止，說是吃多了會黃臉。到了現在，這一點「喫茶淘飯」的自由，總算由自己掌握到了，但是形勢比人強，雖有這自由，卻未必一定有時間和方便，因此，本來可以有機會喫一碗茶淘飯的，卻終於吃了幾塊甜餅乾，一片牛油麵包。

我說能夠有機會在肚餓的時候喫一碗茶淘飯，是人生的一種享受，不僅不是矯情之談，這裏面甚至還有點慶幸。因為對我來說，這樣的機緣，並不是隨時都有的。

譏笑以喫茶淘飯為享受的人，自有他們的庸福，可是每天不得不用茶來淘飯喫的人，也不免有他們的苦楚，惟有可喫可不喫，想喫而無法喫，一旦有機會能順遂了這小心願，這才會覺得是人生的一種享受。

不過，喫一碗茶淘鈑，也不是簡單的事。

首先是飯。這一碗飯，雖不一定要是冷飯，但是熱飯卻一定不行的，最好是新煮而又冷卻了的。其次不能是爛飯，以不軟不硬，沒有大飯糰的「剩飯」最為理想。

再有，用來淘飯的茶，也是重要的。用「立普敦」紅茶來淘飯，固然大煞風景，可是用碧螺春龍井來淘飯，不僅暴殄天物，甚至飯與茶皆不得其宜，也是雙方都糟蹋了。以我的經驗，就用普通的「水仙」，泡得濃一點，以熱茶淘冷飯，飯淺茶深，坐下來未喫飯之前，先痛快的喝一口茶，樂在其中矣！

喫茶淘飯不能沒有菜，但這個「菜」以「小菜」「鹹菜」為宜，同時這裏面也有點講究。「肉鬆」只宜送粥，送「茶淘飯」就不相稱；腐乳也是如此。鹹蛋倒可以，廣東人的茶瓜筍菜心倒是合適的。若是能有雲南大頭菜、香椿頭，自然更合江南人的口味了。火腿也是不相宜的。用火腿來送茶淘飯，簡直是呵道遊山。

甚麼都是家鄉的好。我們家鄉有一種用鹽漬的蘿蔔乾，可說是送茶淘飯的妙品。還有那些醬菜，醬萵苣醬生薑之類，用來佐茶淘飯，可說「天衣無縫」，簡直令人說不出究竟是為了這些小菜而喫茶淘飯，還是為了茶淘飯而喫這些小菜。

冷麵的滋味

冷麵，是夏季的美食之一。冷麵不同於涼拌麵或拌麵。顧名思義，拌麵是要用其他交頭來拌的，而且也不一定是冷吃的。冷麵則除了作料調味品以外，幾乎不用加入其他配料。

提起冷麵，就不能不想起上海街頭所賣的。冷麵的製作方法雖然很簡單，但是自己家裏所製的，吃到嘴裏，總比不上在街上所賣的那麼爽滑有滋味，就是店裏所賣的，比起街頭小販所賣的，吃起來也覺得要遜一籌。

這裏面的差異，不僅由於街頭賣冷麵的小販，不知怎樣，他能夠將已經煮熟的麵，弄得那麼乾爽而又柔軟，堆在大盤子裏，隨時用手抖，幾乎沒有一根會黏在一起。這是我們家裏無論如何做不到的。同時，上海弄堂口賣冷麵的，用的總是小碗，每碗麵的份量不多，所用的醬油、蔴油、醋、辣油、芝蔴醬的份量，又恰到好處，你站在那裏吃一碗，幾筷子就吃光了，自然會覺得滋味特別好。這就像廣州人從前到池記去吃雲吞麵一樣，一定要吃小碗的，寧可吃完了再添食，這樣才夠滋味。否則為了飽肚起見，叫他用大海碗盛一百隻雲吞，吃一個痛快，那就等於將鐵觀音或碧螺春來「牛飲」，不僅煞風景，而且一定會使你不再覺得它的滋味好，甚或從此倒胃口了。

我想這一定就是每逢在家裏吃着自己弄的冷麵，往往要想起從前在上海弄堂口所吃的冷麵的原因。除了專賣冷麵的小販，他的煮麵方法一定有獨特之秘以外，那種站在弄堂口捧着小碗露天進食的情調，一定也能助長滋味。不然，為甚麼連一般小吃店裏所賣的冷麵，滋味也抵不上弄堂口的呢？

至於拌麵，那就是廣東人所說的撈麵，麵是微熱的，用以拌麵的配料有時也是熱的。北方的炸醬麵就是屬於這一種。這裏酒樓的「精美麵食」名目裏，也有「京都炸醬麵」之名，叫一碗來一看，不僅「炸醬」不是那麼一回事，就是麵也是普通的闊條麵，而且還有湯。我想北京的麵館也不妨來一種這樣的「炸醬麵」，投桃報李，美其名曰「香江炸醬麵」或「羊城炸醬麵」。

在北方，炸醬麵是夏季家常主食之一，所用的多數是較粗的圓麵條。既是拌麵，當然不會有湯的，除了肉末炸醬之外，還要有一點清水煮熟的毛豆，以及一點生黃瓜絲。這是要用大碗吃的，吃完了再喝一碗小米稀飯，捫腹而嘻，那滋味又與吃冷麵的滋味完全不同了。

陽春麵之憶

前輩餘翁先生，說我對於上海的冷麵有蓴鱸之思，引得他也趁興談談熱麵。所謂熱麵，也就是一般人所說的湯麵。餘翁先生是蘇州人，他如數家珍的介紹了家鄉許多種有名的湯麵，使我讀了不僅有蓴鱸之思，簡直是食指大動，懊悔前一年路過蘇州，雖然到松鶴樓去吃了松鼠魚和肥肺湯，卻不曾一嚐他們拿手的滷鴨麵或是三蝦麵。

餘翁先生又提到了陽春麵，說他幼年的時候，一碗陽春麵只賣十文，這至少該是六十年前的事了。三十多年前，我在上海唸書的時候，陽春麵已經要賣到「一只八開」[1]一碗。但那時候的我，袋裏有時連一碗陽春麵的錢也沒有，中午在學校附近的小館子裏吃一碗陽春麵充飢時，往往也要向那位山東老闆掛賬。因此，一向不僅對陽春麵的印象很深，而且覺得一碗麵的滋味也不錯。

我很喜歡陽春麵這個名字，這一定是從陽春白雪脫胎出來的。我想這名字不會是上海人想出來的，上海

1 滬語：一毫錢。

人有這一分聰明，卻不會這麼風雅。陽春麵，就是廣東人所說的「淨麵」，但它的身價卻沒有「上湯淨麵」在廣東麵食店中那麼的高貴。換一個譬喻說，它簡直是像一碗「白飯」。試想，你走進館店裏，準備吃一碗沒有交頭的光麵，你若是吩咐堂倌來一碗光麵，多麼寒傖，可是說要一碗陽春麵，氣氛便不同了，不僅很體面，而且彷彿還很清高似的。

何況，陽春麵吃起來，有時滋味實在也不惡，至少在我的記憶中是如此。一只八開一碗的陽春麵，沒有交頭，當然比不上牛肉麵，或是肉絲麵，可是麵上灑一點葱花，麵軟湯清，吃起來也別有風味。我年輕的時候，就往往吃完一碗賒來的這樣的陽春麵，就繼續到課堂裏去畫模特兒，或是躲到圖書館裏去寫小說，真是「帝力於我何有哉」！

近年香港有許多上海小吃店和北方小館子，也有陽春麵賣。去年我到灣仔的一家北方館子裏去吃陽春麵，幾乎鬧了一個笑話。這家館子和我有一點相識的，我向堂倌要了一碗陽春麵，用意乃是像曹聚仁先生所說的那樣，本是醫「鄉思病」的，可是堂倌送上來時，除了一碗光麵以外，還用一隻小碟盛了一塊五香排骨，變成了「排骨麵過橋」。我指着排骨問他，以為一定是他弄錯了，可是這個堂倌竟笑嘻嘻的回答我說：「吃麵沒有交頭怎麼行，這是小意思，你老先生怎麼說便怎麼說好了。

原來這是他的一番好意，大約見我頭髮白了還要「捱」陽春麵，於心不忍，便自動的給我加了一塊排骨。我只好領了他的情，付了雙倍的小賬，茫然走了出來。

老菱

對於這裏的孩子們，見了菱角能認得出的已經不多，曾經吃過菱角的更少。就是我自己，也怕有十多二十年不曾見過這小果物了。前些時候遊鑽石山，見到路邊果攤上有賣菱角的，是那種雙角的大烏菱，看來像是一對水牛角，又像是烏木的雕製品，兩毛錢就買了一大堆。聽說這還是供應七巧節的貨尾，大約我不買就沒有第二個顧客買了，因此兩毛錢就買了這許多。

這種雙角的大烏菱，我們俗稱老菱，這與一般的紅菱刺菱不同，是不能生吃，只能煮熟了吃的。這是我們兒時的恩物，到了這樣的秋天，街上從早到晚都有賣「老菱」的小販，好像現在賣良鄉栗子的那樣，背上揹了一隻小木桶，上面蓋了厚厚的棉花墊。有交易的，不論一個銅板兩個銅板，總是隨手抓一把，從來不用稱。熱騰騰的，就像吃良鄉栗子一樣，先用嘴咬破，然後再用手剝了殼吃。

煮熟了的老菱，粉而甘香，咬成了兩半後，用手執着一個菱角尖，在嘴裏一倒，半顆「菱角米」就可以倒到口中。若是有殘餘留在殼內，只須將菱角殼在牙齒上輕輕的一叩，碎了的菱角米就可以趁勢落在口中。

若是菱角肉煮熟後不能這麼隨手脱出的，一定是「生水」菱角，吃起來會索索有聲，有一種氣味，不是好菱角。

在鑽石山買來的這種烏菱，不知是哪裏的出產。固然不能生吃，我試剝了一顆來看，裏面的菱角肉很小，看來就是煮熟了也未必佳。惟有選了造型最佳的兩顆，留作「案頭清供」。有時執在手裏看看，烏潤光滑，彷彿像是非洲土人的小工藝品。

「老菱」當然也有未「老」的時候。未曾老的「老菱」，就是水紅菱，那是可以生吃的，用手指就可以將它剝開，裏面的那顆菱角肉，像是一隻小元寶，吃起來脆嫩多汁，又是一番滋味。不過，要吃生菱角，最好吃的是那種圓角的小菱角，水紅菱並非上品。

這種小菱角以浙江嘉興產的最有名，號稱是鴛鴦湖的菱角，其實嘉湖一帶水鄉到處都有。在這樣的季節乘滬杭客車經過嘉興站，就可以有機會嚐到這種大澤菰蒲的風味了。

春初早韭

新年第一次逛書店，見到有一本《中國的韭菜》（蔣名川著）。想到孔夫子所說的「不時不食」之誡，新春吃韭菜，該是最合時的，雖然這是一本研究栽培韭菜的書，並不是炒韭菜，但我仍舊順手買了來。

從前人過年要吃「五辛盤」以辟疫穢。五辛之中有一辛便是韭菜。《詩經・豳風》：「四之日獻羔祭韭」；《禮記》上也說，庶人春天「薦韭」，還要配以「卵」，似乎是用春韭炒雞蛋來祭祖先，可見中國在商周時代就已經以韭菜入饌，而且很看重春天的韭菜。

《山家清供》載，六朝時代的周顒，平時清貧寡慾，終日常蔬食，惠文太子問他蔬食何味最勝？他答道：「春初早韭，秋末晚菘。」

菘就是白菜。秋末冬初經了霜的白菜，滋味特別好，稱為晚菘。春初早韭則是指我們今日所說的韭黃。

從前用人工培植韭黃的技術不普遍，產量也少，尤其在北方，在嚴冬新春之際要吃韭黃，那價錢可說與人參燕窩差不多，因此，從前北方人在新年的宴會上用韭黃，只有富豪之家才有這享受，認為是珍味。可是在林下淡泊自守的清貧之士又不同，小園的畦間常年種有韭菜，因此像周顒那樣的人，也有機會可以領略「春初早韭」的滋味了。

中國人種植韭菜，不僅歷史悠久，而且也極普遍，從西北的邊塞直到南方都有。韭菜栽種一次，只要韭葉長得有五六寸長了，就隨時可以割下來上市，不必連根拔起，餘下的根慢慢的會長出新葉，不久又有新的收穫了。據《中國的韭菜》一書所說，韭菜的壽命很長，能夠耐寒耐熱，栽種一次，若是培養得法，按時割葉，可以繼續至三十年之久，不似白菜蘿蔔，只能種一次收一次。

廣東人對於韭菜，沒有北方人那麼看重。北方人是一年四季經常吃韭菜的，而且非常愛吃，吃的花樣也多。除了春天吃韭黃以外，還要吃韭菜花、韭菜挺。平時則吃韭菜葉。韭黃包春卷，韭菜挺炒豬肉絲，都是廣東人所說的時菜。至於韭菜本身，一年四季蒸包子，包餃子，炒鴨蛋，煮豆腐，炒豆腐渣，都是不可或缺的，而且吃起來又是價廉物美。安徽山東一帶鄉下人，還懂得醃韭菜，將又長又肥的韭菜紥成把，用鹽醃了密封在罏裏，時候夠了取出來佐稀飯，比泡菜和醃菜又別有一番滋味。

韭菜也很有醫藥價值，我們只要一翻李時珍的《本草》就可以知道。

秋末晚菘

菘就是我們今日所說的白菜。古人評論蔬菜的滋味，推崇「春初早韭，秋末晚菘」。早韭就是韭黃，古時用人工培養韭黃的方法還不普遍，在春初吃新出的韭黃，最當令，自然滋味也最好。至於白菜所以要推秋末的最佳，則是因為白菜雖然一年四季常有，但要過了降霜，田裏的白菜經過霜以後，吃起來滋味才特別鮮美。這個訣竅，北方的農人和一般家庭主婦都是知道的。所以古人談到「菘」，要特別推許「秋末晚菘」。南邊沒有雪，也沒有霜，就不大懂得這奧妙了。

「秋末晚菘」的典故，出在六朝。《周顒傳》：「顒清貧寡慾，終日長蔬食。惠文太子問顒，蔬食何味最勝？顒曰，春初早韭，秋末晚菘。」

古人稱白菜為「菘」，據李時珍在《本草綱目》解釋說：「按陸佃（埤雅）云，菘性凌冬晚凋，四時常見，有松之操，故曰菘，今俗謂之白菜。」

古人所說的菘，雖然就是指我們今日常吃的白菜，但所指的白菜，似是指北方人所說的白菜，即我們所謂的「黃芽白」那一種而言，也就是廣東人所說的「紹菜」之類，並不是指「江門大白菜」。因為這種大白菜，通常又稱為「青菜」。有大白菜小白菜之分。大的一種，江浙人冬天用鹽整缸醃了，成為「鹹白菜」，或簡稱「鹹菜」，可以生吃，可以炒吃，又可以煮湯，是江南人冬天最好的家常菜。不大不小的一種白菜，梗色較青，只在春天才有，上海人稱為「小棠菜」。還有更小的一種，像是新出的莧菜一樣，稱為「雞毛菜」，這是在夏天才有的，是滾清湯的妙品。更有一種貼地而生的，菜身扁圓，梗色青綠，稱為「塌姑菜」，用冬筍切片配了來燒，是上海館子裏的冬令雋品。

被我們稱為「黃芽白」的那種北方白菜，在北方是同我們南方的「青菜」一樣普遍的。可是運到南邊，它就名貴起來，身價也不同了，被人尊稱為「膠菜」、為「紹菜」，還要像魯迅先生所說的那樣，用紅頭繩穿了吊起來，不是放在菜攤上，而是掛在水果店門前來賣，這真是物以稀為貴了。

北方的黃芽菜，在降霜以後，下雪以前，都要從田裏起上來，藏到地窖裏，用稻草蓋了，以防凍壞，這樣可以從秋末一直吃到春初。他們平常所說的「溜白菜」、「白菜熬湯」，就是指我們所說的「黃芽白」，並不是指「青菜」，另有一種真正的「黃芽白」，則是在一般白菜未上市以前，像用人工培養韭黃那樣，在地窖裏用馬糞壅培出來的。因為不見天日，菜梗特別白嫩，菜葉淺黃，這就是「黃芽白」一名的由來。這從前是京師達官貴人的席上珍，後來交通便利，較南地區的菜蔬可以及時運到北京，「黃芽白」便不為人所重了。

記胡玉美的蝦子腐乳

有一年歲暮，我寫了一篇短文，談談記憶中令我念念不忘的一些土產食品，我提到了九江的豆豉生薑，江西的南豐蜜橘，安慶的蝦子腐乳和蕪湖的秋油乾。這些土產的食品，大都是我在兒童時代吃過的，幾十年過去了，從不曾有機會再吃過，可是想起它們的滋味，彷彿仍留在齒頰間，可見給我留下的印象之深，因此不知不覺的信筆寫了出來。

這幾種小食，除了南豐橘子以外，至今仍是沒有機會再試過，只有南豐橘，近幾年每到冬天，就有大批運到，而且售價十分便宜。不過，這種在這裏的小販口中稱為「皇帝橘」的南豐橘，據我的記憶所及，可能不是南豐當地出產的，這就恰如市上所售的「新會甜橙」，未必是真正的新會所產一樣。因為我兒時在江西所吃的南豐橘，橘皮黃而光潤，果身小如金橘，可是每一枚總有十多瓣，而且不會有一粒子，吃在口中就像一泡蜜一樣，這才令人畢生難忘。

真正的南豐橘，也像真正的新會甜橙和增城掛綠荔枝一樣，產量一定不會很多。今日我們在這裏所吃到的，顯然是用舊樹接枝新栽培出來的，因此要恢復原來的滋味，一定還要假以時日。

至於那幾種其他土產食品，我認為除非有機會親自到當地去以外，在這裏要想嚐到，大約很難很難了。哪知後來作羊城之遊，偶然經過中山五路口的致美齋醬園，竟然買到了安慶胡玉美的特產「蝦子腐乳」。這真是踏破鐵鞋無覓處，得來全不費功夫了。

致美齋是廣州有百年歷史的老醬園，以自製小磨蔴油芝蔴醬和各種醬菜醬料著名，同時也兼售各地著名的醬菜土產，如雲南大頭菜、杭州扁尖筍、天津冬菜之類。這一天，我跟了幾個在五羊城生長的朋友去逛街，經過這家老醬園，朋友想起小時放學經過這裏，一個仙買一大包話梅、八珍梅一路吃回家的故事，見到它門面依然，彷彿當年，動了懷舊之情，忍不住走了進去。但見這家百年老店，雖然表面上沒有甚麼變化，實際上這幾年已經有了很大的改革，而且返老還童了。首先是店裏磨蔴油的情形，從前是土磨，由一匹小毛驢牽磨。現在則裝上了馬達，營營有聲，改用電磨了。

朋友從前挾了書包來買話梅，照例要站在這裏欣賞一下驢牽磨的，現在見到已經由畜力改用電力了，不禁感慨繫之。

致美齋盛醬菜涼果酸甜食品的大玻璃瓶，一長列的排開，少說一點也有四五十個。每一隻瓶上都寫明了裏面所盛的是甚麼食品，以及零售的價目。在最高一列的最末一隻玻璃瓶上，那籤條寫明是「蝦子腐乳」。這名稱好生面熟，真是似曾相識，我想了一下，再向瓶中細看了一眼，見到瓶中所盛的並不是有汁液的腐乳，果然是用紙包了的像雲片糕一樣的一包一包的東西。我立時跳了起來，歡喜得大聲的喊着：

「蝦子腐乳！安慶胡玉美的蝦子腐乳！」

我當時的表情和舉動，一定很古怪可笑，想必高興得有點忘形了，或者用朋友的話來說，那時的表情很「天真可愛」。因為經我這麼一喊，不僅朋友驚問我見了甚麼東西，就是致美齋的店員也趕緊走了過來。

我有一種自信，知道胡玉美蝦子腐乳的人一定不會很多，眼前的這幾個人，包括出售這貨物的致美齋店員在內，一定都不會知道，因此我毫不躊躇的用最快的速度，將這是一種有怎樣悠久歷史的著名食品，向大家介紹了一下。我的話一定說得很急促，而且未必每一句都使得大家聽得明白，但是我這時的歡欣和緊張的表情，一定已經使大家懂得我這個「發現」是一個重大的發現，否則我也不會這麼興奮的。

果然，致美齋的那位女店員首先被我的話引動了，她說他們一直都不知道這種「蝦子腐乳」究竟是一種怎樣的食品，一向只是當作「鹹餸」來賣，而且由於許多人見了這東西感到生疏，向他們詢問。他們無法作詳細的解釋，惟有拆開了一包，另外用一隻小玻璃瓶盛了，遇見有人詢問這是甚麼食品以及甚麼滋味時，就請顧客自己去觀察和嘗試。這真是百聞不如一見，百問不如一試，顧客拈了一小塊送到嘴中加以咀嚼以後，自然會明白這生疏的食品滋味是怎樣了。

女店員的話句句都是實在的。我這時才注意到大玻璃瓶上果真有一隻小玻璃瓶，裏面盛了一些細小的紫黑色的碎塊，這是只有我這個識貨的波斯胡才認得，如假包換的蝦子腐乳。我連忙取了過來，迫不及待的自己先送了一塊到口中，然後再敦勸朋友也試一試。我不知他們當時的感覺如何。至於我自己，簡直就像久別重逢，遇見了幾十年未見面的親人，久別還鄉，重行到了兒時的遊息之地，一時悲喜交集，眼中忍不住湧上了眼淚。

出品「蝦子腐乳」的胡玉美，開設在安徽省會安慶，是一家有百年歷史的老字號醬園。現在已經是公私合營，稱為「胡玉美罐頭食品公司」。從前就簡單的稱為「胡玉美醬園」。我不知「胡玉美」三字的由來，看來可能是這家醬園創辦人的姓名。

在我還未滿十歲的幼年，曾隨了家裏在安慶住過一個短短的時期。安慶是一個臨江的城市。迎江寺的那座寶塔，是這個城市最令人不會忘記的標誌。胡玉美的「蝦子腐乳」，就用了這座古塔為商標。

我不知胡玉美的這一項出品已經馳譽多久，但是在五十年前，當我住在安慶時，他們的「蝦子腐乳」招貼紙上，已經印明這種出品曾在巴拿馬博覽會和南洋勸業會上得了獎狀和獎章，而且為了提防假冒和影射，曾向工商部註冊，並將官廳的批示刊石立在店門前。

胡玉美醬園門前的這一塊石碑，十分有名。由於碑上雕刻了兩隻倒立的獅子，維護着這告示，替代了盤繞的雙龍，安慶人就稱這塊石碑為「倒爬獅子」。因此在安慶提起「倒爬獅子胡玉美」，就無人不知。而且一提到胡玉美，就要想到他們最著名的出品：「蝦子腐乳」。

蝦子腐乳不像一般的腐乳，是沒有汁液的。這種紫黑色沾滿了蝦子的乾腐乳，想必是他們的獨特發明物，因為除了胡玉美的這一種出品以外，我還不曾見過有第二種。

蝦子腐乳的乾燥特點，也正是它的最大優點，保藏和食用都十分方便，就這麼用來送茶、吃粥、下酒或是佐餐都可以。但也有人喜歡在飯鍋上將它蒸軟了來吃。吃時若是滴一點蔴油，滋味就更好。蝦子腐乳的滋味，是鹹而且鮮，微帶一點酒香，極耐咀嚼。拿一小塊放在口中，愈嚼滋味愈好，這正是它適宜送茶又適宜送酒的原因。我想也會有人並不特別喜歡它的。但是據我所知道，像我這樣一嚐之後就畢生念念不忘的人，卻很多很多。

復盛居的「火燒」

我曾說起過很喜歡吃北方的麵食「火燒」，可惜這裏的北方館子一直沒有這東西供應。有一位足未離開過港九的朋友問我，「火燒」是甚麼東西，你為甚麼這麼喜歡吃？

這一問不僅將我問倒，面且也將我問醒了。

要說明「火燒」是甚麼，問題倒不難。可是，要我說明為甚麼喜歡吃這東西，倒使我忍不住也要向自己問：是的，為甚麼偏偏喜歡吃「火燒」呢？

我想了一下，我並不是北方人，是江南人。小時候曾在北方住過幾年，可能有機會吃過「火燒」，可是想不起那時的「火燒」曾經給我留下甚麼印象。這種子顯然不是那時種下的。我再繼續往下想，後來到了上海——哦，是的，這一想終於給我想到了。

原來我念念不忘於「火燒」，固然由於這種麵食的本身滋味很不錯，但是更重要的乃是由於這東西所聯想起的其他一切。

我領略到「火燒」的滋味，是在從前上海石路弄堂裏的一家北方小飯店「復盛居」。這是將近四十年前的事了，那時我還是一個青年人，正走上文藝寫作的道路，初初認識了成仿吾先生，決意將自己的一生貢獻給自己所喜歡的這種事業。正是在這時候，我第一次跟了他來到這家北方小館子。也正是在這裏，第一次吃到用崩口的小碟送上來的熱辣辣的「火燒」。就這樣，我用當時愛好文藝、愛好人生的那一股熱情愛上了「火燒」，從此給我留下了不忘的印象。

這麼想了一下，我現在明白了。我忘不了「火燒」，是忘不了年輕時代對於文藝的那一股熱情，是忘不了那時候無拘無束的生活，是忘不了對於仿吾先生的敬愛。

一想起了「火燒」，就要使我想起了他，想起了那時的一切。這正是我時時要在口頭上和筆下提起這種小小麵食品的原因了。

「火燒」不像饅頭和花卷，不是用蒸籠蒸，而是像江浙的燒餅一樣，是放在爐裏烤熟的。這裏的北方館子在吃烤鴨的時候也有烤饅頭供應，不解為甚麼從不來幾件「火燒」？莫不是這東西現在不行時了麼？

可是，在我的記憶中，復盛居的「火燒」，永遠是那麼熱辣辣的、新鮮的、可口的。四十年了，它在我的記憶中仍是如此。

吃小館子的樂趣

天寒，使我想起一些吃小館子的樂趣。

在從前上海的石路上，在三馬路與四馬路之間的一個弄堂裏面，有一家非常簡陋的小館子，稱為復盛居。這是一家小小的天津館子，賣的只是一般的北方麵食和幾種簡單的炒菜。在進門處左右，一面是煎鍋貼和烤「火燒」的火爐，另一面就是賣燻腸醬肉的櫃枱。走進去才是店堂，後面是廚房。

我對於這家小館子的歷史和它成名的經過，不大清晰，只知道第一次跟了郭沫若先生和成仿吾先生到這家小館子去吃飯時，他們的生意已經非常好，每一張小板桌上都坐滿了人，要站在牆角等一會才有空桌可以供我們三四個人坐下來。

大家吃得很高興，我當然吃得更高興。所吃的不外是火燒、饅頭、炸醬麵、醬肉、燻肚、燻腸之類。他們所用的碟子很小，僅有小春卷那麼大的火燒，也只是兩個一碟。盛醬肉肚腸的碟子，也小如現在所用的匙羹碟。吃完一碟可以再叫一碟。堂倌答應得非常快，櫃上的夥計供應得也非常快，一呼一應，不消多久，客人所要的東西已經送來了。

由於碟小，每一個客人面前很快的就堆起了一疊碟子。五六個是常事，有的人面前要堆上十幾個碟子。我想，這大約就是這家小館子特別迷人的地方。因為我第一次去，就被這種有趣的情形吸引住了：舉目四顧，每一張桌上都是高高的堆滿了碟子，而在客人吩咐夥計算賬的時候，夥計所表現的「口算」的絕技就更令你嘆服。由於這家館子是用「錢碼」來計數的，一個銅元等於十個錢，十個銅元等於一百錢，盛肉的小碟和盛火燒的小碟顯然又有一點區別，因此，那個算賬的夥計來到你的身邊，抹桌布搭在肩上，眼睛朝你桌上的一疊碟子一望，口中就唸唸有辭的喊起來：

「一百，二百二，三百五，四百三，……一吊五百五！」

他一口氣的喊下去。不許打咯嘟，立刻就給你結出了一個總數。四五個人，大約不需一塊大洋，就可以吃得大家鼓腹而出了。

這是一九二五年前後的事情，因為正是在這時候，我第一次跟了成郭諸人去吃復盛居的。食品新鮮熱辣，夥計招呼周到，具有北方夥計那種慣有的慇懃親切特長，價錢又十分便宜。大約就由於有這種種原因，凡是吃過一次的人，都喜歡再去，因此就生意鼎盛了。

復盛居的價錢，雖然那麼便宜，但是當時還在學生時代的我，自己仍不是隨便可以吃得起的，因此多數總是跟了別人一起去的。這裏面，東道做得最多的是仿吾先生，因為當時郭先生住在上海的時候不多，仿吾先生則是經常留在上海的。這時經常跟了他一起去的，除了我以外，還有倪貽德、敬隱漁、周全平，有時嚴良才從蘇州來到上海，也會跟着一起去。

仿吾先生是喜歡喝一兩杯的。復盛居供應的酒，自然是白乾，因此壺和杯都很小。我是自少就不會喝酒的，可是全平卻有很好的酒量。因此，能夠陪仿吾先生喝一杯的，只有他了。敬隱漁和倪貽德雖然比我能喝，但他們有時過於相信酒能夠澆愁那一類的話，於是半杯下肚，就已經醉態可掬，對於人生、愛情和社會，發出許多感慨了。

這時只有仿吾先生仍是像平時一樣，不大開口，默默的喝着小杯裏的白乾，偶然說一句甚麼，那湖南鄉音也彷彿更重了。

我記得從不曾同達夫先生去過這家小館子。原因不僅是他不大喜歡吃麵食，同時也因為他愛喝的是「老酒」，又喜歡吃上海本地菜。因此，他總是愛去「鴻運樓」一類的本幫或是徽幫館子，而且要揀不是上市的時候去。兩三個人坐在空廓的樓上，叫一壺老酒，一雙「白爛污」或紅燒划水一類的菜，一面喝酒吃菜，一面高談闊論。

達夫先生是健談的。在他面前，不愁沒有西洋文壇掌故可聽，這與訥訥寡言的仿吾先生完全成了一個強烈的對照。我則照例仍是不喝酒，也不大說話，只是吃菜。因此，有時會成了他們取笑的對象。

等到我自己有資格可以單獨去上復盛居，或是自作東道請朋友們去吃一次時，仿吾先生和達夫先生早已都不在上海，前輩風流，早已風流雲散，只剩下我們幾個小一輩的，在支撐門戶了。

這種情形，在當時雖然很使人羨慕，但有時卻不免令自己感到有一點寂寞。因為最初跟了仿吾先生走進復盛居時，我還是一個無憂無慮的文藝青年，因此大家在這位前輩面前，吃喝歡笑得那麼任性盡情。可是曾幾何時，自己居然「自立門戶」了，這時雖然也另有新的樂趣，但是隨之而來的，卻有自己料不到的麻煩和憂患了。

這時，我雖然能夠自己上復盛居，甚或作東道請別人去了，但我總覺得復盛居的「火燒」滋味，最好的還是同仿吾先生他們在一起吃的。

瘦西湖的舊夢

翻開一冊《文藝世紀》，見到有一篇〈春到揚州瘦西湖〉，讀了一遍，使我又回到過去的記憶中去了。

我只遊過一次瘦西湖，那還是少年時代的事情。在更早的時候，我的家住在鎮江，與揚州僅有一江之隔。「兩三星火是瓜州」，真的站在江邊上就可以望得見，可是我一直不曾渡過江。直到我離開鎮江，到上海去學畫，反而從上海遠道揹了畫箱畫架到揚州去遊瘦西湖。

也許就是由於這一點曲折，十多天的揚州旅居生活，像是在我平淡的生活旅程中拾得一顆寶石，偶爾取出來把玩一下，總覺得它光彩動人，又像是曾經讀過的一本好書，雖然已經許多年不曾再讀了，只要碰到偶然的機會，拂去封面上的歲月的塵埃，翻開來讀一下，依然覺得回味無窮。

今天，就是我又將這本書再打開的時候了。

那時候的揚州，早已是一個破落戶，瘦西湖也像是一座舊家池館，朱欄已經褪了色，石階的縫裏長了青草，到處都顯得荒涼和遺忘，可是，到處又還留下一點前代風流繁華的影子。我就是這麼帶着一點感慨和憑弔的心情，第一次接近這個過去曾被詩人譽為佔了天下三分之二明月的風景勝地。

那時候的我，正是「白袷少年」的時代，讀過杜牧的詩，讀過韋莊的詞，去的時候又恰是春天，因此一到了揚州，在心情上就彷彿墮入了一個夢中，在十多天的旅居生活中，覺得隨處都充滿了詩情畫意，給我留下了至今想起來還有回味的記憶。

當時我曾畫過瘦西湖上的垂柳，畫過平山堂一帶的松林，又畫過水關和坍敗不堪的城樓，都是油畫。這些都是被我認為同我那時的心情十分調和的景色。可惜這些使我現在看來也許會臉紅的作品，不知流落到甚麼地方去了。

當然，我知道如果現在再去重遊瘦西湖，所見到的決不會再是這些。但在我的記憶中，就如一個年輕時代曾經在一起相處過的朋友一樣，無論他現在怎樣改變了，在我的記憶中仍是那副樣子。因此許多年以來，我雖然極想再到那些舊遊之地重去一次，但是如果真有了機會，到時我是否真的會去，我自己也不敢向自己保證。

分明知道過去的已經是過去了，但是對於有一些舊時的夢境，自己總好像有一點珍惜，留待不時把玩回味一下，不忍輕易去觸破它。這種心情說出來大約會使得許多年輕人認為可笑吧。

小樓裏的生活

我忘不掉年輕時候在鎮江住過的那間小樓，是因為有許多事情，都是從住在裏面的那個時期開始的。

我在裏面開始看雜書，看筆記小說；開始學刻圖章，開始學畫中國畫，甚至還開始學做舊詩，做了幾首便放下不做了。

學刻圖章和畫中國畫，都是沒有師承，自己摸索的。一部廉價的石印《六書通》，成了我唯一的老師。一把普通的刻字刀，幾塊青田石，就使我刻了又磨，磨了又刻。當然不會有人拿石頭來找我刻，因此刻來刻去，都是刻給自己的。好在已經讀了一些閒書，又在學畫中國畫，又在學做舊詩，因此要刻圖章，不愁沒有字句可用。我還記得當時曾刻過一方「某某二十以前作」的陽文章，印在自己的畫上，十分得意。

後來學西洋畫，當然是正式到美術學校裏去學的，但是這時躲在那間小樓上畫中國畫，卻是沒有老師的。所用的範本還不是《芥子園畫譜》，而是上海出版的石印《古今名人畫譜》之類，我就整天對了臨摹，自己設色，從花卉翎毛一直畫到山水。那時當然已經有了有正書局的珂羅版畫冊，可是我不會買得起，也沒有機會見到。

後來到了美術學校，專心學西洋畫。學校裏雖然有國畫系，而且有很好的老師，諸聞韻、潘天壽幾位當時都在任教，可是我反而放棄了中國畫，不曾去正式學了。

在那間小樓上，畫好了的畫，都拿來貼在玻璃窗上。自己畫，自己題字，再蓋上自己刻的圖章。「二十以前」的我，就曾經這麼消磨了一個暑假。那時當然沒有跳舞場，沒有咖啡店，沒有電影院。在鎮江那樣的地方雖然有賣笑的娼妓，甚至也有賭場，但是我好像對這些都不感到興趣。我不知那時別的年輕人怎樣，我卻是個十足的書呆子。

當然，書呆子也不是沒有感情的。只是一句「書中自有顏如玉」，就已經夠我去幻想。因此那時在感情上所做的夢，全是「禮拜六」派的，全是「鴛鴦蝴蝶」式的。一間小樓，已經盡夠我的感情去馳騁了。

若不是我的三叔從上海來探望我們，帶了我走出那間小樓的天地，我無法想像後來我的生活會怎樣發展下去。就是由於這一走，我就從江南城市的一間小樓，走進十里洋場的亭子間了。

《A11》的故事

《A11》是當年創造社出版部刊載新書消息的一個小刊物，八開四面。這個有點古怪的刊物名稱的由來，是因為當時出版部是開設在上海閘北寶山路三德里A十一號的，因此，就採用了這個門牌號數作刊物名稱。

提議出版這個刊物，以及對這件工作最熱心，並且實際負編輯責任的，是潘漢年。他那時也是出版部的小夥計之一，負責刊物訂戶的工作，同許多讀者聯絡得很好，因此，感覺到有出版這樣一個刊物的需要，所以一直對這件工作非常熱心。

這是三十年代的事情。那時新文藝出版事業正在開始，即使在上海，專門出版新文藝書籍的新書店還很少，更沒有《出版消息》這一類的半宣傳小刊物出版。不像後來那樣，多數較具規模的書店，都有自己編印的宣傳刊物，按期報道本版新書消息，分贈讀者。因此《A11》出版後，頗受讀者歡迎。

這個小刊物是非賣品，最初好像是個半月刊。到門市部來買書的人，可以隨手拿一份。若是外埠讀者，只要寄了郵費來，就可以按期寄奉。第一期印了二千份，就這麼一銷而空。

《A11》的內容，並非是純粹的新書消息，它還刊載一些短小精悍的雜文，以及讀者的來信，因此，很快就變成了一個正式的小刊物。這正是它受到讀者歡迎的原因。

除此之外，當時創造社幾位巨頭的通信，以及他們譯作的片段，也偶爾會出現在上面，但主要的還是那些「語絲」式的雜文，以及潑婦罵街式的社會短評，這些都是出自潘漢年的手筆。北方的胡適、劉半農，還有當時正在受人注意的張競生，都是經常被攻擊的對象。

當時上海出版刊物，是不必登記備案，更無須送檢查的。然而這並不是說就沒有人在暗中注意。因此這個小刊物就由於鋒芒太露，很快就被人認為是另有背景的，在「黑名單」上有了名字。有些外埠讀者開始寫信來說郵寄收不到，有些在校的學生為了看這個小刊物發生麻煩。

一九二六年八月間，創造社出版部被上海警察廳下令查封，這個小刊物也成了罪狀之一。

啟封後，《A11》就不曾再繼續出版，但它後來又以另一面目與讀者相見，成了一個正式的刊物，那就是在光華書局出版的《幻洲》半月刊。

記《洪水》和出版部的誕生

創造社出版部在上海開始籌備，是一九二六年的事。招股籌備期間的辦事處，設在南市阜民路周全平的家裏。那是一座兩上兩下上海弄堂式的房屋，不過卻沒有弄堂而是臨街的。全平的家人住在樓下的統廂房，另外再租了樓上的亭子間。那裏就是出版部的籌備處。同時也是《洪水》半月刊的編輯部。

在這間亭子間裏，沿牆鋪了兩張床，成直角形，一張是我的，一張是全平的。窗口設了一張雙人用的寫字枱，這就是我們的工作地方了。

上海南市的老式弄堂房屋，即使是亭子間，也有四扇玻璃窗，對着大天井。另外一面的牆上還有一扇開在後面人家屋脊上的小窗口，因此十分軒朗，不似一般亭子間的陰暗。不過當時白晝在家的時間並不多，總是在外邊跑，大部份的工作總是在燈下的深夜裏進行的。

我那時還是美術學校的學生，本來住在哈同路民厚里的叔父家裏（最初的創造社和郭先生的家，都在這同一個弄堂內），為了要參加《洪水》編輯部的工作，這才搬來同全平一起住。白天到學校去上課，中午在學校附近的山東小麵館裏吃一碗肉絲湯麵或是陽春麵當午膳，傍晚才回來，在全平家裏吃晚飯。不過，我那時的興趣已經在變了。雖然每天照舊到學校上課，事實上畫的已經很少，即使人體寫生也不大感到興趣，總是在課室裏轉一轉，就躲到學校的圖書館去看書或是寫小說。

那時上海美專已有了新校舍，設在西門斜橋路。雖說是新校舍，除了一座兩層的新課室以外，其餘都是就甚麼公所的丙舍來改建的。這本來是寄厝棺材的地方，所以始終有一點陰暗之感。圖書館有一長排落地長窗，我至今仍懷疑這可能就是丙舍的原有設備，裏面設了桌椅，有一個管理員。書當然不會多，來看書的學生更少。我就是在這麼一個冷清清的地方，每天貪婪的讀着能夠到手的新文藝出版物，有時更在一本練習簿上寫小說。我的第一篇小說，就是在這樣的環境下寫出來的。

當時的上海美專真不愧是「藝術學府」，學生來不來上課，是沒有人過問的，尤其是高年級的學生，只要到了學期終結時能繳得出學校規定的那幾幅作品，平時根本不來上課也沒有關係。不過，學費自然是要按期繳的，可是我後來連這個也獲得了豁免的便利，因為我的「文名」已經高於「畫名」，就是校長開展覽會，也要找我寫畫評了。

當時就在這樣的環境下，白天到美術學校去作畫、看書和寫文章，晚上回到那間亭子間內，同全平對坐着，在燈下校閱《洪水》的校樣，拆閱各地寄來的響應創造社出版部招股的函件。

這些函件，正如平時來定閱《洪水》或是函購書籍的來信一樣，寄信人多數是大學生、中學教員以及高年級的中學生。但也有少數的例外，如柳亞子先生，他住在蘇州鄉下的一個小鎮上，創造社的每一種出版物，他總是一定會寄信來定購一份的。

當時有幾個地方，新文藝出版物的銷路特別大，北京和廣州不用說了，此外如南邊的汕頭、梅縣和海口，往往一來就是十幾封信，顯示這些地方愛好新文藝的讀者非常多。後來這些地方都成了革命運動的中心，可見火種是早已有人播下了。

也有些個別的特殊情形，使我到今天還不會忘記的，如浙江白馬湖的春暉中學，河南焦作的一座煤礦，寄信來定閱刊物和買書的也特別多。後來上海的一些書局還直接到焦作去開了分店。

當時創造社出版部公開招股，每股五元，那些熱心來認股的贊助者，多數是愛好新文藝的青年，節省了平日的其他費用來加入一股，因此拆開了那些掛號信以後，裏面所附的總是一張五元郵政匯票。

招股的反應非常好。我們每晚就這麼拆信、登記、填發臨時收據。隔幾天一次，就到郵政總局去收款。這些對外的事務，都由全平一人負責。他那時顯然已經很富於社會經驗，在外面奔走接洽非常忙碌，我則還是一個純粹的學生，只能勝任校對抄寫一類的工作。

我已經記不起出版部預定的資本額是多少，總之是來認股的情形非常踴躍，好像不久就足額，或是已經到了可以成立的階段了，全平就忙着在外面找房子，準備正式成立出版部。後來地點找到了，不在南市，也不在租界上，而是在閘北寶山路上，那就是後來有名的三德里A十一號了。在這同一條弄堂裏，有世界語學會，有中國農學會，還有中國濟難會。這些都是當時的革命外圍團體。後來一個反動的高潮來到，眼見他們一個一個遭受搜查和封閉，最後也輪到我們頭上，出版部也第一次受到搜查，接着就來封閉，並且拘捕了包括我在內的幾個小夥計。

在出版部還不曾正式成立以前，這就是說，還不曾搬到三德里新址，仍在阜民路的時期，在那年的歲暮或是年初，總之是舊曆過年前後，郭老又從日本回來了一次。特地到阜民路來看我們，並且留下來在全平家裏吃晚飯，而且還喝了點酒，興致特別好。

晚飯以後，大家在客堂裏圍了桌子擲骰子玩，玩的是用六粒骰子「趕點子」或是「狀元紅」那一類的古老遊戲。我記得那時間正是在舊曆過年前後，否則是不會擲骰子的。

參加擲骰子的，還有全平的姊妹。大家玩得興高采烈。郭老每擲下一把骰子，在碗裏轉動着還不曾停下之際，他往往會焦急的喚着所希望的點。若是果然如他所喚的那樣，就興奮的用手向坐在一旁的人肩上亂拍。我那晚恰坐在他的身邊，因此被打得最多。我想古人所說的「呼么喝六」的神情，大約也不外如此。不過，那晚的桌上卻是空的，我們並不曾賭錢，只是在玩。

創造社的幾位前輩，我除了從達夫先生後來的日記裏知道他有時打麻將以外，像郭老和成仿吾先生，我就從不曾見過他們做過這樣的事情。全平是個「社會活動家」，大約會兩手。至於那時的我，是個純粹的「文藝青年」，彷彿世上除了文藝，以及想找一個可以寄託自己感情的「文藝女神」以外，便對其他任何都不關心了。

出版部的籌備工作漸漸就緒之際，阜民路儼然已經成了一個文藝活動的中心。許多通過信的朋友，來到了上海，一定要找到我們這裏來談談。僻處南市的這條阜民路，並不是一個容易找的地點，但是當時大家都有那一分熱情。彼此雖然從未見過面，只要一說出了姓名，大家就一見如故。可見那時創造社所具有的吸引力。

意外的來客之中，令我至今還不曾忘記的是蔣光慈。那是一個風雪交加的晚上，外面有人來敲門，說是要找我們。我去開門，門外的來客戴了呢帽，圍着圍巾，是個比我們當時年歲略大的不相識的人。他走進來以後，隨即自我介紹，這才知道竟是當時正在暢銷的那本小說《少年飄泊者》的作者。

當時蔣光慈還叫蔣光赤，剛從蘇聯回來，那一本在亞東書局出版的《少年飄泊者》已經吸引了無數熱情青年。他剛到上海，就在這樣嚴寒的夜晚摸到我們這裏來，實在使大家又高興又感激。

閘北寶山路A十一路的地點租定了以後，創造社出版部就正式開張了。可惜我無法在這裏寫下開張的日期，以及當天的情形。反正那時是不會有甚麼「雞尾酒會」的，同時在不曾正式開張之前，有些讀者尋上門來買書的，也早已照賣了。

出版部的招牌是橫的，掛在二樓，好像是紅地白字。不用說，招牌字是郭老的大筆。他從那時起，就已經喜歡寫字了。

三德里的房屋，是一種一樓一底的小洋房，每一家前面有一塊小花園，沒有石庫門，一道短圍牆和鐵門，走進來上了石階，就是樓下客廳的玻璃門，這裏就是我們的門市部，辦事處則設在樓上。這一排小洋房共有十多家，租用的多數是社團。出版部的Ａ十一號是走進弄堂的第二家。第一家住的是老哲學家李石岑，當時正在商務印書館編輯一種哲學月刊。我們的右鄰是一位女醫生，沒有男子，只有一個女伴與她住在一起，不過時常有一個男子來探訪她們。

這是一個古怪的人家。因此這家右鄰的動靜時常引起我們這一群年輕人的注意。那位女醫生和同住的女伴都已經年紀不小了，可是脂粉塗得很濃，每天在家都打扮得像是要去作客吃喜酒一樣。那個時常來探訪她們的男子也是中年人。這兩個婦人的生活很神秘，有人說她們是莎孚主義者。兩人感情好像很好，可是有時又會忽然吵嘴，而且吵得很厲害，會牽涉到許多小事。有時會深更半夜忽然這麼吵了起來。

站在我們這邊通到亭子間時吊橋上，是可以望得見她們的後房的。有時晚上實在吵得太不成話了，哭哭啼啼，數來數去老是不停，這時性情剛烈的詩人柯仲平就忍不住了，總是拿起曬衣服的竹竿去搗她們後房的玻璃窗，並且大聲警告，叫她們不可再吵。

由於隔鄰而居，已非一日，平時出入也見慣了，因此這一喝往往很生效，她們總是就此收場不再吵了。

這些有趣的小事情，四十年仍如昨日，我還記得很真切。前幾年遊西安，知道柯仲平正在西安，曾設法去找他，想互相談談彼此年輕時候這些有趣的經歷，相與撫掌大笑。不料他恰巧出門去了。滿以為且待以後再找機會相見，哪知回到香港沒有幾天，就從報紙上讀到他的噩耗，緣慳一面，可說是最令人心痛的事。

皁民路全平家裏的那一間亭子間，也就是《洪水》編輯部和創造社出版部籌備處的所在地，我在那裏住過的時間並不長，大約不到半年，出版部已正式成立，大家就一起搬到了閘北三德里。

然而在那間亭子間裏所過的幾個月的生活，卻是我畢生所不能忘記的。因為正是從那裏開始，我正式離開家庭踏入了社會；也是從那時開始，我第一次參加了刊物的編輯工作，並且親自校對了自己所寫和自己付排的文章。在這以前，我不過曾在《少年雜誌》投稿被錄取過，又在《學生雜誌》上發表過一篇較長的遊記〈故鄉行〉而已。

然而這時卻不同，我不僅正式參加了《洪水》的編輯工作，給這個創造社同人的新刊物設計了封面，畫了不少版頭小飾畫，而且自己還在上面發表了文章，這意味着我已經正式踏上「文壇」了。因此一面興奮，一面也非常感激，那些日子的情形實在是我怎樣也不會忘記的。

更有，也正是在那間亭子間裏，年輕的我，第一次嘗到了人生的甜蜜和苦痛的滋味。當時也曾寫過幾篇散文發表在《洪水》上，抒寫自己心中的感情，後來這些散文曾用《白葉雜記》的書名印過單行本，其中有一篇的一節這麼寫道：

回想起我搬進這間房子裏來的日期，已是四月以前的事了。那時候還是枯寂的隆冬，春風還在沉睡中未醒，我的心也是同樣的冷靜。不料現在搬出的時候，我以前的冷靜竟同殘冬一道消亡，我的心竟與春風同樣飄蕩起來了。啊啊！多麼不能定啊，少年人的心兒。

這種郁達夫式的筆調，現在重讀起來，自然不免有一點臉紅。然而想到這是將近四十多年前的少作，自己那時不過二十一、二歲，而且再回想到那時的心情，我不覺原諒了我自己。

那時正是我們要從這間亭子間搬到三德里新址去的那幾天，當時我個人實在有種種理由捨不得離開這地方，可是事實上既不能不搬，而且我們的房東早已先期搬走了，只剩下全平一家人，整個樓上也只有這間亭子間還有我和全平兩人。可是我實在捨不得離開這間亭子間，這正是我要寫那篇文章的原因。我曾繼續這麼寫道：

這一間小小的亭子間中的生活，這一種團聚靜謐的幽味，的確是使我悽然不忍遽捨它而去的。你試想，在這一間小小的斗方室中，在書桌床架和凌亂的書堆隙地，文章寫倦了的時候，可以站起來環繞徘徊……

若不是重讀自己這樣的少作，我幾乎忘了我們的全平，有一年他就是那麼神秘的失了蹤，從此天南地北，誰也不曾再見過他，誰也不再知道他的消息。這位《夢裏的微笑》的作者，可說是《洪水》和「創造社出版部」最忠心的保姆。就是我和柯仲平等人，當出版部被淞滬警察廳封閉，並將我們拘捕以後，若不是靠了他在外面奔走，我們這幾個小夥計也早已不在人世了。可是新的一代文藝工作者，大約很少會知道《夢裏的微笑》這本書（其中還有我的插畫），更不知道全平其人了。

在我的那篇寫於一九二六年的〈遷居〉裏，其中有幾句是寫到了他的相貌的。這怕是僅有的資料了，現在特地重錄在這裏以作紀念：

> 我們工作的時間，多半是在夜晚。在和藹温靜的火油燈下。我與了我同居的朋友——這間屋子的主人，對面而坐，我追求着我的幻夢，紅墨水的毛筆和令人生悸的稿件便不住地在我朋友手中翻動。我的朋友生着兩道濃眉、嘴唇微微掀起，沉在了過去的悲哀中的靈魂總不肯再向人世歡笑。雖是有時我們也因了一些好笑的事情而開顏歡笑，然而我總在笑聲中感到了他深心的消沉和苦寂，我從不敢向他問起那已往的殘迹……

這裏所寫的生着兩道濃眉的朋友，就是全平。關於他的那些所謂「已往的殘迹」，我至今仍不大清楚，因為始終不曾正式向他問過，他也不曾向我談過，但不外是愛情上的一些不如意事，也就是他的《夢裏的微笑》所寫的那些本事了。

全平是宜興人，辦事和組織能力特別強，同伴之中是沒有一個能及得上他的。若是沒有他，創造社出版部是根本不會誕生的。他曾到過廣州，籌備出版部廣州分部的工作，住過一些時候，因此早期南方的文藝工作者，也許會有人同他見過面的。

全平同郭老的感情特別好。有一年江浙軍閥內鬨，發生了內戰，他的家鄉受害慘重，當時有一班進步人士曾組織了調查團去調查這次的戰禍，郭老也去參加了，就是由全平陪了同去的，郭老後來曾在《民鐸雜誌》上寫了一篇紀行的長文。

《洪水》的出版和創造社出版部的誕生，我雖然曾經躬與其事，可是時隔四十年，記憶到底有點模糊了，姑且這麼信筆的記了一些下來。我相信再過幾年，怕連這些也記不出了。

讀鄭伯奇先生的〈憶創造社〉

從上海出版的一期《文藝月報》上讀到鄭伯奇先生所寫的〈憶創造社〉。他是創造社的老前輩之一，直到我在這裏所讀到的這一期（八月號）為止，他所講的還是《創造季刊》創刊號出版以前的事情，這都是我未曾參加的。我第一次寄稿給成仿吾先生，接到他的回信約我去談話時，那已經是《創造週報》出版的時代。

週報的編輯地點雖仍是設在泰東書局編輯所內，但已經不是伯奇先生所說的馬霍路福德里的那一間，而是設在哈同花園附近的民厚南里，另外還有一個地方是在從前法租界近霞飛路的一個弄堂內。那也是一座兩上兩下的樓房，樓下是書籍堆棧，樓上則是編輯部。正是在週報編輯部內，我第一次見到了成仿吾先生，這是創造社諸位前輩之中我最先認識的一位，他當時對待像我們這樣文藝青年的態度誠懇和親熱，實在是令我畢生難忘的。也正是在這間樓上，我第一次見到了全平和倪貽德，還有從四川出來不久的敬隱漁。他是從小被關在一座天主教修道院裏讀法文的，因此，他發表在《創造週報》上的創作，竟是先用法文起草，然後再由自己譯成中文的。

這時伯奇先生大約已經回到日本去，還不曾再回上海，但他翻譯的《魯桑堡之一夜》卻早已出版了。我第一次有機會見到他，那已經是創造社出版部成立以後的事。好像是一個夏天，他從東京回到了上海，高高的身材，戴着金絲眼鏡，似乎對我當時所畫的比亞茲萊風的裝飾畫很感到了興趣。我清晰的記得，他帶我去逛內山書店，知道我是學畫的，而且喜歡畫裝飾畫，便用身邊剩餘的日本錢在內山書店買了兩冊日本畫家路谷虹兒的畫集送給我。這全是童話插畫似的裝飾畫，使我當時見了如獲至寶，朝夕把玩，模仿他的風格也畫了幾幅裝飾畫。後來被魯迅先生大為譏笑，說我「生吞比亞茲萊，活剝路谷虹兒」，他自己特地選印了一冊路谷虹兒的畫選，作為藝苑朝花之一，大約是想向讀者說明並不曾冤枉我的。

這個小插話，伯奇先生大約是不知道的，我想這更是他當時買那兩本畫冊送給我時怎樣也意料不到的事。

胡適與我們的《小物件》

因了胡適的死，使我想起三十多年前，我同朋友們所辦的一個小雜誌，以及我在那創刊號上所畫的一幅漫畫。

這幅漫畫就是關於胡適的，畫題是「揩揩眼鏡」。這畫題原是胡適自己所寫的一篇文章的題目，大約是發表在《現代評論》或是《獨立評論》之類的刊物上的。他這時正在動了官癮，表示對於時局有了一種新的看法，這正是「揩揩眼鏡」的結果。

我的那幅漫畫，就是根據這一點來諷刺的。畫得並不好，我之所以至今還記得，乃是因為那本小刊物的本身。而且從那時以後，我就很少再執筆作畫了。

翻開十多年前出版的一冊自己的隨筆集，在一篇題為〈回憶幻洲及其他〉的短文裏，其中曾提到了上面所說的這一種小刊物：

在這以前，在一九二九年左右，多年不見的周全平從東北回到上海，帶來了幾百塊錢，於是我們便組織了一個「新興書店」，為沫若發行了《沫若全集》，同時和漢年三人更編了一個小雜誌，名《小物件》。因為感到那時幾個刊物都停了，無處可以說話，也無人敢說話。《小物件》的小的程度真可以，只有一寸多闊，二寸多長，四五十頁，用道林紙印，有封面，還有插畫。這怕是新文學運動以來，開本最小的一個雜誌了。出版的時候，我們在報上只登了三四行地位的極狹的廣告，然而初版三千冊在幾天之內便賣光了。可是，也許是形式小得太使人注意了吧，第二期剛出不久，便有人用公文來請我們停止出版，於是只好嗚呼哀哉了。

這裏要說明的是：那個「公文」事實上是來自南京國民黨內政部的禁止出版命令。我用了一個「請」字，是因為那篇短文當時是在上海發表的。那時即使用了「請」字，也許仍有人看了不高興。

後來我們知道，《小物件》所以被禁得那麼快的原因，就與那幅「揩揩眼鏡」的漫畫有關，原來胡適看見生了氣了。

一個刊物能印三千冊，而且一口氣就賣光，這在當時是很難得的事情，我們很高興，不料第二期就被他們禁了，所以一直對這個「過河卒子」沒有好感。

對於胡適本人，我只見過一次，那是一九二五年左右，達夫先生在上海，他準備到北京大學去教經濟學，有一天中午，忽然對我説：「我們吃飯去，有人請客。」我自然跟了去，到了法租界的一家西餐館裏，才知道這天請客的竟是胡適。我那時才二十歲，就這麼胡裏胡塗的擾了他一頓。

郁氏弟兄

女畫家郁風是郁達夫的姪女，她父親郁華就是達夫的胞兄。郁華別號曼陀，是中國司法界的老前輩，在抗戰期間，任職上海高等法院庭長，持正不阿，終為敵僞所害，在自己寓所門前殉職。這位大法官不僅精通法政，而且能詩善畫，也是一雅人。有一時期，我們還是鄰居，一同住在上海江灣路的公園坊內，直到他自己在法租界的新居建築好了，這才搬出去。

那還是一九三五年的事情，文化人住在公園坊的很多，情形十分熱鬧。當時郁風還在南京唸書，放假回上海的時候，也到我們這邊來坐坐，不過由於我們都是她叔父的朋友，她只好屈居世姪女的輩分了。不過那盛況也不常，由於日本軍閥侵略中國的腳步愈來愈急，受到時局的激盪，大家已經無法在那個小天地裏安居，於是不久就各奔前程，風流雲散了。

郁華住在公園坊的期間，達夫在杭州的風雨茅廬已經建成了，不常到上海來，因此，我們在公園坊裏見到他的次數很少。這時正是達夫在寫作和生活上開始大轉變的時期，所寫的全是遊記，日記一類的散文。發表的地方也是林語堂那一系統的《宇宙風》、《人間世》等類的刊物。他所交遊的也都是些達官貴人，這都是王映霞的影響，他自己大約沒有料到，隨着風雨茅廬的建成，也早已伏下日後毀家的禍根了。

也正是在這時期，達夫開始發表了許多舊詩。有人說，達夫舊學的根柢，完全得他哥哥的傳授，這話未必可靠，因為達夫是個天分極高的人，而且據他的自傳所記，遠在他不曾從事新文藝寫作以前，他已經在嘗試寫舊詩了。論功力，達夫的舊詩，當然不及他哥哥，可是講到才華風韻，達夫就自有他的特色。一九三五年達夫在《宇宙風》上所發表的〈秋霖日記〉，其中就記有他們的兄弟倆的唱和之作，可見一斑，茲錄於下。

曼兄乙亥中伏逭暑牯嶺原作：

人世炎威苦未休，此間蕭爽已如秋；
時賢幾輩同憂樂，小住隨緣任去留。
白日寒生陰壑雨，青林雲斷隔山樓；
勒移那計嘲塵俗，且作偷閒十日遊。

達夫的和詩，前有小序：「海上候曼兄不至，回杭得牯嶺逭暑來詩，步原韻奉答，並約於重九日，同去富陽。」詩云：

語不驚人死不休，杜陵詩只解悲秋；
竭來夔府三年住，未及彭城百日留。
為戀湖山傷小別，正愁風雨暗高樓；
重陽好作茱萸會，花萼江邊一夜遊。

郁華殉職後，郁風曾託人將她父親的詩畫遺著印了一本紀念冊，可惜時值喪亂，流傳不廣，見過的人很少。

達夫先生二三事

達夫先生的相貌很清癯，高高的顴骨，眼睛和嘴都很小，身材瘦長，看來很像個江浙的小商人，一點也看不出是一個有那麼一肚子絕世才華的人。雖然曾經有過一張穿西裝的照相，但是當我們見到他以後，就從不曾見他穿過西裝，老是一件深灰色的長袍，毫不搶眼。這種穿衣服非常隨便的態度，頗有點與魯迅先生相似。

有一時期，他住在上海哈同路民厚南里一個人家的前樓上，小小的一張床，桌上和地上堆滿了書。這簡單的家具，大約還是向二房東借的，所以除了桌椅和一張床以外，四壁就空無所有。這時他好像正辭了北京大學的教席回來，身體不很好，在桌上的書堆裏放着一罐一罐從公司裏買回來的外國糖果，說是戒酒戒煙了，所以用糖果來替代。這就便宜了本來不抽煙的我，有機會揩油吃糖果了。後來隔了不久，他又繼續抽起煙來，自然是戒不掉，但是另一開戒的原因，據說是吃糖果比抽香煙更貴，因此不如率性恢復抽煙吧。

這時達夫有一個對他非常崇拜的年青朋友，名叫健爾，是張聞天的弟弟，差不多每天同他在一起。達夫的小說裏，屢次出現一個戴近視眼鏡善感好哭的神經質的青年，這個人物寫的便是健爾。這時張聞天在中華書局編輯所做事，也住在民厚南里，健爾就住在哥哥的家裏，所以往來很方便。我那時也住在民厚南里叔父的家裏，晚上在客堂裏「打地鋪」[1]，白天揹了畫箱到美術學校去學畫，下課回來後，便以「文學青年」的身份，成為達夫先生那一間前樓的座上客了。他是不在家裏吃飯的，因此，我們這幾個追隨他左右的青年，照例總是跟了他去上館子。他經常光顧的總是一些本地和徽幫的小飯館，半斤老酒，最愛吃的一樣菜是「白爛汙」。所謂「白爛汙」，乃是不用醬油的黃芽白絲煮肉絲。放了醬油的便稱為「紅爛汙」。我記得有一次到江灣去玩，在車站外面的一家小館子裏歇腳，他一坐下來就點了一樣「白爛汙」，可見他對於這一樣菜的愛好之深。

後來為了反對他追求王映霞，我和其他幾個朋友都和他鬧翻了。他在《日記九種》裏曾說有幾個青年應該鑄成一排鐵像跪在他的床前，我猜想其中有一個應該是我。這樣一直過了好幾年。年紀大了一點，才知道自己少不更事，便寫了一封信向他道歉。這時他的「風雨茅廬」已經建好了，住在杭州，回了一封長信給我，說是大家不必再提那樣的事吧。這封信後來被人家收在《現代作家書簡》裏，可惜我不僅早已失去了原信，就是連這一本書手邊也沒有了。

1　把被褥鋪在地板上睡覺。

書店街之憶

已經許多年不曾回上海了。上海的一切，變化一定非常大。不說別的，單是書店街——四馬路的變化，就怕不是我現在所能夠想像得出的。而在從前，這一條馬路上的每一家書店，以及店門前的每一塊磚石，差不多都給我踏遍了。

記得一九五七年回到上海，第一件心急的事情就是去逛四馬路。自以為一踏上了那一條馬路，我就是閉了眼睛也可以走，用手摸一摸那門面，不用眼睛看也可以知道是哪一家書店的。

當時我的心目中所存留的四馬路印象，還是一九三七年以前的印象，我簡直天真得認為走上那一條熟得無可再熟的馬路，即使遇到劈面走來的正是我自己，也毫不會令我驚異。完全忘記了時間已經隔了二十年，而且是天翻地覆的二十年。在這二十年中間，上海受過戰爭的洗禮，受過地獄生活的洗禮，現在脫胎換骨，翻了一個大身，已經是一個嶄新的上海。這一條四馬路早已不是我心目中的從前的四馬路了。

只有望平街轉角處的那一座寶塔式的屋頂還可以辨認得出，我用這作標誌，站在那裏向前後左右細細看了一下，這才如夢初醒，當時曾經狠狠的將自己嘲笑了一頓。

現在眼睛一霎，又過了好幾年，單就這條書局街來說，變化一定非常大。新華書店在哪裏？古籍書店在哪裏？還有，專賣美術圖籍和外文的那些專業書店在哪裏？攤開我心上的那一幅上海地圖來尋找，早已模糊一片，我已經完全迷了路，甚麼也找不到了。

那一次回到上海，除了四馬路以外，我又特地去了一次北四川路底。目的之一就是想看看內山書店。我已經知道內山書店不可能仍開設在那裏的，但是仍無法說服自己不去看看。那裏也是閉了眼睛也不會走錯的地方之一。下了車一看，一家藥房，一家人民銀行的服務處，就是當年內山書店的所在地。我站了一下，彷彿仍看見光頭的「老闆」笑嘻嘻的在收拾架上給顧客翻亂了的書，坐在一張藤椅上悠然吸着紙煙的正是魯迅先生。

在靜安寺路上閒步，曾無意中發現一家專賣外文書的舊書店，開設在食物館「綠楊邨」的隔鄰。這是一九四九年後新開的一家舊書店。想到自己存在上海失散得無影無蹤的那一批藏書，滿懷希望的急急走進去，在架上仔細搜尋了一遍，仍是空手走了出來。我安慰自己，可能是整批的送進了圖書館，幾時該到圖書館裏去看看。

憶上海靜安寺浴佛節廟會

農曆四月初八稱為浴佛節，使我想起了從前每年這時在上海靜安寺前所見的浴佛節廟會盛況。

我不是佛教徒，我特別記起上海靜安寺浴佛節廟會的原因，是因為當時淪為外人租界的上海，十里洋場，很少有機會能見到富於中國民族風味的節日活動，只有一年一度的這浴佛節廟會，能使我重見鄉下「過節出會」的那種特有的熱鬧歡樂景象。

有一年，北京民族出版社為了紀念佛誕生二千五百週年出版的《中國佛教畫集》，其中就收了兩幅上海靜安寺浴佛節那天的廟會和佛教徒進香的盛況。那兩幀照片註明是一九五五年攝的，看來比留在我的記憶中的印象更熱鬧。

靜安寺是上海有名的古寺之一，寺前有泉水，稱為天下第六泉。從前外人稱「靜安寺路」為「Bubbling Well Road」就是根據這道泉水命名的，因為它終年不息的緩緩的翻着泡沫。這個天下第六泉本來應該是在靜安寺內的，可是為了開闢馬路，已經弄到在馬路正中了。但是總算不曾將它填塞，只是用石欄圍起，任它終年在那裏翻着水泡，也沒有加以疏濬，因此俯在欄邊往下看，泉水總是像一窪泥水一樣，黑黝黝的。本來，既被品為天下第六泉，水質應該是不錯的。可是，我喝過鎮江金山寺前的天下第一泉，也喝過無錫惠山的天下第二泉，在上海住過那麼多年，就從不曾喝過這個天下第六泉的泉水，也從不曾聽見有人提起過這事。這個湮沒了多年的名泉，現在想來一定有人整理過了。

靜安寺浴佛節的廟會，是一年一度的盛會。到了浴佛節這天，廟前的馬路上就搭起幾列長長的趕廟會的貨攤，就像香港的年宵攤那樣，可是賣的多是上海四鄉的土產，很少有洋貨。有日用品，也有古玩小擺設。許多平時不知道甚麼地方可以買得到的用具，這時在廟會上，都有機會可以買得到，如刨蘿蔔絲的刨子，老年人搔背的竹手，掃床的棴帚，廟會上都有專賣這類小東西的貨攤。我那時最喜歡逛的是古玩書畫攤和玩具攤。前者不過是看看而已，後者則往往隨手搜集幾件帶回家，因為廟會上所賣的兒量玩具，都是用泥、紙、竹、木所製，富於鄉土特色，是平時在上海街上買不到的，如竹製的節節活動的竹龍，泥和皮紙糊成的能夠哇哇叫的老虎，總是使我見了就愛不忍釋手的。

至於浴佛的儀式是怎樣，因為我的興趣不在那上面，我逛了許多年上海靜安寺浴佛節的廟會，卻始終不曾進到廟裏去看過。

敬隱漁與羅曼羅蘭的一封信

羅曼羅蘭的《約翰克里斯多夫》，在中國久已有了中譯本。我想很少人會知道，遠在這個譯本不曾出版之前，早已有人曾經着手譯過這本書，而且還是羅曼羅蘭本人授權給他翻譯的。可惜只是譯了一節便中斷了。這位《約翰克里斯多夫》最初的中譯者是敬隱漁，他的譯文是發表在當時的《小說月報》上的。

敬隱漁的名字，現在知道的人大約已經不會很多了。然而他卻是最初介紹羅曼羅蘭作品給我們的人，後來又譯過一部巴比塞的小說《光明》。他同我們新文壇的關係總不算少了。但他同新文壇還有一個重大的關係，那就是他後來到法國去留學，再回到中國來時，據說羅曼羅蘭曾託他帶來了一封信給魯迅先生。當時敬隱漁在法國是由於窮得無法生活才回國的，由於他生性孤僻耿介，而且神經衰弱，這封信竟被他不知拋在甚麼地方，未能到達魯迅先生手中。

後來魯迅先生知道了這事，他因為敬隱漁是同創造社諸人經常有來往的，便懷疑這封信是被創造社諸人「乾沒」了，曾一再在文章裏提到這事，這是早期中國新文壇一大「恩怨」。其實是莫須有的，因為真相已如上所述。記得在抗戰勝利後，郭沫若先生曾在上海所出版的刊物《耕耘》上，為文辯解這宗「冤獄」，說創造社根本不曾「乾沒」過羅曼羅蘭寫給魯迅先生的那封信。但郭先生自己也不知道這封信是由敬隱漁失去了，所以仍無法徹底解決這個疑問。——這一宗「糾紛」真是說來話長，不是在這樣短文的範圍內所能說得清楚的，只好留待日後有機會再說了。

敬隱漁是四川人，據說是從小在四川一個天主教的修道院裏長大的。他是先學會了法文，然後再學中文的。後來不知怎樣到了上海（也許是由於郭老的關係吧，因為郭老是四川人），在《創造週報》上發表了好幾篇創作，這才同創造社諸人往還起來，並且也住在週報編輯部的樓上。他當時所發表的那幾篇創作，還是先用法文寫好，自己再譯成中文，經過成仿吾先生潤飾後才發表的。

後來他為了想到法國去，寫信向羅曼羅蘭求助，獲得他的回信，這才決定着手翻譯《約翰克里斯多夫》。這時《小說月報》出版了羅曼羅蘭專號，正要介紹他的作品，同時也只有商務印書館才有財力接受這樣長的譯稿，因此，他的譯文才會發表在《小說月報》上。敬隱漁也藉此湊足了到法國去的路費。然而他性情怪僻，到了法國不僅不能工作，也無法生活，羅曼羅蘭也不能長期照顧他，因此，不久只好設法回國。不料就因了他誤作「洪喬」，平空使得早期中國新文壇增加了一宗不必要的糾紛。

「丸善」和〈萬引〉

記得郭沫若先生曾寫過一個短篇，題目是〈萬引〉，寫的是一個買書人在一家書店裏偷書的故事。背景用的是一家日本書店，規模很大，而且是賣外文書的。我推測他所寫的一定是日本從前的「丸善書店」，即「丸善株式會社」。那篇小說裏的主人公因為沒有錢買而想偷的幾本書，好像是德文哲學書，不知是尼采還是康德，因為手邊沒有郭氏的原文，記不清了。「萬引」是日本話，即在書店裏偷書之意。

郭老的〈萬引〉，主題寫的當然不是「偷書」，但他在小說裏所寫的那家書店規模之大，架上庋藏的豐富，實在使我當時讀了神往。

日本這一家專售外文書的書店，聽說現在仍存在，可說馳名已久。它在魯迅、郁達夫諸先生的文章裏，是時常被提起的。周氏兄弟的一些外文書，好像都是從這家書店買來的。就是我自己也曾同他們的函售部有過來往。那還是一九三零年前後的事情。那時我正熱中於藏書票的蒐集，既參加了日本齋藤昌三氏主持的一個「藏書票倶樂部」，再想看看歐洲出版的有關藏書票的著作。但這是冷門書，在上海的西書店裏是買不到的，我便寫信到日本向「丸善」去問。他們的服務組織真好，很快的就有了答覆，並且開來了有關藏書票的參考書目，以及他們店中現有的幾種。當時我就寫信請他們將現存的幾種用「國際C.O.D.」方法寄了來。現在我架上還有一冊法國出版的薄薄的藏書票年鑑，就是從他們那裏買來的。這是我離開上海時偶然帶在身邊，歷劫尚存的殘書之一，其餘的早已不知失散到甚麼地方去了。

日本是一個出版事業非常發達的國家，因此他們的書店經營也是一流的。從前在上海所見的「內山」和「至誠堂」就已經可見一斑。書籍雜誌總是隨意堆在那裏，任你翻閱，很少會有店員走過來追問你要買甚麼。當然，暗中監視的人大約也是有的，否則就不會有郭老所寫的那篇〈萬引〉的故事了。

我不曾去過日本，更不曾到過「丸善」。但是想到這家有名的書店，仍使我不禁悠然神往。

關於麥綏萊勒的木刻故事集

當代比利時老版畫家弗朗士．麥綏萊勒的作品，我們該是不陌生的，因為他的四部木刻連環故事：《一個人的受難》、《我的懺悔》、《沒有字的故事》和《光明的追求》，早在一九三三年就介紹到中國來了。

一九三三年夏天，我在上海一家德國書店裏買了幾冊麥綏萊勒的木刻故事集，給當時良友圖書公司的趙家璧見到了。這時良友公司正在除了畫報以外，轉向印行新文藝書籍。趙家璧想翻印這幾本木刻集，拿去徵求魯迅先生的意見，魯迅先生認為可以，並且答應寫一篇序，於是這項工作就正式進行了。這就是當年這四本麥綏萊勒木刻故事集在中國出版的由來。當時由魯迅先生選定了那部《一個人的受難》，由他自己寫序，將《我的懺悔》交給郁達夫先生作序。我因為是這幾本書的「物主」，我自己又一向喜歡木刻，便分配到了一本《光明的追求》，也寫了一篇序。剩下一本《沒有字的故事》沒有人寫序，因為趙家璧是《良友》的編輯，便由他自告奮勇的擔任了這一冊的寫序工作。

原本每一冊的前面本有一篇介紹，是用德文寫的，魯迅先生和郁達夫先生兩人都懂德文，看起來不費事，我不懂德文，這可吃了苦頭，自己查字典，又去請教懂德文的段可情，再參考其他資料，這才勉強寫成了那篇序。但是後來還是不免被魯迅先生在一篇文章裏奚落了幾句，說我只知道說了許多關於木刻歷史的話，忘了介紹《光明的追求》本身。

至於那四冊木刻集的原本，本來是由我借給良友公司的，後來趙家璧說製版時已經將每一冊都拆開了，不肯還給我。當時在上海買德文書又很難，雖然賠償書價給我，可是已經不再買得到，於是我便失去那四冊原本了。好在已經有了翻印本，而且印得很不錯，我也就無話可說了。

這四冊麥綏萊勒木刻故事集，絕版已久，直到近年，大約由於麥綏萊勒曾到中國來訪問，上海才進行重印。先印了有魯迅先生序文的《一個人的受難》，後來又續印了郁達夫先生作序的那一本《我的懺悔》。

在《魯迅書簡》裏，有三封寫給趙家璧的信，就是講到這四本木刻故事集的。

從一幅畫像想起的事

見到人民文學出版社出版的《蔣光慈選集》，書前附有一幅鉛筆速寫像，沒有註明這幅畫像是誰畫的，但我一看就知道這是光慈的愛人吳似鴻畫的，因為這幅用鉛筆畫的速寫像的原稿，至今還在我這裏。

這幅畫像原先是發表在《拓荒者》月刊上的，這是蔣光慈主編的以當時太陽社諸人為中心的一個文藝刊物。我當時正在出版這個刊物的書局裏做事，原稿和圖片的排印製版都是我經手的，我一向就有收藏圖片癖，因此這幅畫像就由我保存了下來。在這幾十年中，經歷了多次戰爭和人事變遷，舊有的書籍圖物能夠倖存下來的極少，但是不知怎樣，這幅畫像夾在一包雜物裏，竟被我從上海帶到了香港，一直保存到今天。

吳似鴻女士給光慈畫這幅速寫像時，已經同他同居了。這是畫在一張像三十二開書本那樣大小的鉛筆畫紙上的，是用六B鉛筆畫的，簽名的顏色很淡，因此經過製版後便辨不出是誰畫的了。這幅畫像畫得不能算好，但是認識蔣光慈的人，一看還認得出來這是他的畫像。在當時的環境裏，多數作家過的都是受迫害的不自由生活，很少有被人拍照的事，尤其像光慈這樣留俄回來的作家，所過的始終一種半地下式的生活，隨時有被「包打聽」[1]光顧的危險。所以能有這樣一幅畫像流傳下來，給今日的文藝青年依稀認識一下他的面目，實在是很難得的事。

光慈最初寫的兩部小說《少年飄泊者》和《鴨綠江上》，今日的文藝青年，大約從新文學史上還知道這兩部書的書名，但是讀過這兩本書的，怕一定很少了。但是當時卻是極為暢銷的為文藝青年愛讀的兩部小說，僅是這兩個書名已經能令人嚮往了。在當時的環境裏，凡是愛好文藝的青年，大都是不肯向反動勢力和封建家庭低頭的，因此誰不以「少年飄泊者」自居？至少在精神上是如此。這兩本書的字數並不多，薄薄的兩冊，大紅書面紙的封面，書名是用方體大號鉛字橫排的，出版者就是當時出版《新青年》、《獨秀文存》和胡適標點本《紅樓夢》、《水滸》的亞東圖書館。這家書店當時就靠了這一批暢銷書賺了不少錢。

那時的蔣光慈還叫「蔣光赤」（光慈的名字是後來改的。有一時期，在當時國民黨的黨老爺和圖書審查老爺的眼中，不要說是蔣光赤的作品的內容，僅是這個名字，就不能通過，甚麼書都查禁，所以後來由書局經過他的同意，將赤字改為慈字，如《麗莎的哀怨》便是用蔣光慈的名字出的，但這遮眼法起初還行，後來也照樣的要查禁了。許多青年往往為了身邊有一本《少年飄泊者》就被捕，送了性命），他的這兩本小說，顯然是在未回國以前就寫好的，因為我在一九二六年左右第一次見到他時，早已讀過他的作品了。我至今還

---

1 便衣警探。

清晰記得那情形：我那時正住在上海南市阜民里的全平家裏，這裏正是創造社出版部的籌備處，在一個大雪的冬天晚上，有人來敲門，我去開門，門外是一個不相識的氈帽戴得低，用一條灰黑色圍巾圍住下巴的男子，年紀大約比我們大了十多歲。經他自我介紹，我們才知道他就是蔣光赤，有名的《少年飄泊者》的作者。他這時剛從蘇聯回來不久，說話帶點安徽口音，以後就經常見面了。

抗戰時期，似鴻曾來過香港，後來就一直不曾再見過她了。

原稿紙的掌故

在我們初學寫文章的時候，是沒有原稿紙可用的。若是用鋼筆寫，就用普通的練習簿橫寫或直寫，若是用毛筆寫，便用今日小學生作文簿所用的那種紅格或藍格的文稿紙來寫。我的第一篇拿到稿費的創作，是發表在《學生雜誌》文藝欄的〈故鄉行〉，這是一篇散文，便是寫在練習簿上的。當時是由成仿吾先生介紹給這位編者的，使我拿到了三十元或四十元的稿費。這是我畢生難忘的一件高興事情。

我不知當時在北方的魯迅先生等人用的是甚麼稿紙，但是當我在上海同創造社諸人有了往來以後，我見到他們寫稿所用的稿紙，全是當時上海一家名叫「學藝社」印的毛邊紙文稿紙，格子很小，每頁有七百二十字，格子是印成藍色的。

那時多數作家都是用毛筆寫稿。我見到好幾位作家所用的也是這種稿紙，文學研究會的幾位先生也是如此。當時學藝社的這種藍色毛邊紙的文稿紙，顯然是作家一致慣用的稿紙。我當時既然想做「作家」，自然很快的也改用了。好在這並不要用錢買，泰東書局編輯部（創造社諸人主持的）桌上有一大疊一大疊的擺着，只要拿一疊回去就行了。

今日我們慣用的這種四百字或五百字的原稿紙，其實是日本式的，根本連「原稿紙」三字也是從日本輸入的。我不知道是否有人要來爭這一分「光榮」，因為我覺得在我們不曾自印原稿紙以前，從來沒有人印過這樣的稿紙。那是一九二五或一九二六年的事情，當時被稱為「創造社小夥計」的幾個人，仿效日本式稿紙自印了一種橫寫的稿紙，每張三百六十字，是用道林紙印的，可以寫鋼筆，因為當時大家已漸漸不用毛筆寫稿了。這時成仿吾郭沫若等人都不在上海，但是達夫先生在上海，他在這期間所寫的創作，便多數是寫在這種紫色橫寫的「創造社出版部原稿紙」上的。

在這以前，要用日本式的原稿紙，在上海只有到虹口一帶的日本書店裏去買，多數是每張四百字的，因為日本作家算稿費是按照原稿紙頁數來算的，以四百字的原稿紙一頁為一單位，所以多數是印成四百字的。但當時來貨不多，很不容易買到。我們見到那時張資平先生從日本寄回來的三角戀愛小說，全是用這種原稿紙寫的，真是不勝羡慕。有時白薇女士放暑假從日本回來，路過上海，箱子裏有原稿紙，便老着臉皮向她討一些，原稿紙上帶着淡淡的日本化妝品的特有香味，便又收藏着捨不得用。

等到北新、開明等書店在上海開設後，自製日本式原稿紙的人家便漸漸多起來。許多書局、報館、雜誌，都有了自己的原稿紙。有一時期，現代稿紙和生活稿紙最為流行。格式都是三十二開雙折的，有的四百字，有的五百字。但我總嫌三十二開的格子太小，喜歡用十六開雙折五百子的一種，因為便於刪改。可這樣大的稿紙有時不容易買得到，於是只好自己印了。許多年都是如此，但我從來不曾在上面印過自己的名字。

關於寫作的老話

茅盾先生，指示有志寫作的年輕人，要他們寫自己所熟悉的事情和人物，不要寫那些自己不熟悉的東西。換句話說，不要見獵心喜，閉戶造車。

那麼，一個作家豈不是只能寫自己生活小圈子裏的東西，永不能越雷池一步了？其實並不是這樣的。因為對於一個作家來說，比執筆寫作更重要的乃是他的生活。他如果平時接近現實，隨時隨地觀察體驗，他的寫作範圍自然就廣闊了。

這些關於寫作的金石名言，其實也都是「老話」了，問題乃是說起來容易，做起來就難，在寫作上肯認真作這樣準備工作的作家更少。據我所知，以茅盾先生為例，他倒並不是說說就算的。為了要寫《子夜》，他在上海曾天天到交易所裏去觀察，混在那些隨着股票和標金漲落而狂呼亂叫的人群中，親身去體驗他們的那種瘋狂感情。因此，他描寫人物往往着筆不多，已經活現紙上，正不是偶然的。

在文學史上，也不乏這樣的例子。自然主義和寫實主義那幾位大師，如福樓拜、左拉、莫泊桑，他們都曾經做到了這一點。據說左拉為了要描寫馬車撞倒人的場面，要親身體驗那個被撞的行人恐慌心理，自己曾故意在街上去給馬車撞倒。這雖未必會是真的事實，但是當時法國這一批作家努力去體驗生活，則是真事。

更有名的逸話是莫泊桑與福樓拜的關係。福樓拜受了莫泊桑母親的請託，要他精心指導她的兒子如何寫小說。有七年之久，莫泊桑每天要登門受教，將自己的作品拿給老師去看。福樓拜給他弟子的指導是簡單的觀察，然後再觀察，再觀察。對於每一種東西，只有一個最恰當的形容詞，你一定要找到最恰當的那一個才歇手。街上有三十四馬，你如果要描寫其中的一匹，你一定要使別人一眼就從三十四馬之中，認出你所要描寫的那一匹，與其餘二十九匹有如何不同之處。

據說，莫泊桑終身不忘老師的這樣訓誨，養成了隨時隨地仔細觀察的習慣。甚至福樓拜逝世時，莫泊桑隨侍在側，從入殮出殯到下葬，他都一絲不放鬆的看着，寫下了詳細的札記。這雖未免有點言之過甚，然而左拉、福樓拜、莫泊桑等人的作品為自然主義和寫實主義文學鋪下了坦坦的大路，供後來有志者可以有遵循的途徑，卻是有目共見的事實。

作家當然可以描寫幻想，但是僅憑了幻想卻從來不會寫成好作品。

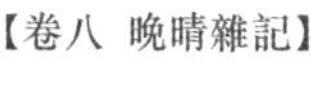

五四的記憶

今年是五四運動的四十週年紀念。這幾年被朋友們以「老」相稱，自己也彷彿覺得果然老了，可是這幾天大家談起當年五四運動的情況，我掐指一算，那時候還是個高小三年級的學生，根本不夠資格談五四運動，而朋友之中卻有人那時已經唸中學甚或大學的。可見我實在還沒有稱「老」的資格，於是一時又覺得自己年輕了許多，這倒是為了紀念五四運動四十週年我個人所得到的一項收穫。

在五四運動那年，我還在崑山縣立第一高等小學唸書，正是三年級，是要畢業的一年。由於是小學生，除了拿着「還我青島」的旗幟，結隊遊行，搖旗吶喊之外，大約不曾做過別的甚麼，其實也沒有甚麼別的可做。我只記得曾經花了幾十文，買了幾張毛邊紙裁小了，通過了一個同縣教育會相識的同學的關係，借了他們的油印機，印了一幅自己所畫的宣傳畫，拿到街上去張貼。畫上是一隻代表愛國精神的大手，擋住了滾滾外流的金錢，勸告大家要愛用國貨，下面寫着某某學校某某小學生「泣告」。若說我曾經對五四運動有過甚麼貢獻，不怕讀者諸君見笑，這大約就是我的貢獻了。

然而這間學校和當時的一段生活，卻給我的印象很深。崑山實在是個樸實可愛的小城市。這間小學就在城邊那座有名的大橋附近，面對着的那一灣河水，稱為「滄潭」，校門內有一株大銀杏樹，過了屏門再過一座有大樹的庭院，才是禮堂，看那規模好像是由甚麼祠堂改建的。祠堂同時也是課堂，正中掛着「勤樸」兩字校訓的橫額，我就在這間課室裏消磨了兩年童年的歲月，也做過「天下興亡匹夫有責論」，放學以後就到民眾教育館去看書，看的是《少年雜誌》，自己也悄悄的去投稿，發表過幾篇故事和一幅圖畫。

我當時是住在叔父家裏的。叔父給我的教育和影響，比學校更大。叔父是留學日本的，是老同盟會分子，當時大約眼看革命失敗了，便和幾個朋友在崑山租了一座很寬大的房子住了下來。我不懂他們當時為何遠離家鄉選了崑山來居住，但這選擇，無疑是很恰當的，因為崑山正是民族志士顧炎武的家鄉。在書房的案上，放着藍色封面的《南社詩文集》，架上還有顧炎武的《天下郡國利病書》。叔父就在這樣的環境裏經常同朋友們慷慨激昂的談論着天下事，有空就教我們寫字。叔父寫得一手好柳字，可惜我一筆也不曾學到。

在我不曾和姊姊來到叔父家裏以前，叔父就已經從上海寄了新出的《新青年》雜誌給我們，這是寄給我大哥看的。我翻過一番，記得有一期上面有《狂人日記》。這是當年這個作為五四運動代表刊物給我留下的唯一記憶。

雜憶李公樸先生

從報上讀到殺害李公樸的一個主要兇犯已經被檢舉伏法的消息，使我想起以自己生命獻給救國運動的這位老同學的許多往事。

李公樸在一九四六年秋天遇害時，雖然早已留了那一把長長的絡腮鬍子，但是事實上還很年輕，至多不過四十多歲。而他的鬍子，早已在抗戰以前，成為「七君子」的時候，就已經留起來了。他那時不過三十幾歲，我想他一定覺得自己太年輕，這才留起那一把鬍子來壯壯聲威的。

公樸的籍貫，有些記載上說他是揚州人，但是據我記憶所及，他實在是常州人。在一九二三年前後，我同他在鎮江一家教會中學同過兩年學，我比他高一班，他是在春季開學時從另一家學校轉學來插班的。當時他的家境似乎還不錯，因為我們冬天在學校裏都是一件老布棉袍，惟獨他這個新學生卻穿了一件綢面的羊皮袍，使得我們不得不對他刮目相看了。

他在學校裏唸書的名字，不叫公樸，叫李晉祥。公樸是後來才改的。真不愧是一位活躍的社會運動家。

他在入學的第一個學期，以一個新生的身份，就在學校的學生會佔得了領導的地位。我一向是在公共場所站起來講一句話也會臉紅的人，見了他在學生自治會的講台上那麼旁若無人的氣概，實在使我羨慕。

我們所讀的這間學校，是要寄宿的，因此校中除了課室以外，另有一座很大的自修大廳，每一個學生都在那裏有一個編號的固定座位，兩個人共用一張書桌。公樸初來的那一個學期，他的座位恰巧同我的編在一起。我那時已經喜歡看筆記小說，自己也學着用林琴南那樣的古文筆調寫記事文，曾將自己的作文簿題了一個甚麼齋筆記的名目，被國文老師狠狠的罵了一頓。可是李公樸來了以後，他見我在作文簿上題了這樣的名目，以為這是合法的舉動，竟在自己的作文簿上也大大的題了「讜論」兩字，這大約是表示他的志趣和我的不同，是以天下為己任的。結果，卿卿我我也好，天下也好，彼此都同樣挨了先生一頓罵，只有相對苦笑。

後來大家到了上海，也經常見面。他創辦《讀書生活》時，為他介紹到上海雜誌公司出版的正是我，因此在那一份出版合同上，我竟成了雙方訂約的保證人。這已經是一九三四年或一九三五年的事了，但他那時還不曾留鬍子。

老同學成慶生先生

早起讀報，忽然見到成慶生先生在廣州病逝的消息，這真嚇了我一跳。怪不得在香港這許多時候不曾見過他，在若干應該見到他的場合，也不曾有他出現。我一向疏懶，以為他事忙，或是出門去了，從不曾向朋友們打聽。不料他早已臥病，現在竟作了古人了，這真太出於我的意外。

成慶生同我是中學時代的先後同學，我比他早了幾年。這事我本來不知道，多年前我曾寫過一篇短文，其中提到我讀過書的那間中學的景色，他讀了就斷定我所寫的一定就是他也讀過的那間學校。後來見了面向我一問，果然不錯，這才知道我們還有同窗之誼。我雖然比他早了幾年，但是教過我的幾個老師，後來也教過他，可見其中相隔並不怎樣久。後來大家一同北上，差不多有兩個月的時間，每天在一起，一有空閒就談從前那間學校的事情，我們就真正的成了老同學了。

我們兩人先後同過學的那間中學，是設立在鎮江的一間教會中學。我年輕時候讀書的幾個地方都分散得很遠。我自己是南京人，卻不曾在南京唸過書。我的私塾啓蒙教育是在安徽一個小縣宿松開始的。唸初等小學時卻到了江西九江。後來又到上海附近的崑山唸高等小學。在崑山縣立高小畢業後，就到鎮江去唸那間教會中學。這就是成慶生後來也唸過的那間中學了。

這間教會中學規模並不怎樣大，辦得不特別好，可是由於它的校舍是建立在鎮江郊外的一座小山頂上，遠遠可以望見長江和北固山，景色特別好，遠離塵囂，因此，在那裏唸過書的人大都印象很深。再加上這間學校是規定要住宿的，年輕人一旦離開家庭來到一個新環境裏，要獨立生活，一切都要自己動手料理。這裏面有麻煩，但也有說不盡的新奇和趣味。因此雖然相隔多年之後，我們兩人互相印證當時的情形，談了一樣又一樣，就像白頭宮女一樣，談來談去總談不完。

中年以後，能有機會遇見年輕時候的同學，而且彼此又是異地相逢，實在是一件不容易的事情。我正以為大家見面的機會正長，有很多的場合可以供我們坐下來如數家珍的談那些可笑又可愛的往事，不料半年多不見，現在竟成了永別了！

許多年以前，我還損失過一個也在這間中學裏唸過書的老同學，那就是李公樸。他比我低一班，但是在宿舍裏卻是同一個房間的。我曾經屢次在成慶生面前談起李公樸的往事，現在又能再去同誰談呢？

關於內山完造

一、內山和他的書店

內山完造先生應邀到北京去，日前過港，住了一夜，第二天一早便走了。可惜我知道這消息太遲，錯過了可以見到他的機會。

他是從前上海內山書店的老闆，因此，大家一向慣稱他為內山老闆。報上說他今年已經高齡七十四歲了，我想他確是也該有這樣的年紀了。因為在我們很年輕的時候，就已經到他的書店裏買書，如我上次提起過的鄭伯奇先生送給我的那兩部路谷虹兒畫集，就是在他的店裏買的，而這件事情，已是將近三十年前的舊事了。

他的內山書店，最初是開設在從前上海北四川路橫濱橋一條弄堂裏的，賣的是雜誌刊物，書籍並不多。後來業務日見發達，這才搬到北四川路底，正式開起書店來，原來的舊址改作了雜誌部。他的書店，頗具有一家第一流書店應有的好作風。這就是說：你進去之後，你如果向他招呼一下，他自然也點頭向你招呼。但是你如果不想同他招呼，你就可以徑自走到書架前去看書，根本不會有人來理睬你，也不會有人來問三問四。你看夠了架上的書，若是不想買甚麼，就可以揚長而去，也沒有人會給你難看的臉色看。但是你如果自動的問他或是託他找甚麼書，他的回答和服務就極為殷勤周到。內山老闆也能夠講幾句日本式的上海話，因此，當時許多不懂日本文的人也喜歡到他的書店裏去翻翻。

他的店裏，在正中的大柱後面擺着幾張藤椅，一張小桌，還有日本人生活中所不可少的火缽，其上放着茶壺。這是內山老闆的坐處，也是招待朋友和顧客的地方。只要你自己高興，任何人都可以在這些藤椅上坐下來，他會用雅致的日本小茶杯給你斟一杯茶。若是機會好，有時還可以吃到一件日本點心。這時若是會講日本話的，就可以同老闆開始聊天。若是不會講的，彼此就作會心的微笑，也不會尷尬。

就在這幾張藤椅上，當年就經常坐着魯迅先生。因為他不僅是內山書店的老顧客，也是內山老闆的好友。當年魯迅先生自己印的許多書籍，就託他代理預約，一般的信件和稿費，都是由他代收代轉，就是有時同朋友約會，也是在他那裏相見的。

坐在內山書店藤椅上的魯迅先生，見到相識的朋友，自然就趁便招呼，但他隨時是在警惕着的，若是見到甚麼面生的人對他一看再看，他便會悄悄的站起身，從後門溜之大吉了。

內山書店和當年魯迅先生所住的大陸新村，十分相近。魯迅先生在千愛里所租賃的另一個貯放藏書的地點，更是就在書店的後面，所以往來十分方便。前幾年我回上海時，參觀了大陸新村的魯迅故居後，更順便看了一下當年內山書店的舊址，現在好像已經改成了一家藥房，附近有人民銀行的儲蓄處，還有一間售書報的郵亭。

當年在內山書店買書，還可以掛賬，這對於窮文化人真是一種莫大的方便。八一三滬戰發生後，北四川路的交通首先隔斷，接着我也隻身南下，因此，至今還欠了他店裏的一筆書賬未還，這可以說是對老闆最大的抱歉。（一九五九年九月二十日）

二、悼內山先生

從報上讀到內山先生在北京逝世的消息，真使我嚇了一跳。我前幾天因為他經過香港北上，不曾有機會見到他，還特地寫了一篇短文，講講他的舊事。我原本準備剪一份寄給他，博他一粲，希望他將來返國時再經過香港，便可以約我見面一談。日前有一位朋友動身回去，我給他送行，幾乎想將剪下來的這篇短稿託他帶去，後來想到這位朋友與他並不相識，怕轉折費事，心想還是寄給他吧。不料我的信還未寫好，就從報上讀到他的噩耗。看來他是一到北京就患了這急症的，人生的變幻竟這麼無常，這真是叫人從何說起！

一生為了中日人民友好合作努力的內山先生，這次雖然賫志以終，但是能夠死在中國人民的首都，想他一定也可以瞑目了。

他的一生，就為了同中國人民的友好，曾經遭受不少毀謗和委曲。在他經營內山書店的初期，由於他同中國文化人過往很密，尤其是對於魯迅先生的深切友誼，使得有些人懷疑他的書店乃是幌子，是另有人資助的一個秘密機關。在對日抗戰前後，又有人懷疑他是派在上海的日本間諜，專門搜集我們文化情報的。而在太平洋戰爭發生後，聽說他又被日本憲兵扣留，罪名乃是曾經協助中國文化人逃出日本憲兵佈置的羅網。在香港淪陷初期，他曾來過這裏一次，目的就是想對當時被困在島上的中國友人有所協助。大約就是為了這樣的活動，使他受到日本憲兵的注意了。

其實，內山先生乃是一個典型的日本人，他忠於自己的祖國，但是同時又熱愛中國人民，正如許多善良的日本人民一樣。這從他所寫的兩本關於中國生活回憶的小書裏也可以看得出來。他的觀點仍是日本人的，但這並不妨礙他對中國民族性的理解和對中國文化的愛好。這樣的國際友人真是太可寶貴了。因此，在他懷着發展中日人民友好壯志來到中國作客的時候，突然染病去世，特別使我們覺得可惜！（一九五九年九月）

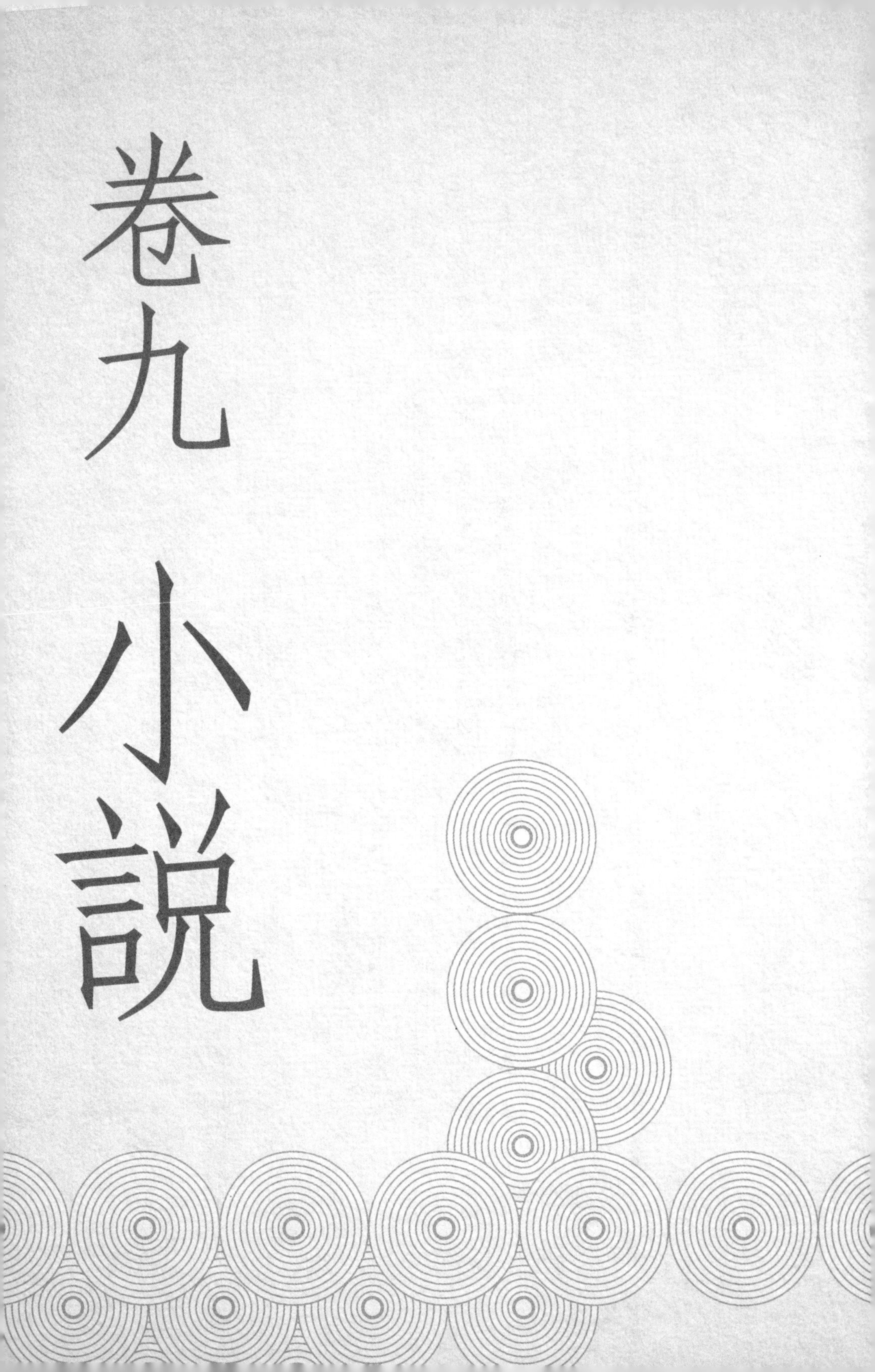

卷九 小說

第七號女性

翻開從衣袋裏抽出來的記事簿：

燙髮，Réynolds 形的圓臉，大眼睛，不加修飾的眉毛和嘴唇。有時，兩頰有胭脂的暈痕。削肩，長身材，北平口音，看新文藝書籍，職業住址不詳。每日上午八時二十分以後，九時以前到停車站。下車地點不詳。天雨不到。最近的服飾：堇色華爾紗長旗袍，紡綢白紗邊的襯衣，銀灰平底皮鞋，短襪，手腕和小腿有海水浴的痕迹。一柄蒲公英圖案的小陽遮，這是最近才有的。No.7。A+。

合上了記事簿，我抬起頭來：

圓臉，大眼睛，不加修飾的眉毛和嘴唇，堇色的紗旗袍，堅實的小腿，靠在一旁的小陽遮，讀着薄薄的《谷崎潤一郎集》。

是的，是她，是七號。

車上只有她一個人。照例，上了車，坐在門口最近的一個座位裏，向着坐在最裏一個座位裏的她這樣望了一眼之後，我便收起記事簿，攤開赫明衛的《太陽又起來》了。

我看她的時候，她低了頭不動，等我攤開書的時候，她就抬頭看我一眼。我再抬起頭來，她又低下去了。

可是，我認識她，她也認識我。

我們只談過一句話。那是一星期之前的一個早上，太陽曬着對面大日本海軍陸戰隊的杉木牌，不遠的虹口公園有機關槍打靶的響聲，電杆木下，站着她和我三個日本小學生。

等了許久，始終沒有公共汽車。

恐怕今天真的罷工了。

低低的，她這樣像是對自己說，可是我知道她是對我說。

恐怕真的是罷工了。

聰明的我，這一次卻做了笨拙的鸚鵡。

果然，等了許久，二路公共汽車終於來了的時候，車上賣票的是查票的朝鮮人，開車的是白俄。

這一天，車上的乘客很少，我在北京路下車的時候，被剩在車上的連她一共只有五個人，這因為有許多人知道公共汽車今天要罷工，同時更接受了當天報紙記載罷工工人將武力對付破壞罷工的警告。

任是怎樣的條件，都請接受罷，請怎樣也不要將車子的交通網停頓了。

坐在車上，穿了雪一樣的印度綢襯衫，斜帶着皇子牌的盔帽，想到公共汽車罷工形勢的開展，我心裏起了一種無名的哀愁。我希望工潮能即日平靜，只要能繼續維持車子的交通，我想，你們就屈服在資方的榨壓之下罷。

她來得很遲。削長的身影從陸戰隊本部那面穿過馬路跑來的時候，車子的脈搏已經達到了最高潮，全部都在震動了。她才上了車，查票的朝鮮人就拉上了車門。

我留心的看着她：Reynolds 形的圓臉不加修飾的眉毛和嘴唇微微的遮掩着左眼的鬈髮——可是，今天卻有了臨時節目：緩緩起伏着的緊緊的突起的胸口。

望了她一眼，我便低下頭來。照例，我不望她的時候，她就望我一眼。

我攤開書來，她也攤開書來。

她認識我，我也認識她；可是她並不認識我，我也並不認識她。

回想着一星期來這樣的情形，對了攤在手上的《太陽又起來了》，我的眼睛並沒有看見一個字。

我想着，自從天氣突然炎熱起來了以後，許多人都改變了行止，我的長着翅兒的閒情也中了這夏季的流行病，散漫疏懶起來了。半個月以來，雖是每天仍舊翻着懷中的記事簿，可是我已經是一個逐漸失掉了自己領土的末代君王，只能憧憬着過去繁華的夢。一號和五號突然的失蹤了。大約因為學校放了假，四號也不見了。三號雖是每天見到，可是已經另有一個男子伴着她。二號是西洋人，八號是日本人，六號近來憔悴得厲害，昨天更發現她的身體像是已經起了異狀。

對着唯一的七號，我加倍的珍視。

抬起頭，不防她的《谷崎潤一郎集》也是裝飾品。她將書攤在手上，眼睛卻擱在我的身上。我一抬頭，兩隻烏黑的燕子才倏的驚走了。

圓圓的臉大而黑的眼睛不加修飾的眉毛和嘴唇倚在一旁的蒲公英圖案的小陽遮。

A+ 甲上最優等 100% Full Mark

從她的身上，我的視線再移到別人的身上。

車上疏疏落落的一共只有十二三個乘客，罷工工潮的尖銳化。

全部罷工人員解僱的宣告。新工錄用開始。

武力鬥爭！

前天，康腦脫路公共汽車被搗毀七部。昨天，臨時白俄買票人三員失蹤。

今天，忠告乘客援助罷工，拒絕乘車。

乘客突然的減少了。

望着車上稀少的乘客，東張西望時時在警戒中的白俄買票，我成了第三種人。我只希望車子的行駛繼續支持，我不顧勝利是屬於哪方。

日支合組的風景線，浮在八十度的日光海裏，沿着北四川路狄司威路，扭扭揑揑的退到後面去。

手裏攤着《太陽又起來了》，眼睛卻看着薄薄的《谷崎潤一郎集》，看着握着薄薄的《谷崎潤一郎集》的手，看着不看着握在手裏的《谷崎潤一郎集》的眼睛。

大而黑的眼睛圓圓的臉不加修飾的眉毛和嘴唇。

沿了狄司威路，載着稀少的乘客，車子在天同路口休息了一下，接着又向前面走去。

穿過天同路，狄司威路成了被蝕蛀的脊椎神經，漸漸的痙攣起來，再轉過去是歐嘉路，再轉過去是嘉興路橋。

車子過了歐嘉路，駛近害着衰弱症的河岸，快要爬過嘉興路橋的時候，突然

砰！

砰！

我看見嘉興路上閃出幾條藍色的陰影，車子立時發狂一樣的就傾側着向街沿上衝去。

金色的花，銀色的花，跳動着的火星展開在我的眼前，我的頭上起了劇烈的痛楚。

一剎間，我知道是——

槍武力碎玻璃罷工白俄援助死受傷顛覆她七號我血潮濕……

再一瞬間，我甚麼都不知道了。

覺得嘴裏很苦澀，臉上也乾燥得難受。我嚥了一口唾液，舐舐自己乾燥的嘴唇，睜開眼來。

很光亮的一間小房，不知哪裏有一架電風扇，呼呼的聲音送來很可愛的涼風，頭上像是有甚麼東西壓着一樣的沉重，可是心裏卻很平靜。

我發現我睡在床上。在床的對面，背了陽光，還坐了另一個人。

圓圓的臉大眼睛不加修飾的眉毛和嘴唇俊削的肩微掩着左眼的鬆軟的鬈髮。

我嚥了一口唾液。將眼睛閉了一閉。

我再睜開眼來的時候，Reynolds 形圓臉的距離已經縮短了，兩隻大而黑的眼睛已經湊到了我的床上。

你醒了嗎？

低低的，可是圓熟到三百六十度的甜蜜的北京話。

我將頭移動了一下，隱隱的有一點痛，頭上重重的不知壓着甚麼。

不要動，你覺得痛嗎？

我想笑，可是滿臉緊張着的筋肉不能自由的弛動。我伸出舌頭舐舐乾燥的嘴唇。

要喝水嗎？

甜蜜的北京話，我用力的將頭向她點了一下。

她走過去。桌上有一隻罩着玻璃杯的玻璃水瓶。她倒了半杯水走過來，拿去了壓在我頭上的一包東西，左手將我的頭微微的扶起來，右手拿着玻璃杯送到我的嘴上。

沉滯的眼睛望着堇色薄紗裏面透出來的朦朧的肉體，我貪婪的一連喝了幾口送到我唇上的冷水。沁涼的快感一直從喉頭散佈到全身，我的頭腦輕鬆了許多，驚散了的記憶開始一個個的爬回來了。

她將我放下去，又到桌上放了玻璃杯，再走過來將那一包重重的東西壓到我的頭上。

我伸出手來，摸摸壓在頭上的東西，冰陰陰的；我再用手摸摸我的臉上，毛茸茸的不像是皮膚的感覺，我再仔細的一摸，才知道臉上已經重重疊疊的給紗布裹紮着。

不要動，那是冰，醫生叫擺的。

我在哪裏？

第一句話，我這樣問她。

這裏是寶隆醫院，她說着，眼睛向那面門上望了一眼。

真嚇人啦，砰的一槍，車子在電線木上一撞，我也跌在地上，玻璃全碎了，滿車的人亂滾，爬起來。看見你滿臉是血。

你送我到這裏的嗎？

她將眼睛低下去。

接着，巡捕趕來了，沈家灣的救護車也來了，開車的打傷了，車上也跌傷了好幾個，他們要送你到工部局醫院去，我說我是你的朋友，這裏我也住過，所以送到這裏來了。

我望着她，圓圓的臉不加修飾的眉毛和嘴唇望着地上的大而黑的眼睛。

她也抬頭向我望了一眼，一笑。

真嚇人啦，我以為給槍打了，滿臉是血，後來經醫生一洗，才知道全是濺開來的碎玻璃，幸虧戴着盔帽，醫生用麻藥都箝出來了。你覺得痛嗎？

我搖搖頭，望着這大而黑的一對眼睛。

你沒有甚麼嗎？

她搖一搖頭，伸出左手的掌心給我看。

只有這一點，在車上擦的，不要緊。

掌心貼了斜斜的一道白十字紋。看見這隻手，我忽然想到了薄薄的《谷崎潤一郎集》。

我開始用眼睛在房內搜尋着。她知道了我的心意。

你的東西都拿來了，一冊小說也在這裏。

她向桌上一指，我才看見桌上真的有兩本書放着。我知道，那薄薄的是她的《谷崎潤一郎集》，放在《谷崎潤一郎集》之上的是我的《太陽又起來了》。

謝謝你，我說，請問，你貴姓？

她的一對大而黑的眼睛向旁邊一躲，慢慢的搖一搖頭：

我知道你不認識我。可是，我認識你。

我真想對她說：我認識你，我知道你是七號。

你認識我？你知道我是誰？我問。

當然認識你。她笑着，你是V，看過你的小說。

我將眼睛閉了一閉。

那麼，你貴姓？每天都碰見你。

而且老是那樣的對人家望着，她向我一笑，我沒有姓，她說。

那麼，名字呢？

你知道的。

我知道的！我睜大了眼睛，鵝一樣的搖搖頭。

我不知道，我說。

我說你知道的！

真的不知道！我心裏已經在發誓。

真的不知道嗎？她伸出了一根手指指着我大而黑的眼睛定定的朝着我笑着，真的不知道嗎？我告訴你，我叫No.7。A+，知道嗎？

說了，身子朝後一退，格格的笑起來。

被教師當場捉着了過錯的小學生。

心裏一跳，我覺得臉上紅起來了。

你怎樣會知道的？我老了臉問。

怎樣會知道的嗎？她說，你不要動氣喲，我因為檢點你的衣服，在口袋裏才發現你每天在車上總要拿出來的那個小簿子。我忍不住了，為甚麼每天上了車總要看看呢？我大膽的翻起來怪不得！這樣豐富的記載！一號，二號，三號，因此我才知道我是叫七號，謝謝你，而且還是A+啦！你動氣嗎？

我說，我不動氣，你動氣嗎？

她說，我高興啦。

絲絲的太陽從放下的蘆簾上透到房裏來，外面街上響着不斷的車聲，我突然記起來了。

這刻有幾點鐘了？我問。

她看一看手錶。

兩點半了。

你今天沒有去嗎？

大而黑的眼睛低了下去，搖搖頭。

我說，我不想使我的同事們知道我在這裏，給我寫一封信，請幾天事假，可以嗎？

可以的，她說。

不過，她又說，我只能給你寫一封信。

我說，我只要寫一封信。

你不要再寫一封告訴你的紫丁香嗎？大而黑的眼睛狡獪的望着我。

我望着她的望着我的大而黑的眼睛，我不開口，她突然的一笑。

笑甚麼？

望着你這張包滿了紗布的小小的臉，我若是谷崎潤一郎，我一定能寫一篇 Grotesque 的小說。

不等我回答，她一笑，給你拿信紙去，喊醫生來，向門那面跑了。

一九三二年十二月五日，虹口公寓

流行性感冒

流線式車身。

V形水箱。

浮力座子。

水壓減震器。

五擋變速機。

她，像一輛一九三三型的新車，在五月橙色的空氣裏，瀝青的街道上，鰻一樣的在人叢中滑動着。蓁子，這樣快的走着，為的是他嗎？

見着前面走的是她，便搶上了幾步，用肩胛輕輕的碰了一下。

回過頭來見着是我：

不是，難道為的是你嗎？

便也停下腳步，點點頭，狡猾的笑了。

知道不會有這樣幸福的。

可是，今天趕着過來，卻正為的是看你哩。

我笑了。

那麼，我說，在這二十世紀，真的有使人不相信的神蹟出現了嗎？

不要空想罷，是使人失望的現實問題喲：他要畢業了，想送他一條像你第一次來看我時用的那條領帶。

用着修道士的姿勢，停住腳，我向空畫了一個十字。

怎麼樣？她驚異的問。

不祥的東西喲！買了那條領帶的第一晚，還沒有結上，在公園裏，她就對我說她覺得有點愛我。

那麼，便在第一次來看我的時候，也結上了嗎？

說着，將嘴撅了起來。一挺身，腳步突然的加快了。

從第四檔換到第五檔的變速機。迎着風，彫出了一九三三型的健美姿態：V形水箱，半球形的兩隻車燈，愛莎多娜鄧肯式的向後飛揚的短髮。

便也搶着追了上去。

為甚麼要向我化裝呢？知道你不是這樣的女性喲！

難道在敵人誇耀到這樣的時候，還不應該自衛嗎？

居然已經是敵人了嗎？

誰和你這樣？

可是，計速錶上的指針卻漸漸的倒退了下來。

在五月橙色的空氣裏，公寓門前的霓紅燈，已經從遠遠的街路的右邊透了過來。

說是來看我的，那麼，就到我那裏坐坐罷。

不去了。

那麼，我陪你去買那一條領帶罷。就在前面的畢洛索夫衣着店裏。

因為不喜愛你的那條領帶，所以才想也買一條送給他的。可是經你那樣一說，我不要買了。我並沒有將他當作魚的野心。我要買一條最喜愛的送給他。

將最喜愛的東西送給最不喜愛的人，孩子也不相信這樣的邏輯喲。

那麼，你上次為甚麼說，因為愛「她」，所以極希望「她」和另一個男子結婚呢？

是因為我說了他，便也說「她」來向我報復嗎？老實說，我假如是女性，我是怎麼也不會愛像他那樣的男子的。

可是，我雖然不是「她」，我卻覺得也有愛你的可能哩。

這樣說着，將腳步的距離縮短了半步，讓她的左肩在我的右肩上撞了一下。

對不起喲！她笑着說了。

我心裏一跳。

這東西你喜歡嗎？側過頭，指着路旁一家櫥窗裏的陳設，我匆忙的說了。

櫥窗裏的陳設是：堪察加的大蟹，鮭魚，加利福利亞的番茄，青豆，德國灌腸，英國火腿，青的，綠的，紅的，紫的。櫥窗的玻璃上弧形的寫着：

麥瑞倫伙食公司

見着櫥窗裏所陳列的是這些，自己趕着想將說出口的話收回，可是已經來不及了。

她站住向櫥窗裏望了一眼，笑起來了：

喜歡的，假如這些都是精神上的糧食的話。可是，為甚麼突然這樣的慌亂呢？

我不開口。回過臉去，借着對面公寓門口霓虹燈的光影，掩飾住了我臉上的紅色。

過去坐坐嗎？

說過不去的。買一條最喜愛的領帶，我要看他去。我要問他：你愛不愛我？假如他說不愛我，我便……

兩隻眼睛定定的望着我。

S．O．S！

我在心裏輕輕的呼救着。

……假如他說不愛我，我便來愛你，好嗎？

見着我不開口，便接着又說：

等待着。再會，傻孩子，為甚麼這樣的發愣呢？

一溜身，鑽到人叢中去了。

望着鰻一樣的消失在人叢中的蓁子，我茫然的站着。

認識蓁子，是在電影一樣的場合之下。

二月的傍晚，翻起了大衣領，在寒風裏，我正站在南京路一家洋書店門口，望着櫥窗裏陳列着的新書，做着 Bibliomaniac 的美夢，忽然有人在旁邊低聲讀着櫥窗裏一本赫明衛短篇集的書名：

《*MEN WITHOUT WOMEN*》

迂徐地，可是卻是挑戰的聲音。

我一抬頭：一件黑絲絨的短外套，鼠色毛織品的旗袍，抱着猩紅的大錢夾，咬着豐滿的下嘴唇，兩隻貓一樣的圓而黑的眼睛正躲在頭髮的陰影裏得意的笑着。

是怎樣一回事呢？是嘲笑我嗎，這樣想着，便咳嗽了一聲，卻低低的將書名倒唸起來：

《*WOMEN WITHOUT MEN*》

她猛的一回頭，向我一望，隨即對着玻璃裏面自己的影子說：

為甚麼這樣的量狹呢？我並不是讀給你聽的。

我向她道歉，我問她，你也喜歡赫明衛的小說嗎？

她搖搖頭。

我說，那麼，你為甚麼單單的讀着他的書名呢？

她笑了。

不要這樣逼緊了人家喲！她忽然不好意思的這樣說。

天氣冷喲，我說，從 Office 裏出來嗎？說着，一面將大衣領拉得更緊一點。

她點點頭，也將黑絨短大衣的領子拉得更緊一點。

可以認識你嗎？我問。

認識我嗎？她將兩道眉毛一揚，瓊克勞馥式的答應了一聲。

先將你的名字告訴我。

我將夾在脇下的一冊書翻了開來，將貼在裏面的藏書票上的名字，指給她看。

她看了一眼，隨即不聲不響的打開猩紅色的手提袋，在裏面拿了一張名片給我。小小的名片上印着四號仿宋聚珍字：秦蓁子，江西路七號半五樓恆利洋行寫字間。

名片上帶着很濃的柯狄香粉的香味。

那麼，是朋友了，我說，天氣很冷，我請你到對面去喝一杯可可。

這樣，在電影一樣的場合之下，便認識了蓁子。

在沙利文蜜糖和乳酪的氛圍裏，我知道她是一人獨居在上海，還有一個他，在滬西一家私立的大學裏讀書，今年快畢業了，是個章魚一樣的男子，必要的時候可以毫不吝嗇的將自己的情人吞下去充飢的動物。

假如你不介意，下次有機會我可以給你介紹。不過，你不必將他當作了競技的對手。

我默默的端起了放在面前的可可。倒是一個有彈力的女性喲，心裏不覺這樣的想着。

望着消失在人叢中的蓁子，這樣想着和她認識的經過，便也不回到公寓去：儘是沿了人行道向前走了起來。

五月的街，在逐漸昏茫的空氣裏，用着每一隻街燈的眼，在散佈着哀愁的菌子。饒舌的無線電播音器，奏完了一隻流行的小曲以後，又用着嘶啞的聲調，報告着美國實行通貨膨脹政策，放棄金本位，南方書局出版了關於推克諾克拉西制度的解釋的書籍，虹口水菓店新到有新鮮的黑葉荔枝。

聽見荔枝，便想到已經是五月，認識了蓁子已經有三個月，而「她」的走，更是七個月以前的事了。

在冬的寒夜裏，突然從我身邊消失了的「她」，遺下了無邊的黑暗。在這黑暗的空虛中，蓁子的認識，是像彗星的出現一樣，突然用她奪目的光芒，從遠不可及的雲層中，填滿了這廣大的黑暗的空間。

第一次，從我的寓所的牆上，蓁子發現了我是另有一個「她」的時候，雖然認識了已經有一個月，可是立時就裝了無關心的臉色說：

為甚麼吝嗇着不使我知道呢？我不是早已將他告訴了你嗎？

因為怕你要成為「她」的情敵。

冷冷的一笑。

只要你不想成為他的情敵，我是不會成為「她」的情敵的。

可是，逐漸的，用着超越了友誼的關心的限度，蓁子利用着每一個不同角度的視點，開始測量着「她」的一切。

為甚麼還不來呢？倒是一個狠心的姑娘喲？

真的有這樣的一位「她」嗎？不要僅是當作了自己的保護色喲！

我說，捏造了一個「她」當作自己的保護色，我不是那樣懦怯的動物。「她」不來，或者在準備結婚，結了婚自然會來的。

倒是一位慷慨王子哩！用着冷淡的聲調，蓁子掩飾着自己吃驚的臉色說。不過，她又說，假如真的是那樣的慈善家，她倒也要準備做一個乞人。

走在黃昏的街上，想着蓁子這種帶着磁性的話，瓊克勞馥式的聲音，覺着在自己的面前，蓁子已經是一輛紅色警備車。對於「她」，不時都在重重的威脅着。只要自己略略的露出一點破綻，立時就有被裝進去了的危險。

帶着濃重的布爾什維克意味的分子，法西斯蒂黑色的陰影是隨時都在追蹤着的。

我知道，為着對於「她」的防衛，若不將蓁子迅速的成為自己的俘虜，世界是怎麼也不會和平的。他，就讓他落選罷。

走到路角上的畢洛索夫衣着店，在藍色霓虹燈的光暈裏，那一條領帶還垂直的吊在一件襯衫的領口上。將這條領帶當作了競技落選的錦標，從櫥窗的玻璃上，銀幕一樣的我幻想着那就要開始的電影的場面。

D· 黑暗的太空，電一樣的橫掃過去的彗星的尾。

D·I· 光芒中逐漸顯出來的蓁子的臉。

特寫 蓁子的眼睛，眼睛中伸出章魚一樣的觸手，被俘虜的動物，掙扎。（F·O·）

字幕 我雖然不是「她」，卻覺得也有愛你的可能。

F·I· 抱着「她」的照片的自己。站在一旁冷笑着的蓁子。放下照片，笑，向鏡頭走來。

特寫 吃驚的可是同時卻又欣喜的蓁子的臉。

遠景　春的街。花。燕子。顫動的笑聲。水銀上升的寒暑表。

近景　競技場，將近終點的激烈競爭的選手。

特寫　記分牌：自己的名字，他的名字。

插入　落選的錦標：領帶。

字幕　因為不喜愛你的那條領帶，所以才想也買一條送給他的。

特寫　捧着錦標的落選選手的悲容。

特寫　蓁子的臉。

D．I．化成「她」的臉。

D．I．又化成逐漸移近來的蓁子的臉……

望着逐漸向自己湊近來的蓁子的臉，從玻璃上反射過來霓虹燈的反光，耀着我的眼睛，一陣風吹過來，我止不住一連打了幾個噴嚏。

眼角上微微的有一點潤濕。

想到是五月，微寒的黃昏的街，正是流行性感冒傳佈的時候，記起隔壁是德國人的漢堡大藥房，便決定走進去買一份安替比林的發汗劑。

一九三三年七月

南荒泣天錄

一

江南七月的天氣，殘暑將盡，金風送爽，顯得格外雅淡宜人。南都人士，在四月初接得從北方逃難南下的京官所口傳的消息，知道闖賊入京，大行皇帝已經殉國，一時人心惶惶，覺得國破家亡的慘禍，大有就要迫在眉睫的模樣。可是自從福王就了大位便覺得國家大業總算又有了承繼。雖說滿人已經入關，卻也不見長驅南下，反而西破闖賊，替大明報了弒君之仇。同時，史閣部屯兵江北，一柱擎天，似乎一時也絕了滿人覬覦江南之念，因此喘息初定的南京人士又覺得眼前漸漸光明起來，加之滿朝新貴，冠蓋雲集，頗有中興氣象，市面反而比春天更繁盛了。大家都覺得，北京既然淪陷，從今以後，南京才是大明天子的京師了。對着這一種的變遷，南京小百姓一面感得自己肩頭上的責任，一面在心頭上也感到一份光榮。在這新秋的午後，指着躺在陽光裏的金碧浮動的紫金山，南京人總要忍不住向新從北方逃難來的異鄉人誇耀地說；「你看，氤氳浮動，氣象萬千，金陵王氣正長着哩」！

虎口餘生的難民，想到崇禎皇帝慘烈的死狀，京城文武百官迎了闖王，接着貼了「順民」的黃紙又迎接清兵的醜態，雖然心上感到一陣黯淡，可是覺得眼前的景色和天氣，確實值得暫時陶醉。尤其是秦淮河和貢院一帶，岸上秦樓楚館，熙熙攘攘；河中畫船如梭，笙歌如沸，不愧是一個六朝金粉的著名勝地。加之九流三教，士農工商，都以這個地方為吞吐出納之所，於是這一帶就成了一個遊樂聚會的中心。在這七月的午後，曬着懶洋洋的已經沒有熱意的陽光，誰都不約而同的向這邊走來。

這幾天，南京人士都盛傳京中來了一個異人。這人是一個相士，是新近從北京逃難到南方來的，也有人說他是眼見北方氣數已盡，王氣鍾於金陵，特地南下的。這人到了南京以後，就在貢院旁的空地上搭了一間板房，掛起一幅舊白布招牌，潑墨淋漓的寫着「王鐵嘴相天下士」七個大字，開起測字相面館來。

貢院前有的是數不清的相面先生和測字先生。南京人對這新來的王鐵嘴本不看在眼裏，可是從外地逃難來的人，尤其是從北京逃來的內庭太監們，一聽見王鐵嘴到了就不禁竊竊私議，互相議論着許多關於他的古怪的故事。這些故事有些流傳到百姓耳中來了，於是一傳十，十傳百，凡是到貢院前來玩的遊人，都一定要去看一看王鐵嘴。這幾天這一帶特別熱鬧，正是為了這個原故。

從內庭太監們口中流傳出來的關於王鐵嘴的故事，最使南京人驚心動魄的，就是下面所傳述的一個：

據說，在春初，闖賊漸漸逼近京師的時候，風聲鶴唳，宮中一夕數驚。有一晚，崇禎皇帝退朝回宮，一人咄咄書空，長吁短嘆，侍從們都知道一定消息更不好了，有一個老太監看得不過意，便偷偷地溜出後宰門，要想看一看民間的動靜究竟怎樣。他走過一家測字攤，想起不妨測一個字問問吉凶。便隨口說了一個「友」

字，請測字先生替他測一測，測字先生問他欲問何事，他說想問問國家大事如何。測字先生凝神對「友」看了一會，眉頭一皺，搖着頭說：

「朋友，情形不很好哩！照字形看來，分明反賊已經出了頭了」。

老太監見兆頭不好，急忙改口說：

「先生，你聽錯了，我說的並非朋友之友，而是有無之有呀。」聽了這話，測字先生更將臉色一沉，搖着頭說：

「如果是有無之有，那更不好了。你看，「有」字的形象，簡直表示大明天下已經去了一半了」！

太監見他說得更不像話，又改口說：

「我所說的仍不是無有之有，乃是申酉之酉呀」。

「申酉之酉，這回不會再錯了嗎」？測字先生仰了頭問。接着拿起案上的粉牌，蘸寫了一個大大的「酉」字，看了一會，在酉字上加了幾筆，湊成一個「尊」字，接着將上下加添的擦去，又變成了一個「酉」字。他突然臉色慘白，用着幾乎戰抖的聲音向老太監說：「酉乃尊字去頭去足之象。你問國家大事，天子為至尊，今至尊已去頭去足，國家大事尚可問乎」？

一聽這話，老太監的舌頭嚇得伸了出來幾乎縮不回去。他不敢再逗留，拋了一錠銀回身就走，悄悄的回到宮裏，不敢向任何人提起，接着不久，果然就發生了三月十九的慘變，測字先生的話真的一一靈驗了，事後老太監將這事經過漸漸向旁人洩漏出來。而這位料事如神的測字先生就是王鐵嘴。

從太監們口中流傳出來的這類故事到了南京人耳中以後，大家都紛紛傳說王鐵嘴的神異。雖然也有人說，這是江湖賣藝的慣技，故意串通了太監們來聳人聽聞的；也有人說他是滿清派來的奸細，特來探聽南中虛實的。但無論怎樣，王鐵嘴到了南京不久，就這麼哄動了夫子廟的人，哄動了整個南京城。

這一天午後，王鐵嘴的舊白布招牌掛出了以後，板屋前面照例又站滿了慕名而來，看熱鬧的人。王鐵嘴的相金價格，訂得相當的高：測字每字銀五分，相面每人五錢。而且用大紅紙寫着；每天以十人十字為限，額滿不收。因了價錢訂得太高，加之請教過的人，也並不覺得怎樣靈驗，所以儘管名聲大，也只是趕來看熱鬧的人多，真的肯掏腰包摸出幾分銀子來請教的人倒並不多。可是王鐵嘴的生意雖然並不怎樣旺，但他那一種氣派，正與關於他的種種傳聞相調和，使人覺得他果然是氣概不同，另有來歷，顯然不是一個尋常的相面先生可比。因此又有人相信，他到了南京以後，至今還沒有驚人的舉動，也許是機緣未到罷了。

果然，這天從夫子廟回來的遊人，都紛紛傳說，王鐵嘴到底名不虛傳，這天下午到底作了一件使南京人覺得驚異的事情了。據當時在場目覩的人說，這天的生意並不好，他正在含着板煙袋向周圍看熱鬧的人打諢，說抬橋的趙四氣色不好，勸他今後切不要讓老婆跨在他身上。又問開燒餅店的小狗子是否近來生意不好，小狗子點點頭說，近來燒餅的麵時常發不好，芝蔴又時常烘焦。王鐵嘴笑着向周圍的人使了一個眼色說：列位可知道燒餅不好的原因嗎？請看看這位老闆迎風落淚的風火眼，原來他天天晚上將燒餅爐子搬到床上，貼着小徒弟的背心烘燒餅，怎樣不要烘焦呢？這幾句話，說得大眾都哈哈大笑起來，小狗子卻紅着臉說，王先生，你不要信口開河，你得留神你的招牌啦。王鐵嘴將臉一沉，拔出了板煙袋說：「我王鐵嘴若是信口開河，休說布招牌早已要給人撕爛，就是這張鐵嘴怕也要早已給人家打成王歪嘴了。可是我卅年來，走遍燕趙，道人吉凶，從來……」

王鐵嘴剛說到這裏，恰巧有一個人這時從外面擠了進來。這人的氣力似乎很大，將兩旁的人都擠得紛紛讓開。王鐵嘴的話正說得一半，一見這新擠進來的人，不覺突吃一驚，臉色突然變得重了。他嚥下沒有說完的話，站起身來，拱手向這新進來的人說：

「公子來得正好。正是，踏破鐵鞋無覓處，得來全不費工夫，今日得見公子，鄙人也不虛南來此行了」。

圍着的人看見王鐵嘴這般舉動，卻一齊回過頭去，只見進來的人是一個二十幾歲的少年，太學生打扮，穿着幼勳臣品級的服飾，一望就知道是一位貴子。

有認識的人低聲的說，這正是新封南安伯鄭芝龍的世子，目前在國子監讀書的鄭森。

這位鄭公子，正是南京人一提起了他，就要滿口稱讚，羡慕不止的人物。他生得身材魁梧，相貌俊秀，而且小小的年紀，待人接物，彬彬有禮，同時更輕財仗義，好打抱不平，從不倚勢欺人，沒有一點一般世閥紈袴子弟的惡習。父親鄭芝龍又威鎮八閩，壟斷了南海利藪，家中富甲天下，福王登極後，鄭芝龍曾慷慨陳詞，說是以個人資產，抵抗胡虜，也儘夠國家用兵十年之用，叫史可法一般老臣儘管放心，因此朝廷立刻晉封他為南安伯，算是酬答他的忠忱，有了這樣的殊榮，近來這位鄭公子走在街上，益發引起南京人的羨慕了。

「你看，鄭哥兒來了。錢尚書可說是眼老未花，這樣的家世，這樣的人才，叫我也搶着收他做門生呢」！

「聽說這是錢老頭兒的姨太太柳如是一再慫恿的，據說柳如是還有意要收他做乾兒子呢，可是鄭哥兒拒絕了」。

「不害羞，柳如是怕不懷好意，嫌錢牧齋老了不中用，要想吃童雞吧？到底鄭哥兒有骨氣，那樣的騷妖精叫我見了也生氣」！

這樣一向受人注意的鄭森，來到王鐵嘴的相面館裏，引起王鐵嘴那樣的一套招呼，本不足奇。走慣江湖的王鐵嘴，憑着一雙久歷風塵的眼睛，一望就知道進來的人有點來歷，本是很尋常的事。可是使人奇怪的是，王鐵嘴招呼了鄭森之後，隨即又拱手向周圍的觀眾說：

「列位請了，剛才進來的這位公子，諸位之中當然有不少人是相識的。可是我王某初到南都，人地生疏，雖然列位都是我的衣食父母！可是我大多數還未請教過姓名。就以這位公子來說，我還未敢斗膽動問官爵。但是我敢說，列位如果容我放肆的話，公子不以為唐突的話，我可以有一兩句粗淺之言奉贈，藉以表明我王某並非全然靠了信口開河來騙飯吃的」。

一旁圍着看熱鬧的人本來閒着沒有事做，一聽了這話，便都興奮地附和着說：

「不會不會，你有話儘管爽快的說，我們相信鄭公子也不會見怪的」。

鄭森也微笑着接着說：

「久仰王先生的大名，今日是特來請教的。王先生如有甚麼偉論發揮，請不吝指示，好叫小子有所遵循，同時也可以使得眾位街坊醒一醒耳目」。

聽了鄭森的話，王鐵嘴將手一拱，笑着回答：

「原來是鄭公子，豈敢豈敢！今日得蒙公子光臨，又得眾位街坊賞臉，真是蓬蓽生輝，三生有幸。不瞞諸位說：我王鐵嘴半生流浪，閱人多矣。就是先聖烈皇帝也曾微服親幸過。可是能有緣見到相貌生得像鄭公子這樣的人，今天還是生平第一次。不是我信口雌黃，以我的眼力來看，方今國家多難，闖賊未平，胡虜又已入關。朝廷需材孔亟，以鄭公子的相格來看，若是有意進取，敢信十年之內，何止位躋公卿。只是有一點……」。

王鐵嘴說到這裏，停住了口，將鄭森上下打量了一番，這才接着說：

「請恕我斗膽妄言，鄭公子雖為大學弟子，只是這一套儒生衣冠實非所宜。依我看來，鄭公子如果無意造福蒼生則已，否則早遲應該拋棄這撈什子才是……」

王鐵嘴這樣的說，鄭森雖然並沒有甚麼表示，可是一旁看熱鬧的人聽了，卻有人以為王鐵嘴未免說得太過份了，人叢中有人發出噓噓的聲音。聽見這聲音，王鐵嘴將目光向人叢中掃了一周，帶着怒氣說：

「列位以為我侮辱聖賢嗎？列位錯了！旁的不說，請看現今燕京靦顏侍奉新朝的袞袞諸公，文如洪承疇，武如吳三桂，哪一個平時不自命聖賢之徒？其實哪一個不是衣冠禽獸？列位不要以為我適才的話說得太過火了。老實說，依我的眼睛看來，這位公子決不是吃冷豬頭肉的人物，區區名教二字，決不能把他籠罩得住。我敢拚了腦袋和列位打賭，不出十年，這位公子必然要幹出一番驚天動地的大事業來，說不定東南蒼生的禍福，國家的安危，要都他一人承擔着呢」！

始終在凝神傾聽着的鄭森，聽到這裏，不覺將眉頭一皺，他連忙從身邊摸出一錠銀子放到王鐵嘴的案上，笑着說：

「今天得蒙王先生指教，多多感謝。他日如有所成，皆王先生之所賜也」。

說罷，也不待王鐵嘴回答，隨即又回轉身匆匆從人中擠着走了。

望着擠出去的鄭森的背影，王鐵嘴將那一錠銀握在手裏，笑着向眾人說：

「信口開河的胡說，居然也能騙得這玩意兒，這筆沒本生意倒幹得。既然今天酒菜之資有了着落，我也樂得去鬆鬆老骨頭了」。說着，隨即舉手向眾人一拱。

「諸位有空，明日請早罷」。

二

國子監的宿舍，恰在雞鳴山腳下。鄭森從夫子廟回來以後，王鐵嘴的話，始終縈繞在他的心頭不能忘去。

入夜了，月光射着窗上的明瓦，閃閃的發光，更加使他不能入睡。他打開宿舍的窗，雞鳴山躺在秋夜皎潔的月色下，連山上松樹的葉子也似乎像銀針一樣的在發亮。月光從窗口射進來，照亮了半間房，西邊牆上正掛着一口倭刀，這是七歲離開日本回到中國來時，他母親親手交給他的。也許是當時自己年紀太小的原故，或是分離得太久了，母親的模樣，在他的記憶裏已經有點模糊起來。可是每天一見到掛在牆上的這口刀，他總要想起遠在遙遠的東方，遠在日本平戶的自己的母親。

「孩子，好好的回到中國去罷。母親不能照應你，這也是無可奈何的事。如果有一天幕府的將軍們肯允許我離國跟隨你父親的話，我們就可以見面了。父親的志向，你小小的年紀怕未必能了解，等你長大了自然會明白的。這口刀，是你外祖父的傳家寶，現在交給你，當母親不能在你身邊的時候，田川氏的傳家寶自然會鎮壓着一切想侵犯你的邪惡。中國天下已經很不太平，正是男兒有作為的時候，若是鄭家兒郎能作出一些光耀門楣的事業，就是在外國的母親聽了也是高興的」。

借了月光，望着掛在西邊牆上的這口倭刀，母親臨別時所說的這一番話，隨着在記憶裏模糊了的她的面影，這時又浮上他的心頭了。

母親的話，在當時聽了確是不能全然理會，但隨着自己年歲的增長，眼看天下大勢如此，想到父親的出身和事業，母親的話和將這一口寶刀交給他的用心，他漸漸能領悟了。因此今天下午在夫子廟聽了王鐵嘴那一番話，不覺又觸動了他的心事。王鐵嘴的話，像螞蟻一樣的癢癢的咬着他的心，使他怎樣也不安睡。

「父親也許有父親的志向，就是叔伯們也各有自己的打算。但是我鄭森是頂天立地的血性男兒，是不能欺神明，也不屑乘人之危的。眼看中原鼎沸，為了國家，為了蒼生，我鄭森即使肝腦塗地，粉身碎骨，也決定義無返顧。只是……。」

他這時不覺又想到王鐵嘴今天所說過的話了：「只是我鄭森若儘是捧着幾堆破書躲在太學裏，只怕老死窗下，也未必能有益於國家吧」？

臥室的一角發出了蟋蟋的聲音，借着月光望過去，牆腳的青磚破處，有一隻老鼠探出了半身，正在躊躇不定的想要鑽出來。

「鼠子敢爾」！鄭森將腳一跺，這小動物嚇得唧的一聲又縮進去了。

有許多事情浮上鄭森的心頭。他知道大約今夜不能入睡了，又加之月光是這樣的明淨，辜負了未免可惜，率便性掇了一張紫檀圓櫈到窗口，一隻腳擱到櫈上，右手托着下巴，對着窗外的月色，靜靜的沉思起來。

他很喜愛月光，尤其是月光下的夜景。他記得小時在日本，牽了母親的手，在千里之濱海灘上散步的情形。月光照在海上，夜潮來了，海水像魚鱗一樣的閃爍。回到祖國後，這許多年，便不曾有機會再見到那樣靜謐可愛的海，也不會有機會再見到母親。他有時心上感到一陣寂寞。年輕，富貴，功名又擺在他的眼前，他該沒有甚麼不滿足了，然而在他年輕的心上總有一種缺欠，一種寂寞。他不知道這種寂寞的原因，是由於許多年不曾見過海，還是許多年不曾見過母親，或是這兩者的混合。

他記得母親會含笑向着他說：「我並不是你的母親，大海才是你的母親。你也不是我的兒子，你是大海的兒子」。

指着千里之濱的一塊大石，母親曾告訴他，他就是生產在這塊石頭上的。他不信，扭着小頭問：「石頭哪裏會生產孩子」？母親微笑着拍着他的小頭說：「癡孩子，事情是這樣的；母親懷着你，已經足月快將臨盆了，有一天偶然到這海邊來玩，低了頭在這一帶拾貝殼，也許是過勞力了，忽然肚痛起來，來不及回家去，便在這塊大石上生了你，後來幸虧打魚的蔡原伯伯看見了，才趕快回家去叫你的父來抬我回去哩」！

「還有」，母親又指着東邊岩石上那幾家草屋說，「據住在那裏面的鄰居說，恰在我生你的時候，他們曾遠遠的看見有一條大魚從海裏跳上來不見了，他們都說你是魚變的，你看，你並不是我的孩子，我也不是你的母親。你是他的孩子，他才是你的母親啦」！

母親用手指着海。映着蒼空，遼闊的海上有着一線一線的白色浪花，不停的向岸邊奔來，似乎在向岸上的人招着手。

「真的，他才是我的母親嗎」？七歲的鄭森仰起頭來問。他突然掙脫母親的手，拔腳向海邊跑去。

「癡孩子，幹甚麼？小心跌破你的頭呀」？母親趕緊站起身來，一手將他拖住。

「你說她是我的母親，我去找我的母親，我去找我的母親呀」？鄭森頑皮的笑着回答。聰明過人的他，即使在這小小的年紀，也知道怎樣捉弄人了。母親不開口，只是無言的將他摟緊，歡喜得眼淚幾乎滾了下來。

這一切情景，都像昨天的事情一樣的浮上了他的心頭。

這一晚，鄭森沒有安睡，第二天早起，照例向東遙拜遠在海外的他的母親，用過早膳之後，因了昨天的事使得自己的心神很不安靜，便決定去晉謁他的老師錢謙益，想藉了詞翰的薰陶，來安定自己紊亂的心緒。

好幾天沒有去拜訪這位名重江南的騷壇盟主了。聽見同窗說，他老先生近來興致頗佳，整天在家與柳夫人互相唱酬。

「先生前月晉陞宮保兼禮部尚書，看樣子不久也許要拜相了，怪不得近日這麼高興啦」！

跨了一匹小白馬，緩緩的策轡從城南向城北走來，鄭森的心裏這麼想着。他很敬重這位先生，每逢心裏有甚麼煩惱的時候總是到先生的家裏去求慰藉。先生對他很鍾愛，許為得意子弟之一，就是師母對他也另眼看待，前次還用了碧玉盤盛着自己親手釀製的蜜餞出來勸客。先生有意要收他為義子，有人說這是柳夫人的主意，甚至還有一些其他的流言傳入他的耳裏，但年少豪放的他，對着這一切，都像拂開蛛網一樣的一笑置之腦後了。

錢牧齋住在朱雀橋附近。新起的尚書門第樓映着秋天上午的陽光，格外顯得金碧輝煌，可是風流放誕的錢尚書，這時卻伴了曉妝初罷的年輕的夫人，正在後花園的一間精室裏推敲新寫的詩稿。作為入室弟子的鄭森，以南安伯世子的身份，到了尚書第，下了白馬，並不待門客的通報，也不打從正門走，卻從直通後花園的一道側門走了進去。

鄭森知道先生的書室是在花園東面的一角，這是一座一連三楹，面臨小池的精室，四周種着垂楊，池旁圍繞着芙蓉。錢牧齋為了寵愛年輕的夫人柳如是，特採取了金剛經的如是我聞的經義，將這一間書室榜作「我聞精舍」。鄭森穿着花徑向這裏走來時，女婢早已向尚書通報，尚書夫婦已經立在我聞精舍的階前等候他們的心愛的弟子了。

「大木，今天這麼早就來了，打斷老夫的詩興，敢是衍期已久的交趾瑪瑙盞已經從海舶帶到了嗎」？錢牧齋拂着雪一樣的鬍鬚，微駝着背，扶着一個小婢的肩頭，向着緩緩走近來的鄭森這麼高興的問，身材偉岸的鄭森，走在狹隘的鵝卵石砌成的花徑上，從遠處看來，顯得格外英俊挺秀。就是為了這一種逼人的氣派，他最初向錢牧齋執贄為弟子時，錢牧齋就給他取了「大木」這個名字。

「不是，家叔說只要風順，下一個月一定可以到了。我今天是特地來給先生和師母請安的」。鄭森說，隨即向尚書夫婦施了禮。

「鄭公子今天來得正好，請安則不敢當」，站在錢牧齋身後的柳如是曼聲回答，隨即還了一個萬福：「先生昨天郊遊，得了一首新詩，今早正在這裏推敲哩」。

「若是這樣，學生今天又可以開開眼界了」。鄭森眼睛望住地上說。他的鼻中嗅到了一陣幽雅的香氣。不知這香氣來自荷畔的芙蓉，還是發自柳如是的身上，使他覺得心旌有一點動搖，因此說話時眼睛望了地上不敢抬起來。

「老夫耄矣，後生可畏，我覺得河東君的和詩勝過老朽之作多多了……來罷，我們大家再來推敲一下，我希望大木要當仁不讓，不要任娥眉獨擅勝場才是」。

「哪裏的話」，鄭森說：「學生哪裏敢班門弄斧」。

「那麼，你同老夫一樣，也甘心拜倒石榴裙下了嗎」？錢牧齋說：回頭望着站在後邊的柳如是，掀鬚哈哈大笑。柳如是被說得羞紅了臉，向鄭森望了一眼，隨即低頭回身就走，口裏一面說道：

「你這人越發倚老賣老，我不同你說了」。

「也罷，大木，我們也一同進去坐罷」。扶着小婢的肩頭，錢牧齋點頭向鄭森招呼。

我聞精舍的東廂，是錢牧齋的書室，臨池的一面，有一排長窗，嵌着從紅毛國運來的五色琉璃，照映得室內光彩陸離。紫檀的書案上，正擺着玉版壓花灑金箋，這正是江南艷稱的柳夫人所手製的精品。錢牧齋拿起兩幅，遞給鄭森道：

「你讀罷。這是我的初稿，這另一幅是河東君的和作」。

鄭森恭敬的雙手接了過來，走近窗下，將詩箋高高的舉起，只見第一幅上寫着「秋日攜內出遊」幾個行草。他知道這就是錢牧齋的詩稿了，於是就挺起了胸，高聲朗誦道：

「綠浪紅闌不帶愁，參差高柳蔽城樓，鶯花無恙三春侶，蝦菜居然萬里舟：照水蜻蜓依鬢影，窺簾蝴蝶上釵頭，相看可似嫦娥好，白月分明浸碧流」。

「好」！錢牧齋得意的點着頭說：「東南騷壇，老夫餘河東君外，實目無餘子矣」。

鄭森再看第二幅，則寫的一手簪花妙格，當然是柳如是的和詩了。鄭森不覺將聲音放低，用着一種十分柔和的調子唸道：

「秋水春山淡暮愁，船窗笑語近紅樓；多情落日依蘭棹，無藉浮雲傍綠舟。月幌歌闌尋塵尾，風床書亂覓搔頭；五湖煙水常如此，願逐鴟夷泛急流」。

唸了，回頭看柳如是，柳如是正在凝神望着鄭森讀詩的後影，看見鄭森回過頭來，連忙將頭低下了。

鄭森讀完了詩，便恭敬的將詩箋放回書案，然後向錢牧齋作了一個揖道：

「先生乃當今詩禮泰山北斗，學生得列門牆，已經榮幸萬分，何敢妄贅一辭。學生今天特來晉謁，除了向師座請安之外，還有一點小事要向先生請求指教」。

「有甚麼事呢，請坐下來細談。敢是令尊又帶信來催促你回閩去完婚嗎」？錢牧齋說，指着書案對面的一張紫檀嵌螺甸的大椅叫鄭森坐，鄭森謝了謝，隨即很莊端的在錢牧齋對面坐下。

「鄭公子哪裏會為了這樣的兒女私情而勞心的」？這是柳如是的聲音，她已經坐在錢牧齋身後的一張宮櫈上。說話時偶然搖動了頭，頭上鳳釵的小金鈴發出了私語一般的蟋蟀細響。

「是的」，鄭森點頭說：「匈奴未滅，何以家為？何況像我這樣輕的年紀，六經未通，報國無期，更哪裏敢有家室之念。閩中對我的親事已許久不提起了，大約因為氣氛緊張，海師日夜操練，家父遂沒有閒情來顧及兒女的親事了。今天所以要來向先生請教的，實因為近來外間流言遽起，從燕趙避難南下的官民傳說紛紜，而朝中又似乎政出多門，文武積不相能，雖然表面上南都風月，似乎頗有中興氣象，但耳聞目覩，卻另有許多事情使人寢食不安」。

聽了鄭森的話，錢牧齋將眉頭一皺，悠悠的問：

「那麼，大木，你究竟聽到了甚麼風聲呢？難道清師又有南下的消息嗎」？

「也沒有甚麼確實的消息聽到，正反都是那一派流言罷了。我所憂慮的，倒是大敵當前，君父之仇未報，今上新立，為人臣者應如何朝警夕惕，勵兵秣馬，誓滅胡鬮，還我河山，乃竟粉飾太平，沉酣風月，萬一賊兵南下，我不知滿朝新貴，究竟將作何打算」？

「作何打算嗎」？始終在凝神諦聽着的柳如是，這時不覺冷笑一聲插起嘴來。「我看滿朝新貴，已有燕都諸君子的典範可循，大約早已打定腹案，準備額上貼起黃紙做順民了」！

「河東君應該為詩書留情，不必這麼糟踏衣冠呀」，錢牧齋回過頭來說，他的面色突然有點沉鬱了。

「我當然是指那毫無心肝之徒而言。至於像我家錢尚書，我當然不敢妄加揣測的」。柳如是說。

「那麼，我倒要問問你了，萬一有變，你知道我將作何打算呢」？錢牧齋問。

「當然不用說，不能成仁則取義你還有其他的路可走嗎」？這是柳如是的冷冷的回答。

「不然」，錢牧齋將頭一搖，隨即朗聲吟道：

「此去柳花如夢裏，向來煙月是愁端；畫堂消息何人曉，翠暮容顏獨自看！萬一有變，老夫唯有擁河東君，入首陽，採薇蕨，終老溫柔鄉，他非所計矣」。

「虧你老臉不害羞」；柳如是將下嘴唇一撇，似乎很鄙夷的說，但是同時卻抬起眼暗望着鄭大木：「虧你在學生面前居然說出這樣的話，今日在座的幸虧是端凝持重的鄭公子，若換了他人，萬一將這樣的話流傳出去，傳入他人耳中，豈不是又要飛短流長嗎」？

「正是大木在座，我才這樣放言的」，錢牧齋說，「依我看來，南海利藪，富甲天下，日閩粵地勢險要，利於扼守，萬一江南有變，我是主張遷都海外，以南荒魚鹽之利來生聚教養，徐圖再舉的。所以今日朝中對於南安伯倚重甚殷，我看也是這個道理。到了那時，就是老夫也擬擔經作投荒之計，權作鄭氏的座上客。不過到時大木還認不認我這個老師，我倒不敢斷言了」。

「萬一胡虜猖獗到這個地步」，鄭森說，他的臉色很莊嚴，似乎在披露自己的懷抱，又似乎在回答錢牧齋的話：「學生惟有以平日讀聖賢書所得，君親書友所教，肝腦塗地以報國家，也非所計，亦非所敢計也」。

「到底是鄭公子快人快語」，柳如是說，隨即輾然一笑，指着錢牧齋說，「他老了，有點胡塗。古人說，率土之濱，莫非王土，伯夷叔齊義不食周粟，歸入首陽，難道首陽的薇蕨就不是周朝的嗎？所以我的打算就不同。依我的婦人之見，除一死之外，實別無他途」。

「算了算了，儘是說這煞風景的事做甚麼」？錢牧齋似乎聽得有點不耐煩了，從坐椅上站起身來說，「大木，我們到外間去看芙蓉罷，聽説這裏的芙蓉還是從湘江移來的呢」。

從我聞精舍側面，有一道耳門通着屋外的小池，橫過跨在池上的古木橋，池心有一座四面通敞的小亭。他們三人來到亭上，錢牧齋指着池畔初開的芙蓉説：

「你看這樣好花，在江南都是少見的」。

池畔，在濃密的垂楊陰中，幾叢芙蓉已經開得像盞樣的大，映着池水，像是宿醉初醒的美人一樣，嬌艷之中帶點朦朧，使人覺得有蕭疏曠放之感。

「如此風光，老夫實願終老林下，與河東君作伴，置毀譽於度外矣」。

扶着柳如是的肩頭，錢牧齋慨然的説。

滿懷悲憤的鄭森，聽了錢牧齋這一番逍遙的話，心裏實在不以為然。他對於這位詩人的詞翰才華，是久已尊重的，前次來到南京，就執贄在他的門下，便是佩服他的才學。自從弘光即位，起用他為禮部尚書，最近又聘他為經筵講官後，似乎更得人望，可是今天所説的話，尤其在立志報國的鄭森聽來，實在很不中聽，倒是章台出身的柳如是，平素雖然喜歡濃妝艷抹，招搖過市，很引起南京人的閒話，但是她今天對於老尚書苟且偷安意見的諷刺，卻引起了他的欽佩和同情。

「看不出一個青樓出身的女子，居然還有這樣見識和氣節。她雖然憐才愛風雅，甘為夫子妾，我倒覺得一樹梨花壓海棠，為她惋惜呢」！

從尚書第出來，策馬在大街上緩緩的行着，他心裏不禁這麼想。因為自己年紀輕，覺得像柳如是這樣一個有才學，有見識，而又年輕漂亮的女子，居然肯甘心侍奉像錢牧齋那樣的衰翁？實使他有點不能理解。俗語姐兒愛俏，青樓出身的她，這樣的委身於白髮皤然的詩人，難道真的傾倒於他的才華嗎？若果真是這樣，柳如是這女子倒不是一個尋常女流了。……

趁着秋陽，鄭森這麼在馬背上涉於耽想的時候，忽然為眼前一片笑聲所驚醒了。他凝神向四周一看，這時已走到三山門後街，這一帶正是朝貴鉅室的後苑所在，街道於寬闊整潔之中又帶着清淨，青石板的大道，灑滿了秋天金黃的陽光，冷清清的不似前街那一帶終日呼街喝道，車馬喧鬧的混雜情狀。許多馬夫小使，以及門丁書僮，游手好閒之輩，便藉了這個地方作會合之所，賭博作樂，間或談着市上的言流，主人家的陞沉榮辱，乃至閨閣隱事，梅香姐兒的私情等等。鄭森適才所聽見的笑聲，便是從這一群聚在牆下的人叢裏發出來的。這些人都仰望着牆上，牆上似乎貼着甚麼揭帖一類的東西，這些人看了又說，說了又笑。鄭森本來閒着沒事，一時好奇心動，便勒馬向牆邊走來。這些人聽見背後有馬蹄聲走過來，回頭一看，見騎在馬上的人是勳臣打扮，有的更認得是在大學讀書的南安伯公子。便互相使了一個眼色，登時大家鴉雀無聲的垂着雙手向兩旁閃開了。

鄭森在馬上問道：

「你們笑的甚麼」？

眾人互相你望着我，我望着你的不敢開口，最後倒是一個比較年長的家丁打扮的人回答了：「回稟公子，今早不知誰個大膽在這牆上貼了這張揭帖，說得不倫不類，所以小人們看了覺得好笑」。

聽了這話，鄭森隨即翻身下馬，一個馬伕模樣的人走過來接了韁繩，鄭森向牆邊走去。水磨青磚的圍牆上，高高的貼着一張用白紙寫的揭帖，鄭森一看，揭帖上歪歪斜斜寫的是：

北不永，南不光，真人未出；
賊任牛，官任馬，異類同時！

鄭森知道這揭帖所罵的是馬士英，他再抬頭向四周一望，認出貼揭帖的圍牆正是馬家避塵園的後牆，覺得這人真有膽量，同時私心也感到有一點痛快，便笑着向眾人說：

「官家已經再三告諭禁止訛言匿名揭帖，不知誰個居然這樣大膽，貼到宰相家的牆上來。我且問你們，你們既然大家看了覺得好笑，一定明白這揭帖所隱射的是誰了。」

眾人見鄭森看了揭帖也在好笑，同時又知道這位公子素來任俠仗義，從不倚勢凌人，其中有機智的便也大膽的回答：

「公子是讀書人，當然比小人們知道得多，一定知道所罵的是誰了。」

鄭森微笑着搖頭：

「正因為我是讀書人，所以弄不清楚甚麼牛，甚麼馬，要問，還是問我的白馬罷，他才是他們的同宗啦！」

一聽了這話，眾人都忍不住哈哈大笑起來，鄭森自己也忍不住笑了。他知道這許多人之中，一定會有馬士英的家人在內，但也顧不得那許多了。

在眾人的笑聲中重行跨上了馬，他想了一想，便斂住了笑容吩咐眾人說：

「我看你們還是乘早將這揭帖洗去罷。不然，衙門御史來到看見了，連你們都脫不了干係的。」

他知道馬士英近來在朝中氣燄逼人，耳目眾多，若是知道這揭帖，說不定會藉端陷害人的。但是想到福王新立，竟信任了這樣一個魏璫餘孽，由總督鳳陽，起用至東閣大學士兼兵部尚書，氣走了老臣史閣部，覺得揭帖上所罵的實在痛快。

「聽說近來又疏薦阮大鋮，密奏大計四款，說是皇子未生，應該向民間慎選淑女及淨身男子。這是甚麼時候，居然上這樣的條陳。不僅該罵，簡直該殺了！」

鄭森想到這裏，不覺全身用力將牙齒一咬，同時兩腿用力一夾，坐下的白馬領會了主人的心意，隨即撒開四蹄向前跑起來了。

附錄

葉靈鳳的後半生

絲 韋

葉靈鳳的後半生是在香港度過的。

抗日戰爭是前後分界線。抗戰以前，他主要是在上海，幼年在九江，青年時代在鎮江，然後就到了上海，踏進文壇。「八·一三」以後，日軍政佔上海，《救亡日報》遷廣州，主持其事的是夏衍，他也到廣州參加編輯工作，編的還是新聞版。人在廣州，家在香港，他週末有時去香港看家人，一次去了香港就回不了廣州，日軍跑在他前面了五羊城。從此他就在香港長住下來，度過了整個的下半生，除了回大陸旅行，幾乎就一直沒有離開過。前半生，江南、上海；後半生，嶺南、香港。這就是他的一生。

他到廣州、香港，是一九三八年的事。在香港留下來，不久就參加《星島日報》，一直到年過七十而退休，他始終是在胡文虎家族星系報業的這一報紙工作。當年的《星島日報》由金仲華主持編輯，許多進步的文化人都在那裏，副刊「星座」是戴望舒主編的。葉靈鳳甚麼時候把「星座」從戴望舒手中接下來，就記不清楚了。從此就和「星座」同命運，他一退休，這個活了一個世紀還多的副刊也就停掉。他談起來時，惋惜中他顯得有些淒愴。

日軍佔領香港的三年零八個月，《星島日報》換了一個名字：《香江日報》。而葉靈鳳還在日本軍方辦的「大岡公司」工作，不過，一九八五年七月底去世，有香港「金王」之稱的金融界大亨胡漢輝，八四年初寫過一篇憶舊的文章，提到一個叫陳在韶的人，當時由香港「走難」去重慶，被國民黨中宣部派回廣州灣（今天的湛江），負責搜集日軍的情報。他說，「陳要求我配合文藝作家葉靈鳳先生做點敵後工作。靈鳳先生利用他在日本文化部所屬大岡公司工作的方便，暗中挑選來自東京的各種書報雜誌，交給我負責轉運」。他又説，他日間「往《星島日報》收購萬金油，在市場售給水客，以為掩護；暗地裏卻與葉靈鳳聯繫。如是者營運了差不多有一年之久」。這裏說到他是被要求「配合」葉靈鳳的，顯然葉靈鳳早就在幹「敵後工作」了，是不是僅僅暗中挑選一點日本書報那麼簡單，也就很難說。他這以前這以後，只幹了一年，葉靈鳳又幹了多久就不知道了。

這至少説明，葉靈鳳名義上雖然是在日本文化部屬下工作，實際上卻是暗中在幹胡漢輝所說的抗日的「情報工作」的。

葉靈鳳這時候和戴望舒還是好朋友，抗戰勝利以後兩人依然是好朋友。戴望舒是被日軍拉去坐了牢的人。以他的愛國立場，是不會和一個落水做漢奸的人一直保持友情不變的吧。戴望舒有踏十里長途去憑弔蕭紅墓的詩，和他一起去蕭紅墳頭放上一束紅山茶的，那就是葉靈鳳。

葉靈鳳在日軍橫行香港的日子裏的情況，人們知道得不多，但就只這些，也可以看得出一點道理的了。

在一九五七年版的《魯迅全集．三閒集》中，《文壇的掌故》的註文曾有這樣的字句：「葉靈鳳，當時雖投機加入創造社，不久即轉向國民黨方面去，抗日時期成為漢奸文人。」但一九八一年新版（四卷）卻把註文提前到〈革命的咖啡店〉一文的後面，刪去了「投機」、「轉向」和「漢奸」等等，而改為：「葉靈鳳，江蘇南京人，作家、畫家。曾參加創造社。」他被摘去了「漢奸」的帽子。可惜他自己已經不可能看見，只有靠家人「家祭無忘告乃翁」了。儘管解放前後他一直受到禮遇，六十年代、七十年代一再被邀請到北京和廣州參加一些官方的活動，但畢竟白紙黑字上還有過這麼一頂「漢奸」帽子。

抗戰勝利後，全國解放前，潘漢年有一段時期在香港工作，就和葉靈鳳保持往來，有些事還託他做。他們原來就是老朋友，這時依然是朋友，潘漢年並沒有把他當甚麼「漢奸」對待。他也樂於盡自己的力所能及，做一些可以做得到的工作。

當年在上海，也就是所謂「投機加入創造社」那些年代，潘漢年辦過《現代小說》，葉靈鳳辦過《戈壁》，兩人又合辦《幻洲》。柳亞子有過《存殁口號五絕句，八月四日作》，每一絕句詠兩人，一詠魯迅、柔石，二詠田漢、黃素，三詠郭沫若、李初梨，四詠葉靈鳳、潘漢年，五詠丁玲、胡也頻。關於葉靈鳳、潘漢年的是這麼一首詩：「別派分流有幻洲，於菟三日氣吞牛。星期淪落力田死，羞向黃壚問舊遊。」這卻是葉靈鳳前半生的舊話了。

潘漢年含冤多年，終於得到平反。葉靈鳳前半生和他在上海都挨過魯迅的罵，而葉靈鳳更是首先「圖文並謬」地罵過魯迅。挨魯迅罵過的，未必都是壞人，這樣的事例有的是。而罵過魯迅的，「悔其少作」的更不乏其人。當六、七十年代朋友們有時和葉靈鳳談起他這些往事時，他總是微笑，不多作解釋，只是說，我已經去過魯迅先生墓前，默默地表示過我的心意了。

抗戰勝利後，不僅戴望舒、潘漢年，在香港暫住過的郭沫若、茅盾、夏衍……許多人，也都和葉靈鳳有往來。這不免使人想起「鳥獸不可與同群，吾非斯人之徒而誰歟」的老話，也想到「漢奸文人」恐怕是一頂很不合適的帽子。

在抗戰期間，葉靈鳳由上海南下，經廣州到香港，是為了抗戰救亡。日軍佔領香港後，他沒有追隨許多文化人通過東江或廣州灣，到桂林、重慶去，卻也沒有回上海（重回「孤島」並不就是投敵）。他留在香港，在日軍屬下的機構和日軍治下的報紙工作，那是看得見的，看不見的還有胡漢輝所指出的那些為了抗戰的工作。其實不必等到一九七五年蓋棺，他這一段歷史早就在朋友們間已經論定的了。一九五七年版《魯迅全集》的那一條註文，顯然是「左」手揮寫出來的。那些迷霧應該隨新的註文而散去。

新中國如日初昇。葉靈鳳的老朋友戴望舒回到北京，參加工作，在北京度過了他生命中最後的歲月。葉靈鳳卻沒有動而依然靜，只是靜靜地留在香港，默默地辛勸工作。當然，兩相比較，他是顯得不夠積極的。他自稱一生從來不寫詩，也許是缺少了一份詩人的激情吧。

他長期在《星島日報》編「星座」副刊。由於報紙的立場，「座」上後來只是登些格調不低的談文説藝寫掌故的文章。他自己就寫了不少讀書隨筆和香港掌故，也寫了不少香港的風物。

讀書，首先就要買書。三十多年在香港的安定生活（日佔時期三年零八個月的動亂是例外），使他這個「愛書家」藏書滿屋，而成了知名於港九的一位藏書家。他住所不窄，廳裏是書，一間兩間房裏也是書，到了晚年，坐在廳裏，就像是人在書中，不僅四壁圖書，中央之地也受到書的侵略，被書籍發展了一些佔領區了。他自己估計，藏書將近萬冊。

由於是作家，文藝書刊是其中主要的一部份；由於曾是畫家，美術書刊又佔了主要的一部份；由於居港多年，有關香港歷史、地理、博物的書刊也佔了主要的一部份。雖然沒有甚麼稀世珍本，但有些還是較名貴的。有的朋友說，最可貴的是有關香港的這一部份；有的說，美術書刊也很可貴。所有這三部份，既有中文的，也有英文的，名貴的多是那些外文書籍。

也不是全無珍本，有一部清朝嘉慶版的《新安縣志》，就是他自視為稀世珍本的。他對朋友們津津樂道，這是三稀之物，據他所知，只有廣州和北京各藏有一部，他都翻閱過，都有殘缺，以他這一部最全，既是海內外三稀之一，更是海外孤本。這部書在香港是頗有一點名氣的，香港官方和一些外國人都轉過它的念頭，曾經出了好幾萬港元的高價，合今天的幣值總在百萬以上吧。這對於一介寒士如他來說，就不是一個小數目了，他卻一概小視之，不放在眼裏，不放棄那書。香港大學的馮平山圖書館只有一部抄本，後來得到他的同意，複印了一部。對這一部使他十分風流自賞的書，他生前就一再表示，要送給國家收藏。他死後，他的夫人趙克臻按照他的遺志，送給了廣州中山圖書館。一般人可能不知道，這部志書所志的當年的新安，就是今天廣東的寶安，還包括寶安以外「東方之珠」的香港和後起名城的深圳。它之所以成為珍本，受到香港官方和一些外國人的珍視，更受到被認為是深通香港掌故之學的我們這位愛書家的珍視，也就是完全可以理解的了。

完成送書心願的舉動他本人雖然看不到，人們卻看到葉靈鳳的一片愛國之心。

如果不是由於受他家人委託的朋友的拖沓，他的全部藏書也會送回內地，而不會落到香港中文大學的藏書樓的。當時是怕《新安縣志》可能樹大招風名高受累，先送出為妙，其餘的不妨緩緩而行，這就造成了不應有的遲延，當家人不堪滿屋書刊的擁擠時，中文大學表示願意造單全收（事後清點造了一份書單送家人留念），這些藏書就被如釋重負地轉移到山明水秀的沙田學府中去了。當時曾使一些內地的朋友聞訊惋惜。現在香港既然回歸祖國大家庭有期，香港的公物將來也就是國家的公物，楚弓楚得，也就沒有甚麼可憾了。

葉靈鳳藏書雖多，藏畫冊雖多，藏畫卻很少。使他說起來就顯得面有得色的，不過是漢武梁祠畫像的拓片，和畢加索、馬諦斯作品精美的印張而已。前面提到過他「曾」是畫家，那是由於他從上海到香港之後，就一直與作畫絕緣，自我放逐於畫家的行列，儘管他還是喜歡他從事過的西洋畫。

他放棄了作畫，集中精力於寫文章，天天寫。正像他的藏書一樣，他的寫作大體也可以分為三類，一類是讀書隨筆（淵博），一類是香港掌故和風物（精通），一類是抒情的小品（雋永）。由於差不多都是為報刊而寫的，一般文章都不長。六十年代以後，出了成十本不算厚的書：《文藝隨筆》、《北窗讀書錄》；《香港方物志》、《張保仔的傳說與真相》；《晚晴雜記》……特別是抒情小品，像着墨不多的山水寫意畫，最是淡而有味。所抒的不少是懷鄉愛國之情。早年寫過的小說不再寫了；翻譯卻有一些，如茨威格的小說、紀伯倫的小品之類。此外，也寫過一些為稻粱謀才寫的東西。在他身後，留下了大量的遺稿有待於整理出版。

他用過的筆名有林豐、葉林豐、霜崖、柿堂、南村、任訶、任柯、風軒、燕樓……有時就用葉靈鳳。晚年用得最多的是霜崖。

他也有過寫一兩個長篇的念頭，想寫的是以長江、黃河分別做主角的《長江傳》、《黃河傳》，卻只是藍圖初畫於胸中而已。

他主要是在自己編的「星座」上寫文章，也長期在左派報刊上寫文章，到他晚年，在他所工作的《星島日報》裏，他已經被人看成左派了。

他怎能不左呢？在相當長一段時期左右壁壘分明，不相往來的香港社會中，他不避和左派來往，又在左派報刊寫文章，每年還參加「十一」國慶的慶祝活動，應邀到廣州參加廣東作協的活動，應邀到北京參加國慶觀禮和李宗仁舉行的記者招待會（以作家身份參加），不時參加接待過境的北京、上海的作家……這就夠他左的了。這左，其實就是擁護社會主義的新中國。

三十六、七年，他一直在香港，有幾次短暫的離開，就是這樣去廣州，去北京、南京、上海……台灣，沒有去過；外國，更沒有去過。

在最後的二十多年裏（五十年代以後），他把自己關在家裏，也就是關在書裏，對外的活動不多。很可記憶的一次活動是：主持把蕭紅的骨灰遷移到廣州。在香港完成了《呼蘭河傳》的蕭紅，也在香港完成了自己短暫的一生。那時正是日軍佔領香港的第二年，兵荒馬亂，她被草草埋葬在淺水灣海濱。一九五七年，那裏要修建旅遊設施，蕭紅的墳有被毀於一旦的危險，文化界的朋友發起為她遷墓，廣東作協表示歡迎遷葬於廣州。蕭紅在港無親人，這就由他和陳君葆出面辦理，而由他在一群文化界朋友的陪同下，親送骨灰到深圳，由廣東的幾位作家到羅湖橋頭相迎。蕭紅的骨灰後來葬在廣州的銀河公墓（這件事也可以為他添上左的一筆吧）。

至少在香港，他是並沒有「轉向國民黨方面」的，儘管和國民黨的人有所往來。一般被認為右或中間的作家以至左派的作家，他也都各有接觸。這樣，就成了左、中、右都有朋友的局面。而在左派之中，也有人認為他右，甚至於在他去世之後，還有生前和他有來往的極個別的左派人士說他是「漢奸」的。真是難矣哉！在他晚年，他的名字有時和一些老作家如曹聚仁、徐訏……這些名字一起被提到。

他曾經想和朋友們辦一個文藝刊物，連名字都想好了：《南斗》。但始終未能如願，朋友們都不是有錢人，他除了工資就是為數不多的稿費（儘管天天寫，他卻不是日寫萬言以至兩三萬言的「爬格子動物」），除了分擔八口之家還要滿足自己的愛好去買書、買書，哪有力量去支持一個哪怕小小的刊物？

十年容易，他離開人們去作永恆的冥土旅行已經十年了（時在一九七五年十一月）。替他擦掉當他辭別這個世界時還沒有擦拭乾淨的一些塵垢，也許還不是多餘的事。老套的話在這裏似乎還是有意義的：安息吧！今天是可以真正無憾地安息了。朋友們為他感到一點遺憾的，是他不能及身看到那頂「漢奸文人」帽子的徹底銷毀。

一九八五年九月十六日

葉靈鳳年表簡編

編例：

（1）年表之編訂，參考了絲韋編《葉靈鳳卷》（香港：三聯書店，一九九五）及李廣宇《葉靈鳳傳》（石家莊：河北教育出版社，二零零三）。

（2）編訂重點是葉靈鳳的文學活動，至於著作出版情況請參本書所附之〈葉靈鳳著作書目〉。

一九零五年　生於中國江蘇南京。

一九二四年　投稿《創造週報》。

一九二五年　加入創造社，參與《洪水》的編輯工作。

一九二六年　與潘漢年合編《幻洲》。

一九二八年　主編《現代小說》、《戈壁》。

一九三零年　加入中國左翼作家聯盟（左聯）。

一九三一年　四月二十八日，中國左翼作家聯盟宣佈開除葉靈鳳。

一九三二年　任職於現代書局。

一九三四年　與穆時英合辦《文藝畫報》。

一九三五年　加入邵洵美主持的時代圖書公司工作。

一九三六年　參與《六藝》的編輯工作。

一九三七年　八月二十四日《救亡日報》創刊，葉靈鳳擔任編輯工作。同年十一月上海除租界地區外，落入日軍控制，《救亡日報》被迫停刊。

一九三八年　《救亡日報》一月一日遷廣州復刊，葉靈鳳於同年三月從上海經香港抵廣州，參與《救亡日報》的復刊工作。

一九三九年　出席中華全國文藝界抗敵協會香港分會（文協香港分會）之成立大典，並當選為理事之一。

一九四零年　與戴望舒、郁風、葉淺予等創辦《耕耘》。

一九四三年　遭日軍逮捕入獄。主編《大眾週報》。

一九四四年　與戴望舒等擔任《華僑日報》「文藝週刊」編輯。

一九四七年　主編《星島日報》「香港史地」。

一九五一年　擔任《星島週報》編輯委員。

一九五七年　應邀訪問北京，並到上海。與陳君葆等一起促成將蕭紅骨灰遷葬廣州。

一九五九年　應邀到北京出席中華人民共和國建國十年慶典。

一九七二年　接受劉以鬯、黃俊東及文學雜誌《四季》同人梁秉鈞（也斯）、張景熊（小克）、覃權等訪問，談論穆時英生平和創作。

一九七五年　十一月二十三日病逝於香港養和醫院。

葉靈鳳著作書目

編例：

（1）本簡表整理葉靈鳳生前出版的著作單行本初版及其後的再版、新版資料，不包括身後由其他人編訂的彙編本。
（2）括號為出版時的作者署名。

一、單行本初版

《女媧氏之遺孽》（葉靈鳳）。上海：光華書局，一九二七年。
《白葉雜記》（葉靈鳳）。上海：光華書局，一九二七年。
《菊子夫人》（葉靈鳳）。上海：光華書局，一九二七年。
《鳩綠媚》（葉靈鳳）。上海：光華書局，一九二八年。
《天竹》（葉靈鳳）。上海：現代書局，一九二八年。
《愛的滋味》（葉靈鳳）。上海：光華書局，一九二八年。

《處女的夢》（葉靈鳳）。上海：現代書局，一九二九年。
《紅的天使》（葉靈鳳）。上海：現代書局，一九三零年。
《窮愁的自傳》（葉靈鳳）。上海：光華書局，一九三一年。
《我的生活》（葉靈鳳）。上海：光華書局，一九三一年。
《靈鳳小説集》（葉靈鳳）。上海：現代書局，一九三一年。
《時代姑娘》（葉靈鳳）。上海：上海四社出版部，一九三三年。
《靈鳳小品集》（葉靈鳳）。上海：現代書局，一九三三年。
《紫丁香》（葉靈鳳）。上海：現代書局，一九三四年。
《未完的懺悔錄》（葉靈鳳）。上海：今代書店，一九三六年。
《永久的女性》（葉靈鳳）。上海：大光書局，一九三六年。
《葉靈鳳創作選》（葉靈鳳）。上海：仿古書店，一九三六年。
《忘憂草》（葉靈鳳）。香港：西南圖書印刷公司，一九四零年。
《香港方物志》（葉林豐）。香港：中華書局，一九五八年。
《文藝隨筆》（葉靈鳳）。香港：南苑書屋，一九六三年。
《香江舊事》（霜崖）。香港：益羣出版社，一九六八年。
《北窗讀書錄》（霜崖）。香港：上海書局，一九六九年。
《晚晴雜記》（葉靈鳳）。香港：上海書局，一九七零年。
《張保仔的傳説和真相》（葉靈鳳）。香港：上海書局，一九七零年。

二、單行本再版／新版

《鳩綠媚》（葉靈鳳）。上海：光華書局，一九三一年。
《靈鳳小說集》（葉靈鳳）。上海：現代書局，一九三三年。
《靈鳳小說集》（葉靈鳳）。上海：現代書局，一九三四年。
《處女的夢》（葉靈鳳）。上海：文化勵進社，一九三九年。
《香港方物志》（葉林豐）。香港：中華書局，一九六五年。
《香江舊事》（霜崖）。香港：益羣出版社，一九六九年。
《北窗讀書錄》（霜崖）。香港：上海書局，一九七零年。
《香港方物志》（葉林豐）。香港：上海書局，一九七零年。
《香江舊事》（霜崖）。香港：益羣出版社，一九七一年。
《晚晴雜記》（葉靈鳳）。香港：上海書局，一九七一年。
《香江舊事》（霜崖）。香港：益羣出版社，一九七四年。
《文藝隨筆》（葉靈鳳）。香港：南苑書屋，一九七九年。
《香港方物志》（葉林豐）。香港：上海書局，一九八一年。
《香港方物志》（葉靈鳳）。北京：三聯書店，一九八五年。
《靈鳳小品集》（葉靈鳳）。上海：上海書店，一九八五年。
《紅的天使》（葉靈鳳）。上海：上海書店，一九八八年。
《靈鳳小說集》（葉靈鳳）。上海：上海書店，一九八九年。

《靈鳳小品集》（葉靈鳳）。石家莊：河北教育出版社，一九九四年。

《未完的懺悔錄》（葉靈鳳）。廣州：花城出版社，一九九六年。

《女媧氏之遺孽》（葉靈鳳）。廣州：花城出版社，一九九七年。

《文藝隨筆》（葉靈鳳）。上海：文匯出版社，一九九八年。

《北窗讀書錄》（葉靈鳳）。上海：文匯出版社，一九九八年。

《忘憂草》（葉靈鳳）。上海：文匯出版社，一九九八年。

《永久的女性》（葉靈鳳）。北京：新世界出版社，二零零四年。

《香港方物志》（葉靈鳳）。香港：中華書局，二零一一年。

《張保仔的傳說和真相》（葉靈鳳）。香港：中華書局，二零一一年。

葉靈鳳研究論文要目

曹聚仁：《雜覽》，《文匯報》，一九六二年四月十七日。
姚　芳：《讀葉靈鳳〈文藝隨筆〉》，《文匯報．文藝香港》，一九六三年十一月二十日。
吳其敏：《葉靈鳳的〈文藝隨筆〉》，《文藝世紀》第八十一期，一九六四年二月。
阮　朗：《葉靈鳳先生二三事》，《海洋文藝》第二卷第十二期，一九七五年十二月。
沈西城：《小記印象中的葉靈鳳先生》，《大任》第十四期，一九七五年十二月。
黃俊東：《悼葉靈鳳先生》，《大拇指週報》第八期，一九七五年十二月十二日。
莫　日：《葉靈鳳的哀思》，《明報》，一九七五年，日期未詳。
三　蘇：《悼葉靈鳳先生》，《明報》，一九七五年，日期未詳。
黃俊東：《老作家逝世了——悼葉靈鳳先生》，《大任》第十四期，一九七五年十二月。
翁靈文：《懷思葉靈鳳先生》，《大任》第十四期，一九七五年十二月。
區惠本：《葉靈鳳與香港史地的研究》，《大任》第十四期，一九七五年十二月。
吳令湄：《（羅孚）我所知道的葉靈鳳先生》，《海洋文藝》第三卷第一期，一九七六年一月。
葉中敏：《爸爸去世後》，《海洋文藝》第三卷第一期，一九七六年一月。
葉中嫻：《我父親的藏書》，《星島日報》，一九八零年一月九日。
戈寶權：《憶葉靈鳳》，《新晚報．星海》，一九八零年六月十日。

張大明：《踏青歸來》，天津人民出版社，一九八一年八月。
李　耳：《葉靈鳳的裝飾畫》，《大公報》，一九八三年二月十一日。
侶　倫：《故人之思》，《向水屋筆語》，香港三聯書店有限公司，一九八五年。
侶　倫：《續故人之思》，《向水屋筆語》，香港三聯書店有限公司，一九八五年。
沈　慰：《鳳兮，鳳兮——紀念葉靈鳳逝世十周年》，《明報月刊》第二三九期，一九八五年十一月號。
姜德明：《葉靈鳳的後期散文》，《書味集》，北京生活．讀書．新知三聯書店，一九八六年。
柳　蘇：《鳳兮鳳兮葉靈鳳》，《博益月刊》第十期，一九八八年六月。
馮亦代：《讀葉靈鳳的〈讀書隨筆〉》，《讀書》一九八八年第八期。
黃俊東：《葉靈鳳的藏書票》，《讀者良友》第二十九期，一九八六年十一月。
楊　義：《葉靈鳳和他的浪漫抒情小說》，《中國現代小說史》，人民文學出版社，一九八六年。
姜德明：《夏衍為戴望舒、葉靈鳳申辯》，《文藝報》，一九八八年九月二十四日。
絲　韋：《〈讀書隨筆．前記〉》，《讀書隨筆》（一集），北京生活．讀書．新知三聯書店，一九八八年。
王劍叢：《香港作家傳略》，廣西人民出版社，一九八九年。
絲　韋：《香港的失落．序》，《香港的失落》，香港中華書局有限公司，一九八九年。
朱魯大：《葉靈鳳和楊秀瓊》，《南北極》，一九九零年四月十八日。
杜　漸：《葉靈鳳的〈讀書隨筆〉》，《書癡書話》，香港三聯書店有限公司，一九九二年。
葛乃福，葦鳴：《剖開頑石方知玉，淘盡泥沙始見金——論葉靈鳳及其散文》，《香港文學》第八十八期，一九九二年四月。
羅　孚：《葉靈鳳的後半生》，《南斗文星高》，香港天地圖書有限公司，一九九三年。
陳子善：《葉靈鳳〈永久的女性〉前言》，《香港文學》第一一零期，一九九四年二月。

梁　永：《葉靈鳳的前半生》，見絲韋編《葉靈鳳卷》（香港文叢），香港三聯書店有限公司，一九九五年。
黃蒙田：《小記葉靈鳳先生》，見絲韋編《葉靈鳳卷》（香港文叢），香港三聯書店有限公司，一九九五年。
絲　韋：《葉靈鳳生平簡述》，見絲韋編《葉靈鳳卷》（香港文叢），香港三聯書店有限公司，一九九五年。
姜德明：《葉靈鳳的散文》，見絲韋編《葉靈鳳卷》（香港文叢），香港三聯書店有限公司，一九九五年。
余樂山：《葉靈鳳逝世二十周年》，《明報》，一九九五年八月二十二日。
陳君葆：《壽葉靈鳳六十》，《水雲樓詩草》，廣東旅遊出版社，一九九四年。
黃俊東：《絲韋編〈葉靈鳳卷〉評介》，《香港文學書目》，香港青文書屋，一九九五年。
陳子善：《葉靈鳳的「記憶的花束」》，《博覽群書》二零零九年第三期。
羅　孚：《葉靈鳳的地下工作和坐牢》，《香港筆薈》總第十一期，一九九七年三月。
陳子善：《〈讀書隨筆〉的版本和遺文》，《博覽群書》一九九七年第三期。
歐陽明：《平和恬淡葉靈鳳的話書心》，《中國圖書評論》一九九七年第四期，一九九七年四月。
陳子善：《〈葉靈鳳小說全編〉導言》，學林出版社，一九九七年。
盧瑋鑾：《葉靈鳳的書話》，《追蹤香港文學》，香港牛津大學出版社，一九九八年。
譚為宜：《葉靈鳳小說美學意義芻議》，《河池師專學報（社科版）》，一九九八年。
陳漱渝：《從「紙老虎」談到葉靈鳳》，見《甘瓜苦蒂集》，百花文藝出版社，一九九九年。
曹培紅：《葉靈鳳年譜簡編》，見《永久的女性》，花城出版社，一九九九年。
王宏志：《葉靈鳳的香港故事》，《中外文學》二零零零年第三期，二零零零年三月。
劉潤和：《〈香港浮沉錄〉導讀》，香港中華書局有限公司，二零零一年。
絲　韋：《〈香港浮沉錄〉序》，香港中華書局有限公司，二零零一年。

陳　雲：《〈香港方物志〉導讀》，香港中華書局有限公司，二零零一年。
蕭國健：《〈張保仔的傳説和真相〉導讀》，香港中華書局有限公司，二零零一年。
丁新豹：《〈香港的失落〉導讀》，香港中華書局有限公司，二零零一年。
絲　韋：《〈香港的失落〉序》，香港中華書局有限公司，二零零一年。
劉智鵬：《〈香港滄桑錄〉導讀》，香港中華書局有限公司，二零零一年。
絲　韋：《〈香港滄桑錄〉序》，香港中華書局有限公司，二零零一年。
方寬烈：《葉靈鳳是特務》，《作家》第十二期，二零零一年十月。
劉以鬯：《記葉靈鳳》，《暢談香港文學》，香港獲益出版事業有限公司，二零零二年。
慕容羽軍：《從張弓、侶倫説到葉靈鳳》，《香江文壇》創刊號，二零零二年一月。
羅　孚：《葉靈鳳日記談魯迅》，《香江文壇》第十、第十一期，二零零二年十月、十一月。
陳子善：《另一種散文——〈葉靈鳳散文〉序》，《作家》第十八期，二零零二年十一月。
柯文溥：《葉靈鳳浮沉錄——現代文壇的一樁公案》，《湄洲日報（海外版）》，二零零二年十一月十八日。
李廣宇：《葉靈鳳傳》，河北教育出版社，二零零三年。
羅　孚：《葉靈鳳怎樣罵魯迅》，《香江文壇》第二十四期，二零零三年十二月。
曹惠民：《霜紅最愛晚晴時——讀葉靈鳳的〈香港隨筆〉》，《香江文壇》總第二十四期，二零零三年十二月。
張　靜：《葉靈鳳：真純的讀書人》，《香江文壇》總第二十四期，二零零三年十二月。
黃振威：《三年零八個月時期的葉靈鳳》，《香江文壇》總第二十四期，二零零三年十二月。
方寬烈：《葉靈鳳的雙重性格》，《香江文壇》總第二十四期，二零零三年十二月。
慕容羽軍：《葉靈鳳融入香港》，《香江文壇》總第二十四期，二零零三年十二月。

袁勇麟：《「為書籍的一生」──葉靈鳳和他的讀書隨筆》，《香江文壇》總第二十四期，二零零三年十二月。
胡　筎：《葉靈鳳與他的文學創作》，《香江文壇》總第二十四期，二零零三年十二月。
散　木：《葉靈鳳這個人》，《中國圖書商報》，二零零四年十二月。
關　國：《葉靈鳳在香港的日子》，《傳記文學》，二零零五年第七期。
張詠梅：《「信非吾罪而棄逐兮，何日夜而忘之」──談〈華僑日報．文藝週刊〉（1944.01.30-1945.12.25）葉靈鳳的作品》，《作家》總第三十七期，二零零五年七月。
黃　凰：《葉靈鳳小說研究》，中山大學碩士論文，二零零五年。
李　今：《海派小說論》第一章「海派小說與唯美頹廢主義」，台北秀威資訊科技股份有限公司，二零零五年。
黃仲鳴：《〈陳君葆日記〉中的葉靈鳳》，《文匯報．副刊》，二零零五年十二月。
蓋　雙：《葉靈鳳筆下的〈天方書話〉》，《阿拉伯世界》，二零零五年第三期，總第九十八期。
李歐梵：《頹廢和浮紈：邵洵美和葉靈鳳》，見李歐梵著，毛尖譯：《上海摩登》（增訂版）第七章，香港牛津大學出版社，二零零六年。
徐明瀚：《唯美者方可入目／幕──以葉靈鳳其人及其小說畫作〈永久的女性〉為例》，《文化研究月報》第五十七期，二零零六年四月。
韓　冷：《比亞茲萊插圖對海派小說及插圖的影響》，《吉首大學學報（社科版）》第二十八卷第五期，二零零七年。
鄺可怡：《上海跟香港的「對立」──讀〈時代姑娘〉、〈傾城之戀〉和〈香港情與愛〉》，《中國現代文學研究叢刊》二零零七年第四期，二零零七年。
姜德明：《葉靈鳳與香港》，《文匯報．副刊》，二零零七年三月七日。
陳碩文：《想像唯美──〈幻洲〉中的都市書寫與文化想像》，《中國現代文學》第十一期，二零零七年六月。
韓　冷：《縱欲與禁欲──海派小說研究》，《瀋陽工程學院學報（社科版）》第四卷第一期，二零零八年。

羅　孚：《葉靈鳳的日記》，《書城》二零零八年五期。

方寬烈：《葉靈鳳戴望舒在香港開書店》，《城市文藝》總第二十七期，二零零八年四月。

王劍叢：《對傳統性道德觀念的挑戰——論葉靈鳳的小說》，《文學評論》第四期，二零零九年八月。

王澄霞：《讀書之樂樂如何——淺談葉靈鳳的散文創作》，《城市文藝》總第四十三期，二零零九年八月。

陳漱渝：《葉靈鳳的三頂帽子》，《文學評論》第十七期，二零一一年十二月。

古遠清：《「象牙之塔的浪漫文字」——讀葉靈鳳的性愛小說》，《文學評論》第十七期，二零一一年十二月。

鄭政恒：《〈靈鳳小說集〉中的（非）宗教語言》，《文學評論》第十七期，二零一一年十二月。

黃益玲：《創造社出版部小伙計離散事件研究——以「若即若離」的小伙計葉靈鳳為視點的考察》，《現代中文學刊》二零一三年第一期（總第二十二期）。

梁敏兒：《葉靈鳳的小說創作與香港時期的性俗隨筆》，《百家文學雜誌》第二十九期，二零一三年十二月十五日。

王澄霞：《葉靈鳳散文創作論》，《世界華文文學論壇》，二零一四年第三期。

羅　琅：《從方寬烈編葉靈鳳年譜說起》，《香港作家（一九九八）》第三期，二零一四年五月。

張　亮：《新世紀以來葉靈鳳小說研究綜述》，《安康學院學報》，第二十七卷第三期，二零一五年六月。

資料來源：方寬烈編《鳳兮鳳兮葉靈鳳》（福州市：福建教育出版社，二零一三），本書編者略有增減。

藝發局邀約計劃

香港藝術發展局全力支持藝術表達自由，本計劃內容並不反映本局意見。

書　　名　香港當代作家作品選集 · 葉靈鳳卷

作　　者　葉靈鳳

叢書主編　孫立川

責任編輯　陳智德

封面設計　郭志民

出　　版　天地圖書有限公司
香港皇后大道東109-115號
智群商業中心15字樓（總寫字樓）
電話：2528 3671　傳真：2865 2609
香港灣仔莊士敦道30號地庫／1樓（門市部）
電話：2865 0708　傳真：2861 1541

印　　刷　亨泰印刷有限公司
柴灣利眾街德景工業大廈10字樓
電話：2896 3687　傳真：2558 1902

發　　行　香港聯合書刊物流有限公司
香港新界大埔汀麗路36號中華商務印刷大廈3字樓
電話：2150 2100　傳真：2407 3062

出版日期　2017年1月／初版 · 香港

ISBN 978-988-8257-71-3